——阅读之前 没有真相

午 夜 文 库

——米克·赫伦作品

**米克·赫伦**

Mick Herron (1963— )

米克·赫伦，一九六三年生于英国纽卡斯尔，英国间谍小说巨匠、著名悬疑小说作家。他毕业于牛津大学最古老、最负盛名的贝利奥尔学院，获得英语学士学位。代表作为“流人”系列。该系列目前已出版八部，前五部已改编为APPLE TV大爆剧集《流人》，由奥斯卡影帝加里·奥德曼领衔主演，新生代人气演员杰克·劳登倾情加盟，携一众英伦戏骨精彩飙戏，演绎后冷战时代的失意间谍群像，写就当代打工人的辛酸苦难史。目前本剧已播放前四季，在国内外均获得绝佳口碑，在豆瓣更是取得9.1分的亮眼成绩。

赫伦凭借“流人”系列第二部《亡狮》获得二〇一三年英国犯罪作家协会金匕首奖。他被誉为约翰·勒·卡雷的继承者、新时代的间谍小说之王，《纽约时报》《星期日泰晤士报》等媒体盛赞他为英国在世悬疑作家中最杰出的一位。二〇二五年，赫伦获得英国犯罪小说作家协会终身成就奖——钻石匕首奖，以表彰他在此领域的杰出贡献和持续成功。

献给莎拉·希拉里

"流人"系列05

# 伦敦规则

*London Rules*


[英]米克·赫伦 著

李杨 译



新 星 出 版 社 NEW STAR PRESS

# 主要人物表

**斯劳小队**

杰克逊 · 兰姆

瑞弗 · 卡特怀特

凯瑟琳 · 斯坦迪什

路易莎 · 盖伊

罗德里克 · 何 / 罗迪

雪莉 · 丹德尔

杰森 · 凯文 · 科（J.K. 科）

**军情五处**

| | |
|---|---|
| 克劳德 · 惠兰 | 局长 |
| 戴安娜 · 泰维纳 | 副局长 |
| 艾玛 · 弗莱特 | “看门狗”头目 |
| 德文 · 威尔斯 | 艾玛的搭档 |
| 茉莉 · 多兰 | 档案馆看守者 |
| 大卫 · 卡特怀特 | 瑞弗的外公 |
| 萝丝 · 卡特怀特 | 瑞弗的外婆 |
| 伊泽贝尔 · 卡特怀特 | 瑞弗的母亲 |

| | |
|---|---|
| 丹尼斯 · 金博尔 | 民粹领袖 |
| 多迪 · 金博尔 | 丹尼斯的妻子，专栏作家、记者 |

| | |
|---|---|
| 彼得 · 贾德 | 右翼政客 |
| 扎法尔 · 贾弗里 | 穆斯林政客 |
| 卡里姆 · 贾弗里 | 扎法尔的弟弟 |
| 泰森 · 鲍曼 | 扎法尔的手下 |
| 金姆 · 朴 | 何的女朋友 |

**杀手小队**

申

丹尼

俊

安

# 目 录

# 1

一群开着沙黄色吉普车的杀手来到村子里大开杀戒，手法干净利落。

一行五人均身着不成套的军用装备：其中二人选了黑色，其余人则穿着迷彩配色。他们下半边脸包着领巾，上半边脸遮着墨镜，脚穿沉重的靴子，仿佛是一步一步翻越周遭的小山而来；腰带上挂着各种各样作战用的零碎物品。第一个人下车时将手里的一瓶水扔到了身后的座位上，他的墨镜镜片上一模一样地映出这一动作缩小后的影像。

时近正午。日头炽白，一如平日。不远处，河水冲刷着石块，滚滚而过。上一次有祸事降临于此，还是在刀光剑影的冷兵器时代。

下了车的五人活动了一下手脚，吐了几口唾沫。谁也没说话。他们似乎不慌不忙，却又高度专注。此时连他们的动作都是此次行动计划的一部分：抵达，做准备活动，让身体恢复灵活。他们刚刚顶着酷热，驾车远道而来。没有必要在四肢僵硬、反应迟钝时急于出手。有人注意到他们也无妨，因为谁也无法改变接下来要发生的事情。得到预警并不意味着有所防备。这些村民拥有的，不过是棍棒而已。

其中的一根，现在就拄在一位老者手里。那根陈年木棍疙疙瘩瘩、歪歪扭扭，却结实可靠，想必与它原先所属的那棵树一般；那位老者满脸沧桑，一看便知是一位庄稼汉。但或许他曾经历过战争，因为虽然眼睁睁看着这些外来者做健美操的不止他一个，但似乎只有他明白了他们的意图。他那双本就因日晒而微微湿润的眼睛中显出恐惧和一丝听天由命的意味，仿佛他早就知道这样的事情迟早都会从天而降、将他吞噬。不远处，两个原本正在聊天的女人突然停下了话茬儿。其中一个拎着一个布口袋。另一个缓缓地抬起双手捂住了自己的嘴。一个赤脚的男孩穿过门廊来到室外，炽烈的日光中根本看不清他的面孔。

近处，一只狗把铁链摇得哐啷作响，试图挣脱。在一个用回收利用的护网和木质架构搭建的简易鸡笼里，一只鸡蹲下身，下了一个不会有人来捡的蛋。

杀手们从吉普车后备厢里拿出了他们的武器，乌黑油亮，令人毛骨悚然。

最后的一声寻常声响，是老头儿手中木棍落地的声音。他松手时嘴唇动了动，却寂静无声。

然后，杀戮开始。

从远处看，那一切仿佛烟火。周围山里的鸟儿四散而飞，村里猫狗到处逃窜，寻找藏身之地。枪口射出的子弹伴随着尖叫声不分对象地到处乱飞，仿佛在模仿某种当地的舞蹈；鸡笼被轰碎，几百年完好无损的石头如今遍体鳞伤——但其余的子弹并未失去准头。老者紧随着他拄的木棍倒地，两个聊天的女人被比她们手指还轻的铅粒分开，甩向相反的方向。赤脚的男孩试图逃走。山坡上有深入岩石的隧道，倘若有足够的时间，他或许能钻进隧道，在黑暗中等到杀手们离去；但一颗命中他颈部的子弹打消了这种可能性，他的身体沿着短坡一路滚到了涓涓细流的河边。空地上的村民开始散开，跑进田野，或跑到墙后和沟渠中寻求庇护；就连那些还没看清发生了什么的人也被恐惧感染，因为灾难总是不期而至，无差别地向早起的鸟儿和掉队的人们宣告自己的到来。它拥有某种特别的味道、某种特别的腔调。它让母亲尖叫着跑向幼子，让老人无助地祈望上苍。

两分钟后，尘埃落定，杀手撤离。短暂杀戮期间一直作壁上观的吉普车，在加速时甩起一片碎石。片刻间，这里一片寂静。远去的引擎轰鸣融入了背景，渐渐不再能听清。一只秃鹫在空中鸣叫。地面上，一处残废的喉咙里挤出一声咯咯声，那是有人挣扎着用某种新语言最初的词句留下在世上最后的话语。接着，那声音的背后、头上，乃至四面八方，响起了幸存者们越来越大的尖叫声。无论对于生者还是死者，熟悉的生活都已结束。

短短几个小时后，卡车将载着更多荷枪实弹的男人到来，只不过这一次，男人们的枪口向外，对着村庄周围的山坡。几架直升机从天而降，医生和军人鱼贯而出，更多直升机从人们头上飞过，带着精心编排的义愤在空中巡航，任凭摄像机对着他们指指点点。街道上，死者的尸体被盖上了善单，刚刚重获自由的鸡群在河边漫步，在土中啄食。钟声响起——至少人们记得当时响起了钟声——或许那只是他们脑海中的想象。但可以确定的是，轰鸣的直升机上方的天空依然一片蔚蓝，远处仍有秃鹫的鸣叫，愕然的德比郡群山投下的长长的阴影仍将笼罩这个村庄。

# 第一部　酷猫[1]

①酷猫，原文为“cool cats”，另有“时髦的人”（多指男性）之意。

# 2

在世上的有些地方，黎明到来时会用红润的手指抚平暗夜留下的皱痕。但在伦敦芬斯伯里的艾德门大街，黎明戴上了保险箱窃贼的手套，以免在窗台及门把手上留下指纹；它窥视钥匙孔，打量门锁，在新的一天开始前提前踩点儿。灰尘堆积的墙角和平面，难见日光的角落和暗室，都是黎明活跃自如的领域，因为尽管白日一副一本正经的规矩模样，但它的小妹注定要在破晓的微光中潜行，永远不知道等着她的会是什么。把光播撒到物件上是一回事，物件能否如愿闪亮就是另外一回事了。

于是黎明来到斯劳屋。这座肮脏小楼的一楼是一间光景日衰的中餐馆和一家走投无路的报刊店，它那因经年风吹雨打而变得脏兮兮的正门永远关闭着；晨曦如小偷一般选择从对面的屋顶切入，首先来到了位于最顶层的杰克逊·兰姆的办公室。在这里，黎明唯一的对手是一台立在一摞电话号码簿上的落地灯，那几本电话号码簿干这份差事已经太久，潮湿的封皮身不由己地彼此结合，融为了一体。这个房间像狗窝一样促狭阴暗，无人问津是它最为彰显的主题。据说，精神病患者会在墙上写满胡言乱语，用无限方程的曲折纠缠破解那劫持他们生命的密码。兰姆则放任办公室的墙壁自言自语，而它们竟也配合地用各处石膏花纹上的裂痕和霉斑形成某种近似手稿——或许是一些随手写下的潦草意见——的东西，只是这些痕迹可能包含的意义转瞬间便模糊、消逝，仿佛那根写下它们的手指转念间便又不顾岁月的智慧将它们抹除。

兰姆的办公室本非可以久留之地，况且黎明向来步履匆匆。对面的那间办公室令它感到舒爽许多。在这里，秩序占据了上风：无论是文件夹叠放的方式、它们的边缘与桌面对齐的程度、打包条带打出的同等长度的蝴蝶结，还是那空无一物的废纸篓，以及整齐的书架上一尘不染的平面，都有一种安静无声的高效感。这里存在一种与斯劳屋不相协调的宁静，如果能将那位领导的巢穴和凯瑟琳·斯坦迪什的小窝放在一个跷跷板的两端，或许可以达到能给这个地方带来平和的平衡状态——尽管可以想见，这种平衡定然不会长久。

正如黎明在凯瑟琳的房间中不会久留，因为时间永远匆匆向前。楼下是一间厨房。尽管有时只用杜松子酒勉强应付，但早餐终究是黎明最为钟爱的一餐。不过这里却没有能让黎明安然用餐的条件：如果用狄更斯笔下的人物来比拟的话，这里的橱柜远远谈不上匹克威克的排场体面，更接近斯克鲁奇的吝啬寒酸[①]。橱柜里看不见一桶桶的饼干、一罐罐的罐头、救急的巧克力，更不用担心会有水果或者薄脆饼干弄脏台面，只有零星塑料餐具、几只破了口的马克杯以及一只格格不入的新水壶。厨房里确实立着一台冰箱，但里面只放了两罐贴了标签的能量饮料和一盒鹰嘴豆，前者标签上罗迪·何字样的后面分别被两个不同的字体加上了是个蠢货几个字，后者的权属似乎毫无争议，只是那鲜绿的色泽若不是因为薄荷口味的关系便是另有原因。冰箱散发出的味道

①匹克威克，查尔斯·狄更斯小说《匹克威克外传》的主人公，是一位善良热心的绅士；斯克鲁奇，狄更斯小说《圣诞颂歌》中的人物，是一个贪婪吝啬的守财奴形象。

只有用“缓慢的腐坏”才能形容。万幸，黎明没有嗅觉。

黎明匆匆穿过这一层的两间办公室——这两个房间平平无奇，色调如同褪了色的陈年布样，只剩一片灰黄——小心地绕开暖气片下面那片漏水生锈的阴暗死角，重新回到了楼梯。这栋楼里的楼梯陈旧而摇晃，只有黎明才能安静地走在上面：如果不算上杰克逊 · 兰姆的话——只要他想，他就能像刚被召唤出的魂灵那样悄无声息地在斯劳屋内游荡，尽管他跟真正的魂灵相比还是胖了不少。平日里，兰姆更喜欢直截了当，他脚踏楼梯的声音堪比狗熊推车：还是一头喝醉了的狗熊推着一辆装满马口铁罐的独轮车。

黎明毕竟更像是机警的魂灵，而非醉酒的狗熊。它来到最后两间办公室，发现它们与楼上的那些办公室并无分别，只是一张办公桌后的墙壁现出略显粗糙的灰泥质感，好像没有清理干净便刷上了浆，石膏线上仍然沾着几块不明物质：最好还是不要深究。除此之外，这间办公室与其他房间一样，充斥着雄心受挫的沮丧，而对于敏感如惯盗黎明之人来说，其中还能嗅到一丝暴力的痕迹——或许还有未来更多暴力的预兆。但黎明深知，预兆易破、世事难料——毕竟黎明即是破晓，深谙此道——它并未因为这种可能性而耽搁分毫。它一路下了最后一段台阶，没有使劲猛推便轻巧地穿过了那道难开得出了名的后门。它在斯劳屋后阴冷潮湿的小院中停下了脚步，它意识到自己余下的时间已经所剩无几，享受着这最后的片刻清净。若是很久以前，它或许会听到马蹄踏过街道的声音；后来，它可以听着送奶车欢快的嗡响消磨这最后的时光。但是今天，街上传来的只有一辆迟到救护车的啸叫，而待到回荡在砖墙之间的悠长号叫终归沉寂，黎明已经消失不见，取而代之的是白日的天光。在斯劳屋这一亩三分地，白日并不似它扬言的那般象征着勤奋与忙碌。相反，它一如昨天或者前天，不过是又一个有待蹉跎的慵懒间歇；而它也深知这楼里的人们无力加快它离去的脚步，并怡然自得地自行其是。它不受任何质疑或者责任的困扰，扬扬自得而又漫不经心地将光芒播撒在斯劳屋的各间办公室，然后像懒猫一样窝进温暖的角落里打盹儿，静待波澜不惊的时光分秒流逝。

罗迪·何，罗迪·何，驰骋山谷中。

（又是一段洗脑神曲。）

罗迪·何，罗迪·何，盖世的英雄。[①]

有人认为，罗德里克·何不过是个“一招鲜”的神童；若论操弄键盘，确实无人能及，但待人接物、通情达理、熨烫T恤这种事情就非他所长了。不过，这些人并未见过真实的他，并未见过他伺机而动、一招制敌的样子。

午餐时间，离艾德门大街不远。右边是巴比肯中心丑陋的混凝土塔楼，左边则是一片比前者好看不到哪儿去的住宅区。但这个寂寂无闻的伦敦街区实则是一片修罗场，一不留神便有被人生吞活剥之虞。胜败只在一息之间，而罗迪·何的猎物这会儿可能藏身任何地方。

他非常确定，目标就在附近。

于是他动了起来，像猎豹一样在路边停泊的车辆之间穿行；他在一块讲述某段城市荣耀的广告牌前踌躇片刻。他的iPod耳机中传出的重音像篱笆桩一样猛击他的耳朵，里面一个兴奋过头

①此处罗德里克·何哼唱的歌曲，改编自一九五五年英国电视剧《罗宾汉历险记》（*The Adventures Of Robin Hood*）主题曲。

的四十多岁男人痛苦地嘶叫着他要杀死女友后吃掉她的身体。罗迪的下巴上留着他去年冬天开始蓄起的胡子；只不过现在修剪得更加精细，因为他已经从血的教训中学会了不要用厨房剪刀剃须。罗迪头上前所未见地戴着一顶棒球帽。他深知形象的重要性：品牌非常重要。想让公众认识你，你的形象就得彰显出你的独特个性。在他看来，这方面他已经拿捏到位。整齐的小山羊胡加上棒球帽：潮而不俗。罗德里克·何已经无懈可击，就像是变得讨人厌之前的布拉德·皮特。

（你想想看，这块市场存在空白。他得跟女朋友金姆聊聊，给自己起一个更有明星范儿的名字。

科迪。

里姆……？

都不好。还得再想想。）

那些都是后话，眼下应该开启诱敌深入模式：把那家伙引到空地，一举抓获。这需要力量、对时机的把握以及使用武器的技巧：简言之，这些都是他的拿手好戏。任何玩“宝可梦GO”的人都应该将罗德里克·何奉若神明。拜托，就连他的名字都是跟“宝可梦GO”押韵的[①]——真是天纵英才。都拜服在我的魔力面前吧，他心想。拜服在我伟大的魔力面前，且看我罗迪大神如何表演。

全神贯注的罗迪·何在午餐时段的空气中闪着微光，整条街上数他最潮、最狠、最牛：他正在全力追寻着一个并不存在的敌人。

而离他不远处，一个活生生的敌人启动了汽车，驶离了路边。

①罗迪的姓氏的英文“Ho”与“Go”押韵。

那天早上去地铁的路上，凯瑟琳·斯坦迪什在报刊亭买了一份《卫报》。柜台后，一扇铁质百叶窗挡住了后面各式各样的香烟，只有从侧面看去才能瞥见那道通向早亡的门户，而在她的左边，几本在数字时代幸存的色情杂志赫然放在货架最上面一行，外套的塑封似乎是为了中和它们对好色之徒的影响。为了保护人们远离那些所谓有害的冲动竟然如此大费周章，斯坦迪什心想。可是店门口的货架上全是两瓶九英镑的特价红酒，柜台边统一减价两英镑的烈酒虽然不是什么口感宜人的牌子，却保证能让最一本正经的鉴赏家喝得烂醉如泥、耳软心活。

她买到了报纸，点头致谢，走出了店门。

后来她又想起，该给单位取牛奶了——这本来也不需要费力去记，这活儿一直是她的——于是便走进了斯劳屋隔壁，那家冰箱里混放着牛奶、啤酒和预调金汤力鸡尾酒的商店。机会再一次自己送上门来：只要她愿意，这一天还没开始就已经可以结束了。所谓罪孽大多需要一些主观的努力。但戒酒中的酗酒者只需随波逐流，诱惑便会自己找上她。

这倒也没什么稀奇的。这种表面的张力是酒瘾戒断者每天都要经历的挑战。午餐时间到，但凯瑟琳仍然沉浸在工作中，将黑暗的诱惑抛在脑后：她在编写部门的半年工作报告，其中要为"临时支出"找到合理解释。斯劳屋今年的临时支出太多了：修门、清理地毯——都是那场武装入侵闹的[1]。修缮工作大多敷衍了事，凯瑟琳对此既不惊讶，也不着急：毕竟她早已习惯了下等马们享受的二等公民待遇。更让她担心的是那次事件对于她同事们造成的长期伤害。雪莉·丹德尔近来平静得让人揪心——在凯瑟

①参见本系列第四部《幽灵街区》。

琳看来，那是冰山撞上大船之前的那种平静。瑞弗·卡特怀特也比以往更加沉默寡言。至于J.K.科，凯瑟琳一眼就看出他是颗手榴弹——而且还是保险栓上得不太严的那种。

罗迪·何当然还是老样子，不过这并不能让人感到宽慰，只让人觉得更加麻烦。

好在路易莎·盖伊还相对正常。

凯瑟琳对着面前那摞边缘整齐对齐却又不到神经质程度的文件，认真地处理着这一天的工作；她调整着兰姆那些离谱到公然腐败的支出账目，用更加冠冕堂皇的措辞替换掉他给出的开支理由（“因为老子愿意”）。等到要下班回家时，那一切的诱惑又将在她面前群魔乱舞。如果每天与杰克逊·兰姆共事教给她什么东西的话，那就是不要为了生活中那些次要的挑战而烦恼。

毕竟兰姆给她带来的麻烦已经够让她堵心的了。

雪莉·丹德尔已经坚持了六十二天。

她已经六十二天没沾毒品了。

数一数……

有些人可能会数，但雪莉不会。六十二不过是一个数字，六十一也一样，如果她碰巧记得这个数字，只是因为这段日子度日如年。早上按分钟数，下午论秒钟过。她至少每天都有一次盯着墙，尤其是马库斯原来的工位背后的那面墙发呆。她最后一次看到马库斯时，他正是靠在那面墙上，椅子以一个夸张的角度倾斜着。如今，那面墙已经重新粉刷——非常潦草。

对此，雪莉的解决方案就是：换换脑子，想想别的。

午饭时间，天气晴好温暖。雪莉正走在返回斯劳屋的路上，等待她的是一下午无能为力的无所事事，下班后还要爬去肖尔迪奇去上最后一节 AFM（Anger Fucking Management）……好不容易熬过了八个月该死的愤怒管理课，今晚她终于可以正式跻身心平气和人士之列。培训主办方甚至暗示，可能会颁发给她一枚徽章。那可能有点麻烦——任何要在她身上别徽章的人恐怕都得用手帕包着自己的牙回家——好在她的注意力全都集中在口袋里的那件东西上；那东西能帮助她度过任何凶险的时刻，避免这项法庭指定的项目被延长。

那是一小袋这一带能找得到的质量最好的可卡因：是她为庆祝完成了课程给自己的奖励。

六十二固然只是个数字，但雪莉打算到此为止。

以异性恋身份示人能让生活变得更轻松，而近来，她的世界变得更加宁静、平淡、简单。这一切对于 AFM 大有帮助，但她已经感到恼火了。上周有个陌生人打来电话，跟她扯什么保险诈骗，雪莉甚至没让那人滚蛋。她感觉这不是单纯改善态度的问题，几乎已经到了举手投降的程度。于是她制订了这样的计划：先熬过这最后一天，强压怒火让导师拍拍自己的头——雪莉准备找一天晚上跟到导师家里做掉他——然后直奔夜店，喝到不省人事，重新做人。六十二天够长的了，并且印证了一个她一直坚持的理论：只要她想，随时都能戒。

再说，马库斯早就不在了。他也不可能揪着这件事跟她当面对质。

还是别想马库斯了。

于是，她口袋里揣着可卡因，想着即将到来的夜晚，经过住宅区，朝艾德门大街走去。这时她注意到前面约五米处，有两个举止诡异的东西在动。

一个是罗德里克·何，他好像正搂着手机跳芭蕾。

另一个是一辆正在靠近的银色本田，正准备在没有路口的地方左转。

接着，那辆本田冲上了便道，直奔罗迪·何而去。

事实就是如此，路易莎·盖伊心想。只要我愿意，我一定能成为一个称职的图书馆管理员。我会上图书馆学校，参加图书馆考试，集齐足够的图书馆印章来购买图书馆制服。无论他们做什么，我都能做：并且严格按规矩办事。我将是附近所有图书馆管理员中最像图书馆管理员的，是其他图书馆管理员都会围绕在篝火边唱歌颂扬我的那种。

可如果那样的话，我就不会加入情报机关了。因为那样也他妈太可笑了。

然而事已至此。

她已深陷此地。

此地指的便是斯劳屋。在这里，她所做的无非便是翻阅图书馆书籍出借统计，核实过去几年中哪些人借阅过某些特定的书目。像是《伊斯兰的伟大愿景》《圣战的意义》这样的书目。假如有人曾经写过《如何对平民发动战争》这样的书，定然也会入选。

“整理一份借阅过特定书目人员的清单，”她接到这个项目时表示，“真能帮我们找到潜在的恐怖分子吗？”

“这么说吧，”兰姆当时如是说，“可能性只有百万分之一。”他说着摇摇头。“我大发善心告诉你：我很庆幸我不是你。”

“谢谢啊。可既然这些书这么危险，为什么又要放在图书馆里呢？”

“这就是政治正确失心疯了，”兰姆以悲叹表示赞同，“你知道的，我坚决反对审查制度。但是有些书就该一把火烧了。”

有些领导也是。这份清单她已经搞了三个月了，每天都在交叉比对公共借阅权[①]统计数据与各郡图书馆的数据库。如今，清单的长度还不及一张 A4 纸的一半，按照首字母顺序排序的各郡名单也才刚刚查到白金汉郡（Buckinghamshire）。谢天谢地她不用把整个联合王国都查一遍，就算是正牌图书馆管理员，那样也要查上好几年。

不用把整个联合王国都查一遍，没必要。只查英格兰、威尔士、北爱尔兰就行。

“去他妈的苏格兰，”兰姆解释道，“既然他们想单干，就让他们单干去吧。”

在这项似乎永无止境的工作中，政府是她唯一的盟友——而政府的贡献就是将一座又一座图书馆关门大吉。

在这场反恐战争中，你必须利用一切可以利用的资源。

路易莎暗自傻笑了一声，有时候你必须如此，否则就会发疯。除非那声傻笑正是她已经发疯的证明。J.K. 科大概能理解，这并非因为他在心理评估方面的所谓专长，而是因为他本身就差不多是个疯子。斯劳屋真是一派欢乐祥和。

她起身活动筋骨。近来她花在健身房的时间越来越长，结果便是在电脑前越来越坐不住。窗外，艾德门大街上满腹怨气的车流与行色匆匆的人流依然如常。没有人会在这一带驻足停留，毕竟他们不过在此中转，前往伦敦别处。当然，除非你是一名前途

①公共借阅权（Public Lending Right，简称 PLR），指图书作者或者其他图书版权所有人为公共图书馆用户免费借阅其图书的行为而获得补偿的权利，相关费用由政府支付。丹麦于一九四六年首创 PLR 制度。在英国，支付给图书权利人的补偿费用按照图书借阅次数计，PLR 统计和费用支付由大英图书馆负责管理。

无望的特工，可如果那样的话，此地便是你旅途的终点。

天哪，她太无聊了。

就在这时，仿佛是为了给她带来一丝慰藉，世界抛给她一个小消遣：不远处传来一阵刺耳的尖声和一声闷响。那是汽车碰撞的声音。

出什么事了，她心想。

蒂娜你好：

简单跟你说一下德文这边的情况——老实说，并不好。我被告知月底即将被裁，因为老板的姐姐的儿子需要一个工作，于是就有人得给那个小浑蛋腾地方。真是多谢他了，对吧？

不过也并非全是坏事，工头知道他欠我一个人情，已经帮我找人弄到了一个六个月的短工机会——听好了——在阿尔巴尼亚！不过工作比较轻松，负责三个新建酒店工地的线路连接，而且那里生活便宜，我可以

科写到一半停下了，看着窗外的巴比肯中心。那是一座奥威尔梦魇一般的综合体，一个钢筋水泥的庞然大物，但它终究并非毫无可取之处：与此前的罗尼·克雷和雷吉·克雷[①]一样，巴比肯虽然生来便是一坨粗制滥造的狗屎，却克服各种不利条件，获得了符号化的偶像地位。但那正是为你制定的伦敦规则：强迫别人接受你的条件。如果有人不愿意，就赖在他们面前，直到他们

①罗尼·克雷和雷吉·克雷（Ronnie and Reggie Kray），一对双胞胎。二十世纪五六十年代，两兄弟靠着经营夜总会声名鹊起、跻身社会名流行列，后因谋杀等犯罪行为被判刑。

愿意为止。

杰克逊·兰姆就是个例子。不过，仔细想想，好像又不是这么一回事：他根本不在乎你怎么看他。不管你怎么看他，他都依然如故。他就是这么我行我素。

不过蒂娜不一样——至少很快就不一样了。反正蒂娜也不是她的真名。J.K.科觉得，如果有一个真名，这些信也不会这么难写；而正是因为如此，他总是留下丹的落款。丹——不管他是谁——是一名隐藏得很深的间谍，他卧底的地点可能是任何一个极端到让上峰感到不舒服的激进团体（动物权利保护主义者、生态保护主义者、《阿彻家族》[①] 的粉丝群）；而蒂娜——不管她是谁——则是他卧底过程中结交的朋友。总有这样一个人。当初科还在心理评估部时，曾经研究过男性和女性的蒂娜们：前方的特工被告知不要与调查对象建立情感联系，但他们总是明知故犯。如果你不首先爱上一个人的话，也就谈不上背叛。于是当行动告终、丹结束卧底之时，就必须写下这样的书信：一段绵延数月的漫长告别就此开始。第一步，丹搬离原来住的区域，搬到一个距离较远但并非遥不可及的地方。他与蒂娜保持着断断续续的联系，接着得到了更好的工作机会，远走他乡。书信或者邮件后面便会越来越少，直至彻底停止。过不了多久，丹就会被所有人遗忘，只有蒂娜还会把他的信放在床下的鞋盒里珍藏，并在喝下第三杯霞多丽之后上谷歌地球查找阿尔巴尼亚的位置。她不会把丹拉上法庭，控诉他伪装身份占有她的身体。那样的事，谁也不愿意再经历第二回。

---

①《阿彻家族》（*The Archers*）于一九五一年在BBC首播，讲述了虚构的英国村镇安布里奇发生的故事。节目初衷在于向农民传播农业生产知识、应对当时的食品配给和粮食短缺，后于二十世纪七十年代经过调整，最终成为备受听众欢迎、连续热播数十年的经典剧集。

这种信当然不会是特工们自己写的——这是像J.K.科这样在斯劳屋虚度光阴的特工的工作。老实讲，他现在还能做这样的工作，已经算是幸运了。其他人如果射杀了一个被铐住的男人，大概会遭到惩罚。好在科出手之前的一系列事件对于整个情报系统极不体面——甚至正如兰姆所说，把“我们所有人”“都干了个遍”——以至于总部别无选择，只能拿一块巨大的地毯盖住一切，顺手把斯劳屋也扫进了地毯下面。当然，对于这种事，下等马们已经习惯了。实际上，假如他们不是下等马的话，这种情况下也会成为一团团灰尘。

科掰了掰手指关节，在信上加上了省点儿钱几个字。是啊，丹可以省点儿钱，接着遇见一个阿尔巴尼亚姑娘，然后——长话短说——再也不会回来了。与此同时，真正的丹将再次卧底参加另一场行动，事情也将向新的方向发展。间谍这一行里，没有什么事情是恒久不变的：除非你是斯劳屋的一员。但J.K.科与其他下等马之间存在一个重大的不同：他不想凑热闹。如果他能坐在那儿整天打字，不用对任何人说一句话，他将毫无怨言。因为他的生活已经接近平衡点。梦想终于消散，惊恐发作次数大大减少。他不再想象自己强迫症般地敲击着虚无的键盘，应和着凯斯·杰瑞[①] 的即兴钢琴独奏。事情可以接受，只要无事发生便可以一直这样下去。

他迫切地希望，真的无事发生。

那辆汽车像挤番茄酱那样把罗德里克·何碾在水泥护墙上，

①凯斯·杰瑞（Keith Jarrett，1945—），美国钢琴家，擅长演奏爵士乐。

引擎盖把他拦腰折断，只剩衣服维持着他身体的完整。一切都在电光火石之间，但雪莉提前看到了上面发生的那一幕。这对于何来说真是万幸，因为她还有时间阻止这一幕的发生。

她像身上抹了油的猪崽一样飞奔五米，大喊着何的名字，然而何却并未转头——他背对着那辆汽车，耳朵里塞着iPod耳机；他眯着眼盯着手机屏幕，看上去像极了一个晕头转向、已经被敲了两次竹杠的游客：第一次是被卖帽子的，第二次是被送胡子的。当雪莉撞在他腰上的时候，他显然正要对着空无一物的虚空拍照。但他没有那个机会了。雪莉的重量推着他翻倒在地，那辆车紧接着便贴着他们碾过：它冲过一块步行区，撞上一片园艺区的矮砖墙，然后随着一声刺耳的尖声骤然停下。雪莉闻到了橡胶的焦煳味。何大声怒骂：他的手机碎了一地。这时，那辆车再次启动，不过没有转头冲向他们，而是绕着砖墙转了个圈，左转上了马路，绕过路障，向东开去。

雪莉目送汽车消失在视线中，已经来不及记下车牌号，甚至看不清车上有几个人。很快，她的身体便感受到刚刚纵身一跃留下的疼痛，但她眼下还顾不上这些，而是以第三方的视角在脑海里回放了事情经过：那羚羊般优雅的飞扑，不仅救人性命于危难之中，更如流动中的诗歌。马库斯一定会感到骄傲的，她心想。

骄傲得要死[①]。

罗迪在她身下嚷嚷着："你这个傻娘们儿！"

①原文为"Dead proud"，其中"dead"在此处表示程度，但另有"已死的"之意。

网上满是窃窃私语。

不对，瑞弗·卡特怀特暗想。删掉这句话。

网上一片喧嚣，一如既往。

他上午请了假，此时正坐在开往马里波恩站的列车上返回伦敦：他说他请的是护理假，但兰姆却喜欢将这称为“狗屁自由”。

“我们又不是社会福利部。”

“我们也不是Sports Direct[1]，”凯瑟琳·斯坦迪什指出，“如果瑞弗需要上午请假，那就应该让他请。”

“可他走了，他的活儿谁干呢？”

瑞弗过去三个星期屁事没干，不过他并不觉得这是有说服力的理由。“不会耽误工作的。”他保证。

兰姆嘟囔了一声，这件事这才告一段落。

于是他在早餐前的早高峰启程，顶着通勤人流，前往老家伙目前居住的云雀护理中心。那并非情报部门经营的养老院——军情五处早已将这类杂事外包——不过它对安全的重视确实高于其他同类机构。

瑞弗的外祖父“老家伙”漫游于他自己昏暗的头脑走廊中，只是偶尔回到此时此地，像一只上年纪的獾一样嗅着周围的空气，看上去痛苦万分：只是那份痛苦究竟是因为他短暂地意识到自己已经无法理解现实，还是因为那份对现实理解的片刻回归，瑞弗无法猜测。这个老间谍迷失在自己囤积了一辈子的秘密中，再也说不清哪些真相被自己掩盖，又有哪些被自己散布在外。他和亡妻萝丝将唯一的外孙瑞弗抚养成人。瑞弗此刻坐在云雀护理中心的花园里，看着身边这个膝上铺着盖毯、半生过往隐于铁幕

① Sports Direct，英国最大的体育用品经销商。

之后的老人，感到一阵恍惚。他当初进入情报部门正是追随着老家伙的脚步，如果说他后来身不由己走上了另一条道路，那么知道老家伙也并非无懈可击多少能给他带来些许安慰——但如今他成了孤儿。他曾经追随的脚步在原地打转，等到它们终于停下的时候，也不知会在何处。甩掉所有追兵、确信无人监视自己，是每个间谍梦寐以求的。老家伙已经接近那样的境界了：一个无法知晓、无法进入、无人窥探的无名之地。

这是一个温暖的上午，明亮的阳光在草坪上投下阴影。房舍位于山谷的尽头，瑞弗可以看见远处的群山，平平无奇的云朵飘过调色盘一般的天空。两片树林之间，一列火车一闪而过，不过它的引擎只发出礼貌的低语，几乎没有打扰到周边的宁静。瑞弗可以闻到新修剪的青草味道，还有什么他说不出的气息。如果非要猜测的话，他会说那是车流稀少的气味。

一张白色塑料桌周围摆放着三把白色塑料椅，一把遮阳伞从塑料桌中央伸出，直指天空。瑞弗坐在其中一把塑料椅上，第三把椅子则是空的。周围还有几组类似的陈设，其中一组空着，另外一组坐着一对老夫妻。老夫妻面前，一个年纪稍小的女子正对他们说着什么，瑞弗想象那个女人的语气一定简洁高效。不过他完全听不见那女人究竟说了什么。他外祖父的洪亮嗓门屏蔽掉了其他一切的对话。

“那是一九五二年八月，”他正说着，“如果我没记错的话，是十五号。星期二。大概下午四点。”

这几天老家伙的记忆越来越清晰。他为自己能给出微小的细节而自豪，尽管他给出的细节只是碰巧与实际情况近似。

“电话接通，打来电话的是乔本人。”

“……乔？”

"斯大林啊，孩子。你不会是听睡着了吧？"

瑞弗没睡着。

他心想：这就是间谍生涯最终的归宿。不久之前，眼前这位老人的过往还曾在阴影中狂吠，恨恨地咬了现实一口。如果那些事情为大众所知，定然还有很多人高声叫嚷着来寻仇。而且瑞弗本人也应当是他们中的一员。可即便他晦暗不明的身世真的是老家伙擅自插手他人生活的结果，那依然是他生命的开始。无论如何争论，他也不可能凭空消失。再说，不能因过去的罪过责备他的外祖父，毕竟那些罪孽已经与虚构融为一体，真假难辨。前一周，瑞弗听老人讲了一个他从未讲过的故事，里面不仅战斗场面更多，人物代号也复杂得要命。后来他在谷歌上查了十分钟，发现老家伙讲的是《血染雪山堡》[①] 的剧情。

等到老人终于讲完了故事安静下来，瑞弗说："你需要的东西都齐了吗，外公？"

"我需要什么东西？"

"没什么。我以为你或许需要什么……"

他把要出口的话咽了回去。他本想说，从家里拿点什么东西。可现在家是个危险领域，最好能回避的话题。老人从没当过特工，一直是个文职人员。他的工作是把特工赶进吉凶未卜的前途，然后躲在他人眼中的安全区域遥控。但如今他已沦落至此，孤身一人陷入间谍国度，失去了掩护，有家难回。除了这座护士们知道有些故事最好不要放在心上的僻野大宅，他再也没有安全的归处。

在驶向伦敦的回程列车上，瑞弗在座位上挪来动去，翻看搜

---

①《血染雪山堡》(*Where Eagles Dare*)，上映于一九六八年的动作悬疑电影，讲述了第二次世界大战时期英国军官率领一支突击队去拯救被德军俘虏的美国将军的故事。

索结果。身为间谍的他竟有这等特权，真是令人欣慰：如果他想知道发生了什么事，他尽可以上网，就像任何路人甲乙丙丁一样。此时的网上一片尖叫。追查阿伯茨菲尔德血案凶犯的工作依然无甚进展，尽管所谓的“伊斯兰国”已经声称负责。前一天晚上议会的深夜会议上，丹尼斯·金博尔炮轰情报部门，声称安全局局长克劳德·惠兰失职，就差公开表明自己是伊斯兰国同情者了。这种公然发癫的表演本身倒不是最主要的问题：近些年政治疯狂的尺度不断推陈出新，就连主流媒体也不得不假装认真对待金博尔，以防万一。与此同时，阿伯茨菲尔德已有十二人遇难，这座村庄已经成了一个地缘政治的代名词。接下来还将有更多的唇枪舌剑、更多的歇斯底里，直到这件事悄然地从报纸头版上消失——除非这期间又发生了其他什么事情。

车快要到站。瑞弗合上了笔记本电脑。老家伙现在应该已经打瞌睡了，像猫一样享受着午后的阳光。时间在他身边转了一个圈又兜了回来，不过如此。现在轮到瑞弗来照顾外祖父了。

一切过往的罪孽，终究要让现实来偿还。

“你这个傻娘们儿！”

罗迪被撞到一边，脑海里的声音炸响开来：狂乱的吉他猝然息声，动感的鼓点戛然而止。突如其来的安静震耳欲聋。好像有人把线拔了。

显然，猎物也已经消失无踪。他的手机碎了一地，手机壳躺在不远处。

扑到他身上的是雪莉·丹德尔，显然这个女人是情难自已。

她爬起身假装看着一辆车走远。罗迪坐起来，掸了掸他依然崭新的皮夹克的袖子。职场性骚扰是他之前就不得不面对的一个问题：先是路易莎·盖伊，今天又来了这么一出。可路易莎至少风韵犹存，而雪莉·丹德尔让罗迪大神根本提不起“性趣”。

“你他妈怎么回事啊？”

“我救了你的命（That was me saving your arse）。”她头也不回地说着。

他的腚（arse）。这女人怎么满脑子想的都是这种东西。

“我差一点儿就抓到了，你知道吗！”跟她解释冒险的精妙之处完全是对牛弹琴：被误认为游戏里的侏儒就是她对游戏世界复杂性的最深刻认识了。不过她至少应该明白，她摸完这一把是爽了，却给他造成了巨大的损失。“一只妙蛙种子！你知道多稀有吗？”

她显然不知道。

“你他妈胡言乱语些什么呢？”她问道。

他猛地站起来。

“好吧，”他说，“那我们就假装你只是想破坏我的狩猎。反正金姆知道这一点就够了。”

“……什么？”

“我女朋友。”他解释道，这样也好让她知难而退。

“你看清那辆车的车牌了吗？”

“什么车？”

“就是刚才要撞你的那辆车。”

“这个故事也不错，”罗迪说，“不过还是用我那版吧。简单一些。不会节外生枝。”

给雪莉上完了这堂谍报技术课之后，他拾起地上的手机碎片，朝斯劳屋走去。

* * *

日至中天，身为侵入者的黎明早已被人遗忘。当瑞弗在桌边坐定，重新上岗之时，下等马们也都纷纷归厩，所有人发出倦怠的哼唧声几乎清晰可闻。他眼下的工作枯燥得让人崩溃、没用得让人蛋疼，他甚至一边干着一边都想不起自己在干什么。高坐阁楼的杰克逊·兰姆从一只铝箔盘中舀起最后一勺鸡肉炒饭，甩手把盘子扔进一个暗到足以眼不见心不烦的角落；而两层楼下的雪莉·丹德尔若有所思地皱着包子脸，脑子里回放着导致她推倒罗德里克·何的那一连串事件：结果当然是好的，但她真的成功地阻止了一场汽车撞人事故吗？还是说那不过又是一个精虫上脑、每次上路都要闹得天翻地覆的伦敦司机？也许她应该跟别人商量一下。她决定去找凯瑟琳·斯坦迪什。或许还应该叫上路易莎·盖伊。路易莎虽然有时候难以打交道，但她至少不会用下半身思考。对于有些事情，你只能就地取材，因地制宜了。

那天晚些时候，兰姆将召开偶尔为之的部门会议，以保持参会各方的不满情绪。不过眼下，斯劳屋仍可算是宁静祥和之地，其成员的牢骚抱怨依然限于内部。特工们各自盯视的时钟按照斯劳屋时间的节奏慢条斯理地磨蹭着，比其他大多数地方慢大概一半；而对于远在伯克郡的老家伙来说，只要打个盹儿，这一下午就过去了。

别忘了，在其他地方，时间正像发疯的小精灵一样狂奔。

# 3

近来坊间流传着一个段子：针对头部受伤患者的脑震荡检查提问——今天几号，你在哪儿住，首相是谁——应该改改了，因为很多人无法相信现任首相依然在位，以至于出现了大量假阳性的诊断结果。克劳德·惠兰心想，这或许可以解释他为何执意要求别人称呼他“首相”。

然而，像他那样的人一旦被逼入墙角就会变得十分危险，而政治界最不缺的就是墙角。

“你知道议会面临的最大威胁是什么吗？”他对惠兰发问。

“网络——”

“不对，那是这个国家面临的最大威胁。议会面临的最大威胁是民主。几个世纪以来，民主一直是必要之恶；而大多数时候我们也确实可以从中获益。可就他妈这么一场破公投过后，人们就像喝醉了的婴幼儿抄起了上膛的手枪一样。”他手里拿着一张报纸，打开的正是多迪·金博尔的专栏。“看过这个吗？”

惠兰已经看过。

首相自顾自地念了起来：“我们又要诉诸何人的保护呢？是，我们拥有安全部门，但我们的安全部门为我们提供的服务，堪比公牛给母牛配种。换言之，亲爱的读者们，他们干的都是些什么屌事。”

惠兰说："我不确定她这样说是对的。她前面用的复数——"

"对对对，我们现在就让语法警察去审问她。你觉得他们有逮捕权吗？还是说他们会把她挂在最近的一个分词上吊死？"

惠兰会意地点点头。他个头不高，脑门宽大，举止得体——最后一个特质令人惊讶，毕竟他曾多年担任情报部门的幕后智囊，而那个圈子的成员一般并不以社交能力著称。他出人意料的高升主要是因为他并未牵涉前任局长的罪行。清白并非这一职位惯常的条件，但前任的所作所为让它至少成为这一次选拔局长的标准。

不过这也就意味着他欠缺实际政治的经验。正如副局长戴安娜·泰维纳所说，他需要走过的学习曲线，比西区酒吧的消费水平还高。

惠兰接着说："毕竟死了十二个人。她的语言无论多么粗俗，都算得上公正的评论。"

"公正的评论应该是指责那些犯下杀人罪行的狂徒。金博尔肯定另有阴谋。你知道她是谁吧？"

"我知道她的丈夫是谁。"

"那不就得了，"首相说，"算了。"接着，首相拿报纸拍了一下大腿——或者说他试着做出这样的动作。周围没有足够空间供他伸展。

他们所在的房间名曰"斗室"，不过人们私下里称它为"保育箱"。唐宁街十号就是个兔子窝，仿佛它的建筑师毕生都在四处收集走廊，并决心把所有的走廊全都用在这里一样。虽然贵为首相官邸，但这栋建筑中的每一座房间似乎都尽可能远离隔壁房间：毕竟无论何时，大多数房间里都在酝酿着阴谋诡计——"保育箱"的名字便由此而来。在保育箱里搞政治勾当可谓物尽其用，因为这些房间的大小仅能容下两人，如此一来便减少了潜在的政治恐惧——那种担心一旦出了什么事，所有在场者都受牵连的恐惧。

他们刚刚结束的那场讨论德比郡事件的会上，就产生了大量这样的政治恐惧。

“那个浑蛋想要取代我。”首相接着说。

“他当然露骨地表达过想要领导这个国家的愿望，”惠兰表示赞同，“但是，首相，恕我直言，他是他所在党派唯一的议员，能有多大威胁？”

“他曾表达过重新入党的愿望。”

“……啊。”

“明白了吧。而且他不是跟我说的，你懂的。是对多个……支持他的人士：那里有我半个内阁。”

究竟是整个内阁给予他一半支持，还是半个内阁给予了他完全支持，这并不重要。无论如何，首相现在进退维谷：决定英国退出欧盟的公投结果，意味着无论他本人的意见如何，都必须执行他曾公开反对的路线；而他之所以能在首相的位子上坚持这么久，全拜党内缺少强有力竞争者所赐：呼声最高的候选人全被辣妹组合重组以来最骇人听闻的背后插刀、背信弃义和口是心非拉下了马。如果多年前曾为了加入引领脱欧运动的单一议题党派而“极不情愿地”退党的丹尼斯·金博尔，表示自己有意重新回到昔日同僚们的怀抱，那么一场新的角逐在所难免。绝大多数人认为，就凭他的胆略，首相现在已是有心无力，更不要说再战一场了。何况他还有一场恐袭血案要应付。

但惠兰说出口的只有：“重新入党？不太可能吧。”

“不可能？你刚才听没听我说话啊？这年头儿不可能的事多

了。他老婆每周两篇的专栏文章堪比‘倒相大队’的新闻稿，等他做好了加入战局的准备，肯定指望着两个月内就坐上我这把交椅。而近来选民们对于‘民主（democracy）’的口味——他把这个词变得好像‘恋童癖（paedophilia）’的同义词——意味着全国会有百分之五十二的人口把他抬举上首相的位子。而且被他们盯上的不只是我。他之所以在他那个写小报文章的贱人教唆下自封安全部门的天敌，主要原因就是我给了你完全的支持。百分之百的信心，记得吗？绝对的百分之百，而不是百分之一百一或者什么该死的百分之一百二，我觉得这足以表明我的诚意。我的意思是，克劳德，咱俩现在是拴在一根绳上的蚂蚱。所以我要再问你一遍——这里没有我那些可敬可佩的朋友们记录你的回答——你距离抓住那些好斗的浑蛋还差多远？因为这件事如果不能尽快了结，你就是排名第二的受害者。也许他们会把咱俩的人头挂在相邻的木桩上。那样显得多亲密啊，是吧？”

在惠兰看来，首相保住自己工作的这份热情，如果能拿出一半放在对国民发表演说上，就不会被人轻视了。

惠兰说：“我刚才的报告中没有丝毫保留。抓捕不会马上发生，但只是时间问题。至于类似袭击是否不会再次发生，我没有办法给您这样的保证。无论这些人是谁——”

“伊斯兰国。”首相脱口而出。

“嗯，他们的确声称为事件负责。但无论袭击者的身份如何，他们目前都处于我们的视线之外。我们目前不知道他们身在何处，也不知道他们在谋划些什么，所以我们没办法给您肯定的答复。但我想重申，我并不认为眼下这个阶段在穆斯林人口占比较高的地区进行挨家挨户的搜查会起到作用。”

“呵，这一点我没法苟同。因为在我看来，眼下这个阶段，任何能表现出我们有所行动的事情都有帮助。”

“我明白您的意思，首相，但我希望敦促您审慎行动。如果挑动社群中的激进小团体起来反抗，反而正中他们的下怀。”

这一点，惠兰当天上午已经提了三遍，他做好了再提一遍的准备，但周围气氛的突然变化让他分了神。附近走廊中的背景噪声，就是人们想让其他所有人知道他们很忙时发出的嗡嗡声，过去十秒钟逐渐安静下来，取而代之的是人们举着手机阅读突发新闻时发出的更轻却更令人不安的声音。

“那是什么声音？”他问。

“我没听见任何声音。”首相表示。

“我也没听见任何声音。”惠兰说，“这才让我担心。”

他们走出会议室，碰巧有人调高了电视音量，一个滚动新闻频道正在播放路人拍摄的袭击现场画面。

屏幕上全是血迹、慌乱还有残骸。

看来，这件事短时间内很难了结。

“我注意到，你们这几张破手纸这几天闷闷不乐的。”

说这话的是杰克逊·兰姆。那几张破手纸就是他手下的特工。

“所以我就召集了这个会，让你们畅所欲言。”

“呃——”瑞弗开口发言。

“抱歉，我说‘你’了吗？我说的是我。”

他们此时聚在兰姆的办公室。对于兰姆来说，好处就是他不用挪窝；而对于其他所有人来说，坏处就是那是兰姆的办公室。兰姆无论抽烟、喝酒、吃饭都在这间办公室里，有人觉得，如果能在办公室里摆个马桶，他就永远不用出门了。这并非因为这个房间有什么显而易见的可取之处。不过，狗熊的洞穴也不是什么装潢考究的地方，但狗熊似乎同样甘之如饴。

“话说，是你们中的哪个蠢货在我椅子上放了一个放屁坐垫吗？没有吗？好吧，那看来刚才那个屁确实是我放的。”兰姆仰靠在椅背上，骄傲地咧嘴一笑，“好吧，你们之所以如此紧张，是因为现在国家处于紧急状态，而你们的小脑瓜儿里突然想起自己加入的是安全部门。想起什么了没有？比如摄政公园那座光鲜明亮的大楼？”

“杰克逊。”凯瑟琳说。

“我说这话也得不到什么快感，不过我说话的时候你还是把你的臭嘴闭上，斯坦迪什。这样才够礼貌。”

“你指出我的失礼之处，我当然洗耳恭听，不过你这套长篇大论真的有必要吗？”

“哦，我觉得这可以提升士气，你不觉得吗？再说，那个新来的小伙子应该只听过一次。我不想让他感觉自己被排除在外。你叫什么名字来着？”

“科。”J.K. 科表示，他已经来了一年了。

“科。你就是惊恐发作的那个吧？看你身后！开玩笑的。”

凯瑟琳双手捂脸。

兰姆点了一根烟说道：“我说到哪儿了？哦，想起来了。正如你们所知，我是政治正确的坚定支持者，但无论是谁认为我们是平等的，都是欠揍。如果我们真的是平等的，那你们就不会窝在斯劳屋，按照我的指令抠脚；而摄政公园那群光鲜亮丽的小朋友们却忙着拯救世界了。显然，德比郡的某部分不在他们的拯救之列。”他吸了一口，让烟气从嘴巴、鼻孔，甚至是耳朵里缓缓飘出，接着说道：“而如果我们让你们帮忙，那么毫无疑问，你们唯一能做的将是你们最擅长的，那就是帮倒忙。有人要发言吗？”

“呃——”瑞弗开口。

“我就是随口一问，卡特怀特。如果我真的认为你要发言的话，我会首先离开这个房间的。”

“每次搜捕都需要后援，”路易莎说，“调看监控，核查车辆背景信息，这些工作我们都很熟悉。你不觉得总部会需要我们的帮助吗？”

“你猜猜看，不过要有理有据。”

“……他们需要？”

“我让你有理有据，”兰姆说，“你猜得简直无边无际。”

“我以为——”

“对，你以为，给你发这份工资不是让你来以为的。反正凭你的脑子本来也赚不到什么钱。”兰姆在椅子里扭了扭身子，把闲着的那只手伸进裤子里，挠了起来。“继续。就像我刚才说的，大家都认同这是一场畅所欲言的大会，那些热闹都是别人的，跟你们没有任何关系。所以我们都滚回自己的位子吧，好吗？毕竟，撸管不勤，万恶之源。”

“游手好闲，万恶之源。”

“没错，是手，抱歉。我联想了一下①。”

特工们鱼贯而出——或者准确地说，只有一半特工鱼贯而出。兰姆向后一仰，双目紧闭，那只手还放在裤子里，假装没有注意到雪莉、路易莎和凯瑟琳没走。理论上他可以保持这个状态一整天，但凯瑟琳忍不了了。

①此处兰姆把 Devil finds work for idle hands 故意说成了 idle wankers。此处为意译。

“你完事了吗？还是你还没开始？”

他睁开一只眼。“怎么了，你还打表计费是吗？”

“雪莉有事要报告。”

“该死。”

“你是不是要说：‘什么事，丹德尔？’”

“是，我或许本来要说那个的，”兰姆说，“但我的自动纠错系统启动了。”他把手从裤子里抽出来，睁开了另一只眼。“什么事，丹德尔？”

“有人想要撞死何。”

“刚才？”

“中午。在街上。”雪莉停了一下，接着进一步解释说，“开着汽车。”

“或许他们眼花了，以为他是小松鼠。我早就跟他说过别留胡子。”

“是故意的。”

“是啊，我也不希望那是意外。好不容易刚开心了一会儿。这件事发生在什么地方？”

“范恩街。”

“你们仨都看到了？”

“只有我。”雪莉说。

“那你们俩是干什么的，给她伴唱吗？”

凯瑟琳说：“如果我们中有一个人成了靶子，那就意味着所有人都有危险——潜在的危险。”

“何况斯劳屋还曾经遭到攻击。”路易莎说。

“你不用提醒我，”兰姆说，“上次出事的时候让你们写报告的正是我老人家。什么样的车？”

“本田。银色。”

“有什么可识别的特征吗？比方说，呃——我不知道——车牌号？”

“我当时忙着救何，没看到。”

“如果再发生这样的事，你可能需要重新考虑一下孰轻孰重。那辆车干什么了，突然转向朝他撞？”

“它冲上了人行道。”

“哈。”

凯瑟琳说：“那个地方没有摄像头。无论能不能得手，他们都能全身而退。”

“肇事逃逸未必就是故意杀人。我国普通公民宁可纳税，也不愿意跟警察打交道。有没有人把身子探出车窗，冲你们嚷嚷‘下次绝对不会放过你’？”

雪莉摇摇头。

“好吧，让我们假设那是个游客。任何人无意中看到罗德里克·何都会吓到的，你们也知道外国人都是什么样。大惊小怪。车技还差。可为什么何不自己跟我说这事呢？他平常可没这么腼腆吧？比起畏缩的紫罗兰，他更像是一株毒草。[①]”

“他没注意。”雪莉说。

兰姆盯着她，沉默半晌，然后点点头。“好吧。这倒也确实是他能干得出来的事。”

路易莎说：“银色本田。向东去了。我们可以找到它。”

“让对方再试一次？你这个点子我喜欢。不过我这个人更喜

①原文为“Not usually a shrinking violet, is he? More like poison ivy”。其中shrinking violet常用来代指腼腆羞涩的人，而shrinking violet和poison ivy还分别是游戏《植物大战僵尸》中的角色“缩小紫罗兰”和“毒藤”。

欢占据主动，不想听天由命。如果何第二次大难不死，肯定会觉得自己不是凡人。那样的话，或许我只能亲手杀了他了。”

“你能不能认真点儿？”凯瑟琳说。

“我很高兴你问了我这个问题。不，我实在认真不起来。丹德尔，你这个嗑药的火药桶根本就算不上可靠的目击证人，所以我并不打算为了你的一面之词动用我们本就微不足道的资源。当然，如果你们中任何人觉得我这是管理上的失误，那么尽可以滚蛋。我也不想限制你们选择的空间。”

“所以我们就当作这件事没发生过吗？”凯瑟琳说。

兰姆叹了口气：“不是我想做魔鬼的牛油果[①]。几乎可以肯定，这件事没什么大不了的。我们的罗德里克——相信你们都知道——如果有人在地铁上抢了他的座位，他就会花半天的时间篡改那个人的信用评分。他这样搞，迟早会被人拆穿。所以说，没错，他有朝一日确实可能被人碾在人行道上，而那将是舒洁纸巾公司的重大损失，但眼下，我们还是不要为了一次失败的三点掉头[②]小题大做。”说完，他龇着难看的牙齿，露出一个笑容。“你们知道，我是个坚定的女权主义者。不过，你们几个女生的小脑瓜儿真的没别的事可干了吗？”

三人鱼贯而出。出门之前，凯瑟琳转过身来。“顺便说一句，”她说，“是‘代言人’。”

“巧了，”兰姆说，“滚蛋。”

①原文为“I’m not playing devil’s avocado here”。英语中“devil’s advocate”字面意思为“魔鬼代言人”，亦即故意与他人唱反调之人。此处兰姆有意（或无意）用谐音的avocado（牛油果）替换了advocate。

②三点掉头（three point turn），美国驾照考试中考官的常用指令。

“十四人死亡，”戴安娜·泰维纳说，“预计数字还将上升。”

“有监控录像吗？”

“没什么派得上用场的。画面太混乱。我们会转交给声像组，看看他们能发现什么。还有那些公民记者拍摄的材料，我们也会收集起来。不过我真的万万没想到。谁会做这样的事？”

惠兰扬起一边的眉毛。

“好吧，我们知道是谁做了这样的事，”她说，“但是为什么？无特定对象的大开杀戒是一回事，但这像是《蝙蝠侠》里的情节。”

惠兰从唐宁街十号出来，耳朵里仍然回荡着首相的愤怒。回来的路上，汽车在一个电视机展销橱窗前短暂驻留，而就像电影里拍的那样——天哪，他讨厌看到这些——每块屏幕播放的都是他现在正在观看的画面：鲜血、残骸，以及将死之人痛苦的号叫；幸好距离远听不太清。车还没动，他的电话响了：是克莱尔，他的妻子。他在看新闻吗？是的，他正在看。她希望他能做点什么，希望他了结这一切。太多暴力和恐怖了。

阿伯茨菲尔德同样是一片暴力和恐怖，但那天白天她并未打电话对他说这番话。她一直等到他凌晨归来才倾诉她的震惊和恶心。但眼下这些不一样，她不能等了，必须现在就告诉他。

他向她保证，他们会尽一切努力。他保证凶犯将被绞死，尽管那其实并不会发生。但作为复仇的口号，这样的话是可以接受的。你尽可以将愤怒的妄想强加于凶犯身上，但最终仍要接受法庭裁决。

回到现在，他说：“你认为是同一伙人吗？”

“手法不同，”戴女士说，“目标不同，是完全不同类型的攻击。”

“我知道，这一点所有人都看得出来。还是那个问题，你认为是同一伙人吗？”

她说：“如果真的是同一伙人的话，我们就有麻烦了。因为谁也不知道他们下一步要做什么。无规律的随机杀戮根本谈不上什么作案手法，那会让我们的侧写漏洞百出。无论凶手是谁，用的都是一枚铁管土炸弹。他甚至可能是单人作案——比如一个心怀不满的青少年。不过当然，这也可能是凶手更大阴谋的一部分，用这两起事件的差异故意混淆视听。等到法医调查结束后，我们便可以得到更多信息。”

或者等到有人声称为事件负责，惠兰心想。

视频结束，他合上笔记本电脑。戴·泰维纳走回桌子前方，没有落座。她更喜欢来回踱步：这意味着，一对一会议的另一方往往要看着她像猫画出地盘那样在屋里走来走去。如果她当初得偿所愿，这间办公室早已成为她的地盘。克劳德·惠兰被任命为局长，往往被人认为是平衡之举；而戴女士——作为多位同为副局长的平级官员中的一位——就等他什么时候失足跌落：不是为了等着救他，而是要确保他着地后就再也爬不起来。

这正是为什么，遇到麻烦时，他总会咨询她的意见。至少他可以确定，她在他的面前，而不是他的背后。

再说，她处理各种状况的经历非常丰富。她在任时经手的棘手状况，比一只小猩猩拉的屎还多。

他看着她踱步，一会儿后接着说：“关于丹尼斯·金博尔，我们掌握哪些信息？”

当然，他真正的意思是，除了本已庞大的公开信息之外，戴安娜·泰维纳还掌握一些关于金博尔的信息。当金博尔还是一名普通后排议员时，他为数不多的几次进入公众视线全是因为酒吧闹事或者超速驾驶，直到他找到了推动英国脱离欧盟、重回二十世纪五十年代这个独特的卖点，才一炮走红。为了领导这场斗争，他不得不退党，尽管他后来时常表示自己退党“极不情愿”；但另一方面他毫无顾忌地对前同事发动恶毒的人身攻击，并将他们的反唇相讥引作他们德不配位的明证。他喜欢穿红褐色夹克、无带便鞋，还不时在摄像机前肆意发脾气，谁料竟成为媒体的宠儿，而正如一位小品创作者所评论的那样，看到他占据舞台中央，仿佛看着一部高飞领衔主演的迪士尼动画片：既出人意料，又令人失望。本来的友情客串却演成了主角，一切都令人如坐针毡、度日如年；当闹剧终于结束时，不止一个摸不着头脑的选民怀疑，这场公投是不是为了让金博尔今后彻底闭嘴才遂了他的愿。如果真是如此，这计划到目前为止并未发挥预期的作用。

“嗯，”戴女士说，“我认为我们可以有把握地说，他已经如愿找到了新的目标。”

“你的意思是，安全局的首席批评官。”

“我怀疑，与其说那是他明确秉承的准则，倒不如说是他哗众取宠的抓手，”她说，“如果这样说会让你感到舒服一些的话。”

“我们掌握什么他不希望我们掌握的情况吗？”

她向他投去一个赞许的目光。“你渐入佳境了，克劳德。如果放在六个月前，单是这个想法就会让你感到震惊的。”

惠兰挪了一下办公桌上他妻子的照片，然后又把它挪回原位。“适者生存。”他说。

“我会查一下他的档案。看看有没有什么值得宣扬一番的过失。不过很难相信他能把自己保护得这么好。跟他老婆相比，艾米·舒默[①] 堪称谨言慎行的典范。”她停顿了一下，“那只是个文化参照，克劳德。我会提交备忘录给你的。”

他淡淡一笑：“那个女人不是有一次在专栏文章里把难民比作地蜈蚣吗？”

“那篇文章发出来没多久，她就在一档电视真人秀节目上被喂了地蜈蚣。这种因果报应的例子可不多见。”

“她说地蜈蚣是什么味道了吗？”

“索马里人的味道。”戴女士说，“她这一点还是得肯定的。她从不会为了交朋友做到这种地步。”

可专栏作家就是这样，他们对异己越是轻蔑，人气就越高——或者至少是话题度越高——反正在他们看来这都是一回事。惠兰心想，那些被官方在地堡里遥控无人机暗杀的目标，或许并非真正祸国殃民的该死之人。

戴女士接着说：“但是我们只不过是她用来攻击首相的工具。首相对我们、对你表示绝对信任的一刻，我们就已经成为她的敌人。别忘了，这可是一场零和博弈。假如首相发言赞扬交通安全员，金博尔就会宣称她们是国家公敌；而多迪接下来会发三篇专栏，历数她们造成了多少交通事故。”

克劳德·惠兰对于追求权力之人丑恶嘴脸的了解，大多来自戴安娜·泰维纳。只不过这其中很少来自她今天这般细致的讲解，而主要来自他对她行事方式的观察。

他说，“那扎法尔·贾弗里又算什么？敌人的敌人？”

“你这么问是因为跟我们有关，还是因为首相想知道？”

是因为首相想知道。此前，就在惠兰受邀向内阁做报告的那

①艾米·舒默（Amy Schumer，1981—），美国喜剧演员，以尖酸自嘲的幽默而著称，节目中时常谈论两性关系、身材形象、职场女性面临的挑战等话题。

场会议之前，首相把他单独叫到一边。贾弗里。他是完全清白的吧？我听到了一些传言。

“他也是多迪抨击的对象啊，”惠兰说，“她的专栏只要提到伊斯兰极端主义，一定会贴上他的照片。这样做的用意，不用读心理学也能看得出来。”

“呃，他是黑人，”戴女士说，“他们不会对他用‘把他们送回老家去’这样的字眼，但我基本可以肯定，金博尔夫妇不会支持彩虹联盟[①]。”她停顿了一下，“我们和交警都查过贾弗里，估计下一步轮到女童子军了。到目前为止还没有人抓到他在地下室里制作自杀式袭击腰带。”

“有什么可疑的社会关系吗？”

“他是个政客。他们这些人都会同可疑的金主互通有无，因为那就是可疑金主们的主营业务。可如果他牵涉到任何重大的不法行为，我们肯定早查出来了。毕竟他一个四十多岁的中年男人，如果真是好色之徒，也忍不到现在。”

“没有反转了吗？”

“反转永远有，”戴女士说，“我们也有过看走眼的时候。”

“那我们就再看一遍吧，”惠兰表示，“确认一下，自我们上一次调查以来，他有没有什么越轨之举。”

她一脸单纯无辜地看着他，显然她的大脑正在飞速旋转。“有什么具体的理由吗？我的意思是，现在事情很多，没时间把作业重做一遍。”

但议会里的角逐并非唯一的一场零和博弈，惠兰心想。他不想让戴安娜·泰维纳掌握全部信息。无论何时，她只要得到了足

①彩虹联盟，指不同族群、不同利益派系之间的广泛联盟。

够的信息，难免会兴风作浪。

“姑且称作‘整理内务’吧，”他说，“你可以调用特工。他们没有全部耗在阿伯茨菲尔德或者最新情况上。我相信他们会想要喘口气。”

戴女士点点头：“好的，克劳德。”

“哦，还有一件事。后天教堂有一场礼拜，大概是为了战争中伤亡的平民的？考虑到近期发生的事件，礼拜也将是一场悼念仪式。到时候会有要人到场，因此需要惯例检查。”

“同时我们还要继续追查阿伯茨菲尔德的凶手，对吧？”

有时候，让戴女士说了算还是值得的，哪怕只是为了让对话顺利结束。他轻轻点了一下头，目送她离开他的办公室。等房间里只剩下他一人，他伸出手轻抚克莱尔的照片，感受着她的平静坚毅、她的道德确定性。了结这件事，他心想。如果事情都那么简单就好了。

路易莎在厨房停下脚步，给自己沏茶。对她来说，没有花在核对图书馆借阅读者名单上的每分每秒，都是人生漫长战争中的一次小小胜利。雪莉紧随而至，让她略感不适。路易莎心想，雪莉最近这几周好像没有之前那么狂躁了。有些人可能会认为这是积极的迹象，但在路易莎看来，这是危险的预兆。

没有任何铺垫寒暄，雪莉突然开口：“你支持哪一边？”

“我想应该是丹妮莉丝·坦格利安，”路易莎头也不回地说，“跟龙无关，我更看中的是解放奴隶那件事。你是看上那些龙了吧？”

“因为我知道自己看到了什么，”雪莉继续说，“那肯定是一起蓄意撞人事件。”

看来短时间内是没法脱身了。路易莎强压着想要叹气的冲动，灌满了烧水壶。“来一杯吗？”她意识到，尽管她们俩共事这么久，这还是她第一次问雪莉是否想喝茶。见雪莉忽略了自己的问话，路易莎莫名地感到欣慰。

“我真希望当时看到了车牌号。”

“那样可能已经真相大白了。”路易莎表示赞同。

“嘿，你又没在场。一切都是转眼之间的事。”

“我不是在批评你。”路易莎说——尽管那就是批评。雪莉做起很多事来都非常快：比如生气、变脸、吃甜甜圈。但事实证明，她在收集数据这方面就没有这么麻利了。

“无论如何，那就是故意撞人。不管肇事者是谁，车肯定是偷的。就算有车牌号，最后也只能在一个鸟不拉屎的地方找到一个烧焦的车架子。车牌号帮不上忙。”

“随你怎么说吧。”

“跟你聊聊真他妈大有帮助。”

这种话就是典型的原来的雪莉才会说的，但不一样的是，她这次说完这话并没有冲出厨房，然后开始摔门、砸东西。路易莎知道她在上愤怒管理课，但她第一次发现这课好像还真管用。她本以为要让雪莉控制住自己的脾气，就相当于给男性阉割，可实践证明并非如此。简直是心理咨询的奇迹。

“问题是，”她看雪莉还在自己眼前晃悠，就接着说，“无论如何我都兴奋不起来。”

“为什么？”

“呃，一方面，兰姆可能是对的。何成为暗杀对象的概率有多大？我是说，职业杀手的暗杀对象。显然，所有认识他的人都想弄死他。”说着，她从一只破锡罐里拿出一个茶包。“另一方面，假如兰姆错了、何被人杀了——呵呵——反正我是看不出有什么不好。”

“除非何是因为他的身份才成为标靶的，”雪莉说，“他毕竟是自己人。”

“何有各种各样的身份，”路易莎说，“但我第一个想到的，不会是‘自己人’。”

“你明白我意思就行了。当然这件事很离谱，因为虽然这件事发生在何的身上，但那个蠢货竟然都完全没意识到。可如果追杀他的人想到，还是在这栋楼里装个炸弹更简单呢？或者带着霰弹枪冲进来扫射？你忘了上一次发生的事了吗？”

路易莎没有回答。上一次斯劳屋遭遇攻击，是马库斯付出了代价。而如果说她和雪莉除了下等马身份还有什么共同点的话，那就是他们都关心马库斯。

水壶里的水烧开了，将蒸汽喷入这个逼仄的房间。她捋了一下耳后的一缕头发，把热水倒进杯里。雪莉还没有要离开的迹象，路易莎开始感到同情她了。明·哈珀去世时，路易莎没有倾诉对象。马库斯和雪莉虽然不是恋人，但他们是斯劳屋最接近搭档的一对。路易莎当初感到的悲痛，雪莉也正在经历。这两者虽然并不相同——没有任何两份感情是一模一样的——却足够相似，相似到路易莎触手可及。

然而，一旦卸下防备，你并不知道迎面而来的将是什么。

她在冰箱里找到牛奶，往杯里加了大概半茶匙。即便使用的茶包装的只是些带味道的粉末，水也一股金属味，但人们依然会坚持自己沏茶的规矩，真是可笑。

雪莉说，“所以我在想。”然后戛然而止。

路易莎等着。“想什么？”

“……算了。”

“雪莉，你在想什么？”

“也许我应该盯着点儿他——我是说何。”

“你想暗中监视保护他？”

“嗯，对。”

“你是认真的？”

“以防万一啊。万一再发生一次呢，你明白吧？”

天哪。

“所以你想的就是这个？”路易莎，“你想问我这是不是个好主意？”

“我想问你想不想帮忙。”雪莉低声说。

“花时间去盯着罗德里克·何。”路易莎说。说出这个想法就是污染空气，仿佛在一个挤满人的电梯里放了一个屁。

“就一两天——不会很久。”

路易莎抿了一口茶，心想刚才不应该加那半茶匙牛奶。假如她刚才果断走开，躲在办公室里直到雪莉下班，那么这杯茶的味道一定会好很多。

“你这可是背着兰姆，你知道的吧？”

“你有意见？”

“呃，这倒也不是什么伤天害理的事，”路易莎说，“可是万一被他发现，你可就要倒大霉了。”

“你怎么知道他会发现？”

“经验。”她想起之前自己听到的急转弯和撞车的声音。她并非否认那是一场交通事故，她只不过并不认同雪莉对事故的定性。“这么说吧，雪莉。”这话她本不愿说，可还是不得不说，

“我理解你的担心，我只是认为你不需要担心。上一次的事——马库斯身上发生的事——非常可惜，但那次我们只是被裹挟其中，没有人针对我们。那些人又为什么要针对我们呢？”

“所以你觉得我是个神经病，”雪莉说，“一个嗑大了的神经病。”

呃，没错，差不多就是那样。

“不是的，”路易莎说，“我不是那个意思。”

“你就是这个意思。算了，去你妈的。”

但她这话说得柔声细语的，也根本看不出她要抄起茶匙、把路易莎的眼珠子挖出来的迹象。于是路易莎再次想：愤怒管理课好像真管用了。这谁能想得到？

“好吧，”她附和着，“去我妈的。”

她端着那杯难喝的茶走进走廊，可还没等她进入自己的办公室，瑞弗就从他的办公室里叫住了她。

“路易莎，过来看看这个。”

瑞弗好像正在看一个Youtube上的视频：反正是一段业余博主拍的视频。J.K.科坐在另一张桌子前，路易莎进来时也没抬头看她一眼。这完全是意料之中。科每天大部分时间都待在科星：那里一定很孤独，然而他在那里至少可以呼吸，否则他早就憋死了。可瑞弗看的是什么？

“天哪。”她说。

“四十分钟前上传的。”

画面很模糊，好像是什么东西发生了爆炸，一群人正在逃离。爆炸发生在一面玻璃隔板的另一端，隔板上已经血迹斑斑，还粘着看似皮毛或者羽毛的东西。

“那是谁……什么东西？里面是什么东西死了？”

“企鹅，”瑞弗说，“有个浑蛋往多布西公园的企鹅围场扔了一枚铁管土炸弹。在切斯特附近。炸死了十四只小家伙：其余的大概也都凶多吉少。”

嫌犯把炸弹扔进水池，半数企鹅跟着一跃入水——企鹅真是奇怪的小家伙——如今已经半数死亡。

“他们知道是谁……？”

“还不知道。”瑞弗切换了浏览器页面。BBC 的首页上信息寥寥，不过发了一张从某人的 iPhone 上截下来的现场画面，看起来就像是屠宰场的操作间。到处都是企鹅的碎块。有一块看起来像是一只完整的脚蹼。陆上的企鹅很滑稽，水里的企鹅堪比芭蕾舞演员，但如果你对它们加诸蛮力，它们也不过就是一堆肉馅。

雪莉这时也凑过来了。她的脸惊恐得变了形。“天哪！太他妈恐怖了。”

“水源，”瑞弗说，“那是他们给企鹅围场起的名字。听起来更像是给大象或者羚羊的，对吧？”他问二人，表现出比路易莎印象中更渊博的动物学知识。

J.K. 科抬起头，盯着他们看了片刻。接着他的双眼失去了神采，转头看向窗外。

路易莎感觉很糟。先是阿伯茨菲尔德死了十二个人，现在又是十四只企鹅。她看了一眼雪莉，后者的脸上现出一种充满悲伤的恶心。这真是有点吓人，因为她所熟悉的那个雪莉应该早就在墙上砸出几个洞了。那并不是因为雪莉有多么热爱企鹅——至少据路易莎所知——而是她一般不会放过任何发泄的机会。

她没忍住开了口：“雪莉觉得，我们应该留心何。”

“什么意思，监视保护吗？”

“差不多吧。”

“下班之后？”

“上班期间会伤害他的只有我们。”

“你们知道他喜欢泡夜店吧？”

“我能想象得到。”

“我只能认为，跟他一起泡夜店的人都跟他臭味相投，都是他的同类。”他停了一下，“我们可能需要生化防护服。”

雪莉说：“这么说你同意加入了？”

“反正也没事干。”瑞弗说。他看了一眼路易莎：“你也一起，对吧？”

路易莎耸耸肩：“好吧，为什么不呢？算我一个。”

# 4

那个问题一如此前采访中一样被问起，多迪·金博尔的回答也已轻车熟路：“哦，别误会。丹尼斯才是我们家的当家人[①]。”这基本是实话，只不过她不会补充说，丹尼斯有时也会穿上她四十岁生日时他送给她的那条红色短裙，以及她的内衣内裤：如果不慎发生了意外，丹尼斯总会一丝不苟地买来新的替换。这是个人畜无害的小毛病——年轻时的多迪只喜欢公学的美男，所以当她发现丹尼斯的这点儿小怪癖之后并未感到吃惊。至少他不会套上潜水服，要求她穿着细高跟鞋在他身上踩来踩去：曾有两个哈罗公学校友将这称为下班后的消遣（他们还跟丹尼斯是同级同学）。不管你对这个系统有什么意见，它确实让学生们带来了肤浅的经典知识和广泛的人脉，并教他们学会了吃哪道菜该用哪把叉子。公立学校都是留给化学家和落魄诗人的。尽管如此，一想到丹尼斯给她选四十岁生日礼物时心里还打着他自己的算盘，她还是有点儿不爽。

总之，那件小事上周已经了结，短时间之内不用再操心了。此时此刻，身处切尔西公寓中的二人讨论的主题，关乎他们共同的职业追求，而非他们大概算得上共有的业余爱好。

---

①原文为“It’s Dennis wears the trousers in our house”，其中“wears the trousers”字面意思为穿裤子，引申为“当家做主”之意。

“而且你确定，这个信息是准确的。这个叫……”

“巴雷特。”

“这个叫巴雷特的人不是在胡说八道。”

那不是问句，何况即便是问句的话，多迪也已经回答了三遍了。然而丹尼斯就是这个风格：他处理信息的时候，喜欢重复多次。这样一来，等他起身向公众慷慨陈词时，就不需要看稿，也不用搜肠刮肚地字斟句酌。从他嘴里说出来的话会充满自信、掷地有声。即便——尤其是——他说的完全是一派胡言。

她说：“他过去跟报社合作过，用他提供的信息发的稿子从没撤回过。我觉得他曾经当过警察。或者他会给人留下这样的印象。总之，这种偷偷摸摸的事我们都找他干。你懂的，比如跟踪啊，窃听啊之类的：当然，一切都是为了公益。”

“当然。”

“他一直盯着扎法尔·贾弗里的马仔。”

扎法尔·贾弗里：首相最器重的穆斯林，正在竞选西米德兰兹郡的市长，他正派、理性、温和、善良，正是穆斯林社群需要的代言人；他最先出面谴责极端主义，也头一个批评恐伊斯兰的迫害行径、捍卫穆斯林同胞的利益。那是官方口径，就连多迪也承认他很上镜，可是对其他信仰的移民开放门户也得有个限度——加上“其他种族”真的就罪不可赦吗？——你总不能把门钥匙也交给他们。再说，还有他弟弟的事。确实，他从未试图隐瞒——毕竟想瞒也瞒不住——但即便是公开承认也没有压住争议：事实是，贾弗里的弟弟去叙利亚参加圣战，并死在了那里。其实他就是个恐怖分子。跟那些在温和的英格兰枪杀无辜群众的暴徒没有任何差别。

丹尼斯闭上眼睛背诵起来：“马仔。一个三十多岁的前科犯泰森·鲍曼，曾两度因企图伤害罪入狱服刑。服刑期间表现极差。声称在狱中受到真主感化，如今已经改邪归正，但脸上有刺青，就像部落标记？”

“最好还是别提‘部落’，亲爱的。”

“我就知道。总之，贾弗里的手下大多都有案底。他打的就是这张牌。洗心革面，重新做人。”他不以为然地说：都是左派的屁话。“贾弗里跟犯罪分子有牵连，这点他根本没法否认。”

“贾弗里不会在场确认或者否认任何事，所以不要提政策，只强调鲍曼服过刑就好。回到正题。我们的巴雷特拍到一段鲍曼光顾圣保罗大教堂附近一个乌烟瘴气小地方的视频，表面上看那是一家文具店，不过那只是——是叫‘幌子’吗？业主叫雷金纳德·布莱恩，绰号‘舞者’。巴雷特说，这个叫舞者的家伙在黑道吃得很开。据说他能搞到枪支，并且专业伪造身份证件。”

“那他怎么没被抓起来呢？”

“那是因为，亲爱的，这个世界上大部分是灰色地带。如果官方认为某个人是有用的信源，当然就会给予他一定的行动自由。但这些都不是我们要关心的。重要的是：第一，他从事的是枪支和伪造身份证件交易；第二，贾弗里的手下与他有牵连。”

“但不是贾弗里本人。”

“当然不是贾弗里本人。这就是为什么——”

“——他找了个马仔。”丹尼斯接上了话茬儿。

他们是一个团队。这就是他们做事的方式。

他见妻子的酒杯空了，马上给她满上：那是从城郊葡萄酒库里买来的一款还不错的干红。被人看到跟普通人一起买东西没什么不好，前提是你要恰当地定义“普通”。

“我们确定要在公众集会上披露这个消息吗？下议院或许更

稳妥。”

“稳妥是不假，但我们不能躲在议会之母[①] 的裙子后面，”多迪说，“我们要仗义执言，在光天化日之下捍卫人民的利益。”

他朝她举杯，以表达对她使用的代词的欣赏。

“再者，”她继续说道，“这都是可以验证的事实。我会在第二天一早的专栏里报道，再配上图片证据。贾弗里想告都没法告。如果他提起上诉，我们就能把他埋了。”

丹尼斯转变了角色：他不再考虑下一次讲话的内容是否妥当，而是开始预演，掂量着它的分量。“任何解释都不能让伪造证件的行为变得清白无辜。贾弗里——”

“或者说，他的马仔。”

“或者他的手下在阿伯茨菲尔德暴行发生后的四十八小时内，与一位伪造身份证件的不明供应商进行联系，此举的意味不言自明。”

“‘需要解释’或许更好。”

“此举需要解释，”丹尼斯修改了措辞，“指望首相要求他的同伙立即给出解释，是不是不太现实？”

“不用说那么直白，”多迪说，“人们自然而然地就会把这两件事联系起来的，相信我。况且即便他们想不明白，我的专栏也会帮他们想明白。与此同时，你的声明将给首相沉重一击：经过充分、慎重的考虑，为了报效国家——”

“在这个艰难的时刻。”丹尼斯说。

“——为了在这个艰难的时刻报效国家，你已经决定重新加入

① “议会之母”（Mother of Parliaments），指英国。这一说法来自英国政治家、改革家约翰·布莱特（John Bright），他在一八六五年一月十八日在伯明翰的一次演讲中提到 England is the Mother of Parliaments，意指很多英联邦国家都采取了英国的议会民主制度。

那个理想和抱负均为你所深信的政党，你将非常高兴地在后排席位上，与那些你一直视为密友的同志们携手奋进、辛勤工作。”

“其实在我眼里，现在这批后排议员都是令人生厌的小屁孩。”他说。

“不过还是比我们现在的这个小破党强。”

这是事实。金博尔加入的这个党派虽然只有一个核心议题，但这一个核心议题也足以激起头脑简单的党内活跃分子之间的分歧，而对于这些人来说，停车场里的约架也是一种辩论。金博尔的变节——或者说二次变节——毫无疑问将引起党内纷争，但过不了几天就会平息。

他再次对她举杯。这样的战略讨论会真是惬意，堪称合作规划的典范。“我好奇首相会作何反应。”他说。

“哦，他会假装自己正在屠宰一头肥美的小牛，并试图表现自己身上滴血不沾。他刚刚宣布完全支持贾弗里，我那篇文章发表之后——”

“给母牛配种那篇是吧，哈哈！棒极了！”

“——他别无选择，只能给安全局的一把手摇旗呐喊，他叫什么来着？那个平平无奇的男人。”

“克劳德·惠兰。”

“于是，首相那温顺的穆斯林明星其实是木柴堆里徘徊的那个[①]，而要为前面说的那个穆斯林树立起威信而负责的人又严重失职。看起来首相真是识人不明，是吧？”

“甚至需要另请高明了。”

---

①原文为“So the PM's tame Muslim celebrity turns out to be what we're not allowed to say is usually found lurking in a woodpile”。此处多迪使用的短语是“nigger in the woodpile”，意指“隐藏的障碍”，但出于政治正确没有讲出“nigger”。

“还有比公投的英雄更合适的人选吗？亲爱的，好的结局在政治里简直寥寥无几。你的这次成功多年之后依然将为人们津津乐道。”

这二人真心觉得自己受人爱戴，就像其他报纸专栏作家和其他政客一样。

丹尼斯·金博尔喝完了杯中酒，起身舒展筋骨。“很好，”他说，“一切都棒极了。现在我要……先散个步。买份报纸。”

“亲爱的，如果你抽烟被人看到，肯定会上报纸头条的。你公开宣布过要戒烟，记得吗？”

“我又不是在政党宣言首页宣布的。”

“这话第一次说还有点意思，亲爱的，下回别说了。你想抽烟的话就在花园里抽，确保周围没人。”

有时候，她觉得跟他相处像是带孩子。

趁他去花园的工夫，她过了一遍日程，核对明晚选区公共集会的细节。把这场活动定在选区是有意为之。丹尼斯的优势在于他能容忍普通人，假装自己并不比他们更高贵，而他职业生涯的这一个阶段比以往任何时候都更需要这一点。他将在家乡人民和媒体面前发布那份重要声明，他的支持者将感到自己成为这历史性时刻的一部分，而随之而来的善意的浪潮将推动他顺利度过接下来的几个月。这股浪潮也会把首相拍在岸上。作为一个和蔼可亲的蠢货，首相的亲切感正在褪去，这让他的愚蠢日益扎眼：他任人唯亲，内阁会议仿佛六年级的公共休息室，而他自己却对这种引起众怒的行为毫不自知。不过，风向已经开始反转，他的好日子不剩几天了。

对了，这几个词真不错。她得记下来——感情的浪潮、拍在岸上、风向反转……

多迪喝完了杯子里的酒，看向日程上的下一个事项：活动的穿着。要持重、严肃，有品位又不能太花哨。老实说，那条红色短裙就没什么品位。不过这话不能当着丹尼斯说：即便是最般配的夫妻也需要守护各自的秘密。

五点之后，斯劳屋的楼梯就成了单行线：通常如此。雪莉的最后一节愤怒管理课在六点，她步行不到半个小时就能到，不过这也正是要控制愤怒的诸多恼人之处的一个：如果一定要干些什么的话，她肯定不会选择干等。再者说，她想开始今晚的正经事：盯梢罗迪·何，看看是什么妖魔鬼怪在他身后阴魂不散。事实上，她满脑子都是这件事，以至于时常忘了口袋里那袋可卡因。

好在她还是会自然而然地不断想到它。

也许她应该现在就吸？在兴奋中开启这个夜晚，让自己更加敏锐。她此前几乎从不在愤怒管理课程之前吸粉，只有一两次而已，可是管他呢：她那一两次不是也挺过来了嘛，对吧？只不过课程延长了一节，还是两节来着……算了，现在吸粉好像不是什么好主意。

那就只能在办公室里干等了。这破班已经上了一天了，还得延长三十分钟，而瑞弗·卡特怀特和路易莎·盖伊已经开始行动——还是她主导的行动。要是没赶上热闹，只能自认倒霉。最差的情况是：何被人暴揍一顿，这么有趣的场面她却没在场。到时候那两个人一定会津津乐道地反复提起。而她还要枯坐二十八分钟，只身一人待在斯劳屋，除了——

兰姆和凯瑟琳。

她还想着另外一件事：这件事她想了有一段时间了，但一直没找到合适的机会处理，而那很大程度上是因为这样的合适机会恐怕根本不存在。但现在或许就是确证这一点的最佳时机。不然也只能坐在这里数着分钟，度日如年……

去他妈的。

雪莉起身离开办公室，上了楼梯，向楼上走去。

“何住的怎么是房子呢？”瑞弗问道。

“不然你觉得呢？他顶着比萨盒？”

“你知道我是什么意思。”

她当然知道。

他的意思是：何怎么住得起房子。那可是一套别墅啊！不是公寓，也不是客卧两用的出租房；何竟然在伦敦有自己的房产，有大门、有屋顶，应有尽有。瑞弗住在东区一间一居室的公寓，窗外是一排小店，时常要伴着醉鬼的打架声入眠，每季度还会涨房租。路易莎倒是自己有房——也是公寓——但离市中心数公里之遥，跟机场到市中心的距离差不多。但何的住处显然是一栋别墅：虽然不是伦敦最干净或者最体面的街区，但那也是别墅啊。

“爹妈银行。”路易莎说。

“一定是。而且有一个古怪的……怎么说的来着？”

“特点。”

那好像是二楼的一个暖房：房间的外墙大多是玻璃材质，透过窗帘的缝隙，二人看到一摞电子设备，他们猜测那些设备不是用来放音乐的就是用来上网用的。房间这会儿亮着灯，何——或者是别的什么人——就在楼上。

“我记得他好像跟我说起过。”路易莎说。

“何跟你说起过他的房子？”

“应该是的。”

“你听他说了？”

她说：“别忘了我是一名间谍啊。”

他们此时坐在路易莎的车里，正在——呃——暗中窥探。为了做好监视工作，两人端着聚苯乙烯的餐盒吃了汉堡，还在一阵冗长的讨价还价之后（“你不需要放盐了，他们已经放过盐了。他们真的放了。”）分了一份芝士薯角。谈判的紧张感或许让本应美味的半份薯角变得索然无味。何到家已经一个小时，两人一致决定如果他一夜在家、平安无事，那么明天一早上班他们就要把雪莉从桥上扔下去。

车里满是食物的味道。路易莎摇下车窗通风。

“说起房子。”

说这话的是瑞弗。

路易莎接茬儿说：“怎么了？”

“我那天去了那里。”

“你外公家？”

瑞弗点点头。

“他不在，你一定感觉很奇怪。”

“我觉得那是我第一次一个人在那个房子里。这当然不可能是真的——但我的感觉就是那样。”

那就好像是走进了另一个人的过去：书架上的书、衣架上的大衣、后门边的雨靴。虽然瑞弗搬出来已经十年了，但那里难免仍有他残留的痕迹；脚踢板上的缺口、阁楼里的箱子和孤零零的青少年读物书架。但那栋房子如今是老家伙的，从前则属于老家伙和瑞弗的外婆萝丝。行走其中，他感觉自己是个外人，仿佛有人为他的外祖父母建了一座博物馆，却忘了给展品贴标签。他抚摸着各种物件，想要根据自己为数不多的了解，找到它们在这段漫长故事中的位置。

“那栋房子会怎样？”

“会怎样？”

路易莎转头看向别处，接着又转回来看着瑞弗。“他不可能长生不死啊，瑞弗。”

“没错，我知道。我知道。”

“所以你是他的唯一继承人？”

“我母亲是他第一顺位直系亲属。”

“但他会把房子留给她吗？”

“我不知道。嗯，也许不会吧。”

“那不就得了。”

“我不是在等着他——”

“我知道。”

“——死，我不是——”

“我知道。”

“——数着日子。是，我大概会继承他的遗产。是，那栋房子会派上用场。谁知道呢，毕竟伦敦太贵了。或许你无所谓，但我宁可他活着。即便他像现在这样，半数时间都糊里糊涂。”

“我明白。”路易莎说。

他手里紧攥的聚苯乙烯餐盒发出尖锐的声响，仿佛一头被棒打的海豹。抑或是被人谋杀的企鹅：凶犯选择这样的目标，真是疯狂。如果死者里面没有哺乳动物，还算是恐怖袭击吗？

“来了。”路易莎说。

何走出房子，上了一辆专车。

“游戏开始。”她低声说道，然后启动车子跟了上去。

兰姆扭着身子，像一根弹簧——一根装在锈迹斑斑的老旧床架上的弹簧。他半侧身仰卧在椅子上，双眼紧闭，一只脚搭在桌子上，右手夹着的一根烟正在燃着。透过他没系扣子的衬衣前襟，雪莉可以看到他的肚子起起伏伏。烟卷冒出的灰蓝色烟雾盘旋直上，直到撞到天花板才四处飘散。

外面天还亮，时间也没到晚上，但兰姆已经打卡完毕，给自己赢得了一次技术性击倒。他的办公室是永远的死亡地带；它让你夜半惊醒，心脏狂跳，让你的一切麻烦都扑面而来。雪莉犹豫着要不要扭头向后，正确地利用楼梯下楼滚蛋。然而，她已经错失了逃离的窗口。

“如果你想让我给你涨工资的话，”兰姆突然开口，双眼却依然闭着，“你就想象我是圣诞老人。”

“……你就会给我涨工资？”

“我就会对你说‘吼吼吼’。”

“我不是想让你给我涨工资。”

“想休假？答复如前。”

“马库斯有一把枪。”雪莉告诉他。

听到这话，他睁开了一只眼睛。“好吧，”他承认道，“这我倒确实没猜着。”

“能给我吗？”

“可以啊，为什么不呢？就在那个架子上。”兰姆朝着一个角落生硬地甩了一下头。“自己拿吧。”

“……你是开玩笑的吧？”

“我他妈当然是开玩笑。我虽然不读管理学的那些狗屁，但我非常确定不能因为员工感觉无聊就给他们配枪。英国家居店[①]主要就是因为这个破产的。”

“我没感觉无聊。”

“你没感觉无聊？你这是批评我的领导风格啊。”

“我是感觉无聊，”雪莉赶忙更正，“但我找你要马库斯的枪不是因为这个。”

“你要是想找个东西镇纸，可以偷一只订书器。他们都是这么干的。”

“总部有军械库。”

“总部还有水疗馆和健身房呢——甚至还有托儿所，你能相信吗？你这么在乎员工福利，早干什么去了？”他放下之前搭在桌面上的那只脚，顺带弄掉了几份大概毫不重要的文件，然后向前倾身，在一只茶杯里按灭了手里的烟。“顺便说一句，我这么开诚布公地跟你讲，已经算是教牧关怀了。意见反馈表也不知道在什么地方，你不嫌麻烦就填一下。”

“如果再出事的话，”雪莉说，“我不想再藏在一扇硬纸板门后。那个疯子冲进来时，我们都是抄着水壶和椅子跟他周旋的。”

“丹德尔，你说的这些我他妈根本不在乎，我料你也不会明白，但你是个沾火就着的瘾君子。让你保管一把上膛的手枪，就等同于把一盒火柴交给一个三岁小孩。这十分钟时间或许会很有意思，但没等你说出‘他妈的，怎么有一股熏肉味’之前，人事就开始找我麻烦了。再说，我讨厌文书工作。可斯坦迪什今天就

①英国家居店（British Home Stores），英国老牌零售店，一九二八年由一群美国投资者在伦敦创立，于二〇一六年破产。

让我签了十五个表格。”他举起一只手挡在他和雪莉中间，伤感地咧了咧嘴。“我感觉我已经因此患上了重复性劳损。”

“没有人会知道的，”她说，“马库斯本不该拿着那把枪。根本不合法。”

兰姆一脸震惊：“你的意思是，如果他当时被发现持枪，可能会被提起刑事诉讼？”

“没错。”

“他可是逃过一劫啊，是吧？可惜没机会再犯了。”

她盯着他看了大概半分钟，但他一脸善意——仿佛一头刚刚交配完的非洲野猪——摆明了是要对峙到底。考虑到兰姆离谱到几乎没完没了的放屁能力，这样下去可能要僵持很久。

*狗屁愤怒管理。*跟兰姆这三言两语相比，课程简直是小菜一碟。

“万一我们再被攻击呢？”她临走时甩下一句。

“烧水壶不是已经换了新的了吗？”兰姆说着，又闭上了眼。“下楼时请脚步轻一点。我们有的同事生性敏感。”

另一面，同时，在总部，命令正在逐级下达。

*贾弗里是完全清白的吧？*首相问克劳德·惠兰。*我听到了一些传言。*

“局长希望确认，扎法尔·贾弗里是否……靠得住。”戴女士告诉艾玛·弗莱特。

任何人都靠不住，弗莱特心想。这是政治，又不是 DIY。

不过她嘴上说的是：“他想什么时候要结果？”

“十分钟之前，”戴女士说，“你怎么还在这儿？”

两人关系不睦，但本来可以更糟。举个例子：两个人说这番话的时候都站着。不过，天生美艳过人的艾玛 · 弗莱特已经习惯了来自男女两性的敌意，尽管这种敌意往往伪装在善意的外表之下。某种程度上说，戴女士毫无遮掩的厌恶令她感到新鲜。再者，弗莱特拥有克劳德 · 惠兰的支持，因此她的地位仍能稳如泰山：身为看门狗头目，她领导着安全部门的内部警察队伍。这个安全局的分支历史上多次沦为执行局长无情意志的私人武装，但在弗莱特的领导下已经回归本职——或者至少看上去如此——作为中立部门负责清洗局内不可接受的行为。简单来说，就是追捕不听话的间谍。弗莱特在贯彻这一宗旨上的顽固，是她与泰维纳矛盾的焦点，不过她现在已经做好了灵活通融的准备。这并非为了回报惠兰的力挺，而是她心照不宣地承认，如果安全局遇到麻烦，所有人应当同舟共济。而自从阿伯茨菲尔德事件发生以来，便麻烦不断。

再者，职业素养颇高的戴女士除非必要或者有意为之，从不会表露自己的敌意。

于是弗莱特干脆回复："正在规划下一步行动，长官。"说完她便动身行动，而第一步要做的，便是让德文 · 威尔斯查看现有背景资料，帮她掌握最新情况。

德文和她一样也曾是一名警察，这意味着他清楚何时应当遵守命令、何时应当自行其是以及最近的酒吧在什么位置。这一次，他花了四十分钟整理了安全局迄今为止收集的所有关于扎法尔 · 贾弗里的资料；共涉及两次全面审查以及若干次专项调查。

"对于一个中量级的政客来说，料不少啊。"她说。

"对于一个中量级的白人政客来说，这些料确实算是多的。"威尔斯更正道，"不过除了伦敦市长之外，这个国家最知名的穆斯林政客就是贾弗里了。两次全面审查都是他与首相公开握手之前。首相不喜欢被人看到与危险人物勾肩搭背。”

“你当我的面强调‘白人’这个词合适吗？”

“你刚才还当着我的面要一杯黑咖啡呢。”

他们此时身在总部食堂。一般在这里开的会，要么就是不涉及任何私密之事，要么就是为了大隐隐于市。

威尔斯说：“三年前，他弟弟前往叙利亚时曾对他的整个家族进行审查——另一次则是他宣布竞选市长的时候。他最终获得了——呃——前所未有的大胜。但他每个方面都堪称无懈可击。他生在中产阶级家庭，却平易近人，而且非常上镜：他有一段采访，你可能看过，他声泪俱下地讲述他和家人如何辜负了弟弟，其他英国穆斯林家庭不应该重蹈覆辙。此后他参加了几个委员会，议会问询时发言得体，被任命为首相的特别顾问。就是这些。”

“跟我说说他弟弟的事。”

“卡里姆。年纪比他小不少，相差大概十二岁。谁也不知道他是怎么变得激进的。大概主要是不良网络连接的影响——听着像是技术问题，不过你应该明白我的意思。他浏览过几个论坛，现在已经关闭了。家人是看了他在叙利亚发的视频才知道的。几个月后他们最后一次听说他的消息，是他操纵无人机偷看别人约会。要看名人秀也不应该去叙利亚啊，对吧？”

“我会把这一项从我的遗愿清单上删掉的。他手下人是怎么回事？”

“贾弗里为激进青年做了很多工作——已经改邪归正的激进青年。鼓励他们在学校演讲、写博客、做播客，还从他们中间物色工作人员，所以审查报告里很多话都比汉普顿迷宫还让人迷惑。这有一份概要。不过……”

“谁也不能以自己的职业生涯担保这些人都没有问题。”

“大概就是这样。”威尔斯停顿了一下，“还有，我刚刚跟以前的一个联系人聊了一下：一个媒体行业的人。”

她说：“你联系了记者？”

“数字革命胜利之后，我们日常都会跟他们打交道。‘行，再来份薯条。’[①] 不过现在他们还有用处。这家伙在多迪·金博尔的报社工作。金博尔的一篇稿子似乎声称贾弗里与一位从事枪支和假冒身份证件的不光彩人士有牵连。多迪经过一番东拼西凑，给贾弗里扣上了牵涉恐怖主义的帽子。她甚至将贾弗里与德比郡屠杀的团伙联系起来。”

弗莱特说：“好——吧。十分钟前，我刚接到这个要证明目标清白的任务，现在就发现他可能是大屠杀的嫌犯。”

“十分钟可不止，大概有一个小时了，”威尔斯说，“而且你当着我的面说‘清白’合适吗？”

“就连我们也还没摸到德比郡凶犯的边呢，金博尔怎么知道的？”

“不重要。你唯一要知道的是，她手里有黑料，并且要爆了。她丈夫是反对英国留欧的议员丹尼斯。大概另有企图。”

“所有人都另有企图。”弗莱特嘟囔了一句。她喝完了咖啡，站起身。“谢了，德夫[②]。不过还得继续挖。”

“没问题。”

她离开食堂，去找戴女士。

---

①原文“Yes, I will have fries with that”常用于餐厅（尤其是快餐厅）点餐。此处威尔斯暗讽未来记者都将失业，去餐厅当服务生。

②德夫，德文的昵称。

* * *

凯瑟琳将水壶放在炉火上，一边等着水烧开，一边擦拭厨房台面上的污迹。总有事情等着她干。不久前，她曾以为自己会彻底离开斯劳屋，何况她那几个月的生活还算顺心：上午过了是下午，下午过了是晚上，而且她滴酒未沾。但那段日子让她感到沉重。对于酒鬼来说，比无所事事更大的麻烦虽然存在，但并不多。她的公寓是整洁的典范，甚至整洁得离谱。假如她想打扫卫生消磨时间的话，还得先花时间把房间弄乱；而在斯劳屋，乱糟糟才是常态。因此是的，总有事情等着她干。

但并非所有污迹都能擦得掉。前一阵子斯劳屋里死了三个人，就连兰姆都认为这对于一个工作日的下午来说还是太多了。死者有他们的一位同事，一位前特工，还有一个俘虏被枪杀。凯瑟琳或许是唯一一个为最后一起死亡感到悲哀的人。令她悲哀的与其说是死亡本身，倒不如说是那人死亡的方式：那是J.K.科的蓄意谋杀，而凯瑟琳相信这样的行为不会没有后果。这无关宗教或灵性，而是她从过往教训中学到的冤冤相报的铁律。循环往往是恶性的。凯瑟琳怀疑，其他形式也会伤人，只不过公关做得更好。

她擦干净台面上的污迹，端着刚沏好的两杯茶和一块抹布，朝兰姆的办公室走去。

他挪了挪身体。“难道是我无意中制定了开门办公的政策吗？如果真是那样的话，那我指的不是我办公室的门，而是你们办公室的。”

凯瑟琳把两杯茶放在他的桌子上，拿开扔在客位上的一只落单的袜子、一把梳齿没剩几根或许需要安假牙的梳子和一个空的三明治包装盒，又用抹布把客位擦拭了一番。接着，她坐了下来。

“搞得像皇室临幸一样，”他嘟囔着，“你的屁股要是真有那么特别，怎么会长在你身上？你究竟有何贵干？好像我不知道似的。”

“有人想要撞死何。”

“是的。刚才开会时讨论这件事你是不是没听见？就在‘其他事项’议题下面。”

“你说那是子虚乌有。”

“我只不过是指出丹德尔是嗑大了的白痴，”他说，“这两者之间的差异确实比较微妙，这我知道。不过，区分微妙的差异一直是我的强项。”

说完他放了一个屁，接着伸手去端茶杯。

“你真的那么收放自如吗？”凯瑟琳忍不住问道。

“什么？”

“……当我没问。所以说，你相信她的话。尽管她有她的问题。”

他喝水时发出的啧啧声让猪都相形见绌。

“不过你还是让她觉得你不相信她。”

“天哪，斯坦迪什。”他打开了办公桌抽屉。她知道他要掏什么，并且正如她所料：一瓶泰斯卡[①]。他打开瓶盖，往茶杯里倒了够喝一个星期的量。“做道完形填空题，好吧？在获悉特工面临确信的威胁之后……”

灵光一现。

“……好吧。”

①泰斯卡（Talisker），单一麦芽苏格兰威士忌。

“好是好，可是原话不是这么说的。”

她别无选择。“必须立即就此事向地方站点（任务）主管报告。”

“我甚至能听见你话里的括号。”他说，“那你告诉我，我们的地方站点是哪里呢？”

“总部。”

“总部。所以部门常行规则第也不知多少条——”

“二十七条第三款。”

“谢谢。要求就今天白天发生的事向戴·泰维纳女士进行全面报告，而后者必将知会克劳德·惠兰。对于一个本应行事保密的安全机关来说，这种一式三份的公文流程太烦琐了。”兰姆举起那个刚才还装着茶水的杯子，喝了一大口。“啊，好多了。好在，伦敦规则第一条已经取代了常行规则二十七三。那就是……？”

他举起手拢住一只难看的耳朵。

伦敦规则不是什么成文的条例，但它的第一条所有人都烂熟于心。

“明哲保身。”

“完全正确！”他骄傲地打了一个嗝，“因为也许你没注意，但斯劳屋可不受总部待见。甚至可以说，总部有不少人恨不得把我们都塞入麻袋中扔进泰晤士河。”他想着自己竟然如此不受欢迎，不由摇摇头，然后不知从哪里变出一根烟，点着了。“所以对于任何让他们写材料编排我们的机会，我们都要扼杀在摇篮里。你要觉得我说得太快了，可以随时打断我。”

“你的速度一直令人印象深刻。”她说。尤其你这么大的块头，她心想。凯瑟琳扇了扇身边环绕的烟雾。“你想过要戒烟吗？或许能得活久一点。”

“我为什么要活得久一点？”

“好问题。所以你的意思是，盯上罗迪的那伙人也让我们成了总部的解雇目标？”

“如果他们能发现的话。”

“你觉得罗迪做了什么？或者看到了什么？”

“天知道。没准儿下载了坎特伯雷大主教的变童视频？甭管是什么，我猜他现在依然不明就里。他有一种特质，那个词怎么说来着？”

“超脱？”

“是蠢。那家伙太蠢了，踩了别人的屎都没有感觉。而且还会把脚上的屎带得到处都是。”

“他已经下班了。”凯瑟琳说。

“我知道。我感觉办公室里的平均智商升高了。”

“那伙人要是再对他下手怎么办？”

“如果还是跟今天白天那次一样的话，那肯定会上搞笑视频热门。那帮人跟我们不是一伙的——真是谢天谢地——否则他们就要调到这儿来了。”

“所以我们什么都不做吗？”

“呵呵，反正本人是不打算做什么。可如果你觉得我们的杰森·笨① 小队会放过这次私自行动的机会的话，那就说明你已经忘记了睾酮的味道。丹德尔刚才还来找我要枪。”

“你没给她吧！”

“我想过要给她。她正要去上愤怒管理课。想象一下她带枪

①原文为“our little gang of Jason Stillborns”。此处兰姆化用了《谍影重重》系列男主角杰森·伯恩（Jason Bourne）的名字，而stillborne意为“夭折的，失败的”。

上课是什么场面。”他凝望前方，仿佛已经想好了一条报纸头条标题。接着他倾身凑过来，把烟灰弹进了凯瑟琳的茶杯里。“谢啦。”

“我感觉，如果我们可以信任总部的话，生活会轻松很多。”她说。

“呵呵，咱们的克劳德可看不上我，毕竟我知道他睡过不该睡的人。就是那个琴瑟和谐，在局内传为美谈的克劳德。”他坏笑了一下，“他把他老婆视作圣女。也就是说，她只有在教堂才会下跪——如果你听得懂的话。”

“想听不懂都难。”

兰姆刚要接话，就剧烈地咳嗽起来：这阵咳嗽如地震一般，不仅兰姆自己的身体剧烈起伏，就连他曾经亲手埋葬的尸体都要被晃出来了。他的办公桌也跟着颤抖起来。凯瑟琳一言不发地盯着，突然想到万一他死了自己该怎么办：毕竟眼下这也绝非不可能。他甚至随时可能会死在她面前。嗯，她脑海深处一个冷淡的声音——就是那个每周她去商店采买时阻止她往篮子里放酒的声音——说道：她已经不是第一次看着领导死在自己眼前了。她没有凑一组暗三条[①] 的想法，不过她觉得即使这个老板也死了，她也能挺过来。

但她的本能直觉占了上风。她回到自己的办公室，带回一只干净的玻璃杯、一瓶水和一盒纸抽。她给他倒了一些水，把纸抽递给他。他抓起几张捂住脸，等气喘慢慢平复，一鼓作气地把水灌进了喉咙。

趁他擦嘴的工夫，她问道：“你上一次体检是什么时候？”

---

①暗三条（set），得州扑克术语。

“每年一次啊——你知道的。”

“是。那你上次体检是什么时候呢？”

“就咳嗽这一阵，过去就好了。”

“你烟抽得太多，酒喝得太多。我猜你每天晚上都是昏过去的。你运动过吗？算了，当我没问。”

“我的身体是圣灵的神殿。”兰姆说。

“这个观点有意思，”凯瑟琳说，“那你选择的生活方式又是什么呢？塔利班？”

他咕哝了一声。

她再次起身。“我们说到哪儿了？有什么事正在发生，但我们不知道是什么事，但至少跟我们的一位同事有牵连。与此同时，国家处于红色警戒状态。你觉得这有点儿耳熟吗？”

“大多数时候，我的一生都像是录像回放。”

“要是再不运动的话，可能就快要季终了。”她离开他的办公室，穿上大衣准备出门。

兰姆兀自坐在黑暗中，给自己续上一杯酒。

过了一会儿，他又点了一根烟。

# 5

他们认定，这家夜店肯定不是何选的，因为这里没有那种仿佛要榨干脑浆的背景音乐，反倒有一股重回校园的清纯气息。他们此时坐在二层一个能看到舞池的卡座；当然也能看到空地另一侧人堆里的罗迪·何。他则没看到他们，一来是他忙着照顾同伴，二来是因为他戴着墨镜。这副墨镜差点让二人决定放弃盯梢，让他自求多福，不过瑞弗提出，那样对雪莉不公平。

“你什么时候开始在乎雪莉的想法了？”

他耸耸肩。

这家夜店在斯托克韦尔。何在门口下车之后，在人行道上来回溜达了四十分钟，边走边发信息。路易莎绕着附近街区来回转了好几圈，但何完全没发现她；她把瑞弗放在附近一个路口，哪怕罗迪稍微观察一下周边环境都会注意到他。瑞弗心想，如果我想杀你，你早就死了。但这大概不是事实：之前瑞弗有很多次想杀了罗德里克·何，最终都被内心不想进监狱的强烈愿望拦了下来。

终于又来了一辆出租车，从里面下来了大概十六个人。其中一个漂亮姑娘——可能是华裔——让罗迪亲了她的脸颊，并在他付车费和夜店入场费时短暂地牵住了他的手。等到瑞弗和路易莎重新会合走进夜店，那帮人已经找好位子，等着罗迪从吧台端酒回来——他来回跑了三趟。忙前忙后的罗迪并未看到瑞弗和路易莎进门，不过就冲那副墨镜，他大概也看不见。

“那个就是传说中的女朋友吧？”路易莎问。

“名字叫金姆。”

“对，他可能提到过。你觉得是不是他网上订购的？”

“我猜是他在自家地下室组装的，只不过看上去毫无拼接痕迹。”

执行任务的二人本应喝矿泉水，但矿泉水太贵了，他们决定改喝啤酒：反正一样被宰，喝啤酒感觉好一些。瑞弗把位置发给雪莉。雪莉没回复，但这并不让他们感到奇怪：雪莉每次上完愤怒管理课，好几天都气鼓鼓的。

“不过她最近好像没那么……有破坏性了，”瑞弗说，“越来越沉默寡言了。”

“我觉得她是粉抽完了。”

“她是想马库斯了。”

路易莎没接茬儿，环顾四周。

“经常来吗？”

“夜店？拜托。”

她上下打量了他一番。“你长得还行——或者说打扮一下应该不差。我还没见过你打扮之后什么样呢。”

“我们是来监视的。”

“我们就是来泡夜店的。聊天，喝酒，等等等等。对了，那边有个女孩冲你抛媚眼。”

他转身看了一眼。

“你果然还是感兴趣。”

“谢谢你啊。你觉得会有人想要干掉何吗？”

“应该不是在这儿。至少专业杀手不会那么干。外行没准儿。”

“看起来他朋友挺多。”

“那是他买的酒多。还是有区别的。”

金姆——如果她叫那个名字的话——这会儿正跟那群人里的另外一个男生跳舞，何看着他们，脸上挂着尴尬的微笑。

路易莎说：“啊，真可怜，别想了。”

“为什么有人要炸死一池塘企鹅呢？”

她也纳闷儿。“水源，”她说，“那个地方的名字。”

“你觉得那些人是不是疯子？”

“反正我是想不出哪个正常人能干出这种事。”

“也许跟阿伯茨菲尔德有关系？”

路易莎没明白。“除非空气中有某种传染病病毒，让人产生嗜血的渴望，甚至让你不在乎流的是什么东西的血。”

雪莉突然现身。“给我买啤酒了吗？”

“没有，”路易莎解释说，“因为我们不知道你什么时候到，也没有给你买啤酒的想法。”

雪莉在卡座上坐下，也朝舞池望去。她看到了何——显然他这时候依然没有意识到他们在场——还有他目光追随的方向。“那个骚货是谁？”

“那就是金姆。”

“何干的就是她？某人肯定是被骗了。”

“课上得怎么样？”瑞弗问。

“上完了。”

“也许你可以请我们喝一杯庆祝一下。”路易莎提议。

“我是女孩。女孩不会在夜店买酒。”

两人同时看向瑞弗。

“哦，太好了。”

“你放心去吧，我们不会让人杀了他的。”

“不用那么客气。”

瑞弗起身去买酒，等他回来时，路易莎正在给雪莉讲她想出的一个电视节目点子，开场就是从背后拍摄的汤姆·希德勒斯顿走过一条长长的走廊的画面。

瑞弗等着她们往下说。“然后呢？”他最后还是忍不住问道。

但两个女人此时陷入沉思，他的话她们一个字都没听见。

终于，金姆跳完了舞，回到何身边坐下。然后舞池里就挤满了人，视野受限，同时音乐越来越响，仿佛要跟夜店里的一场场求偶仪式比比谁的嗓门更大似的。瑞弗看着这一切，仿佛试图回忆起一个他早已摆脱的习惯。

“记笔记呢？”路易莎问道。

“女人捋自己的头发是一种性吸引的标志对吧？”

“可能是。但也有些男人让女人感觉自己脑袋上有虱子。”

这时雪莉说：“他要走了。”

他故作镇定。像她女朋友金姆这样的小姑娘，就是喜欢吊着你：她们明知你是男人中的极品，却不由自主地想要看看其他男人的成色。他看过一个关于这个问题的纪录片，那部片子讲的是乌龟，不过两性之间的差异是一样的。他跟其他几个男的谈笑一番，买了几杯酒，现在正坐在出租车里回家，而金姆就在他的身边——她要跟他回家——等发完了信息，她大概就会贴上来，让两人都慢慢进入状态。并不是说他需要任何帮助，事实上，只要金姆在附近，他随时随地都在状态，只是由于工作上的压力——她在零售业工作——她常常疲惫不堪，要么就是头疼脑热。不过，现在她就在他身边。

罗迪大神马力开动。一切都将水到渠成。

“你在给谁发信息啊，宝贝？”

“……什么？”

“你在给谁发信息？”

出租车正好经过一盏路灯，灯光照亮了她的脸。

“……没给谁。”

他们离到家还有大约十分钟。司机看了一眼后视镜，正好与罗迪目光交汇：哼，罗迪心想。想得美。他把一只手搭在金姆的肩膀上，感到了她的紧张。那是兴奋。不光你，我也兴奋得要命呢，宝贝。他开始筹划接下来的流程：先放一些烘托情绪的音乐，然后喝一杯小小庆祝一下。他冰箱里有一瓶香槟，正好合适。虽然不是什么特定年份的佳酿，至少他买的时候还不是，不过正好派上用场。

罗迪·何，罗迪·何，驰骋山谷中……

开始吧。

路易莎全程紧盯那辆出租车。这趟盯梢没什么难度，何况目的地他们才刚刚去过。难的是想明白罗德里克·何跟着一个女人乘出租车回家这件事。

“这他妈怎么回事啊？”雪莉问。

“罗迪要带一个女孩回家。”瑞弗说，语气中显出震惊。

“我知道。要不我还不问呢。那家伙就是蠢货界的形象大使，谁会看上他啊?”

“咱们早就知道他有个女朋友啊,”路易莎说,“他都提过多少遍了。”

“是,”雪莉表示反对,“可是我以为根本没有这么个人。何况长得还不错。”

三人简单投票后认定,金姆有八点五分,甚至能到九分。

“你们看见她的皮肤了吗?完美无瑕啊。”

“你又换边了是吗?”瑞弗问,“一小时前你们还在意淫汤姆·希德勒斯顿的屁股呢。”

雪莉没理瑞弗。路易莎只能解释:“汤姆·希德勒斯顿的屁股超越了性别的喜好。”

瑞弗说:“说正事,或许我们没抓到重点。或许她才是那想要杀了何的人。这样一来,跟何回家就是计划的一部分。”

“这要是真的该多好。”雪莉说。

“那为什么要等这么久呢?”路易莎说,“他们俩相处好几个月了。如果我是罗迪·何的女朋友,我早就宰了他了。”

“也许他对那女的有什么用处。”

雪莉闷闷不乐地低吟一声。

“天哪,”瑞弗说,“不是那种用处。我是说,那个女的可能在利用何唯一擅长的事。”

“黑客。”路易莎说。

“所以他到底还是被骗了。”雪莉说,兴致突然高了起来。

“总比另外一种可能性靠谱,”瑞弗说,“另外一种可能性就是,何真的有一个那样的女朋友。”

“如果他真有一个那样的女朋友,我倒希望我没救他。”

“快到了,”路易莎说,“出租车减速了。”

* * *

“到了，宝贝。”何边付车费边说。

“说起来，罗迪，你能多付二十块吗？”

“……我……二十？小费是小费，可——”

“不是，我需要他送我回家，就这样。”金姆微微一笑，“明天是一个重要的日子。对我非常重要。我需要好好睡一觉。二十块应该够了。不过，要不你还是再出二十五吧？”

“……我……好吧，宝贝。没问题。可我以为……”

“你以为什么，罗迪？”

“……没什么，宝贝。”

趁着罗迪掏钱的工夫，金姆跟司机说明了目的地。交代完，她伸出一只手拉住何的下巴，让他的脸凑近自己的脸。“你刚才真的……太性感了，罗迪。你看我跳舞的时候。实话告诉你，我湿了。”

“……不会吧……”

她给了他深长的一吻，然后轻轻一推。“去吧。还打着表呢。”

何下了出租车，仿佛刚刚从一列撞毁的火车里钻出来。听到她叫他的名字，他回头看去：

“罗迪？”

“怎么了，宝贝？”

“再见。”

“……晚安，金姆。”

出租车停在原地。罗迪经过短暂的内心挣扎之后，从裤子口袋里掏出钥匙，金姆朝他挥手，看着他走进大门。

然后出租车开走了。

“苍天有眼啊。”不远处，路易莎的车里，雪莉如是说。

出租车里，金姆敲了敲司机位的防护窗，对司机说：“其实我要去其他地方。”然后给了司机一个新地址。然后她又掏出手机，这次没有发信息，而是拨通了电话。

“他到家了，”她说，“一个人，对。”

她似乎想就此挂断，不过还是改变了主意。

“听着……给他个痛快好吗？他没有任何威胁。”

她把手机放进包里，让司机载着她驶向远方。

“现在怎么办？”路易莎说。

“他到家了。没人杀他。我建议今天就到这儿吧。”瑞弗强忍哈欠说。

“胆小鬼。”雪莉说。

“不，他说得对，”路易莎说，“否则我们还能做什么？难道坐在这儿给何看大门吗？”

“他到家了并不意味着他安全了。”雪莉说，语气中突然多了一丝紧张感。

“可我们也没看到他有危险的迹象啊。”

“今天上午就有人想杀他。”

“我们记得。”

“要不是我在，他已经死了。”

“那也不意味着你从现在开始得为他负责啊，”瑞弗说，“那样的事只会发生在电影里。”

“再说，”路易莎说，“他很显然自己都没意识到。”

“那件事千真万确。”

“是，没问题，可是——”

“不对，有问题。事情发生了。除非我们弄清楚为什么——”

“雪莉——”

“——否则事情还会再次发生。如果能发生在他身上，就能发生在我们任何一个人身上。”

“这么说好像也不太——”

“滚蛋，卡特怀特。”

“好吧。”

路易莎说：“雪莉，你说得有道理。没错。可是我们三个人都坐在车里，怎么监控？”

“你这话是想赶我下车吧？”

“我是想说，我们都挤在这儿，没法轮班。谁也没法睡觉。我不知道你怎么想，可我不打算熬通宵。”

“所以……所以你的意思是？”

“我们需要一个计划，”路易莎说，“要不这样。我们轮班蹲守。最好的监控点是拐角处那个公交车站。这条线路上肯定有夜班车，所以在公交站等不会让人起疑。第一次换班时间是两点，第二次在五点。没轮班的在车里休息。怎么样？”

“在大马路上？”

“不，我会停在前面一点，过了那几家商店。不会显得扎眼。”

雪莉说：“咱们是抽签还是怎么？”

“我得挪车——我没有别的意思啊——不过我的车谁也开不惯。瑞弗刚喝了两杯啤酒，他得先睡一会儿，否则什么也干不了。所以……”

“所以我是头班。”

“这毕竟是你出的主意啊。”

雪莉面露愠色。“你们最好换班时别迟到。”

她无视惯常的监视技巧，下车时重重地摔了一下车门。

路易莎说：“不用谢，别客气。”等到雪莉朝着汽车站走了一半，才发动了引擎。

“你就是想赶她下车对吧？”瑞弗说。

“是。去她的吧。我要睡觉了。需要我送你回家吗？”

“麻烦你了。”

他们就这样开走了。

罗德里克·何进了家门，打开门厅的灯，然后靠在墙上。“是，当然，宝贝。”他小声嘟囔着。明天是重要的日子，得睡美容觉。还是别进来了，因为上了罗迪大神的床可就睡不成了。

我的世界为你震撼。他曾一次或者两次对她说过这话。我的世界为你震撼。小姑娘们喜欢听你引用诗句；那让她们感觉自己是特别的。而金姆有资格感到自己特别，不过尽管如此，他还是希望她能隔三岔五陪他过夜。因为他不羞于承认这一点，事实上，他爱上了那个姑娘。他到处拈花惹草的日子已经过去。但他还是希望，她在又一次让他支付出租车费、夜店入场费、酒水费和出租车费之后，能留下来陪他过夜。

不过话说回来。一起外出，被人看到，所有人都知道金姆是他女朋友：挺好。

罗迪·何，罗迪·何，盖世的英雄……

这是人人传唱的旋律。

他把外套扔在椅子上，走进厨房，从冰箱里拿出一瓶能量饮料。睡前喝这个确实不常见，不过他就是想喝。他要睡个能量觉，做些能量梦。带着充满能量的宏伟愿景醒来。他给金姆发了一条简短的信息——*你不需要美容觉，宝贝*——她自然会明白那是什么意思。然后他给两部手机充上电，往楼上走去。有些晚上，他会在这个被房屋中介称为“中层暖房”的地方坐一会儿。这个大部分被玻璃外墙包裹的上层房间，前任业主用来种花草什么的，但罗迪用它做自己的书房：电脑、音响系统、高清屏幕。也许可以听几首歌再睡，他心想。坐在舒服的椅子里听几首曲子：每当夜晚此时，他都喜欢吉他的声音。这时，头上传来地板的“吱呀”声。他又上了两级台阶，然后停下脚步，静静听着。地板又响了一声。

房子里有人。

事实证明，这座车站不停夜班车，任何人在这儿站不了多久就会显得很可疑，雪莉心想。此外，那两个王八蛋已经开车走了吧？如果要确认的话，她就得一路走到商店，如果他们俩真在那儿，就显得她不信任他们，那样他们定然会很生气，那样等她一路走回车站，他们肯定就真的开车走了。换成雪莉肯定会那样做。

去他妈的。

她口袋里有一包可卡因，现在就是完美时机。帮她保持敏锐、保持警醒。可尽管她的手已经摸进口袋，把玩着它令人舒心的轮廓，除此之外，她现在不想更进一步。很快就是午夜时分，旧的一天结束，新的一天开始，到那时她就累积六十三天了。那仍然只是一个数字，但毕竟是个更大的数字。那重要吗？其实不重要。可是某件事不重要，并不是应当忽视它的理由。既然这件事不重要，那么让它发生也没什么大不了的。当然，这里说的是累积到六十三天这件事。

她打了一个寒战，白日的温暖已经散尽。如果马库斯在这儿，他定然会抱怨说他这时候本来已经睡了——尽管他们俩都清楚他肯定是不会睡的。他会盯着线上赌场的界面，没完没了地试图赢回昨天输掉的钱。她摇摇头。有些损失是无法弥补的。她的思绪回到了当天上午：汽车冲上便道，她立即做出反应。她判断得没错。有人想要杀了罗德里克·何。那就是她守在这里的原因：不是为了保住何不死，而是因为这件事千真万确，并且正在发生。必须做点什么。

她一只手揣在口袋里，沿着路往前走。何的房子一目了然：二楼的大窗户几乎就是一面玻璃幕墙。房产中介肯定会把它夸得天花乱坠，可任何有脑子的人都会想：什么鬼？对于伦敦的房子来说，增加这种特色几乎毫无意义。如果你想让房子升值，只需等上五分钟。何已经到家，却没有开灯。那两个人或许是对的：没有迹象表明他面临危险。但她浪费的是她自己的时间——哦，还有他们俩的——如果她现在退出，会看起来像个白痴。

已经十一点多了。距离日历翻页还有二十五分钟。手指间的小纸包让她感到温暖，但她现在还不准备打开它。再等等吧，等她困了再说。但是眼下，万籁俱寂。

他的第一反应是，她又回来了。她只是逗他玩：等他走进书房，会看到她已经在那里等他，脱得只剩内衣。惊喜吧！他就是为了这个才给了她一把自己房子的备用钥匙……不过那好像行不通，或者说幻想只持续了片刻。金姆是坐着出租车回家的：穿戴整齐。她不可能就这样出现在他家楼上。无论那是谁，大概率都不是来打炮的。

接着他想到上午丹德尔搅黄了他宝可梦狩猎时喋喋不休说的那些东西。她说有一辆车想要撞死他。那是真的吗？

他站在楼梯上，距离楼上的平台只有两级台阶，僵在那里。继续上楼还是撤退下楼？如果他转头向下，楼上的人会知道。他们就能居高临下，从背后出击，拱手送给敌人这样的优势绝非好事。

你需要的，是让敌人远离你。

罗德里克·何过着富足而充实的生活。他深受周围所有人的爱戴，遭到所有男人的妒忌——要不是他已经心系金姆，每天晚上都得周旋于对他心存欲念的女人中间，应接不暇。他无疑是个精英玩家，并且自控自持——他在猎捕宝可梦时的灵活机敏足以证明这一点——何况他还是一名现役特工：他就是为了这种情况而生的。那为何他感觉腿脚发软、寸步难行呢？

过了几秒。楼上没有再传来响动，好像那人也僵在了原地，等着罗迪现身。如果对方是敌人，必然带了家伙。没有人会入室行凶还不带家伙的。如果对方是朋友——他推理不下去了。唯一有他家钥匙的就是金姆，而且她从来没用过。

留还是走？

战还是逃？

他攥紧了拳头。

无论楼上是什么人，必然藏在黑暗当中。那是因为他们认识罗迪，听过他的赫赫大名，知道他们需要黑暗和突然袭击才能成功。呵呵，他们已经失去了一项优势，还浑然不知。罗迪知道他们在那儿。他熟悉这座房子就像猫咪熟悉自己的胡须。他能踩着滑板像幽灵一般在房间里穿行自如，而入侵者只能在房门和家具之间撞得头晕眼花。只消片刻，他便能占据上风。这家伙，甭管他是谁，就等着追悔莫及吧。罗迪要来抓你了。他迈步登梯，脚却被楼梯绊住，摔了个狗啃泥。

形势不妙，不过决心已下，箭在弦上，不得不发。罗迪必须行动，迅速行动。他爬起身，窜上楼，如闪电般冲进伸手不见五指的房间，肾上腺素流遍全身：他双手如刀，随时准备打击对手的咽喉；双脚化为神兵利器，迫不及待地要伤人、杀敌。他咬牙切齿，嘴里发出低沉的死亡咆哮。胜利非他莫属。

房屋角落里传来了兰姆的声音："现在不行啊，凯托[①]。"

"斯坦迪什一直唠唠叨叨地让我注意健康，所以我就稍微排了排毒。我看你冰箱里有一瓶气泡水。我知道你不会介意。"

"……那是香槟。"

"是吗？我说喝着这么奇怪呢。"

兰姆瞪了那瓶骗人的饮料一眼。

"……呃……你怎么在这儿？"

"就是来看看你死没死。"兰姆打了个嗝，停了一下，然后又打了一个更响的嗝。"不用谢我。你要想叫个比萨，也没问题。"

①此处的凯托是系列喜剧犯罪电影《粉红豹》（*Pink Panther*）中的人物。由英国男演员郭弼（Burt Kwouk）饰演。他是该系列主人公克鲁索探长的男仆，克鲁索为了训练反应和武术能力，让凯托不时对自己发起突然袭击，而此处兰姆对何说的"现在不行啊，凯托"（Not now，Cato）就是影片中克鲁索对突然杀出的凯托所说的台词。

“冰箱里可能还有一些。”

“对，确实有，可我想吃热的。”

兰姆坐在角落里，脱掉了两只脚的鞋子，不过还穿着外套。他身上和周围的地上散落着剩比萨的残渣，一只手拎着香槟瓶子。

“说正事吧。有人要杀你吗？”

“……没有。”

“可惜。要是有人能把你除掉就好了，刀砍还是斧剁都无所谓。”兰姆突然起身——他能在最意想不到的时候突然行动——透过大窗户向外瞥了一眼。他不知看到了什么，扑哧一笑——如果那不是又打了一个嗝的话。他转过来问何：“也没人跟踪你？”

“如果有的话我肯定会注意到的。”何说着，脸上悄悄露出了专业的微笑。

“所以要么就是你更差劲了，要么就是你的同事有进步。他妈的，这可难住我了。”

“为什么要保护我？”

兰姆耸了耸肩。“说的是呢。我的意思是，我也觉得你不值得保护，可显然有人对你怀恨在心。你想想这些事吧。丹德尔看到有人试图把你撞倒，然后你好像还有了一个女朋友。我不是什么阴谋论者，但肯定有什么事不对劲。”

“……我没明白。”

兰姆转过身，拍了拍何的肩膀。年轻人几乎被这沉重的一拍压垮。“我们应该拿这句话给你绣个徽章，省得废话。说起来，床在哪儿？你这瓶香槟把我喝困了。”

“……床？”

“对啊，看起来你太拘谨了，给领导买个比萨都不愿意。还有一个办公室明天早上等着我去管理呢。”

“我以为你是来执勤的。”

“天哪，不是。你怎么会有这种想法？我来是为了确保别人在执勤。”说着，他朝窗户努了努嘴，“给她一把宝剑和一个头盔，活脱脱就是一个勇敢的霍比特人。现在，我给你五分钟换床单。我憋不住了，先去撒泡尿。最近的厕所在哪儿？”

何麻木地朝楼梯平台的方向指了指。

“早上给我来一份英式早餐，”兰姆边朝何指的方向走边说，“可不要豆子啊。跟我的体质不合。”他出门前放了一个屁，以凸显问题的严重性。

何走到窗边朝外看。霍比特人？一个人也没有啊。他揉了揉眼睛，还是看不见任何人。再说，都这个时间了，兰姆出现在这儿？他一度幻想着，是不是兰姆让金姆今天晚上远离这里。这个版本让他感觉舒服一些，可惜说不通。也许他们说的是真的。也许他真的上了什么人的暗杀名单。会不会有人正用夜视仪对着他？想到这儿，他慌忙走开，远离窗户，一脚踩碎了空香槟瓶子脆弱的瓶颈。似乎事情并非全都如他所想。

他怀疑家里是不是还有干净的床单。

两点到了，两点过了，没人来换班。有一瞬间，雪莉想象着地狱之火对着路易莎和瑞弗倾泻而下，但转念一想：去他妈的。毕竟到这儿蹲守是她出的主意。她要么坚持住，要么滚回家去。可是家有家的问题，每晚这个时候前任的记忆总会袭来。倒不如站在这个公交车站，又冷又饿，监护着一个即便死了她也无所谓的同事。毕竟她一直待在这儿，不是因为她想保住何，而是因为她没能保住马库斯。

她再一次感受着口袋里的那包可卡因，感受着指间它尖锐的诱惑：吸了吧。

行，好吧。

不过现在还不行。

有什么东西动了。

是一个男人，正在马路对面朝着她的方向走过来，路灯一瞬间捕捉到了他的身影。雪莉完全栖身于阴影之中，她觉得对方肯定没看到她。即便如此，她仍屏息凝神，静静地看着那个身影来到了何的门前，用钥匙开门进了屋。

何有室友?

不可能。谁也受不了跟罗德里克·何同居一室。

此时她已经朝着门的方向移动，可那人随手关上了门。房子里仍是一片漆黑，安静得像一座修道院，但干坏事未必需要敲锣打鼓——没准儿那人几秒之内就能杀人于无声之中，然后功成身退。

兰姆应该给我那把枪的。

不过实话实说，事到如今那把枪能发挥多大作用还真不好说。

她来到门前，站定片刻。她确实接手了马库斯的那串万能钥匙，但现在却没带在身上。要不破门而入?

可以。顺便断条腿。

好在一楼有窗户，而她有拳头。她甩掉外套缠在右手上，挥拳朝玻璃窗砸去。

房内传出一声尖叫。

* * *

房里有人。

他是不是刚才已经有过这样的感觉了？如果是的话，那这就是第二次：

房里有人。

罗德里克·何躺在用桌布和垫子拼成的简易床上，纳闷儿为什么耳朵开始流血——原来是碎玻璃。或许他铺床睡觉之前应该先把碎酒瓶扫干净的。可就在他伸手拿纸巾的工夫——出于战略原因，他每晚都会备一盒纸巾在手边——他感觉气氛突变，或者是什么声音被憋住了：总之，是外人在楼梯上的声音。是兰姆吧。可是兰姆已经躺在何的卧室里了，为什么又会出现在楼梯上？

一个黑影走进房间的时候，何还在盘算着冰箱里还有什么值得偷的东西。那黑影蹑足潜踪地朝他走来，跟罗迪梦中忍者身手的自己一模一样。

罗迪感觉自己像一只宝可梦，即将陷入他人罗网。

“金姆？”他满怀希望地问。

灯突然亮了。房间里亮如白昼。那个黑影急忙转身，看到了站在门口的噩梦：杰克逊·兰姆，他咧嘴笑着，脏兮兮的内裤上面垂着袒露的大肚皮。

他手里还抄着一只蓝色的塑料瓶。

“晚上好啊，小可爱。”兰姆说着，朝那个陌生人脸上喷了一股漂白剂。

那人丢下手里的东西，尖叫了一声。

兰姆挥起如锤的拳头，猛击来人的胸口。

那人踉跄着后退两步，绊在了仍平躺不动的罗迪的身上，跌出玻璃窗，摔在外面的街上。

雪莉刚打破玻璃，就见一个身影栽到了人行道上，仿佛她在露天游乐场中了什么大奖。她想转身，但缠在手上的外套被碎玻璃挂住，就在她没来得及挣脱的工夫，开来一辆车，停在了路边。碎玻璃如冻雨般从天而降，二楼窗户的破洞处现出兰姆那公牛一般的身形——他显然是赤身裸体的，除非这一切都是她的幻想。

兰姆？

在何家？

赤身裸体？

……随便吧。

她不顾可能会损坏的外套，挣脱了右手，刚一转身就看到一团黑乎乎的东西被拖进了一辆银色的汽车。与此同时，车上的一个乘客探出身子，拿什么东西指着她。她连忙躲到最近的一辆汽车的两轮之间。罗迪·何的房子墙皮开始脱落，门也掉下碎屑来。雪莉感到自己的脸颊紧贴着人行道，她甚至闻得见下水道里污物的臭气。车门猛地关上，车辆启动。她冒险看去，只见有什么东西撞在那辆车的车顶上弹了起来——一只蓝色塑料瓶？——但那辆车转眼间便消失不见，只留下凌晨两点路灯模糊微光中的残影。她摇了摇头，搓了搓脸，感觉脸已经肿起来了。又一块玻璃掉落，在地上摔得粉碎。

她抬头望去，看见兰姆愤怒的目光，以及他袒露的胸膛和布满肩膀的灰白色卷毛。

“出勤满分，”他说，“绩效零分。”

说完他便转身走开，只剩满天夜晚的碎片继续飘然坠落。

# 6

当新的一天即将开始的时候，清晨的伦敦下起了雨；阵雨遍洒城区各地，提醒着人们晴朗的夏日并非承诺，不过是偶尔的款待。黑云低垂，重压之下的高楼大厦显得闷闷不乐。路上的车流伴着雨刷器的节拍含混轻语，那是雨天特有的韵律；斯劳屋里则是一片沉寂，毕竟雨水敲打办公室的窗户本就让人心生悲戚，更何况斯劳屋的生活本就让人高兴不起来。

一辆黑车在艾德门大街上停下——颜色倒是与周遭的气氛相配——戴安娜·泰维纳从车里下来，车子便再次融入车流。她没有理会驶离的汽车，一如她全程没有理睬开车的司机。她在斯劳屋那道黑色的大门前凝视片刻，接着摇了摇头——或者说那大门曾经是黑色的，只不过已经褪了色，边角处几乎变为绿色。如果不是为了给杰克逊·兰姆屁股底下埋雷，她绝不会接近斯劳屋方圆两公里之内。头顶上，二楼的窗户上用金字写着W.W.亨德森，律师兼监誓官——那究竟是一个久已被人遗忘的掩护托词，抑或单纯只是前任租户的遗产，她也说不清。不过此时她才想起来，面前的这道大门本身就是一道掩护，一道假装成入口的屏障。可以想见，它的钥匙一定深埋在兰姆办公桌抽屉的深处；而一旦这道大门打开，整栋建筑定会像被暴露的间谍网络那样土崩瓦解。她的衣领立着，却没有打伞。她要在这里站多久，等着斯劳屋迎接她的大驾光临？想象中的欢迎不会发生，她这时回想起右手边有一条小巷，一道嵌进墙里的门，一座后院。她轻松地找到了。但这栋楼的后门需要很大力气才能推开，仿佛这道门希望她在外面淋雨，不要进来。后门终于让步，如恼火的猫咪一般发出一声悠长的尖叫，迎面现出一段楼梯，闻起来到处是发霉和希望破灭的味道。一只灯泡不亮，另一只灯泡则如绿头苍蝇一样嗡嗡地奏着小夜曲。

上面的平台上出现了一个短粗的身影，分不清是男是女。那人似乎正要上来盘问，但显然马上意识到了她的身份，连忙退回自己的房间。那人的识相让戴女士认可，但此地的安保水平却难让人放心。

继续向前，向上。楼道并未变得更干净或者更明亮，而且所有办公室都大门紧闭。

她来到最顶层，停顿片刻。尽管目之所及的各扇房门并未给出任何线索，但她知道哪扇门后坐着杰克逊·兰姆：门的下面板上满是皮鞋外包头的踢痕，显然这个房间的主人偏爱粗鲁的进入方式。她应该敲门，不过无意这样做。可还没等她的手碰到门把手，里面便传来一个低沉沙哑的声音："嗨，别光在那儿站着啊。"

她打开门，走了进去。

房间内拥挤昏暗，唯一的窗户被一扇百叶窗帘遮住。一架台灯下面垫着一摞摇摇晃晃的厚书，它投出的灯光照不进远处的角落，或许是因为角落里潜藏的东西最好还是不要招惹。一个脏兮兮的玻璃镜框里镶着欧洲某座大桥的照片，一张歪挂的软木告示板上满是一张张脆弱易碎的泛黄剪报。而空气中除了陈年的烟味之外，还有一股更陈腐、更强烈也更不和谐的刺鼻气味。不过那或许只是她的幻想。

她轻按了一下门边的电灯开关，却没指望房间能随之亮起。此举招致杰克逊·兰姆的小声咕哝。

于是她脱下外套抖了抖。水滴散落一地，一场短暂的小雨在台灯的照耀下起舞。门上有一个挂钩，她把外套挂在上面，接着用双手捋了捋齐肩的卷发。她转身对着兰姆。“我湿了。”她说。

“我也很高兴见到你，”兰姆说，“不过咱们还是别跑题。”他认真地打量着她。“你看起来像是一天过了好多个生日。”

“你觉得我看起来很开心？”

“不是，是老了。这里是只有我会说英语吗？”

她没有笑。“老了，真是谢谢你。我还忙呢，毕竟整个国家现在高度警戒。可我还是大费周章横穿伦敦城，就是为了来看看你又作什么妖。罗德里克·何？我以为他早就被你关在笼子里了，就跟沙鼠一样。”

兰姆想了想。“这个调定得有点太高了。他更像是脚上的一个疣，你永远不知道怎么沾上的，想甩掉更是麻烦。”

“但你我都知道他能将电脑代码操纵于股掌之间。所以他他妈到底干了什么，杰克逊？现场有一把刀，他家墙上有弹孔，周围全是碎玻璃。而且警察厅根本不信你给出的证词。家暴？”

“我觉得当着救兵的面，家丑还是不宜外扬。尤其是何就是那个家丑。相信我，你不想知道。”他冲着访客的座位摆摆手，“没事了，昨天都解决干净了。”

“拿什么解决的？”

“随你便。”

泰维纳依然站着，双手扶着椅背。“在警察面前打国家安全的旗号是一回事，杰克逊，尤其是你我都知道你的安全等级比托马斯小火车也高不了多少——可是对总部装傻就是另一回事了。”

“我不确定你可以再说‘傻’这个字。你这样说会冒犯那些嗓子受损人士[1]。就是白痴。我也记不清是哪个了。”

“我现在没心情跟你开玩笑。”

“是，我看出来了。”

“你在现场，就在何的房子里，当时是凌晨。就是说你知道会有事发生，但是你没有上报。部门常行规则第多少条——”

“二十七三。”兰姆说。

“听你的。”

“那个三是在括号里的。”

“什么三是括里[2]我根本不在乎，规则不是白定的。如果你知道你的队员面临危险，程序是非常清楚的。你要向上级汇报。具体到这次的事，你应该向我汇报。”

“一般情况下，我会汇报的。但这次情况特殊。”

“特殊在哪儿？”

“我不愿意。”

她用手指敲了两下椅背，然后停下了。无论何时与兰姆对峙，不让他看出你的恼怒都是首要的目标。有点像在水中不要让鲨鱼注意到你流血了。“那不是什么特殊情况，杰克逊，”她肯定地说道，“那是你的常态。而这一次，看来你是作到头了。”

“如果你一定要死磕到底的话，戴安娜，尽管直说。因为我手里有你太多黑料[3]了，我甚至都能开辟一块地种菜了。”

---

①原文为“the vocally impaired”。兰姆指的应是“the mentally impaired”，即精神受损人士，此处兰姆疑似故意说错。

②原文为“I don’t care if it’s in fucking Sanskrit”，此处是泰维纳有意或无意地将兰姆所说的“three’s in brackets”错听成了“Sanskrit”（“梵文”）。

③原文为“dirt”，亦有“泥土”之意。

“我确信等你被强制退休的时候，那些可以帮你分散人们的注意力，但肯定救不了你了。这一次不行。”

他重重地仰靠在椅背上，抬起两只脚搭在桌子上。“反正都是要听你威胁，不如舒服一点儿。你介意我松松裤腰带吗？”

“我倒是希望你时不时换一条裤子。听着。我知道……过去发生过一些事——”

兰姆索性自己列举起来。“谋杀未遂。绑架——我非常确定还有叛国。”

“——让你在谈判中获得了一些把柄。但这次的事已经远远超出了那个范畴。所以在你开撸之前，有几个细节你可能想要考虑一下。”

“我就喜欢先看清细节再开始。”

“警察厅报告说，在距离事发现场约三公里的地方发现一辆烧毁车辆的残骸。里面没有人，因此无论从你们那个小伙子家二楼窗户跳下来的人是谁，肯定没摔死。要么就是他的同伙把他的尸体带到了别处——如果是那样的话，我确定他迟早会露面。”

兰姆打了个哈欠，把一只手伸进裤子里。“某个人要么死了要么活着：真是高端的调查工作。”

“现场找到的子弹也接受了法医检查。”

“继续。快来了。”

“射出那些子弹的枪支与阿伯茨菲尔德凶犯使用的枪支之一相匹配。”

兰姆愣住了。

“该死。”他说。

“是啊，”泰维纳说，“终于有一次我们的看法一致了。”

* * *

扎法尔·贾弗里在去露珠咖啡厅的路上停下三次：两次是为了接受社区成员的美好祝福；另一次则买了一本《大志》①，又和摊主讨论了一下附近无家可归人士聚居地面临的问题，那里的年轻人正在成为毒贩拉拢的目标。贾弗里记下了摊主的话，并频频点头。他英俊帅气，胡子剃得干干净净，略显蓬乱的头发恰好彰显出他精神的独立；平素爱穿牛仔裤和开领衬衫——今天不顾埃德·蒂姆斯的劝告，穿了一件轻薄的飞行员夹克。

“真的，扎法尔，你应该再慎重一些。”

“所以我连飞行员夹克都不能穿了？你是认真的吗？”

“你这样穿就是给这个世界上的多迪·金博尔们送大礼。”

可无论他穿什么、说什么，这个世界上的多迪·金博尔们反正都会对他说三道四；即便存在平行世界，那个世界的多迪·金博尔们也注定要对他满怀敌意、百般羞辱。再说，他喜欢这件夹克。他觉得穿上它可以显得年轻几岁，让他看起来不到四十岁。

他向那个卖给他杂志的摊主——您叫马卡，对吧？——承诺会采取措施、会展开调查，他甚至走到露珠咖啡厅之前已经打了一通电话跟进。他用肩膀顶开咖啡厅的门，举起一只手向泰森致意。早到的泰森已经落座，面前是一只水桶一般的大号马克杯，他正式的穿着与他的刺青格格不入：白衬衣、灰西服、打结精准的红领带。如果不是脸上的刺青，他甚至看上去比贾弗里本人更像一名政界人士，尽管那刺青足以改变一切。

他把手机放回口袋里。泰森·鲍曼起身迎接，他们各伸出一只手短暂地拥抱——泰森。老大。——然后在小桌子两边坐下。这张桌子铺着随处可见的红白格桌布，上面只放了一个餐具架，

① 《大志》（*The Big Issue*），一九九一年创立的英国杂志，内容涵括时事、社会议题及艺文资讯。

里面还塞了一堆小袋装的番茄酱和棕色沙司。他记得曾经带卡里姆来过这里，那时，他的弟弟还不是那个一心成仁的殉道者，不过在扎法尔的后见之明看来，那时的他已经开始疏远此前司空见惯的日常生活：喝茶谈笑，普通、无神的生活。扎法尔今日的想法一如当年：如果要实现目标，总有比穿上自杀背心更好的办法。

尽管如此，卡里姆的故事并未结束。而他当年日益鄙夷的这个国家仍然迫切需要改良。

扎法尔说："那就是没问题咯？"

泰森摇摇头。

"什么时候能准备好？"

"几天。"他用食指中指对着拇指摩擦了几下，"付款之后。"

近看之下，那个雄心勃勃的政坛精英形象消失了。这并非是因为泰森看起来像一个恶棍——虽然那就是他前两次人身侵犯听证时被赋予的形象——也并非因为他看起来像是一个心怀怨恨的恐怖分子，尽管他确曾在第二次服刑时沾染极端思想，并因持有极端主义书籍而第三次服刑。也绝非是因为他的肤色、锃亮的光头，甚至是脸上的刺青：尽管那一般可以可靠地预警即将到来的暴力。不，扎法尔心想，那是因为他这副皮囊之下的态度：那种排斥一切社会交互的态度。除了扎法尔·贾弗里，他在泰森·鲍曼失去工作、无家可归、没有朋友时伸出了援手。鲍曼只在面对他时眼睛里才有光；而他也知道，自己不应该利用对方的信任。

女服务员凑过来，手里拿着便签本。"早上好，贾弗里。"

"早啊，安吉拉，"他说，"还是那么光彩照人。"

"你昨天就是这么说的，贾弗里先生。你得注意点儿了，人们会觉得你不够真诚。”

他伸出一只手拉住她的手。“别人怎么想都没关系，安吉拉。在我眼里，你永远光彩照人。”

这话把她逗笑了，这个六十多岁的老太太仿佛重返青春。“等你当上了市长，还会来这儿吃早餐吗？”

“只要你还在，我就会的。不过今天只要咖啡，谢谢。”

见她走远，他将全部注意力转回泰森身上。他的马仔：这个词总是带着鬼鬼祟祟的意味。不过泰森有时确实会给他拎包。

他的咖啡到了，他们聊了一下当天行程的变化：有一场会议取消了，另一场会议提前了。当地广播电台的五分钟访谈就不去现场了，在面包车里完成，这样一来除了面包车司机，所有相关人士都能节省三十分钟时间。每一天都比前一天更忙碌，但三周后即将选举。贾弗里是独立候选人，而尽管他拒绝担任党内的要职令首相“失望”：虽然他近年来已被任命为两个特别委员会的成员，但二人之间依然维持着“亲密的私人友谊”。这是首相惯用的手段，每当他没办法争取到某个人的支持时就反过来支持那个人，以蹭对方的人气。贾弗里接受了这份送上门来的亲密，一如他对反对党领袖时常挂在嘴边的“敬重”同样来者不拒：在政界，谁也不会选择无名之辈。再者，尽管那两位大人物表面上高调自信，但他们都不傻，不可能真的相信本党的候选人有任何获胜的机会：除非这次的民调比上一次的、上上次的还要离谱，否则到了月底，扎法尔·贾弗里铁定会成为西米德兰兹的市长。

当然，总有一批人相信，另一位穆斯林市长的当选将意味着英国距离实行伊斯兰律法更进一步；金博尔确为这伙人的代言人，却绝非其唯一的英雄。迄今为止，他们的羞辱谩骂适得其反：将贾弗里描绘成伊斯兰同情者的做法被大多数专家解读为夹枪带棒的种族主义，并至少在地方政治的层面受到了抵制。每次多迪·金博尔给关于他的专栏文章配上被炸毁公交车的图片，他的民调支持率都会激增。可泰森近期的活动一旦曝光，后果将会怎样？他对此并不抱有幻想。等不到你说出“木马行动”几个字，他就将从受迫害的少数族裔，变成经过认证的恐怖分子。

到那时，泰森也将大祸临头。对此，扎法尔大可轻飘飘地说一句：反正不是第一次了。

这时，他的手机响了，打断了思绪。是埃德·蒂姆斯，他的媒体公关顾问。

“头儿，我听到了一些风声。”

他说：“你想告诉我是什么风声吗？”

“据说，多迪·金博尔有一些爆炸性的料，要在明天的专栏爆出——在丹尼斯今晚的烟火表演之后。”

“能别说得那么花里胡哨吗？我觉得事实比形象更容易处理。”

“今晚，丹尼斯·金博尔要在发表选举演说期间指称你与恐怖分子有牵连。接着，他的夫人还要在明天的专栏里跟进报道。他们说还会配图。他们有照片，扎法尔。我不知道是什么照片，但你应该知道关于照片有这么一句话。照片能证明有什么事发生，而一旦到了那个程度，发生的是什么事已经不重要了。”

事态发展竟然如此之快：前一秒还是潜在风险，此时此刻已经成了真实威胁。

“这场演说在哪儿？”他说。

“在金博尔的主场。斯劳。”

“好的，埃德。不过是虚张声势。不要慌张。”

“是，不过——”

“再聊吧，埃德。”

他挂断了电话。

泰森扬起一侧的眉毛，准备好了接受贾弗里的指令。“有什么问题需要解决吗，老大？”

“可能吧。一两件事。”

泰森说：“尽管吩咐，老大。你知道的。任何事我都无所谓。”

扎法尔伸出手，与泰森握手。的确，他心想，无论扎法尔让他干什么，对于泰森来说都是一样的：无论是什么，他都乐意去做。想到此，他悲欣交集：既给了他未来的希望，又抹杀了一切的希望。

就像人们说的，政治是妥协的艺术。

兰姆从身上抽出一根烟，并少见地表现出彬彬有礼的姿态，多拿了一根。他先给自己点上，然后给泰维纳点着了烟。礼数归礼数，正事归正事。

“据BBC报道，”他说，“我猜那和据推特热搜也没什么区别，阿伯茨菲尔德是伊斯兰国干的。”

“我们现在也是基于这个假设出发。”

“就是说想杀掉何的也是伊斯兰国。老实说，简直是男男之性。”

“是‘难以置信’。”[1]

“抱歉。我口污了[2]。”他深吸一口气，“不管怎么说，他们

①此处兰姆的原话是“that buggers belief”，而“bugger”有“鸡奸”之意；戴女士纠正为正确的说法“beggar”。

②此处兰姆的原话是“Freudian slit”，其正确说法应为“Freudian slip”，即口误；而兰姆说的“slit”有黄色笑话之意。

不会耍阴谋诡计，对吧？要么在集市上放炸弹，要么冲进村子见人就杀。但他们不会耍阴谋诡计。”

“他们针对特定目标。他们之前也那样做过。”

“对，都是高调行事。但他们不会在黑暗的掩护下，暗杀小小打工人。”他的眼睛眯了起来，“如果这是你要的花招，戴安娜，我无法向你表达我有多失望。”

她想找个地方掸烟灰，四下看了看，然后便屈服于兰姆办公室里的环境，干脆掸在地上。“花招？”

“我记得不久之前，就是在这间屋子里，有人想要杀我。我们从未充分讨论过那件事，对吧？”

事情往往就是这样。当你盯着兰姆性格的这片恶臭的沼地时，总会冒出一片鱼鳍打破平静的水面。

泰维纳说：“我们还是聚焦眼下的问题吧好吗？何现在怎么样了？”

“耳朵破了个口子。”

“枪伤？”

“家里没打扫干净。”

“此外没有伤亡？”

“丹德尔也在场。她重重地摔在了地上。但长得像足球的好处就是禁得住踢。”

“所有人都到齐了？”

“我他妈又不记考勤，戴安娜。”

“我以为你记呢。”

“呵呵，是，好吧，我确实记。但那只是为了让他们恼火，不是真的考勤。”

“所以……”

“所以所有人都到齐了，对。”

“很好。因为现在开始，你们都被关禁闭了。”

兰姆翻了个白眼。

“我是认真的。不能打电话，不能上网，任何人都不能离开。何跟我回总部。无论他踩了什么屎，我们都得检查一下他的鞋子。其余人先关在这儿，等着接受盘查。”

兰姆说：“没问题，为什么不呢？我会让他们规规矩矩的。我们可以玩杀人游戏，等着各位总部领导空出时间。”

泰维纳笑了，然后突然板起脸。“哦，抱歉，你是认真的吗？假如我想让狐狸看守鸡舍，肯定第一个找你。不过这一次，我会让弗莱特看着你们。你见过我们的艾玛吗？”

“关于她的美好遐想帮我度过了很多愉快的夜晚。”

“你说话小心点儿。我们有些人已经习惯你这副德行了，但其他人可能会指控你。你还是去把你手下的人归拢一下吧。我很奇怪怎么斯坦迪什还没来。”

“你知道吗，我不确定她有多么喜欢你。”

“我也不确定她喜欢你。可你还是留下了她。你有没有告诉过她为什么？”

兰姆盯着她凝视良久，但戴安娜·泰维纳身居多个委员会；戴安娜·泰维纳主持过无数会议。如果长时间凝视便可以将她击垮，那她早就是一抔尘土了。

最后他说：“她知道他原来的老板是个叛徒——如果你说的是这件事的话。”

“那她是否知道，他试图把她也牵连进去？陷害她，让她当自己的替罪羊？”

“她可能已经想明白了。”

“那她是否知道，是你给她前老板的脑袋来了一枪，还是说她依然觉得他是自杀？”

兰姆没有回答。

她说：“要是能亲眼看到她发现真相时的反应就好了。”

“你怎么知道她会发现真相？”

“天哪，兰姆。你保守的所有秘密中，哪一个是你最迫不及待想要袒露的？”

远处传来了声响：楼下来人了。兰姆猜想，那是总部的看门狗。他们要来带走何，并控制住余下的所有人。他听到斯坦迪什打开她办公室的门，出现在楼梯平台上。“出什么事了？”她喊道。

“你看吧，”戴女士说，“一颗渴求真相的敏锐头脑。”

假如罗德里克·何得知，金姆的心跳因他而加速，一定会又惊又喜。

前一天晚上，出租车将她送回两条街外的家——干她这行的，最好还是不要让别人知道自己的地址——她一边熬夜看《行尸走肉》，一边喝伏特加兑越橘汁；后来越橘汁喝完了，就干喝伏特加。睡意毫无预警地突然袭来，她醒来时发现自己嘴角流涎，心脏狂跳不止。事态恶化了。或者即将恶化。有些时候，这种情绪不过是寄错了地址的感情邮件，但依其行事总是没错。总要做好最坏情况的打算。

于是她冲了个澡，花三分钟穿好衣服，从衣柜里拿出了应急包：护照、存折、两千块现金、换洗衣物以及最少量的化妆品，这一切都装在一个轻便的背包之中。除此之外，房间里的东西都不重要。房租按月支付，室友萍水之交。她给他们留下一张纸条——编造了一件急事——接着便走出了他们的生活，永不相见。或许“跑出”他们的生活更合适。她的心仍在狂跳，而如果心脏并非你最信任的器官，你至少希望它能继续做好它的本职工作。

罗德里克·何，她心想。罗德里克·何就是她的心脏启动预警模式的原因。

给他个痛快好吗？他没有任何威胁。

他们说会暴打他一顿，但她根本不相信。这就意味着，她跳动的心脏悄悄低语着，走为上策。

她把包挎在肩上，走出房间，刚要下楼，门铃却响了起来。

她僵住了。

可为什么要害怕呢？此时刚刚上午十点左右，她身处世界上最大的城市之一。那可能是邮递员或是上门布道的信徒，也可能是抄表员，或是想让你就从未想过的问题发表看法的民意调查员。花玻璃后面的那个轮廓可能是前面提到的任何人。她挪了挪位置，光线照在门外那张模糊的面孔轮廓上，仿佛有人在上面乱涂乱画。

门铃再次响起。

这座房子有一道后门，穿过小花园、翻过篱笆就是一条逃跑的好线路，只不过需要下楼梯，会被门口的人看到。那人此时正在拽门把手，抄表员可不会这样做，他们只会从门缝里塞进一张卡片。金姆没有下楼，退回了自己的卧室。她卧室窗户下方就是花园，虽然落地的距离相当于她身高的两倍。这时楼下响起一阵低沉的碎裂声，仿佛一根铁杆被插入了一道狭窄的缝隙。房间的窗户是垂直推拉窗，而且上了锁：如果不是被入侵者吓得慌里慌张，几秒钟就能打开窗闩。金姆的每一根手指都透着恐惧，不停地脱手。楼下的轻声已经变成了噼啪作响。窗锁终于打开了，她一把拧开窗闩。她听着楼梯上传来的脚步声，心脏已经快要跳出胸腔，她打开窗户，将包扔了出去。接下来便轮到她了：只需短短一秒——甚至更短的时间。然而就在她弯腰要将身子探出窗外的一刻，上半身被什么东西挂住了：更轻飘飘的东西也曾决定过人的生死。丝线，或是承诺。

当她转过身，那人已经进入她的卧室，他的枪口直指着她的脸。

对于斯劳屋，艾玛·弗莱特似乎并无任何好感。她这次倒没有摸着陈设的表面咂嘴，不过那或许是因为她努力不让自己的手碰到这里的任何东西。"'办公室文化'这个词我熟悉，"她环视四周说道，"可你们这儿好像真的长孢子了啊。"[①]

瑞弗本不应介意，可他上星期才刚刚打扫过卫生。不对，他现在想起来了，他上星期动过要打扫卫生的念头。只是他最终将这个计划抛在脑后，决定什么也不干。

弗莱特选择把所有人聚在他的办公室里，因为兰姆的办公室几乎连翻个白眼的空间都没有。兰姆宛若一位流亡在外的国王，噘着嘴霸占了瑞弗的办公桌，此刻正用他的双脚帮瑞弗整理桌上的东西。所幸他至少没脱鞋。瑞弗倚着一只文件柜，他本能地想要把所有人都纳入自己的视线之内。而科仍坐在自己的桌前，一如既往地如入无人之境。凯瑟琳拉了一把椅子放在墙边，平静地落座，腿上放着一叠折起来的报纸。路易莎和雪莉则分立窗户两

①文化（culture）一词另有培植、培育之意。

边，像两只一长一短却硬被凑成一对的烛台。何当然已经被戴女士和一众看门狗推推搡搡地带走了，因此缺席。全到齐了——瑞弗心想。

当天早上，雪莉一直对他和路易莎怒目而视，但她也并非真的怒不可遏，这主要是因为她想要告诉他们，她对了而他们错了。大概凌晨两点左右，何家门前的街道上全是碎玻璃。一个人从二楼的窗户跌下，后来被人带走。这一切似乎都是终日摆弄报表的下等马们梦寐以求的——打斗、刺激、看着别人受伤。不过，雪莉的含糊其词似乎表明，她这次也多少有些狼狈。

“所以兰姆一直在那儿？”路易莎问道。

“跟金姆出去玩，跟兰姆在家混，”雪莉说，“何真是分不出个轻重缓急啊。”

后来警察就来了，没过多久看门狗也到了。雪莉说，那就是个巡回马戏团，谁也不知道究竟发生了什么。

那就对了。

弗莱特站在门边，扫视这一屋子的人。上一次她遇到瑞弗的时候，两个人的脑袋发生了猛烈的冲撞，即便那是一起意外，两人的心里或许也不会更舒服。当时她的头瘀青严重，不过并未留下疤痕。如果说金姆有八点五或者九分的话，艾玛·弗莱特就是十分，甚至十一分的大美人。

眼下引起她注意的是科，后者正往耳朵里塞耳机。

“那是什么？”

对方没回答。

兰姆说：“他这个人就是有点儿冷淡。你可以照着他的脸来一拳。”

“科，”路易莎说，“有人问你话呢。”

科看着弗莱特。

“那是什么？”她重复了一遍刚才的问题。

“iPod。”

“收起来。”

“为什么？”

艾玛·弗莱特说：“我看着像是来回答你问题的吗？现在是禁闭。不许与外界通信。”

“可这是 iPod。”科重复了一遍。

“我不管。”

凯瑟琳开口道：“你了解斯劳屋的大致情况吧？”

“有幸看过。”

“那你应该知道，我们中的一些人有些……问题。”

“你到底想说什么，斯坦迪什女士？”

“我只是想说，听音乐可以让科先生平静下来。毕竟他有恐慌发作的病根。”

“他要是不听音乐会怎样呢？”

“我也说不好，”凯瑟琳说，“我们从未试验过。”

“他可是随身带着刀呢。”雪莉插话说。

弗莱特看了一眼科。他瘦弱、白皙，身穿一件连帽衫，肩膀处紧绷绷的：如果你想找一个人饰演落魄的大卫·鲍伊，他将是一个不错的选择。瑞弗记得，J.K.科刚来斯劳屋的时候，紧得就像一个拳头。如果说他如今已经松弛了一些，但他也并未变得更加友好。

“你们一直都是这样把他当成空气当面议论吗？”弗莱特问。

“是的。”

“而他也一直都是这样？”

雪莉说："这是他转变过程的一部分。之前六个月他一直都像个傻子一样。"

科眼睛都没眨一下。只是看他那样子，他仿佛又要说一遍"这是 iPod"。

或许正是这一点让弗莱特长叹一声。"好吧，"她说，"让他听吧。"

科随即戴上了耳机，一言未发。

瑞弗瞥了一眼雪莉。从前如果遇到这种紧张局面没有大动干戈就和平化解的情况，雪莉总会冒无名火，但这一次，她只是摇了摇头，仿佛有点儿失望，却又并不意外。不过，她看到了瑞弗投来的目光，吐了吐舌头。接着她看向路易莎。"玩玩猜谜游戏吧。"① 她开口道。

路易莎说："你再这样我就宰了你。让你死得透透的。"

"可我们总得找些事干吧。不说别的，我可不想这样悄悄饿死。"

雪莉竟然还能悄悄地做任何事，这个想法让人不寒而栗。

"我们需要给养。"她说。

"她说的有道理。"

"我去拿点吃的，好吧？"

"谁也不能走，"弗莱特说，"你们知道'禁闭'是什么意思吧？"

"谁也没要走，"兰姆解释说，"丹德尔只是出去几分钟。"

瑞弗、路易莎和凯瑟琳从口袋和钱包里掏出钱来，递给雪莉。

①猜谜游戏（I Spy），常见的儿童游戏。游戏中，一个人会选择一个目标，然后给出对这个目标的一些简单描述，其他人根据这些描述去寻找目标，直到找到为止。

“一定买些有营养的东西。”凯瑟琳说。

“还有糖。”路易莎说。

“你哪儿也不能去。”弗莱特说。

“好啦，好啦，”雪莉说，“五分钟就回。”

有那么一瞬间，弗莱特仿佛会出手阻拦雪莉出门，这让瑞弗和路易莎都对接下来五分钟的好戏满怀期待——尽管他俩是出于不同的原因。可想象中的冲撞并未发生。雪莉弯腰从弗莱特的胳膊底下钻了过去，直接下了楼，鞋跟敲出的节奏越来越远。

弗莱特看着兰姆。“考虑过要教会你的员工遵守纪律吗？”

“那是我一直贯彻的方针啊——不过我更喜欢萝卜加大棒。”

“应该是萝卜或大棒。”

“不。我是用大棒把萝卜顶进他们的屁眼儿里，一般都能见效。”兰姆皱了皱眉，“我希望你不要误以为我是在比喻。这他妈又不是诗歌朗诵会。”

不过这场面像极了诗歌朗诵会：一共也没几个人，穿得还都挺土——哦，弗莱特是个例外，不过瑞弗怀疑，就算她穿的是格子裙和毛线连裤袜，也不会难看。今天她身着一身黑色正装，内搭白衬衫。她的头发梳在脑后，面露不悦之色，他大概不应该继续这样打量她了：无论她好看与否，她都是看门狗的头目，而她的前任曾经踢过瑞弗的蛋蛋。如果被她抓到他的目光在她身上上下游走，她恐怕会有样学样。再说就冲两个人此前的恩怨，她或许本就早有此意。

不过兰姆似乎非常愿意与她交谈。“看来你很讨克劳德·惠兰的喜欢。”

“你为什么会有这样的想法？”

“哦，因为戴女士不喜欢你，换一般人早被开除了。而你安然无恙，这就意味着，要么局长器重你，要么你有他的把柄。”

“我只是做我分内的事。”弗莱特说，“我工作做得好——这一点惠兰很清楚。”

“我不相信他。他长了一双牧师的眼睛。”

“……牧师的眼睛？”

“太亮了。闪闪放光。让他抓到一点儿机会，就能跟你聊半天。”说着，他转向瑞弗：“你知道的，我是个虔诚的教徒。但牧师让我浑身起鸡皮疙瘩。”说完他又转回来，对着弗莱特：“他当上局长是因为音乐停下的时候，他站在了正确的位置，不过如此。泰维纳为了当上局长，就算你让她把她妈妈的肾卖了她都在所不惜，而且实际上，她也能做得很好。但惠兰是个中层管理者。说白了就是不上不下。”

“他有首相的支持。”

“那我也没什么好说的了。”

凯瑟琳说：“罗迪会怎样？”

弗莱特的眉毛抽动了一下，在瑞弗看来那相当于耸耸肩。“接受盘问。”

“会是敌意盘问吗？”

“我猜想大概不会特别善意。”

瑞弗、路易莎和凯瑟琳各自思量着这句话，其中两个人的嘴角泛起了一丝笑意。不知哪个仙子正在他耳旁嘀咕的J.K.科依然神游天外，不过瑞弗注意到，他的手指停止了模仿弹琴的动作。而兰姆也摆出了被下等马们称为“河马休息”的姿势：表面上温和可亲，实际上却只可远观。

所有人都干着毫无意义的事。又是寻常的工作日，瑞弗心想。

雪莉攥着救济粮回来了，身上淋了点儿雨。细看之下，她带回来的原来是两瓶红酒和一包家庭装软糖。

“哦，天哪，”路易莎说，兰姆几乎同时开口，“给我。”

雪莉把软糖递过去。

“真幽默。”

她这才递过去一瓶红酒。

“酒精摄入和糖分飙升，”弗莱特说，“我也说不清哪个更糟糕了。”

凯瑟琳说：“你竟然用我的钱去买酒？”

雪莉说：“对啊，我觉得这样一来，给我们余下这些人剩的还多一些。”

“嗯，她的逻辑无懈可击。”兰姆说。他打开酒瓶，直接对着嘴喝了起来。“好吧，”他说，“头脑风暴。”说完他看了一眼弗莱特：“我希望你不会觉得受到了冒犯。”

她耸耸肩：“我没有癫痫的毛病。”①

“是，可你是金发啊。有些金发美女，一听到别人提头脑就特别敏感。”他环视房间里的所有人，“有人想要杀了何。我是说不是你们中间的人。有什么想法吗？”

“金姆，”雪莉说，“他的女朋友。”她补充道。

“为什么？那些显而易见的理由就不用说了。”

瑞弗说：“何配不上她。差得太远了。”

“那也未必要杀人啊。”兰姆说着看了一眼弗莱特，“你上过矬男吗？”

“……无可奉告。”

“你看。”

①某些人认为头脑风暴（brainstorming）一词对癫痫患者是一种冒犯。

路易莎说："何上当受骗了——肯定是的。"

"好吧。尽管何明智地投胎成为一个成功商人的独生子，身价比你们这些人加在一起还多，可他依然不值得一个专业骗子为了他长线投资。假如那个女的是为了他的钱，那她几个月前就可以把他扒得干干净净，然后溜之大吉。她大概不会刻意留在他身边等着他被杀，除非她是出于单纯的审美动机。"说着他又看了一眼弗莱特："我猜，那些你出于同情上了的男的，你也没下手把他们都宰了吧？"

"目前还没有。不过我在考虑要不要对那些脑满肠肥的浑蛋杀无赦。"

"我说什么来着。才十分钟，你就已经融入了。"

路易莎说："信息。"

"肯定是。直说吧，何是个蠢货，但他知道怎么破解密码。否则我早就把他套上塑料袋、扔到河里去了。所以这个女人——"

"金姆。"

"他的女朋友。"

"——随便，她就是个桃色陷阱。关于她我们知道些什么？"

"她是华裔。"雪莉说。

瑞弗说："她看着像华裔。"

"好吧，"兰姆说，"我们不要轻易下种族主义的结论。她或许是个正常人，只不过看着像华裔。不过还有一件事——"

J.K. 科猛然一惊，坐直了身子。

"哦，我们吵醒他了？"

离着最近的路易莎踢了科一脚，他伸手摘掉了耳机。

兰姆说："好极了，我喜欢别人至少装作在听我讲话。还有一件事我忘了说：跟他共谋的人，就是阿伯茨菲尔德的凶手。”

此话一出，鸦雀无声。房间里只能听见雪莉嚼软糖的声音。

接着 J.K. 科开口了：“我觉得我们有麻烦了。”

# 7

冬季，白昼早早退场，五点就下班出门了：穿好外套，一路向西，明天再见。继之上岗的黑夜面临的是漫长的一班，不过它多数时候都在沉睡，鲜少注意到安静的角落里发生的事，反正总能糊弄到天明。而夏季，白日流连，享受着阳光，午饭后小憩片刻，直至五点的阴影出现才迈起踌躇不决的脚步，极力拖延。而正是在这些不期而至的额外的白昼时光中，事情更有机会真相大白——即便不行，也能略见端倪。

当天下午照耀摄政公园的阳光投下了完美的阴影。仿佛出自专业人士的妙手，阴影被百叶窗帘横向切割，嵌入桌面、墙壁和地板之中，将楼上的办公室变成了时尚杂志中的书页——只差模特或者假人。但与天鹅一样，总部所有的具体工作都是在人们看不见的地方完成的[①]：楼上看似人来人往、如诗如画，但真正辛苦流汗的，还是情报中心；而也正是在这里，戴·泰维纳女士和克劳德·惠兰透过玻璃幕墙望着年轻男女们监控着这个世界，注视着它各种各样可能的现实。在这里，针对阿伯茨菲尔德凶犯的追捕仍在继续。这一过程的缓慢，并不令人意外。如果你突然出现在某地，见到活物就宰，你也不会留下太多可供追查的线

①此处指水面上的天鹅虽然姿态优雅，但人们看不到的水面下的双蹼却不断划动。

索。这群杀手征程的缘起就埋藏在静态的画面之中。第一次在监控录像里发现他们的吉普车，是在谢菲尔德以北约十三公里的地方：向前可以一直追溯到谢菲尔德郊外；而到此，那辆车就消失在了一阵电子风暴之中：太多忽动忽停的摄像头凝视着太多来往车辆，只得在太多目标之间跳来跳去。就在数码摄像头的呼吸之间，一辆吉普车就可能人间蒸发。

于是，各路阴谋论如霉菌般滋生。那辆吉普车竟能如此高效地躲避监控，定有原因：此事绝对没有那么简单。确实有原因，而那原因就是不如意事十常八九。当诸事顺遂、和风拂面之时，吉普车里的那帮家伙还没来得及给枪上油就已经落网，他们的受害者也能继续平静的生活，全然不知死神刚刚与他们擦肩而过。可当时运不济之时，坏人踪迹全无，受害者们的名字上了新闻头条，情报中心的姑娘小伙子们得昼夜不停地工作，绝望地弥补其他人犯下的过错。

另一边，伴随着午后阳光继续窥探无人问津的缝隙，其他的追捕行动也在同时展开。人们打开一个又一个文件夹，研读并标出其中的重点内容，以供局长参阅。其中一些是货真价实的硬纸板文件夹，里面装的也是如假包换的纸质文件，毕竟这样的文件外人若想要盗取，必须先侵入总部大楼，而电子文档即便窃贼远在天边也同样可以收入囊中。议会的议员通常不在监视之列，尽管很多议员认为自己受到了监视。不过，他们中那些难缠的刺儿头，还有那些臭名昭著的言行轻浮之人、引人怀疑的洁身自好之士以及高调张扬的桀骜不驯之徒，皆在安全局的视线之内——安全局往往也是依照党首的命令而行——尽管安全局的存在是为了保护这个国家的安全，政治精英们的不安全感也得有人来关照。现任首相与他的很多前任一样，在侦测潜在的背叛方面格外敏锐。正如一位风趣之人曾经提到：首相曾经成功预测过去两次的后排议员反叛中的七次。终其莫名漫长的首相生涯，党内几乎每一个连续两天获得超过两个报刊专栏或者七分钟电视节目时长的议员，他都曾下令对其进行详细调查。这造成了大量文书工作，而这一过程中的发现却大多未向首相报告：因为总部高层认为这些信息要么在政治上不相关，要么对当事人来说太尴尬，要么就是潜在用处太大，不可轻易浪费。于是在茉莉·多兰的馆藏中，有一份关于丹尼斯·金博尔的文件夹：这份文件夹上的标签不是黑色，也不是红色或者绿色，而是白色，上面还被人（大概是莱莉）用笔打了一个小小的叉，以表示这份文件夹里或许可以看到奇闻怪事，或是一个小小的破绽，生活的面料上一块令人意想不到的奇特纹样；一道简易钥匙可以插入、拧动的缝隙。以上任何一种颜色的标签都表示金博尔需要密切关注，甚至需要体面地退出公职，好几位前任内政大臣和外交大臣都可亲证。

平日里，克劳德·惠兰不常出门。他从家到摄政公园上班，再从摄政公园下班回家；往返于摄政公园和白厅之间，午饭则大多在办公桌前解决。当然，他偶尔会受邀到更远的地方参会，但不同于他那位令人怀念／令人遗憾——具体用哪个词全凭他的选择——的前任英格丽德·蒂尔尼，他尽可能减少华盛顿航线的飞行，毕竟如果通信技术的改善不能减少飞行里程，那么多光纤岂不是白搭了。当邀约无法拒绝之时，他偶尔会早早下班，找一家会员制的酒吧喝一杯金汤力，透过店内古董家具间的缝隙远远地望着彼得·贾德这样的大人物谋划着东山再起。但大多数时候，克劳德还是喜欢泡在办公室：文件送上他的办公桌，签字后被取走；消息进入收件箱，再被电路吞噬。被牢牢钉在办公桌上没什么可丢脸的，当然也并非特别高尚的英雄壮举：一名特工可能遇到的遭遇，跟无人机没什么分别——就连背叛也不例外。惠兰还记得他遇到的第一个叛徒：想当年，他和那个男人一起参与项目、一起开会、一起边吃三明治边讨论地缘政治局势。最后事实证明，那个男人被魔鬼俘获，手头缺钱，从而经不起诱惑。从他的公寓里找出了一份待价而沽的秘密清单，还有一份潜在买家的名单。当时克劳德提出，这是一个散播不实信息的绝佳机会，不容错过；而他曾经的朋友尽管不再可靠，却至少是一个可资利用的通道。克劳德就此制定出了“购物清单行动”，只是因为那个初出茅庐的叛徒在项目得以实施前自我了断，才导致计划失败。这一切都需要周密的筹划，但完全不需要出差。不，克劳德从未感到他待在舒适区的倾向限制了他的视野——他无须打点行囊便已饱览世事，无论是好的还是坏的，都已见过够多。不常出门不是弱点。克劳德本性如此：总是发挥他的长处。

不过今天，他却要出一趟门。丹尼斯·金博尔的档案此前被送上了他的办公桌，快速浏览后，惠兰决定重新安排当天下午的日程。权且不论金博尔近来以贬损克劳德为乐；而克劳德并非睚眦必报之人，不过这主要是因为之前没有机会。在这方面，他与大多数人无异，他唯一额外的优势便在于他是安全局的负责人，可以看到面前的这份档案。

不过出门之前，他还有一件事要处理。

“这个人，何。”他说。

“他在楼下，长官。”

在摄政公园，“楼下”可以有很多种意思。身处情报中心的克劳德就在楼下。不过再往下走，有的是你不想待的房间——如果你想自己走出来，而不是被眼前这个艾玛·弗莱特手下的看门狗的同事们用担架抬出来，或者用桶装着推出来的话。

“谁在盘问？”

“没人盘问，长官。我们接到的命令是先晾着他。”

这招虽然显而易见，却算得上高明。无论任何人身处楼下的某个房间，坐上里面独一无二的那只长短腿的塑料椅子，迟早都会开始纳闷儿：为什么这房间的地面不平？角落里的水龙头是干什么用的？为什么没有水盆，而只有一个水能自由流入的地漏？

左思右想几个小时之后，刚才的那些疑问将变成似乎迫切需要解答的问题。

目前尚不能确定，针对罗德里克·何的袭击是阿伯茨菲尔德惨案的一个重要部分。“枪支是通货，”惠兰此前曾对戴女士说，“也许阿伯茨菲尔德的凶手得空就把枪扔了。而这些枪后来又被其他坏人捡到了。若真如此，我们遇到的就是一场巧合。”

“我不喜欢巧合。”

“是，嗯，我也不喜欢。可如果是同一伙人，这两个计划却大不相同。随机谋杀陌生人是一回事，这次是刺杀安全局人员未遂。这是天壤之别吧？”

“是。或者……”

“或者什么？”

“或者是有人在做收尾工作，”戴女士说，“也许何在帮助他们，有意或者无意。如果是那样的话……”

如果是那样的话，他们或许想要掐断这条线索。

戴安娜的话有道理，也需要证实。如果何与阿伯茨菲尔德确有关联，那么他们必须找出蛛丝马迹，而最快捷的方式便是把何知道的情况挤得干干净净。可罗德里克·何毕竟是一匹下等马，尽管这在某种程度上意味着你可以像对待废纸那样把他捏扁、扔掉，但问题在于他是杰克逊·兰姆的手下，而兰姆对于插手他地盘的人一贯毫不客气。这就意味着要想动何，就必须骗过兰姆：这一步不宜轻动，因为一旦失败，惠兰就将面临一片焦土。兰姆对他了如指掌，让惠兰感到不自在。在暂时没想好如何摆脱困局的情况下，还是要小心行事。

何确实是戴女士带来的；但接下来怎么处理，还得惠兰说了算。

于是外出找丹尼斯·金博尔对质之前，他做出了指示："先晾着他，再软处理几个小时。欲速则不达。"

因为无论处理方式软不软，经历过几个小时的下层房间禁闭之后，罗德里克·何就会变成果冻——六神无主的他会迫不及待地想要和盘托出。

首先，何心想，这个房间的管道线路简直糟糕透顶。

一个水龙头孤零零地杵在墙上，那个高度只有小矮人才能使用：谁出的主意？可既然用了不靠谱的外行，就得接受这样的结果。你本以为总部更高端、更靠得住，但财政紧缩带来的后果太严重。看看斯劳屋，看看他们给他配的设备——早就过时多少年了，虽然无论多么古旱的电脑，罗迪·何的妙手都能让它的电线像蛇一样从篮子里站起来，但像这样用劣等设备打发他终究还是不对的。他早想找个机会反映这件事，可他也不知道现在是否就是合适的机会。这里的人们也有自己的烦恼。就连地面都是歪的。再说，还有别的事需要讨论。

昨天晚上有人想要谋杀他。

这固然糟糕，但他也不能抱怨自己不受重视。毕竟他已经被带到这个地方，作保护性隔离。送他来的戴安娜·泰维纳——总部分管行动的二把手一路上也没说几句话，足见他们差点儿就失去他这件事让她多么紧张不安。实际上他差点儿就拍了拍她的手——只是为了让她放心，他还活得好好的——不过他意识到这种肢体上的善意表示可能会引起他人误解：下次换个地方再说吧，女士。毕竟他还要考虑他的女朋友金姆，何况戴女士现在需要集中精力保护他的安全，不能因为中年的幻想而分散精力。

（顺便说一句，说“中年”纯粹是出于绅士风度。她已经五十多岁了。）

总之，他现在身处总部大楼的最深处，而护送他来的是安全局内部警队的看门狗。这些人话不多，而且他等了半天，他们也没拿来他要的能量饮料。尽管如此，他渴了总可以喝水龙头里的水。谁也不能说，当局都已经采取最佳措施保护他了，罗迪·何却过不了苦日子。

罗迪把椅子拉到墙角，想看看在不摔倒的情况下椅子能倾斜到什么角度，以此自娱自乐。实践证明，可行的角度是他第一次尝试的两倍，不过他还有大把时间可以精进。

J.K. 科说：“我觉得我们有麻烦了。”

兰姆对弗莱特说：“他平时可是沉默寡言，没准儿是为了你才开了金口。我们试试看。”他转向科，非常缓慢地说：“为什么，我们，有，麻烦了？”

说完他又看向弗莱特，用一只手指敲了敲太阳穴的位置。“有些简单。”他不出声地做口型。

科把耳机线缠在手指上。“又出事了。”

“你又尿裤子了？别担心，我们都没看见。”

凯瑟琳说：“咱们听他说完，可以吗？”

“火车上的炸弹。”科说。

“你是从音乐里听到的是吧？”兰姆说，“早知道我也试试爵士乐了。不过我宁可往自己眼里揉沙子。”

他把酒瓶举到嘴边，像喝水一样喝起酒来。

“他听的不是爵士乐。”凯瑟琳说。

“是啊，真有意思，我早就看出来了。”

“我们现在是禁闭期间，”弗莱特说，“不许与外界通信。而你刚才在听广播？”

雪莉说：“你就放过他吧。他可随身带着刀呢。”她不知道从哪儿找了一只塑料杯，给自己倒了一些酒，她的嘴是红的，说不清是酒还是软糖。看上去就好像她刚才趁着所有人都不注意，涂了口红。

“炸弹在哪儿？”瑞弗问，“伤亡人数多少？”

“没人伤亡。炸弹被发现并拆除了。”

“在哪儿？”

“一辆布里斯托始发开往帕丁顿的高速列车上。”

其他人全都掏出手机，上网查新闻。

弗莱特说：“非得让我再说一遍不可吗？全都关机。现在是禁闭期间。”

“因为你是新来的，”兰姆说，“他们都在测试你的底线。”

“需要你的意见的话，我会问你的。”

瑞弗眼睛盯着手机说：“还没有人声称对此负责。”

“对啊，呵呵，”兰姆说，“出面承认自己搞砸了是你的专长。”他看向科：“至于你。我刚刚宣布了阿伯茨菲尔德凶犯想杀何的重大消息，你就用其他地方一条连伤者都没有的消息给我打下去了[①] ？”他摇摇头：“要是打扑克赌钱可赚大了。”

“你还没说完吧？”路易莎说。

科的双手此时放在面前的桌子上，他的手指似乎在紧张地抽搐。“是的。”

兰姆长叹一口气，大概连风帆都能吹满。“少几个细节没什么大不了的。你什么时候准备好了就说吧。”

科收起了右手五根灵活的手指，攥成了拳头。他的眼睛依然盯着面前的桌子，一根一根地伸出手指。“一：摧毁村庄。”

瑞弗正要开口说话，转念一想又改变了主意。

“二：水源下毒。”

兰姆仰靠着椅背，表情阴郁起来。

“三：破坏铁路。”

说到此，科又收起了手，插进了帽衫的口袋。

短暂的寂静之后，雪莉率先开口：“我是不是错过了什么？”

“他的意思是这些并非随机的恐怖主义袭击，”瑞弗说，眼睛仍然盯着科，“这是一整套颠覆策略。”

“就炸飞一群企鹅？”雪莉说，“这是要颠覆谁？大卫·爱登堡[②] 吗？”

“重点不是企鹅，”凯瑟琳说，“而是那个地方的名字。你是不是这个意思？”

科点点头。

---

①本句原文兰姆用“trump”一词表示科的消息盖住了自己刚刚的风头，而trump另有“王牌；打出王牌获胜”之意，所以兰姆下一句接着说到了打扑克赌钱。

②大卫·爱登堡（David Attenborough，1926—）爵士，英国解说员、生物学家、导演及作家，现代自然纪录片之父。

“水源，”瑞弗说，“这有什么重要的？”

“想一想。”兰姆说。

他们都陷入了思考——除了科，他似乎再次退回到了他的专属宇宙。

终于，艾玛·弗莱特发话了：“好吧，即便这是一套颠覆方案，不是也没起作用吗？因为无论他们实施的是什么宏伟计划，达到的效果看上去仍然毫无章法。这当然也不是什么好事，可也到不了世界末日的地步。我是说，阿伯茨菲尔德？那是一场悲剧，但截至上周，那个地方还默默无闻呢。”

“恭喜，”兰姆说，“你现在已经是一匹名誉下等马了。”

“是因为我贡献了思路吗？”

“不是，因为你他妈根本没说到点子上。”

“可她说得对啊，”路易莎说，“如果继续这样下去，人们会对公共场所感到紧张，担心可能出事。但他们大概不会想到是哪个超级恶棍在执行什么战略。我的意思是，如果这件事发生在一个小国——”

她突然停住了。

“你看，”兰姆说，“恍然大悟。”他看了看科。“他们实施的这套方案或许能让某个小地方的人吓破胆。因为都是单数，对吧？那个村庄。那个水源。”

科点点头。

“这个计划压根就不是针对英国这样大的国家制订的。”

“那为什么……”瑞弗开口了，然后停下了，接着又说道：“如果这套策略无法实现原有目标，为什么要实施？”

“既然我们要玩二十问的游戏[1]，”兰姆说，“有人想猜猜为什么我们这位疯狂的僧人认得出这个计划呢？”

“哦，天哪，”瑞弗说，“是我们的计划，对吧？”

科点点头。

其他人面面相觑。只有闭上眼睛的兰姆和不停摇头的凯瑟琳似乎理解了此中利害。

兰姆说：“该死。他或许头脑简单，可跟你们这帮人比起来，他简直就是行走的数独。他们实施的不是外国用来颠覆英国的计划，而是英国用来颠覆某个难缠小国的方案。确实，谋杀企鹅和炸火车失败不会让这个国家屈服，可一旦这些小丑们——无论他们是谁——挑明他们的行动依照的是英国情报部门用来颠覆发展中国家的战略，嘿。谁能推想出会发生什么吗？”

“全他妈完蛋。”雪莉回答说。

“你终于说对一次了。”

瑞弗说：“水源下毒？这是多少年前的方案了。”

“无所谓，”凯瑟琳说，“或许不是什么高科技，但依然是秘密行动。还死人了。”

“还有企鹅。”雪莉补充道。

路易莎说：“情况甚至可以更糟。有多少家酒吧叫‘水源’的？”

“我们怎么确定这是真的？”艾玛·弗莱特说，“我是说，请原谅我的怀疑。可是——你姓科，对吧？这位科先生嘀咕这一切都是英国制造的密谋，然后你们就都相信了。我个人需要更多信

---

①二十问（*Twenty Questions*），二十世纪四十年代后期逐渐流行起来的电视问答节目。在游戏中，一个玩家作为应答者选择某个主题（或物体），其他玩家作为发问者轮流问一个可以用简单的“是”或“否”回答的问题。如在二十个问题后，仍然没人猜对，那么应答者获胜。

息。而你不能抽烟。”她看到兰姆的手上出现了一根烟，补充道。

“一般情况下，我也不敢，”兰姆说，“但只有这样，我的肠胃才不会闹事。”

没等艾玛接茬儿，凯瑟琳先开口了：“真的。别以为他是虚张声势。”

兰姆吸了一口，开始吐烟圈，接着他对科说：“那个，你要不要跟我们说说这个方案的来源？还是说你的表演到此结束了？”

科瞥了兰姆一眼，接着看向面前的桌子。“是黄鼠狼战后的一篇工作论文，说的是必要时颠覆某个发展中国家的策略。”

“他搞砸之前，”兰姆向艾玛·弗莱特解释说，“是个呆子。也许我想说的是‘书呆子’——我总是搞混。”

“你在河对岸工作？”弗莱特说。

科点点头。

“心理评估，”雪莉说，“秘密行动的历史他熟。”

“也许如此，”弗莱特说，“但在我看来还是牵强。”

“除了水源那部分，”凯瑟琳低声说，“路易莎说得对。叫‘水源’的酒吧太多了。可如果他们选择其中任何一个作为目标，没有人会说：嘿，水源！所有人都只会说他们炸了一家酒吧。”

“这篇论文被人翻出来有一段时间了，”科说，“有头脑灵活的同事提出它作为一份模板有很高的价值。你可以在更大的范围内应用其中的基本原则。或者在更广的区域内复制，让同样的事件同时在多地发生。”他停顿了一下，接着说，“那边就是喜欢玩这种游戏。绝大多数计划永远不可能付诸实施，只有个别例外。”

“可这个计划当年也没实施啊。”

他耸耸肩道：“现在实施了。”

“我还是不信。”弗莱特说。

“好吧，那就滚蛋吧，”兰姆告诉她，“你忽略了最决定性的事实。”

“那就是？”

“那就是这帮人最开始是从哪儿拿到水源文件的。”

“何。”瑞弗、路易莎和雪莉异口同声地说。

“可怜的罗迪。”凯瑟琳小声嘀咕。

“而金姆——”路易莎开口。

“——他的女朋友——”瑞弗插嘴道。

“——一定是他与那群坏人之间的联络人。”

“这就解释了为什么有人要杀他。”

“两次。”

“以及何为什么有了女朋友。”雪莉盖棺定论。

弗莱特看上去仿佛有人刚用便盆拍了她的脑袋。

“有人试图要杀掉我们的常驻IT狂人，”兰姆解释说，“他的同事们认为，那是因为他中了美人计，交出了颠覆活动的模板。而无论接收模板的人是谁，都不希望他在他们准备好之前走漏消息。”

“那何意识到有人试图杀他之后，”弗莱特反问道，“为什么不把自己做过的事说出来呢？”

“嗯，很可能是因为他还没意识到究竟发生了什么。”路易莎说。

“看来你们这帮人沦落至此都是有道理的啊，是吧？”弗莱特沉吟片刻说道，“我总是忘记这一点。”

“而你的锦绣前程，”路易莎提醒弗莱特道，“全在克劳德·惠兰的一念之间。”

路易莎其实很喜欢艾玛，只不过她并不觉得对方说什么她都得忍气吞声。

“小心，”兰姆说，“她可咬人。言归正传，有一个简单的方法可以确认科刚才说的那番话到底是不是放屁。有人想猜猜吗？”

安静了片刻。

“可以严刑拷问。”雪莉提议道。

科瞥了她一眼，那眼神锐利得能给她剃个寸头。

瑞弗说：“他只数到了三。”

“你当个白痴还真是有点儿屈才了，”兰姆说，“稍微用点儿心，你没准儿能成个笨蛋。对了。铁树开花，你终于说对了一回。科刚才只数到了三。”他举着酒瓶朝科的方向点了一下，吸了一口烟，然后说：“好吧，那位有PMT、PTSD[①]还是什么毛病的先生，请您不吝赐教。那些恶心人的家伙下一步要干什么？”

“刺杀一位民粹领袖。”科回答说。

丹尼斯·金博尔打量着穿衣镜中的自己，心想这件红褐色的夹克让他占据了优势。正装谁都能穿，但超出常规的装束，只有足够有型的人才能驾驭——而在这一行，“型”是稀缺品。有多少政治家能因为他们穿了什么而被人记住？迈克尔·富特当然是个例外[②]。他转过身去，侧身对着镜子，一只手放在第三枚扣子

①PTSD，Post-Traumatic Stress Disorder（创伤后应激障碍）的缩写；PMT，pre-menstrual tension（经前综合征）的缩写。

②迈克尔·富特（Michael Foot，1913—2010），英国政治家，一九八〇年至一九八三年期间担任工党党首。他曾穿着防雨工作服（donkey jacket）参加纪念活动，被一位工党议员讽刺为“不似党首，更像是爱尔兰海军”。

和第四枚扣子之间，挺起胸。他心想，自己这个形象印在五英镑的纸币上肯定好看。天哪，印在邮票上也不会差。

这时多迪突然进来了，他急忙抽回了手，不过还是慢了一步。

“你在摆造型吗，亲爱的？”

“就是……挠挠。”

“好吧，你当着镜头最好别做那个动作——那两坨那个也不要露出来。”

“摆造型就是要当着镜头啊。”

“造型和造型之间还是有差别的。”她审视着他：不是他这个人，而是他在镜子里的身影。他现在略微超重，混政界不算毛病。可万一形势触底，他们夫妇最后要上《舞动奇迹》，那就得盯着他点儿了。“你听新闻了吗？”她问道，“又发现了一枚炸弹。”

“哦，天哪。”

“没人受伤。”

“哦，天哪。呃，不是。我的意思是，太好了。在哪儿？什么时候？”

“在一列火车上，”多迪说，“我让采编部把细节邮件发过来。如果你被问到这件事——他们肯定会问你的——你要听起来好像你知道得更多。仿佛你收到了高保密级别的情报。”

毕竟这也是常规套路：让别人以为你说话留三分，办事留一手。竞选活动上，更是要不遗余力地说谎——公投的另一项遗产。

丹尼斯点点头，正要开口答话时他的手机响了。未知号码。他一皱眉，准备当作骚扰电话对付过去。

结果还真不是骚扰电话。

“请讲……哦。哦。什么时候，现在？……我不确定我有时间……哦。哦。嗯，如果是这样的话，那好吧。在公寓，对。

对。”

他挂断了电话，两只眼珠有点儿往一起挤，他感到困惑时经常这样。多迪跟他说过这一点，但要训练一个人改掉不自主的生理反应，并非易事。或许得用电击。

“怎么了？”她问。

“是克劳德·惠兰的电话。”他说。

“克劳德……克劳德·惠兰？安全局那个？”

他点点头。

“他找你有什么事？”

“他想谈谈。”她的丈夫说。

“得了，”兰姆说，“只要某个大众情人被杀，我们就能证实了。”他往后仰得更平了，两只脚在瑞弗的办公桌上动来动去。桌上放的东西有的都被他挤掉了。“到时候叫醒我。”

瑞弗对科说：“就这么简单吗？民粹领袖？”

科耸耸肩。“总会有这样的人。”

“是扎法尔·贾弗里，”雪莉说，“肯定是。”

“为什么？”

“他算是这几年最受民众欢迎的政客了。”

“是民粹。”科说。

“半斤八两。”

“对，你说得不对，这俩真的不一样。”路易莎告诉她。

凯瑟琳说：“如果所有人同时说话，我们就得不出任何结论。”

“你是他们的托儿所保育员吗？”弗莱特问。

“不是啊，为什么这么问，你是他们刚进门的后妈吗？”

兰姆说：“嘿，看来一切都非常顺利。”他把两只脚重新放回地上，其动作之轻快让艾玛·弗莱特吃惊，其他人则是司空见惯。“可我实在忍不住了，我得找唐纳德一下。你们先吵。”

他出门时还顺走了凯瑟琳的报纸。

“……唐纳德？”弗莱特看起来心烦意乱，不过似乎更多是因为兰姆的那句话而非为了他突然脱离她羁押的事实。

“特朗普。”路易莎解释说。

“谢天谢地，我觉得他说的是唐老鸭。”

“丹尼斯·金博尔。”凯瑟琳说。

“我们还在玩谐音接龙是吗？”

她没接茬儿。“如果让我在当下的政治环境中找一个民粹领袖，我会选择他。”

“幸亏你先替我说了，”路易莎说，“反正我绝对不会给他投票。”

“我不是说我支持他，”凯瑟琳说，“我的意思是，如果我要筹划刺杀一个民粹领袖，他将是我的首选。”

“我会选彼得·贾德，”雪莉说，“或者皮尔斯·摩根。”

“摩根根本不是民粹领袖。”

“随便吧。”

瑞弗对科说：“这份计划里到底有多少个阶段啊？”

科没看他，反而在桌子上摊开手，似乎在从他目之所及的手指数量中汲取灵感。“五个。”

“五个。”瑞弗重复道。

“我觉得。”

“你觉得？”

科耸了耸肩。

“这个细节很重要啊。”

“是。可我当时不知道现在会派上用场啊。”

“所以这份备忘录，不知道怎么回事就跑到你桌子上了？”

“是我研究别的事的时候碰到的。要不是企鹅，我根本都想不起来。”

瑞弗说：“好吧，既然你现在已经想起来了，那第五个阶段是什么，能不能给我们一点提示？”

“嘿！别剧透啊。”雪莉说。

所有人都看向她。

“毕竟刺杀还没发生呢。”

“现在的总体思路是，我们或许可以试着阻止刺杀的发生。”路易莎解释道。

“你们都疯了吧。”弗莱特说。

“我们更喜欢说‘另类的理智’。”

“你们说的这些就算有一丁点儿靠谱，”弗莱特说，“都得报告总部。”

“是，没错，”瑞弗说，“不好意思啊，总部，不过我们的同事把你们的一份秘密文件交给了一伙坏人，那帮人现在正忙着全国到处杀人放火呢。你能想象这样一来会发生什么吗？再让我强调一遍，我们已经不受待见了。”

“这不是受不受待见的问题。”

“是，但这事关生死存亡。相信我，戴·泰维纳只要得到机会，就会把斯劳屋拆得片瓦不留。而这次的事——如果你还是不能确定的话——就是一次机会。”

“泰维纳说了不算。现在是惠兰主事。”

“你就继续自我催眠吧。”

“你这口气听着跟你们老板有点儿像了。”弗莱特说。

“他在粗口这方面还差点儿意思。”路易莎指出。

“说谁呢？”当然，是兰姆回来了。他总能在一段对话最尴尬的时候插进来。

“她说的是这位小兰姆，”弗莱特告诉他，“你心理扭曲的毛病让他拾起来了。”

“是吗？可这毛病我根本就没放下过啊。”兰姆说着，自己先坐下了，坐的还是瑞弗的椅子。“你觉得他们会怎么处置何？”

“我想他们会试图找到他与阿伯茨菲尔德凶手之间的联系。”弗莱特说。

“啊，是，我也知道他们不是请他过去喝茶、吃蛋糕的。我想问的是：现在问询是什么流程？他们会不会给他插什么东西，拿什么东西打他，还是给他注射什么东西？”

凯瑟琳低声嘟囔了一句。谁也没听清她说的是什么。

“你说的那些都不是常规做法。”弗莱特沉吟片刻回答说。

兰姆说：“是，对，在电梯里尿尿也不是常规做法，可还是有人这么做啊。所以到底是哪一种，大概需要多长时间？况且何没有接受过抗压训练，恐怕很快就会招供。”

“而且他他妈的什么都不知道。”瑞弗小声说。

弗莱特说：“他们第一种对付他的手段，就是什么都不做。”

“你说的这个‘什么都不做’，是插他身上的、拿着打他的，还是往他身体里注射的？”

“就是字面意思，他们什么都不做。把他关在一个房间里，晾着他——得关大概几个小时。等到他们开始问询时，他就像一本打开的书。”

“我希望他们已经准备好了彩色铅笔。”兰姆说，“就是说，有可能他们现在还没开始问询？”

“这重要吗？”

兰姆龇牙邪恶地一笑。“能给我们一点时间。”

“……请你解释一下。”

凯瑟琳向前探身，对着艾玛露出她最甜美的微笑。“哦，我想是兰姆先生有计划了。”

“你怎么知道？”

“因为他刚才声称自己要上大号，而他此前每次都不会少于十五分钟。”

兰姆露出了骄傲的笑容。“如果有紧急公事，我也不是非得那么久。”他说。

“那你到底去了哪儿？”弗莱特问。

“我去拿这个了。”兰姆说着，打开了手上的报纸，里面露出了马库斯的那把手枪。

假如是管家来开门，克劳德·惠兰也不会意外。诚然，这是一处小巷公寓，而非大宅，但出身文法学校的他仍然习惯在跟权贵家庭打交道时做足心理准备。不过这一次，开门的是多迪·金博尔：首席专栏作家、火种守护者。她穿着一件齐膝的灰色短裙，上身是一件配套的外套，内衬白衬衫——在惠兰看来，这一身像是战斗服。她的笑容像她的鼻子一样假：后者花了她两千块；前者则是拜多年历练所赐。

“惠兰先生。欢迎光临，寒舍蓬荜生辉。”

“金博尔夫人。”

“哦，您叫我多迪就好。我想您一定对我生活的很多细节都非常熟悉，您还如此客套就显得做作了。”

这话实在没法反驳，毕竟他连对方整鼻子花了多少钱都知道。“好的，多迪。”

“您自己来的？没带您的武装护卫，或者，您怎么称呼他们来着，看门狗？”

“我不知道这些段子是怎么传开的。”他说。

“您当然不知道——把外套给我吧。”

“谢谢。”

雨停了，尽管屋檐仍在滴水、积水填满了沟渠，但太阳已经在破碎的云朵后面时隐时现，惠兰的外套也基本是干的。他把外套递给她，在她随手挂在挂钩上的工夫，丹尼斯·金博尔从客厅里出来了——或者叫起居室，惠兰心想。

“哈，乔治·史迈利竟然光临寒舍。”

“如果真是那样就好了，”惠兰回复，“感谢您拨冗接待。”

“你让我感到，在这件事上我别无选择。”

此话咄咄逼人，带着一丝火药味，惠兰却并不感到意外。这是金博尔在公共场合的一贯特色：他似乎感到自己并不能从在场所有人那里获得他应得的尊重，并因此怨愤不已——相比之下，彼得·贾德这种人就给人以“即便有人不为他说的每个音节而欢呼雀跃，他也满不在乎”的印象。不过说来话长，职业生涯受挫的贾德此时正蛰伏待机，而金博尔俨然已经成为首相保住位子的重大威胁。惠兰觉得，英国脱欧的意外后果之一，便是大量令人生厌的小浑蛋得以忝居高位。好吧，这就是人民的声音。

如果金博尔喜欢火药味，那他也愿意奉陪。

“不，”他说，“你没有这种感觉。”

丹尼斯似乎吃了一惊，而多迪抿起嘴，仿佛预感成真。

“这样的话，我可能没法给你倒茶了。”她说。

“反正我也待不长。或许我们可以……”他朝着仍然敞开的门比画了一下。

“如你所愿。”丹尼斯说着，走到前面带路。

房间打通了，两侧都有窗户，因此采光好于外表所见，也让中间得以面对面摆下两张臃肿的沙发。或许金博尔夫妇各占一张沙发，面对面躺着，隔着过道相互交谈。不过眼下，金博尔夫妇谁也没坐，也没给惠兰让座。

“最好还是我与您丈夫单独谈谈。”他对多迪说。

“真的吗？”

“这种事总是开诚布公比较好，”他说，“毕竟我有言在先，谁也别装糊涂。”

“哦，那我也有言在先。如果你敢对我丈夫不客气，我就让你见识一下媒体的力量。”

惠兰知道，她觉得自己牢不可摧。但她没有意识到的是：编辑拴在她脖子上的皮带或许很长，但那仍然是一种约束。只不过她还没有触及自由的限度，可她的编辑未来还想封爵，报社老板将来还想进上议院。如果真的翻脸，谁的利益最终会占据上风显而易见。

他看了看丹尼斯：“我猜您今晚还有安排。”

“这不是什么秘密，”金博尔说，“众所周知，是公开集会。事实上，欢迎您也参加。一起来吧。您或许可以学到些东西。”

“您准备利用这个场合对扎法尔 · 贾弗里进行不着边际的攻击。”

“不着边际的攻击？”

“我得到的信息是这样的。”

“我想，就算我问您这话是从哪儿听来的，也是白问，对吧？不是您说的那样，当然不是。建制派捐弃前嫌，一致对外，一如既往。”

在场的人都清楚，公学毕业的丹尼斯·金博尔是繁华商业区时装连锁店店主的儿子。这种自我标榜的反叛者总觉得自己是白手起家，只能让人感到滑稽又厌烦。

惠兰说：“即便如此，鉴于当下的国民情绪，我们感到，您的蛊惑民心于国无益。”

“……‘蛊惑民心’？”

“煽动民众情绪。”

“我知道这个词什么意思，惠兰，我质疑的是你用词不当。”

“已经有多个城市发生公众骚动，主要集中在移民人口占比高的地区。若更多此类事件发生，对谁都没好处。”

“你竟然认为我的话能有如此广泛的影响，我感到很荣幸。”

“用不着。”

“但我们正在看到的，是大多数遵纪守法的公民对阿伯茨菲尔德惨案感到的嫌恶。如果你以为我手握能将凶犯绳之以法的信息，却要守口如瓶，那你就大错特错了。你不觉得这是在质疑我的爱国情怀吗？”

“根本没人质疑你的爱国情怀。但如果你真有此类信息，我建议你交予有关当局，而非在公共集会上散播。”

“有关当局指的是……？”

“当然是警方。或者——如果你愿意——也尽可以直接交给我。”

“啊，图穷匕见了啊。然后你们肯定要么封锁消息，要么歪曲是非。”

“那不是我们的行事方式。”

“真的吗？因为在我的印象中，首相一开口，他的贵宾犬就会跟着狂吠。你今天来此，为的就是这个吧？这与贾弗里根本毫无关系。最重要的是，我说的东西将对首相保住相位的概率产生多大的影响。”

“我无意介入党派政治，金博尔先生。我关心的是国家安全。”

“那您可成绩斐然啊。今天又创造了什么新的成绩？火车上发现炸弹吗？到底还要死多少人，你才愿意承认你不称职？”

“今日无人伤亡，金博尔先生。”

“可阿伯茨菲尔德死了十二个人。”多迪·金博尔说。到目前为止，她一直安静地旁观，仿佛一只看着人表演抛鸡蛋杂耍的雪貂。“那总是在你的治下发生的吧？”

他想说：这个世界上没有任何制度能阻止一群疯子冲动之下杀光一个村庄的村民——任何在有识之士看来合意的制度都不能做到。这是利弊取舍的问题。要么生活在民主社会，接受伴随自由而来的危险，要么选择全面压迫，遭到非官方屠杀的概率确实大大降低，但受到官方屠杀的可能性却会增至最高——但这并不是该跟丹尼斯·金博尔谈的。于是他说：“我为安全局的失败承担一切责任；并且我有责任，在我力所能及的范围内，避免更多失败的发生。正因如此，我请求您不要发表原计划在今晚发表的演讲，金博尔先生。因为它可能造成严重后果。”

此时的金博尔已经挺起胸膛。不知在什么地方，有人曾当面称赞他颇有丘吉尔的风范，而这段记忆一直在他的脑海中久久萦绕。“严重个屁。”他瞥了自己老婆一眼，不过她对这句粗鄙之语似乎并不反对。“你不过是为了巩固自己的权势地位。你或许无意介入党派政治，但你依然是党派政治的产物，而只要我对首相造成威胁，我对你来说就是威胁。”

他显然很高兴自己能对他人造成威胁——想到这里，他的眼睛亮了起来。不知怎的，惠兰见到此景，想到的是鬼火：沼气外溢引燃的闪闪火光。不过他只在书上读到过，从未亲眼见过。

“并且我可以向你保证——”

够了，惠兰心想。

“跳舞熊。”他说。

金博尔说到一半停下了。

“需要我再说一遍吗？”

“……我完全不明白你在说些什么。”

“你我都知道那是谎话。”

多迪·金博尔的脸已经缩成一个点，只剩那只造价不菲的鼻子维持着原状。惠兰的解读是：她虽然没听过这个名字，但她知道接下来会发生什么。无论怎样都无所谓，反正任何迫不得已的曝光本来都不是针对她的。

他对她说：“我警告过你的。”

“我和丹尼斯没有秘密。”

“或许你们之间没有秘密，可你丈夫的……癖好，恐怕会让很多人大跌眼镜。”

“跳舞熊都已经不存在了，”金博尔说，“它多年前就关门了。再说，跳舞熊怎么了？那是完全合法的场所。”

“我知道。”

“无非就是打扮一下。”

惠兰点点头。他的脸上看不出任何明显的表情：尽管他可以心安理得地在金博尔家的起居室扔下一枚炸弹，但他不想让人觉得他享受这样做。那样会显得没品。

多迪此时已经重新打起精神。她对丈夫说："亲爱的，要不要我打电话给埃丽卡？"她接着对惠兰说，"我们的律师。"

没等惠兰开口，金博尔就摇起头来。"不要。不要。我们还是等一等……"

你瞧，大概就是这样。他说漏嘴了。要么就是另有所指：

"我猜你要告诉我你们手上有照片。"

"天哪，不是的。"

"……不是的？"

"不是，我并不是要告诉你那个。那样有些太过时了，不是吗？一个牛皮纸信封里塞几张拍立得相片？我们早就不那么干了。"

"有什么话直说吧。"多迪说。

"有视频。你觉得像跳舞熊这样的俱乐部，会眼睁睁看着会员享乐而不拍视频吗？那可是它主要的收入来源啊。如果我们没有买断它的档案的话，现在找上门来的就是他家的东家了。谁让你现在正当红呢。"

丹尼斯摇了摇头，不过与其说是因为难以置信，倒更多地说明他仍在否认现实。

"所以现状就是这样。我有言在先，如果你仍要按计划发表讲话，那等不到播海上天气预报，你的职业生涯就结束了。我说的不是晚间新闻，甚至也不是明天的报纸。恕我直言，金博尔先生，但是现如今它们跟那些小报也没什么区别。不是的，众所周知，推特、Youtube 即便是地球上那些连独轮车都没发明出来的地方都能覆盖。那样您就是明天的巨星了。我希望您二位能够慎重考虑。”

双方都已无话可说，于是他甩下两人，直奔正门。但就在他取外套的时候，金博尔抓住了他，拦住了他的去路，看上去似乎希望能说些什么或者做些什么把过去的几分钟一笔勾销。但那不过是他的一厢情愿。于是惠兰几乎带着怜悯地对他说：“顺便说一句，我刚才说谎了。有时候为了效果，我确实会那样做。”说着他伸手从外套口袋里拿出一枚雪白的信封——用来装生日贺卡的那种，并且没有封口。他斜着举起信封的时候，一张照片从里面滑了出来，正面朝上掉在了地上。照片上的丹尼斯·金博尔兴致正浓。他站在一个小舞台上，似乎正在唱歌——可能唱的是卡拉OK——他身上穿的衣服就连惠兰的老婆克莱尔都几乎可以确认是一件宽松的低腰连衣裙。反正那个场面容易让人联想到《了不起的盖茨比》。

金博尔像研究一件外星标本一样上下打量这张照片，这时多迪来到了他的背后。她仅仅瞟了一眼他手中的照片，然后便用在惠兰看来属于同情的眼光看着她的丈夫。

对惠兰，她的目光中则只有仇恨。

金博尔开口了。“这又不犯法。”

“谁也没说它犯法啊。”

“我也没伤害到谁。”

“我不认为会有人声称受到了伤害。不，我想大多数人看到这张照片之后的反应，就是笑，丹尼斯。我想他们会他妈笑吐血的。”

惠兰应该会后悔说了这句话——不只是那句脏话，而是那一整句话——他知道克莱尔如果知道一定会失望，不过那的确是他当时情绪的自然流露。这或许与金博尔在议会里对他的猛烈抨击有所关联。

他将外套搭在一只胳膊上，穿过小巷走向主路。他的车正在那里等着他。

“另类理智？”

“随口一说的。”

“看出来了。”

“那就是脱口而出的，瑞弗。我也不知道你还要给我打分啊。”

路易莎和瑞弗正在取车，或者对于瑞弗来说，取的是何的车。反正他一时半会儿也用不上，兰姆还知道他的备用钥匙藏在哪儿：贴在桌子下面的一个信封里。兰姆说这是“第二明显的藏东西位置”，仅次于用胶带贴在脑门上。对于未经本人允许就动用何的私家车的行为，瑞弗的感觉并不能用“好”来形容。他感觉“好极了”。

雨势渐小，刮起的凉风让人感觉身心舒爽，足以面对任何可能。

何用的居民停车证，是他冒用当地一个卧病在床的患者的名义申请的，而那人就住在前一天上午何差点被撞的地方附近。路易莎停车打表计费，得不到住户停车的好处，但价格却足够再买一套房了。他们首先找到了何的车。路易莎刚要接着去找自己的车，瑞弗说：“你真的觉得那是真的？”

“你是说科说的那些？”

“对，就是那个。还有接下来会发生的那些事。有人要杀扎法尔·贾弗里，或者丹尼斯·金博尔，今天晚上？”

“所有事情都太突然了：阿伯茨菲尔德；企鹅；火车上的炸弹。”

“是啊，可是——”

“我知道。”

“我们甚至不确定是贾弗里还是金博尔——更别说是不是今天晚上了。”

“反正也得做点什么啊。”

“看在兰姆的分儿上。”

“看在兰姆的分儿上，对。”

更具体地说，是看在兰姆对着看门狗头目拔枪的分儿上。

“我没想到他会那样做。”

“你要是想到了我反而要担心了。艾玛已经认定你是小兰姆了。”

“……你也这么觉得？”

路易莎说：“并没有。你还差得远。”

“谢谢你。”

兰姆刚才到底做了什么呢？他用马库斯的手枪指向了艾玛的方向。

艾玛·弗莱特说：“你一定是开玩笑吧。”

“也许你这么觉得。不过你应该站在我的角度看看。”

她站起身。“说真的，你肯定是疯了。”

“之前也有人这么说。你最好还是坐下。”

弗莱特环视了一圈房间。在场的所有人都看向兰姆，只有凯瑟琳·斯坦迪什盯着艾玛。

“要是我的话，就听他的。”

“他不会朝我开枪的。”

“也许不会。”凯瑟琳故意让那个“也许”留下悠长的余韵，然后耸耸肩，“不过你可以试试。”

弗莱特对兰姆说：“你已经失去理智了。”可她还是坐了下来。

兰姆说：“咱们之前是不是在哪儿存了一副手铐？”

“……为什么你们都看我啊？”

“我们并没有别的意思。”凯瑟琳说。

雪莉嘴里嘟嘟囔囔的，回自己的办公室拿回一副手铐。瑞弗等着她把艾玛·弗莱特在椅子上铐好，然后说：“而这是一个好主意，是因为……？”

兰姆说：“好吧，对于你们中那些刚才走神的，或者单纯反应慢的，或者是姓卡特怀特的，让我告诉你们刚才错过了什么。过去几天，恐怖主义屠杀、死掉的企鹅、火车上的炸弹等等等等，全都可以算在我们头上。”

“是算在何的头上吧。”路易莎说。

“你觉得戴·泰维纳会在乎算在谁的头上吗？她只要遇到机会便会利用。换句话说，她就会开着推土机把斯劳屋铲平，而你们这帮人最好的指望，就是有人能从废墟里把你们挖出来，然后再埋回去。”他说到这儿想起了他那瓶酒，伸手拿起来，“省得你们问，不，我刚才那句话也不是隐喻。”

路易莎说：“你的意思不会是总部真的会把我们‘黑带’了吧？”

封存的档案都会系上黑带。

“我的意思是，”兰姆说，“如果他们不想让你们四处胡说八道，你们就绝对没有那个机会。”

瑞弗说：“那份协议——几年前那份——是叫‘防水’吗？可那件事都已经被调查了，他们不会再用了。”

“哦，相信我，”J.K. 科说道，“他们还在用。”

瑞弗盯着他，然而科没有再说什么。

“防水？”雪莉问。

“黑牢。在东欧。”

“该死。”

艾玛 · 弗莱特说：“你们这帮人能不能听听自己都说了些什么？总部不会再掩盖自己的错误了，也不会把它们转移到外国的地牢。”

“他们把你弄过来管一个干干净净的部门，”兰姆说，“那并不意味着就没有你没听过的肮脏勾当了。”

“你们在这渣滓堆里泡得太久了——都患上了被迫害妄想症。即便你们编造的情景中哪怕有一点真实的成分，也不应该以这种方式处理。”

“没人做会议纪要，”兰姆说，“不过如果真有的话，请你放心，你的反对会被如实记录在案的。”

“我以为你有足够的把柄能让泰维纳站在我们这一边，”路易莎说，“或者至少让她不要对我们实施中世纪的迫害。”

“如果阿伯茨菲尔德的事真的是我们的错，”凯瑟琳轻柔地说，“戴安娜 · 泰维纳做过的那些事都显得小巫见大巫了。”

“是啊，”兰姆说，“公平地讲，她造成的平民伤亡人数大概还只有个位数。”他扫视了一眼自己的部下。“好消息是，如果他们不会马上讯问何，我们就有了时间窗口。”

“上一次你有窗口的时候，”弗莱特指出，“一个人从里面飞出来了。所以你这话没法让我感到有信心。”

“你又帮不上忙，闭嘴吧。扎法尔 · 贾弗里和丹尼斯 · 金博尔，关于这两个人我们掌握什么情况吗？毕竟他们俩是遇刺风险最高的。”

“你的决策是基于——”

“你是想让我把这件事摆平，还是想让我先拿个口袋把你的脑袋罩起来？”

瑞弗说：“她说得有道理。政客数不胜数，为什么目标一定是我们最先想到的这两个？”

“我们现在讨论的，是一群没脑子的卑鄙小人，他们对于我们生活方式的一无所知，仅次于他们对人类痛苦的不屑一顾，这一点我们都认同吧？”

“你说的是政客还是那帮凶手？”

“问得好——不过我说的是那帮凶手。”

雪莉耸耸肩：“那好吧。我猜是的。”

“很好。所以如果要揣摩另一群笨蛋的想法，你们这群笨蛋就是完美的焦点小组。再说，我们的马力也不足以应付两个以上的目标。”兰姆停顿了一下：“马力。你们听明白了吗？”

时间回到现在，在何的车旁边，瑞弗说：“所以金博尔要回自己的选区举行公开集会，贾弗里呢？他不是公务人员，至少现在还不是。他的日程不是公开的。我们怎么知道他在哪儿？”

“我觉得我们可以给他的办公室打电话。”路易莎说。

“哦。”

“问问他今天晚上什么安排。”

“哦，好吧。嗯，或许有用。”

她说：“而且瑞弗，我们不能让那俩组一队，你想到了吗？”

“雪莉和科？为什么不行？”

“因为我们是要阻止一场灾难，而不是制造一场灾难。”路易莎边说边从牛仔裤口袋里摸出一枚硬币。“猜吧。”

"正面。"

她把硬币一抛。"反面。"

"……谁输了谁带雪莉，是吧？"

"不对，谁输了谁带科。"

"你应该抛之前先说明白的。"

"为什么呢，那样你就能赢吗？"

该死。

他说："但我总可以选目标吧？"

"只要你选金博尔，是的。"

"怎么感觉总是我吃亏呢？"

"欢迎来到斯劳屋。"路易莎说，然后便去开她的车。

丹尼斯·金博尔感觉自己是个受害者。

他之所以会有这种感觉，有很多原因，出于习惯他把这些原因一一列出：

· 首相恨他，所以

· 安全局针对他，而这意味着

· 他没法实施自己的伟大计划，因为

· 他们会把他变成所有人的笑料。

难怪他需要抽根烟。

多迪此时紧闭双唇：不好的兆头。双唇紧闭意味着她正在深入思考，而每当这时，丹尼斯都会深陷大麻烦，或者至少是离大麻烦不远了。这种事已经不是第一次了，他不明白为什么形势突然就会急转直下。几个小时之前，他面前还是一条金光大道；现在他再一瞧，你猜怎么回事？已经变成一条丢人现眼的下坡路了。因为单就政界的事而言，这是他争夺党内领导权的绝佳机会，而其特点就在于：它们不会总在你身边转悠。向党内的同僚们宣布自己重新回归是一回事，可如果不跟进揭露首相言听计从的温和派穆斯林与非法军火商人眉来眼去，这个夜晚的效果可能就会一百八十度大转弯，而他的声明也会变成支持首相的宣言而受到唐宁街的欢迎。就好像势大力沉的一击把球打过投手的头顶，却到了边线的时候被人接住了。谁也没有两条命：只能夹着球棒回到替补席。

车一个小时后才来，于是丹尼斯溜进小花园，靠在多迪似乎用来种树的大花盆上，点上一根烟，烦恼不已。如果计划中的大获全胜变成了公开场合的缴械投降，他接下来还能指望什么呢？二十分钟浪子回头的高光时刻，内阁改组前数周的空想臆测，到了预期中的内阁职位落空，等待他的只剩大报版面上几段掩饰不住的嘲笑。到时候他就跟其他原本自信满满地想要踢开眼下这位窝囊首相的同志们一样，只能到其他地方另谋机会。他或许会变成十年之后的一道酒吧测验题——还是只有爱钻牛角尖的老学究才能答上来的那种。

好吧，他心想，感受着尼古丁流遍自己的全身。那是不好的一面。不过让我们调整一下视角。他总有可能不做受害者，而是成为一个单枪匹马把所有人逼进角落里的英雄：

· 首相害怕他，所以
· 安全局针对他，而这意味着
· 他们认为他的伟大计划会起作用，于是

·……他们会把他变成所有人的笑料。

该死。

他把手伸进胸前的口袋，里面有什么尖锐的东西在扎他：原来是那张跳舞熊的照片。陈年旧事了，可他的确在那里享受过欢乐时光——何罪之有？毋庸置疑，任何人看到这张照片，都会透过那糟糕的腮红（好吧，那可能的确不太明智）看到背后的欢乐。是，他是穿了裙子；没错，还有长筒手套——但那又怎样呢？他伤害到谁了吗？他唯一伤害的，就是他自己的前程，而鉴于他当时对今日之事一无所知，就连那也只能算是意外的误伤。他那时就认识多迪，但当时他们还没有结婚，多年后他才向她坦承自己的这一面。所以，这张照片所展示的，就是一个与同道中人一起享受欢乐的单身汉。只不过稍微穿着打扮了一番：一个社会发展到今天，依然不能接受这一点吗？他可以感到自己已转入演讲模式。这，这，这不过是正常的英伦男子气概，正常的发泄。米克·贾格尔[①] 不是曾经说过，英国男人穿女人的衣服根本不需要鼓励吗？再看看艾迪·伊扎德[②]：他受人欢迎，甚至受人爱戴。那为什么他丹尼斯·金博尔就不能享受同样的待遇？

天哪，他当然不是同性恋。

所以他可以做一个先驱，可以打破常规。

一旦人们都知道他因为做自己而遭到迫害，他就可以成为一种全新政治形态的榜样人物。个人选择神圣不可侵犯，那将是他的口号。身份、自我、财政责任、强有力的边境管理以及对福

①米克·贾格尔（Mick Jagger，1943—），英国摇滚歌手，滚石乐队创始成员之一。《流人》系列剧集的主题曲 *Strange Game* 即由米克·贾格尔创作并演唱。

②艾迪·伊扎德（Eddie Izzard，1962—），英国喜剧演员，自认跨性别者的身份，常以女性妆容示人。

利制度的彻底反思。哪一点拉不来选票呢?

这时，指间的灼烧感告诉他这根烟已经抽完。他将烟头在赤陶花盆上捻灭，埋进了花盆土里。他的演讲需要大改：安全局如何试图通过讹诈威胁的方式阻止他讲出扎法尔·贾弗里的真相。他们如何试图利用流氓手段毁掉丹尼斯·金博尔。以及他如何英勇抗争，绝不让包括他自己在内的任何一个公民被体制踩在脚下……

他确定，人们定会高举着他，将他抬出会场。他的支持者们的欢呼将响彻这个国家；他的名字将在满天繁星间传颂。

他又看了一眼那张照片，然后小心翼翼地放回了口袋。

他想看看，等到克劳德·惠兰意识到还是他金博尔技高一筹时，脸上是什么表情。

斯劳小队成员大都已离开斯劳屋：卡特怀特带着心不甘情不愿的科；跟路易莎·盖伊一组的，则是出奇安静的雪莉·丹德尔。凯瑟琳担心雪莉：如果马库斯过世后这一个月里她不是在墙上踢出洞就是把椅子扔出窗户，凯瑟琳或许还没那么担心。炸弹停止滴答作响时，才最让人紧张。

J.K.科也是一样——凯瑟琳根本搞不清楚他在想什么。不是说他是坏人；更准确地说，是坏事总发生在他身上，而那注定是要有后果的。何况他也许真是个坏人也说不定。装作不知也毫无意义。

不过或许，她真正应当担心的，恰恰是她自己。

此时兰姆已经钻进卫生间，走前还大声嚷嚷着这次要来真的，还说自己不要俘虏。“别介意。”他冲着依然被铐在椅子上的艾玛·弗莱特补了一句。而这正是凯瑟琳应当担心的原因：兰姆绑架了看门狗的头目，还打发下等马们出门撞大运，而假如真被他们瞎猫撞上死耗子的话，他们面临的，将是需要多于现在十七倍的特工数量以及大量资源才不至于变得更糟的局面。而正如某人曾经指出的：火上浇油正是他们的专长。那为什么这一切都有一种“不过是办公室里平常一天”的感觉？一定是她在这里待的时间太长了。

她对艾玛说：“喝茶吗？”

“你是开玩笑的吧？”

“我真的不是。我要喝点儿茶。不过还是看你。”

“你有钥匙吗？”

“曾经有，但不知道在哪儿。我希望雪莉没弄丢。”

凯瑟琳去沏了茶，等她回来看时，艾玛似乎纹丝未动；没有背着椅子满屋乱窜，也没拿椅子撞墙，试图把椅子撞断。这可不是好兆头。遇到这样的局面，你的人质越是沉稳、冷静、满心算计，对你或许越不利。

她只得把茶杯举到艾玛唇边，让她抿一口杯里的茶。这看似可能发展成汉尼拔式的场面，好在没有发生咬戏就平安结束了。等艾玛喝够了，凯瑟琳把茶杯放在了桌子上，重新坐下，对她温和地微笑。“兰姆心情特别不好的时候，会让我们来提任务口号。”她说，“我一直觉得‘为给您带来的不便深表歉意’挺不错的。”

“‘其他废物都搞不砸的事，我们能搞砸’怎么样？”

“我会加到候选名单里的。”

“你真的愿意看到自己的职业生涯，就因为一家之主的一时上头而停滞不前吗？”

凯瑟琳说："你这话我真不知道该怎么接。无论是职业生涯、一家之主，还是头。"

"再说，就算你们是对的，就算科说得有理，你们自己怎么能阻止这一切呢？就那四个——我是说，你们是认真的吗？路易莎精明干练也就罢了，可另外那三位都是危险人物。还是那种只会搞砸事情的危险人物。"

"瑞弗不像你说的那样。他被分到这儿来并不是他的错。"

"正因如此，他才危险。他要证明的东西太多了。"

"或许我们可以保留各自的意见。"

"放了我。我们会把你们的理论报告给总部。最坏的结果不过是事实证明你们错了。可如果最终你们对了，你们的职业生涯就时来运转了。可你们现在这样处理可行不通。"

凯瑟琳说："这里是斯劳屋。就算我们能搞到有伊斯兰国领导人亲笔签名、列出他们接下来十二个月计划的宣誓书，戴·泰维纳肯定也不会当真，会直接揉成纸团扔进垃圾箱。"

"你们这样可能会死人的。"艾玛·弗莱特说。

"已经死了不少人了，"凯瑟琳说，"不管你怎么看杰克逊，请你相信我。如果他可以阻止另一场阿伯茨菲尔德惨案发生，他一定会尽全力的。"

这一点我几乎可以肯定，她心想。

没等弗莱特接话，那个男人就回来了：他们所谓的一家之主。

"我没听到冲水声。"凯瑟琳疑惑地问。

"我没冲，"兰姆说，"吉尼斯世界纪录的人可能还要看一下。我感觉现在轻了两英石[①] 。"

---

①英石（stone），英制质量单位，一英石为六点三五千克。

“相比之下，被戴上手铐算得上什么特别残忍的事吗？”她对艾玛说。

兰姆捡起了雪莉丢下的那袋软糖，一屁股坐进椅子里：这是他对办公家具的日常挑战。后者迟早要奋起反击，不过那种事今天并未发生。“所以，她招了吗？”

“……招？”

“抱歉。记错了。我是说，她喝茶了吗？我可不想让人觉得我不懂得待客之道。”

艾玛·弗莱特说：“我们刚刚在讨论，你捅了多大的娄子[①]。”

“你们从这儿都听见了？”

“这还是没算上你手下那帮人上演《碟中谍》时惹的祸。如果那两个政客真有危险，应当将他们置于保护令之下。而不是派一群天线宝宝偷偷摸摸地看着他们。”

兰姆说：“我想关于这一点，我得有言在先，上次我们对一个家伙动用那副手铐，最后的结局可不太好。”

“是对你不太好还是对他不太好？”

“我还在这里呢。”兰姆指出。

“你这样逍遥法外多久了？”

“哪样？”

她一甩头，似乎想用这个动作把这一切都涵盖其中。“这样。斯劳屋。你的手下。走到哪儿算哪儿的这一套。”

兰姆说：“我从一开始就在这儿了。”

“我一点儿都不意外。”

“其实就是我出的主意。”

---

①原文为“We were just discussing how much shit you're in”，所以接着兰姆才有“你们从这儿都听见了”一问。

“怎么，你认真审视了自己的职业生涯之后，决定搞特许经营了？”

凯瑟琳说：“他曾是一名特工。”

艾玛转向她。“什么？”

“他是执行潜伏任务的。”

“我知道那是什么意思。我不明白的是你为什么护着他。”

“我不是护着他。我是警告你不要低估他。”

“你们俩如果要摔跤的话，”兰姆说，“我可能得拍下来留着以后慢慢看。”他看着凯瑟琳：“咱们这儿还有果冻吗？”[①]

“现在放我走还来得及解决这个问题。”

“通过报告总部来解决？没用的。”

“因为总部不会关注，我知道。”

“而且因为科是对的。”兰姆观察着她的反应，同时忙着一边往嘴里塞软糖，一边举着酒瓶大口喝酒往下顺。“他大概一个月才开一次口。他一旦说了什么，必然是心中有数的。”

“他看着好像遭过什么大灾似的。”

“你看着还像走猫步的模特呢。就因为这个我们就可以拿你不当回事吗？”

她说：“那我们假设他说的是对的。即便总部不会听信，反正你跟他们说了，也没有你的责任了啊。”

“看似没错，不过实际上并非如此。因为这帮家伙到处捣乱用的是安全局写的剧本，所以总部为了掩盖真相一定会无所不用其极。而任何知道实情的人都别想幸免。别忘了，也包括你。你千万别以为他们开始遵守伦敦规则时，你就安全了。因为你不是

①此处兰姆指的是人们（尤其是女性）在装满果冻的池子中摔跤的果冻摔跤活动。

行政管理人员，弗莱特。你是一名特工，而特工都是可以牺牲掉的。”

“我是个警察。”

“这里面的差异比你想象的要小。”

“如果你这话是试图诉诸我们共同的传承拉我入伙，那看来今天一晚上我们都得耗在这儿了。”

兰姆耸耸肩。“反正我也没有别的安排，我不着急。可我诉诸的是你的生存本能。你到底有多信任戴安娜·泰维纳？”

“也不比我信任你多多少。”

“所以如果你现在回到总部，告诉戴女士，我们这帮人不仅没关禁闭，还披上了蝙蝠侠披风招摇过市，你觉得她会作何反应？拍拍你的后背？还是狠狠踢你的屁股？”

“我倒希望她试试看。”弗莱特嘟囔了一句。

“这就是警察最爱说的那种话。”不知道兰姆往嘴里放了什么，不过肯定味道不怎么样，他愣了一下，重新吐回了袋子里。“不过我猜想，只要她发现你又搞砸了，你的工作就保不住了。”

“又？”

“上一次是大卫·卡特怀特走丢，”他说，“你那次也是灰头土脸的。”

弗莱特说：“那次你也没好到哪儿去啊。可为什么我要去找戴女士呢？我明知道她不喜欢我。我可以直接去找惠兰啊。”

“克劳德·惠兰现在已经够忙的了，”凯瑟琳说，“如果他不相信你能把工作做好，你对他还有什么用呢？”

“无论你长得多好看。”兰姆说。

他再一次把酒瓶举到嘴边，可酒瓶已空，于是他直接扔在了地上。

“我们现在就放你走，”他说，“不过你采取行动之前，先想明白自己的选择。要么科是对的，有一群杀手逍遥法外，准备发动大规模攻击；要么他是错的，可你的职业生涯反正也完蛋了：因为你本应牢牢看着我的团队，现在却让他们跑了。如果这么简单的事你都办不好，那就是不称职。”

“别忘了你也完蛋了，”弗莱特说，“因为文件是从斯劳屋泄露出去的——如果确有此事的话。”

凯瑟琳从裙子口袋里掏出一把手铐钥匙，绕到艾玛的椅子背后，打开了手铐。“哦，”她说，“那都不算事。要是我们没完蛋，就像你绘声绘色说的那样，我们根本就不会在这儿了。”

摆脱了手铐的艾玛揉了揉手腕。“你现在指望我做什么呢？双手合十祈求诸事顺遂？”

“看见了吧？”兰姆说，“我们终究还是达成了一致。”

瑞弗没问科想不想开车，科也没提，不过看他一屁股坐进副驾、闭目养神的样子，有人开车他应该会开心。只不过，瑞弗转念一想，你似乎没法用“开心”这个词来形容他。实际上，在自己脑海中的同义词词典中翻找一番之后，他能想到的最适合科的形容词就是“活的”。即便是这样，他也得每半个小时检查一次他是否还喘气。毫无疑问，他希望与自己组队的是他深知可以信任的路易莎，哪怕是雪莉也可以接受，毕竟算知根知底——她虽然也是一根点燃的炮仗，可至少比较熟悉。但 J．K．科就不一样了——瑞弗要是不好好费一番脑筋，都想不起来那两个字母缩写代表什么——他们俩已经在同一间办公室里相处大半年了，可瑞弗依然说不准对方到底是在哪儿吃午餐的。从早到晚他一直坐在桌边，几乎一刻不停地戴着耳机：安静的音乐，这一点你还真得承认——不像何那样，耳机里总漏出轻微的声音——但他显然在把音乐当作屏障；一种尽可能减少与人类同伴们交流的方式。再说，他不久之前刚刚杀了那个人：一个手无寸铁、带着镣铐的人。科对着那位的胸口开了三枪。无论是谁跟他单独同乘一辆车，心里都得犯嘀咕。

不过这会儿，科已经睡着了——或者跟睡着了没什么区别——而瑞弗在看了好几个星期的电脑壁纸之后，终于有点事可以换换脑子。他分到的活儿是什么来着？哦，对了，交叉比对选民登记册与按期缴纳市政税和水电费的住户名单，以便确定表面上有人居住的房屋是否实际处于空置状态。按照兰姆的说法——从他分派任务时的那股劲头来看，这个主意仿佛他是吃了一顿开始得早、结束得晚、又全程稀汤寡水的午餐后想到的——如此便可高度准确地整理出一份恐怖分子可能的藏身之所的清单。可瑞弗怀疑，还是走遍英伦诸岛随机敲门更靠谱一些。

“你想让我汇总全国各地的情况？”他问兰姆，似乎见到了地狱对他张开深渊巨口。

“天哪，不对，”兰姆说，“你看我像那种怪物吗？”

“呃……”

“你可以跳过桑德兰和克鲁——剩下的所有地方就行。”

于是现在瑞弗已经创纪录地连续玩了三周蜘蛛纸牌。他每隔几天随机剪切复制出一份或许能碰巧满足兰姆标准的房产清单：他把这些清单交给凯瑟琳，怀疑后者明知道他是在糊弄事。或许兰姆也心知肚明，正等着抓个机会把他狠批一顿。哎，好吧，瑞弗心想。撞撞大运吧。他能承受的惩罚总是有限度的——与科独处没准儿就是最后一根稻草。

回顾他刚到斯劳屋时，同办公室的是希多·贝克——无疑是个女孩的名字。只不过她不久之后头部中弹，导致瑞弗没能更深入地了解她。头部的伤势很麻烦：出血量大，一般即便捡回一条命，余生也得靠鼻饲进食，却又同时存在各种各样例外的案例。与其他人一样，瑞弗也读过那个枪击幸存者带着颅骨里的子弹活了几十年的故事。但希多最终究竟有没有成为幸运儿中的一个，瑞弗并不知道。总部严密封锁了整个事件，甚至谁也不知道他们到底是以自然死亡的定性迅速结案火化，还是把她运到某地湖边的疗养院治疗休养。他努力让自己不要时常想起她。假如她已经不在人世——事实大概如此——他希望他们把她的骨灰撒在了某个风景宜人的地方。

但如今，过往已经成了他每日的旅伴：无论他去哪儿，都如影随形。并且它的面目也与他曾经的想象大不相同——与其说是旅伴，倒不如说是搭车的，并且每走几公里就变得更怪异。早些时候，瑞弗第一次见到了他的亲生父亲。他从未想过自己会有这样的经历。他一直以为，他的父亲不过是他母亲放荡不羁的年轻时代的一个路人，而正因如此，她才对他的身份讳莫如深。瑞弗已经很长时间不把这件事放在心上了，或者至少准备将这件事埋在日常的心理废墟之下：他生活中扮演真正的父亲角色的人是那个老家伙，他是在那个人的指引下成长为今天的男子汉。没错，他的出生的确是一场意外：可那又怎样呢？这个世界上有好多人也是这样，而他们中很多人还不像他那样能在安全的环境中长大。可如今，这幅画面被证明是扭曲的：他的父亲不仅不是一个从酒吧或者夜店出来与伊泽贝尔·卡特怀特做了一夜露水夫妻的模糊身影，竟然还跟他的外祖父一样都是间谍街上的人；而瑞弗的出生不仅不是意外，还恰恰是老谋深算的结果，他的存在本身就是一场更大博弈中的筹码。现在，他的父亲不知身在何处，尽管事实早在瑞弗看到他之前便是如此，但如今，这种真实性有了截然不同的分量。

他想，下一次再遇到父亲，他可能会杀了他。

他又想到，斯劳屋已非安身之所；而那有朝一日将功赎罪、鲜衣怒马重回总部的脆弱承诺，业已失去了诱惑。他连玩了几周的电脑游戏，而不是完成兰姆布置的又一项徒劳无功的任务，那难道不是他的灵魂在告诉他，应该离开了吗？他至少是自己主动申请被解雇。而绝非巧合的是，老家伙的生命此时也即将走到尽头。

想到此，他的视线模糊起来，他不得不放慢速度。坐在一辆借来的车里，陪着一位不友善的旅伴，在开始为未来做决定的时候挂了：这可真是伟大的解脱方式。

此时他们距离斯劳还有大约半小时车程；车流前进的速度有些缓慢，不过还不算太堵——幸好他们赶上的只是晚高峰的小尾巴，而不是其恼人的核心——天空也开始考虑为了夜晚改变颜色了。瑞弗开的是一辆亮蓝色的福特起亚——这个名字就足以招致一堆愤怒的邮件了——瑞弗觉得这辆车还挺好开的，不过只是因为他不用担心撞车。何选择这辆车，大概是因为他觉得配他。瑞弗对此完全赞同。

他瞥了一眼科，惊讶地发现他的眼睛睁开了。

“关于那件事，你有多大把握？”他问。

科没有反应。

听 iPod 呢。当然。

瑞弗轻轻点了点他的膝盖，做了一个“把你那该死的耳机摘下来”的手势。科不情愿地照做了。

“关于那件事，你有多大把握？”瑞弗又问了一遍。

科盯着前方沉默良久，看着车的前轮不断吞噬前面的道路，接着耸耸肩，又要戴上耳机。

“为了健康的工作关系着想，”瑞弗说，“我得警告你，只要你戴上耳机，我马上就开车冲上路肩，把你揍出鼻涕泡来。”

科停下手上的动作，点点头。“你可以试试。”他说，然后继续往耳朵里塞耳机。

事情进展得还不错，瑞弗心想。

可一分钟之后，科又摘掉了耳机。他说：“如果最低一分最高十分的话，大概三分。”

瑞弗点点头。他早就猜出来了。

他说：“但你觉得值得提出来。”

又是一阵沉默。然后科说：“大局上我是对的——关于他们用的模板。至于他们会攻击哪个政客，是不是今天晚上，要猜对就有点勉强了。”

他说这话时也没看瑞弗，只是一直紧盯着前方的路面。

抱着好玩的心态，瑞弗说：“不过假设我们猜对了，他们选了金博尔。今天晚上。你觉得我们能成功阻止他们的概率有多大？还是最低一分，最高十分。”

J.K.科又一次举起耳机，不过并没有着急放进耳朵里，而是说：“小于零。”

“黄色小汽车。”雪莉说。

“呃，那个不算。”

“那个算。”

“真不算，”路易莎说，“第一，那是一辆面包车，不是小汽车；第二，它是橙色，不是黄色。所以那是橙色面包车，不是黄色小汽车。”

“差不多。”

路易莎强忍住没叹气。直到十分钟之前，“黄色小汽车”游戏的规则似乎相当简单直接：如果你看到一辆黄色小汽车，你就说“黄色小汽车”。几乎没有什么争议的空间——但那是她把这个游戏介绍给雪莉之前。

况且这个游戏也没让雪莉安稳下来。她已经在手套箱里翻了半天，找出一副墨镜戴上，还有一些口香糖。“我能吃吗？”

“天哪。感觉像是带了个十岁的孩子。”

“开长途车我会无聊嘛。”

路易莎说：“下一个服务站我可以把你放下——只要你开口。”

雪莉对着遮阳板上的镜子欣赏着自己。“这幅墨镜已经过时大概六年了。”

“所以它们才在手套箱里啊，”路易莎说，“而不是——比方说——戴在我的脸上。”

“快到了吗？”

还差得远呢，路易莎心想。

伯明翰以东。她们通过一通电话得知，扎法尔·贾弗里当天晚上将出现在他家所在的城市，在一座图书馆里发表演说。告诉路易莎这一消息的那位女士还趁机帮贾弗里做起了宣传，她强调他的一个又一个长处，路易莎怀疑要是再不挂电话，贾弗里大概都要水上行走了。得知他有支持者是好事，不过当一个政客似乎优秀到不真实的时候，往往意味着那份优秀只是表象。尽管如此，如果非要选出一个你不希望看到他被刺杀的政客的话，贾弗里与丹尼斯·金博尔相比还是稍胜一筹，而这也是为什么她把金博尔留给了瑞弗。如果是她面临着保护金博尔性命的任务，她没办法摸着良心说她会竭尽全力：毕竟你可以说，干掉金博尔将是帮了这个国家一个大忙。或者至少可以说，留着他会让这个国家遍体鳞伤。

至于支持的声音，路易莎想起，贾弗里正是以招募有前科的罪犯而著称，这意味着：如果这是一部电影，那么他一定是那个披着政治竞选的外衣经营犯罪组织的头目。不过，如果这是一部电影，路易莎的墨镜也不会过时六年。

雪莉说："科说对的概率有多大？"

"不大。"

"多不大？"

"真的不大。"路易莎变道超了一个七十五公里时速在中间车道晃悠的白痴。"我的意思是，水源那件事，或许他的确说中了什么。可如果你非要说，一个恐怖分子团伙要杀扎法尔·贾弗里。我真的看不透。"

"那我们在这儿干什么？"

"离开办公室。"

雪莉转身挥手送别那位刚被超车的司机，然后将嘴里的口香糖吹出一个泡泡，让它爆掉。"他要真的像别人说的那么聪明，怎么会是那样一个白痴呢？"

"谁啊，科吗？我不认为他是个白痴。"

"他一句整话都说不出来。"

"这也不能说明他是白痴啊。"路易莎似有所指地说，不过没人接茬儿。

“他还是个精神病。”

“嗯，是。他确实精神不正常。”

“我敢打赌就连他的手机都比他聪明。”

“所有人的手机都比本人聪明。”

“我敢打赌他的手机拥有更令人兴奋的性生活。”

“你觉得他是同性恋吗？”

“我不要去想科的老二。”

“我没让你去想——”

“是，你让我猜他喜欢把它放在哪儿——那个我也不要想。”

路易莎说：“是你提起来的。”她抬起一根放在方向盘上的手指，指向对面的车说道：“黄色小汽车。”

“那个游戏我不想玩了。”

是八岁，路易莎在心里更正说：像是带了个八岁的孩子。

也许跟科搭档会好些——这一路上肯定更清净——不过确实，他有些疯疯癫癫的。这并不意味着他对形势的总体分析是错误的。在路易莎看来，整个颠覆计划足够真实，如此就算是不虚此行——她说的离开办公室那番话也并非玩笑。因为何迟早会告诉总部的同事们，一群坏人正拿着他交给他们的安全局文件为蓝本四处杀戮，到那时地狱之火就将从天而降。这种时候最好躲得远远的：让兰姆一个人应付吧。

况且即便伯明翰无事发生，也不意味着此行就是浪费时间。昨天晚上是她搞砸了。何差点儿就小命不保，而无论人们怎么看他，斯劳屋已经见过太多死亡。再者，假如何真的被杀了，别人又会怎样看待她的能力呢？她可是去现场保护他的啊。所以今天她的额外付出，权当是赎罪吧。另外，瑞弗提出雪莉思念马库斯的时候她没接茬儿，她对此同样深感不安。或许她应该更用心地观察对方。或许，她们俩可以不像两只一碰就撞开的陀螺那样，而是真正地为彼此做些好事。

于是她说：“从没听你提过马库斯。”

雪莉一言不发，印证了她的话。

“我明白那就像是失去了某个亲近之人。”

“谈论了他们就能死而复生吗？”

现在轮到路易莎不说话了。

雪莉说：“话说这口香糖在这儿到底放了多久了？”

“比墨镜还久。”

雪莉把口香糖吐在了手上。接着，她的脸上突然现出了神采。“黄色小汽车。”

“我以为你不玩了。”

“没有，”雪莉说，“我只是不想输。”

*我们快到了吗？*路易莎心想。

一块路牌告诉她：*还有二十四公里。*

*看见了吧？我们终究还是达成了一致。*

还是警察时，艾玛·弗莱特从未陷入警察与恶棍是一体两面的思维陷阱，她并不认同二者的世界观比平民想象得更为接近。她倾向于信奉一条更加根本性的真理：恶棍是一群必须关起来的白痴，而警察就是把他们关起来的人。

但到了间谍街上，她没有了逮捕坏人这个选项。

如果她能按照之前的标准将坏人绳之以法，那杰克逊·兰姆必定在她的逮捕名单上。她不在乎他曾是特工——身心俱损的秘密战争幸存者那套浪漫叙事，她根本就不买账——更看不惯他那副誓要把身边人都欺负或者得罪个遍的态度。在她眼中，他就是个浑蛋，而对付浑蛋的最佳办法就是给他们点儿颜色瞧瞧。就算是兰姆这个被愚弄的马戏团领班也得承认：过去一个小时里他的所作所为，已经递给她一把足够锋利的刀。

艾玛拢起头发，用皮筋绑好。任何实用性稍逊的东西——哪怕是最基础款的布制发圈——她只要穿戴上，都会招来男同事的斜睨，因为在他们看来，任何梳妆打扮似乎都意味着她在利用自己的性别优势。而对于他们自己的耳钉和花臂，这群男人却并不认为有何不妥……她此时已经坐进了自己的车里，不过还没打火。因为她还没想好，下一步要干什么。

她希望刚才在斯劳屋时没有显露出来，但怒火正在她的身体里横冲直撞。像囚犯那样被铐着，让别人端着茶杯喂茶。她真想大发一通脾气，把下等马们全都五花大绑关起来，把他们一个一个化为血水。

可是……

可是那些什么关乎大局的事，其实她也并不在乎。

那个姓斯坦迪什的女人说得对：如果拿她给斯劳屋关禁闭期间惹出来的烂摊子烦他，他肯定不会高兴。而泰维纳只会帮倒忙：诚然任何能用来对付兰姆的弹药她都会笑纳，但她从不浪费子弹，如果一发子弹同时还能将艾玛置于死地，她一定会选择一石二鸟。艾玛得罪了泰维纳，是因为她没有站到她那一边；而戴安娜对待结盟的态度极具侵略性，在她眼里没有中立的概念。如果不听命于她，就是她的猎物。

况且，也不能排除兰姆是对的。对于“防水”，尽管她当时极力维护说总部已经放弃了原先的行事风格，但她同样感到，如果阿伯茨菲尔德惨案真的是安全部门自己造成的灾难的一部分，那么过不了多久，任何知道内情之人都会恨不得自己从未听说过这一切。

她用拇指敲打着方向盘。白日已经开始收拾提包，整理东西，过不了多久就要拉下窗帘了。无论她要做什么，都得抓紧了。

有一个她在很多地方都听到过的词：伦敦规则。第一条就是明哲保身……

她之所以讨厌得出这个结论，最重要的一点便是兰姆知道那将是她的选择。

在这个自相残杀的宇宙里，她至少还有一个盟友，真是谢天谢地。她没有立即启动车，而是先伸手拿起电话，打给了德文。

凯瑟琳说："现在开心了？"

"你是了解我的。就像圣诞节早上的波利他娘的安娜[1]一样。"

"我猜，圣诞老人送你的主要是煤块[2]。"她说。

他们此时在兰姆的办公室。外面已近日暮，办公室里的光景则可能是一九七二年之后的任何一年。兰姆给自己倒了大半杯威士忌，又给凯瑟琳也倒了一杯——他有时就是会这样。也许他真的想让她喝，也许他只是想看着她抗拒诱惑的样子。他这一生大把时间似乎都花在了测试他人极限上，大概是因为他已经厌烦了试探自己的极限。

"你肯定知道，"她说，"弗莱特现在或许正在调兵遣将。无

①波利安娜（Pollyanna），美国小说家埃莉诺·霍奇曼·波特（Eleanor Hodgman Porter，1868—1920）笔下的主人公，是一个阳光开朗、对于任何事情都乐观以待的形象。
②传说坏孩子会在圣诞节收到圣诞老人送来的煤块。

论他们把罗迪关在哪儿，旁边肯定有地方关你。”

他看似义愤填膺。“我干什么了？”

“……需要我给你拉个清单吗？”

“她不可能一路哭着回家的，”兰姆说，“如果每次有恶心的男人把她铐起来她就哭个不停，那也太没情趣了。”

“如果是我想减轻罪责的话，我可能不会那么说。”

兰姆不屑地摆了摆手，如果他不是为了轰苍蝇的话。“她是个警察，”他说，“她非常清楚，科说的那些哪怕有一丝真实的可能性，也亟须追查。现在停下来向上头反映这里发生的情况，只会误事。”说着他把酒杯送到嘴边。他刚喝了一瓶红酒啊，凯瑟琳心想。只要她愿意尝试，她甚至可以尝到威士忌的味道。但她不会走进那扇门：至少今天不会。他又开口了，“再说她也不想让所有人都知道她在这儿捅的娄子。丹德尔都跑出去买糖了，我的天啊。我非常确定那是禁闭指南里不允许的。”

“我想他们制定那份指南时肯定是把你给忘了。”

对此，他认真地点点头。这种指引都没有考虑到兰姆这个意外因素。

凯瑟琳说：“你派我们的组员去追踪一群杀人犯。”

“我本来也想跟他们一起去的，可是——”

“可是你不想，知道了。我要说的不是这个。科带着一把小刀——如果你相信雪莉的话——除此之外他们手无寸铁。假设他们中有一对真的遇见这伙歹徒，那样的话，结果会怎样呢？”

“这个嘛，我是个无可救药的乐观主义者，这一点你是知道的，”他说，“不过如果真像你说的那样，我估计肯定完蛋了，就跟平常一样。”

“真令人安心。”

"哦，大气一点儿。不过说真的，转念一想，还是算了吧。"他盯着自己的酒杯沉吟片刻，仿佛正在思考杯里的东西是什么、都去哪儿了，然后用平常的方式解决了这个难题。他喝完酒说："这帮杀手没什么本事。杀一群路人是一回事，可他们竟然试了两次都没把何弄死，毕竟他完全就是废柴啊[①]。没意思，这些人就是一帮外行。我感觉盖伊和丹德尔两个人对付他们足够了。"

"那瑞弗跟科呢？"

"好吧，你的意思很清楚了。可至少我们还有些冗余。"

"杰克逊——"

"两个标靶届时都有警察在场保护：很可能还是武警。如果我们的组员发现什么蛛丝马迹，只要报警即可。我又不指望他们去拼命。"

"……好吧。"

"不过当然了，"他说，"他们要不是蠢货，也不会来到这种地方。"

"我们真是辜负你一片苦心了，"她告诉他，"你还是写贺卡说吧。"

兰姆脸上现出一丝痛苦的嗤笑，伸手拿起了她的那杯酒。

他们有五个人，其中一个已经死了。

他们用手边唯一能找到的保鲜膜把他的遗体裹了个严严实实。这赋予了那具尸身一种恐怖电影般的光泽，每次丹尼去看他——已经是"它"了——的时候，总感觉它马上就要动起来，

①原文此处兰姆称呼何为"walking wicket"，这一短语在板球运动中用来指代职业比赛中水平极差的击球手。

伸开它那僵尸般的双臂，缓缓地站起身来。昨天他还活蹦乱跳的。俊，他们都这么称呼他。现在俊变成了“它”，被塑料膜裹了个严严实实，仿佛薄如蝉翼的塑料可以让他保持新鲜。

那是不可能的事了，这一点他们都心知肚明。

“没摔好。”申曾经说。

显然，还有摔得好的例子。具体到俊来说，他跌出大玻璃窗之后，不能脖子先着地。而且很显然，即便在脖子着地之前，俊的这个晚上也不是非常成功：假如他圆满完成了任务，也就不需要如此戏剧化地抄近路了。那时候他会走下楼梯，从大门出来。他没有，所以显然标靶还活着。

而这就是申的过错了。尽管丹尼没资格批评他，他却越来越难压抑住说些什么的冲动。他来这个国家已经三年，但英国生活的疲软无力依然让他每天都感到惊讶不已。这里没有方向。没有领袖。报纸——媒体——上永远是一出顽固观点的混战闹剧：这股自相矛盾、毫无头脑的噪声也对他们这些人产生了影响。阿伯茨菲尔德以来，他们便胜少负多，唯一大获全胜的水源爆炸那一次还是丹尼单枪匹马完成的：他只做了一个简单优美的动作，然后便在周围震惊的人群都没有注意到的情况下全身而退。可那个姓何的标靶两次毫发未伤地死里逃生，火车上安放的炸弹更是令人羞辱的惨败。在丹尼看来，造成这些失败的原因有两个：罪魁祸首便是申，他似乎对领导角色没有兴趣；再者便是他们没有了制服。丢下制服之后，混乱便找上门来。

申这会儿正背靠着他们过去一周用作住所的面包车侧面，眼睛盯着手机，翻阅推特的推送，仿佛要在新闻标题中间祈求下一步行动的神谕。丹尼感到一股鄙视之情油然而生：如果申要领导这个小队，他就应该拿出个领导的样子来，而不是在互联网的破砖碎瓦里寻找答案。他的决心越来越弱。他觉得达成目标的最好办法是让所有人都了解行动计划，但真正的指挥官应该要求下属无条件服从，并严厉制裁违背他意志的行为。昨天上午安没有撞死标靶，他甚至对安没有任何惩戒。他甚至到现在也没有意识到这两件事之间的联系：今天俊的死，正是因为昨天安的失手。

他闭上眼睛，试图让自己平静下来。他们的任务的确遇到了一些挫折，不过尚未彻底失败。至于申，等到任务一结束，丹尼就会向上峰反映他的无能。除此之外别无他法。让他领导这个小队是一个错误、一种耻辱，而假如他的脑子没有被这个国家的混乱同化，他自己也会明白这一点的。至于余下的人——原来有四个，现在还剩三个——他们只需保持冷静，推进计划。他想说的就是这个词：保持冷静。毕竟，重要的不是细节，而是计划的实施。这是历史最悠久的谋略，是你送给敌人的教训：他们的城堡修得越是坚固，就越是牢牢地将毁灭他们的工具封印其中。

丹尼和同志们只需保持……冷静。

就是那个词。

酷猫。

# 第二部　热狗

# 8

瑞弗把车停在打表计费区，正到处翻找零钱的工夫，突然想起他今天开的是何的车，于是干脆不找了。他环顾四周，远处建筑的轮廓在黄昏中若隐若现。他身旁的科依然戴着耳机。科睁着眼睛，但双眼无神、目光呆滞——要是换成别人，瑞弗肯定认为是嗑大了。

瑞弗怀疑科并没有嗑药。毕竟对他来说，保持正常状态已经很勉强了。

他再次做出“摘掉耳机”的手势——这是跟科打交道时必不可少的手语——然后说：“现在真的到斯劳了，多少有点滑稽。”

科盯着他。

“我以后再解释。你没问题吧？”

“有问题。”

“具体是什么问题？”

科想了想，然后说：“都有问题。”

“呃，只要你这次别冲任何人开枪就行。”

“我没枪。”

“行吧，我希望得到的是你的承诺。不只是你没有作案工具。”

瑞弗并非料定接下来会发生枪战、暴力和流血事件，他只是觉得至少应该有人提出这种可能性，毕竟此行的目的至少在名义上是为了阻止潜在刺杀。最起码不能让凶犯顺利得手。可现在旅程已经结束，那种可能性再次遁入幻想的领域。下等马们的生活中从未发生过任何令人兴奋之事。哦，好吧，前不久确实发生过一起枪战，那个疯子在斯劳屋到处开枪，但除此之外，绝大多数时候都是日复一日的苦力。而他们此时身处斯劳的事实，更将这一点凸显得淋漓尽致。他此前从未到过斯劳，关于这个地方，他唯一所知便是，它距离伦敦如此之近，最终却仍然被人遗忘。关于此地还有一首提到炸弹的诗歌流传于世[①]，不过瑞弗不愿过度解读。

“我们应该四处看看，”他说，“熟悉一下环境。”

“看看有没有一群人穿着印着阿伯茨菲尔德小队字样的T恤？”

瑞弗看了他一眼。

“还是坐在麦当劳，享用一份恐怖分子开心乐园餐？”

也不是不行，总比什么都不做要强吧？“是，差不多。”

“集会在什么地方？”

几条街外，步行两分钟的距离。科双手插兜，看起来像一个被迫参加远足的少年，只不过——瑞弗注意到——他的两只眼睛一直没得闲：将周围的环境看了个遍，无论是车辆还是行人。瑞弗感到，他永远在为最糟糕的情况做好准备。瑞弗不知道的是，万一最糟糕的情况真的发生了，他究竟会做出什么事，不过雪莉一直在强调他随身带刀这一点。好在他们俩现在至少有一个手里

①此处指的是英国桂冠诗人约翰·贝杰曼（John Betjeman，1906—1984）发表于一九三七年的诗歌《斯劳》（*Slough*）。诗歌表达了对于推进工业化进程中的斯劳镇的厌恶之情，并表达了希望斯劳镇被炸弹夷为平地的愿望。

有家伙，而万一一群准军事化的疯子出现，一把小刀又能派上什么用场——这个问题最好还是不要深究。瑞弗提醒自己，那种事未必真的会发生：即使科言之凿凿，而他们现在身处此地也全是拜他所赐。

会堂看上去像是一所小学：有着红砖墙、绿色的窗户和管道。会堂外是一段矮墙，上嵌铁质栏杆，大门足以供车辆进出。驻守现场的是私人安保公司警卫，他们的制服远看郑重其事，但腰带上乱七八糟的累赘太多——对讲机、手电筒、轮胎修补工具——让你没法把他们当回事。不过这也许只是他嫉妒心作祟。毕竟相比之下，作为安全局的正式一员，瑞弗本人的分量却只能与超市里收拾手推车的杂工不相上下。

科说："正在看未来的自己吗？"

"现在就毙了我吧。"瑞弗说完才意识到对方是科。

"别担心，你应该不会变成停车场服务员的。按照现在的情况来看，那已经算是皆大欢喜的结局了。"

科突然会说话了倒是好事，不过瑞弗却恨不得他闭上臭嘴。

"我们分头行动，"他说，"别让阿伯茨菲尔德小队有机会在周边踩点。"

那就怪了，他心想。

不过还真别说，比这奇怪的事也发生过。

数公里之外：稍晚的另一场公众集会。

图书馆位于街边，从远处看去与其他任何城市建筑无异：卫生中心、风月场所和税务局。门上张贴的传单宣告着当晚的活动。扎法尔·贾弗里将就社区面临的重大问题发表演说，并回答关于市长竞选的问题。传单上的一张小照片佐证了路易莎关于贾弗里颇具魅力的印象。会场房间后面摆了几排座椅，再后面还有几组独立的书架。尽管活动还有三十分钟才开始，但有些座位上已经坐了人。走回停车位的路上，她打量了一遍停在路边的其他车辆。所有车都是空的。停车场里也有空位。路易莎想着是否需要拍张照片，发给身在伦敦的同事们。

雪莉回到车上，双手抱胸坐着。尽管戴着那副墨镜，但她莫名其妙地酷似一尊佛像。“我今天到现在只吃了一堆软糖。”她说。

“那是谁的错，你还记得吗？”

“我们本可以找个服务区停车的。”

“我们还本可以吃顿烛光晚餐呢，”路易莎说，“只是我当机立断，决定以任务为先。”

“谁说让你负责了？”

开我的车，当然得我说了算，路易莎心想——不过她没说出来。如今，与雪莉吵架这件事仿佛遇到了一堵砖墙：要么一头撞上去，要么绕着走。

于是她说：“贾弗里的演说半小时后开始。计划时长四十分钟，然后是二十分钟的问答环节。我们一个人进去，另一个在外面……”

“保护外围？”

“我正努力不用那个词。”她承认。

“那确实不是一个女人能单枪匹马干得了的。”雪莉说。

“是啊，不过我没说那是个理想方案。但终归是个方案。”

“你带武器了吗？”

“没带。你带了？”

"要是我带了就好了。"

"后备厢里有把扳手。"

"归我了。"

手拿扳手的雪莉——路易莎心想：呵，这样的角色一定得争取到自己这边。她或许看着像一尊迷你佛祖，可她对于和平、和谐什么的却拥有完全不同的看法。不过不得不承认，她的确超度过几个毫无防备之人。

她掏出手机，用谷歌地球查了一下。"似乎没有后门。楼后面紧挨着什么东西，好像是个写字楼。"

"房顶呢？"

"看上去好像就是一个房顶。有个天窗。"

"他们看着不像是那种会隐秘行事的人啊。"

所以在雪莉看来，从天窗天降神兵属于隐秘行事：有意思。那她们俩现在做的这又算是什么呢——路易莎心想——从刚才开始她一直克制自己问出这个问题的冲动。犯下阿伯茨菲尔德惨案的凶犯没有劫走一个人质，他们只是无所顾忌地播撒子弹。挥舞着扳手不会让他们望而却步。何况雪莉和路易莎两个人只有一把扳手。

不过此行本就是赌万一发生的小概率事件，况且如果一味回避风险，谁也出不了斯劳屋。她当初加入安全局，不是为了坐在桌子边上整理图书馆用户名单的。何况尽管大多数任务都是重兵压阵、全套防护，过程中也难免碰到意料之外的时刻，需要依靠你的训练，以及你在特工培训学校的地垫上或者索尔兹伯里的平原上锤炼出的一身本领。举起双手，躲在角落里避风头，还不如干脆当个平民。至少像现在这样，等到最终回顾职业生涯，她可以说自己上过前线，也做好了准备。换言之，是案头工作耽误了她。

尽管如此，她俩还是只有一把扳手。

不过应该也不会出什么事。

“我有一种不好的感觉。”雪莉说。

……好极了。

“谢谢你。你有什么预感吗？”

“不是，我的胃在痉挛。我真的需要吃点东西。”

“雪莉——”

“来时路上有家外卖店。刚才转弯之前路过了那里。”

人们已经陆续到场：心怀公益的人士三五成群地前来感受政治气氛；一对老夫妇拄着拐杖；另一对可能是学生，其中一个抱着一摞传单。

“没时间了。你不吃也死不了。”

“你说得倒轻巧。”

“这是任务啊，雪莉：不是放假。”

“我敢肯定兰姆一定会同意的。”

“兰姆现在不在。我不同意就不行。”

“我才不听你发号施令呢。”

“你可以不听，但我可以让你走回伦敦。”

“我可以坐火车！”雪莉咆哮着。

她竟然想起了火车！实在令人无语。

“现在，”路易莎说，“行动已经开始。我们中有一个人需要进入会场监视观众。万一有什么情况，我们如果能在坏人行动之前找出他们，阻止他们的成功率就会更高。所以，你现在是要在这儿发牢骚，还是继续执行计划？”

雪莉嘟囔了一句什么。路易莎假定那是赞成。

“你想进去，还是留在外面？”

“我想要那把扳手。”雪莉说。

“就在后备厢里。”路易莎告诉她，然后便挤进了图书馆里的人群。

“我需要抽根烟。”金博尔告诉他的妻子。

“不，你不需要。”

“我不抽一根就撑不过去了。”

她翻了个白眼。“你已经戒烟了——公开戒的，众目睽睽之下。‘如果再有人看见我叼着一根烟，就不要给我投票。’你自己的原话。”

“呃，是，可是我不是那个意思。那又不是选举的承诺。”

其实他转念一想，他或许应该坦承那确实就是选举承诺。只不过只有小孩子和白痴才以为他会遵守诺言。

“这种事你已经做过上千次了。你到底在担心什么？”

他觉得自己可以对她直言。向她解释，他要在台上请支持者们接受他真实的自我。如此之后，他或许还可以透露自己其实并未戒烟，然后顺带得到大家的原谅。反正到了那个时候，观众们的重点也不会放在抽烟这件事上。

可如果他现在就坦白，然后她提出质疑——她一定会的——他就会像淋了雨的杯子蛋糕那样彻底崩溃。他需要她的支持，而为了得到她的支持，他必须给她呈现出某种既成事实。接着便是需要独自消化的艰难时刻，可在公开场合，别无选择的她还是会给予他最大限度的支持。除非被蒙在鼓里的妻子——不会的。他相信她绝对不会抛弃自己。抛弃他虽然对她也有好处，但与丈夫并肩作战定能带来大量版面，以及足够她写一年专栏的素材——何况她真的爱他。所以还是应该采取这个策略。

“现在是关键时刻，”他说，“无论对你还是对我。”

此言非虚。

“我们要保持冷静，”她告诉他，“这样就好。按惠兰的话做事不是世界末日，丹尼斯——不过是一时的挫折。”

他还是得抽根烟。

“你要是被人看到了，”她说，“我就再也不借你马诺洛了[①]。”

这表示她同意了：她那双马诺洛他这辈子都穿不进去。

他用手指敲了敲，确认香烟和打火机都在胸口的口袋里，然后走出他们征用的那个房间，找到一个顶着一摞塑料椅子经过的志愿者。

“这个地方有后门吗？我需要整理一下思路。”

还真有后门。

瑞弗在会场所在的街区以及旁边的一个街区转了转，熟悉周围环境。有一次他看到J.K.科就在前面的路口过马路，整个人垂头丧气的，不禁摇了摇头。即便是眼下他试图让自己相信自己做的事有意义的时候，下等马生活的现实依然挥之不去。他的同事们大多百无一用，问题缠身的程度甚至堪比艺术学校的学生，而不像是安全局特工——或许路易莎是个例外。当然，还有他自己。永远要记住的一点：瑞弗本人没有过错。

会场前停着一辆电视转播车，那或许是一群武装疯子的绝佳

①此处指知名设计师马诺洛·伯拉尼克（Manolo Blahnik）设计的高跟鞋。

藏身之处，不过瑞弗越是仔细观察，越觉得那就是一辆电视转播车。大多数伪装顶多做到车侧面贴个标识，车上的人戴着鸭舌帽、手拿夹板；可是这次，有两个人拖着一根超长的线缆走进会场的防火门，车里还放着足够拍摄一部《哈利·波特》电影的设备。当然，如果你要在政治集会现场成功执行刺杀计划的话，或许就应当如此行事：把车辆乔装打扮一番，装满看上去货真价实的设备，然后停在目标附近蛰伏待机。不过瑞弗并不这么想。在村庄街道上肆意开火，或者在火车上丢下一枚土制炸弹；把管状炸弹扔进企鹅围场——这怎么看都像是一群漏网的疯子所为。他觉得，他们的一举一动与其说是一次筹划缜密的攻击，倒不如说是一次求胜心切的心血来潮之举。假扮媒体专业人员，预先准备所需的各种文书凭证，定然会让他们力不从心。

他又观察了一会儿，等待着足以证明眼前这些都是假象的迹象，然后便离开了。

不远处，一栋楼房四周搭满了脚手架：大楼上半部分刚刚粉刷一新，下半部分则布满污垢和路过车辆溅起的泥痕，外立面经过多年的城市生活已经被侵蚀。楼前是一条狭窄的小路，延伸的脚手架增加了行人通过的难度，而小路尽头则是一片被大号移动垃圾桶占据的区域。大楼里有人的痕迹——上层的窗户中有灯光射出——但楼顶垂下的防水布给人一种荒凉废弃之感。瑞弗走到小巷尽头，看到那里空无一人，然后折返回主路。

他回头再看那栋楼时，突然想起了斯劳屋。

并没有什么特别的原因，只是二者都有一点忧郁及一点不屑：都是那种如果你在其中工作，一到家就会迫不及待地给自己倒杯酒喝的地方。二者的不同之处则在于，有人愿意花钱费力重新粉刷这栋楼：即便它无法拥有光明的未来，至少也能有一件全新的外套来掩盖不堪回首的过去。而此时，他的内心感到一种熟悉的崩溃感觉。名义上他是这个国家的保护者之一，但实际上他不过是无关紧要的无人机，他不知道自己还能撑多久。他被派出斯劳屋执行任务的次数，掰着指头就数得过来：不包括给兰姆取外卖。这并非他想要的生活，也绝不是他的外公想让他过上的生活。

所以，假如短时间内仍无起色，他就会辞职。做什么都比现在强。夜幕低垂之时，站在脚手架旁，瑞弗做出了这个决定，可他并未如预期那样感到一阵轻松，反而因此倍感失望。仿佛他心中有什么东西泄了气。

哎，他心想。接着又改成了：该死。然后他绕过挡路的金属柱，走回了会场，而此时会场门外，准备入场的人已经开始排队。

他好奇科这会儿去哪儿了。

雪莉目送路易莎走进图书馆，等了十分钟，然后又等了十分钟，才动身去买薯条。因为假如她是路易莎，想要抓雪莉一个现行，一定会按照那样的时间框架来行动。假如她是路易莎，一定能抓雪莉一个现行；不过既然她是雪莉，等不到人群散开，她就会拿着薯条回来了。

她朝着外卖餐厅的方向走了一半，突然想起口袋里那包可卡因。

已经六十三天了，天色阴沉，夜色将至。过不了多久，就能撑到六十四天了。然后又怎样呢？坐等数字变大不会给她带来任何乐趣，可她脑海深处还是有一个声音喋喋不休地提醒她，如果计数清零，多少感觉有点……失败。仿佛她立志做某事却半途而废。仿佛她无法更进一步。

但是，谁也不会那样想，谁也不会知道这件事。她现在独自一人，每晚可以大嗨一场，只要第二天早晨能出现在斯劳屋，生活就会一如既往地缓缓向前。因为她没有毒瘾。她确实吸食毒品，但只是为了找点儿乐子。至于她最终找的乐子有多大，谁也管不着。

如果她真有成瘾问题的话，那这连续六十三天的纪录是怎么来的？

一批鳕鱼肉刚刚被放进炸锅，于是雪莉点了一个热狗等着，边吃边看着炸锅里油花飞溅、发出嘶嘶声。她记得曾有一次坐在一家二十四小时营业的自动洗衣房里，盯着滚筒里的衣服像海豚一样忽上忽下。她那天看出了神，可能一直坐了几个小时。那样的事她当时做得出，现在的她却绝对不会。如今的生活已经习以为常，这一长串灰色时刻，仿佛斯劳屋的情绪透过墙壁溢出，感染着各处的万事万物。

最终谁也逃不过下等马的诅咒。它将榨干他们的精力，让他们萎靡不振。

她点的餐上了。她手里抄着一只塑料叉子，嘴里嚼着热狗走出了餐厅，心想假如马库斯还在，他会对她这段自我约束的清醒期作何评价。他大概不会说什么。他或许会点点头，或许会摆出某个充满男子气概的架势，让她别忘了尽管他现在跟她一样坐办公室，但他年轻时能一脚踹开一扇门；而她看到他点头会感觉很棒，感觉自己正在正确的轨道上。可是转念一想：去你的吧，马库斯：这跟你有什么关系？何况他这一生也并非平稳顺遂，全无困扰。去年下半年他过世之前，他往老虎机里扔钱的那个劲头，就仿佛他找到了永生的秘诀一般。

不过这薯条[1] 还真不错啊。

她回到车旁边，发现路易莎并没有再次出现，不由得长出一口气。她决定站着吃，把车顶当作高桌用。要是把车里弄得一股味道，那路易莎肯定跟她没完没了。她举起那把约五厘米长的叉子扎进鳕鱼块——这家伙用起来很不顺手——成功地将一大块鳕鱼送进嘴里，然后突然想起来她的任务是“保护外围”：哦，是哈。她一边嚼着嘴里的鱼，一边绕过路易莎的车，走进安静的小路，快速扫一眼路边停泊的车辆。一切都一如刚才。

除了一个例外——正要回去继续露天晚餐的雪莉心想——约一百米外有一辆面包车。五分钟前它在那儿吗?

它不在。

科看到卡特怀特朝会堂的方向走去，于是走进一家商店的门廊躲了起来。他感觉这里并不需要他。我想我们有麻烦了——他是这么说的——这也是他的心里话，只是他并不认为麻烦会发生在这里。那概率相当于外星人在那边大楼的脚手架上降落，或者那个搞笑的美国总统停用推特。

不过在大局方面，他确信自己是对的。

他戴上耳机，开始收听头条新闻播报：幸存企鹅的最新情况；一女子被发现死于伦敦家中。不久之前，这还是他做不到的事：他唯一能忍受的是没有曲谱的钢琴曲；即兴的旋律让他仿佛划艇过后水中漂荡的一片树叶。但那种感觉正慢慢褪去，而这一

①原文为“chips”，亦有“筹码”之意。

切都始于他朝着那名杀手的胸口连开三枪。减压的方式真是千奇百怪。朝人连开三枪显然不会出现在自助书籍里，效果却无可指摘。

无论外界发生什么事，无论背景里沙沙作响的是什么白噪声，他的大脑都运转正常，所以没错，他确信自己是对的。提取书面信息是他素来的能力：回忆一页纸上文字的形状、段落的排布、某句话在书中的位置。“水源”这个吉卜林式的短语，在他的脑海中一直挥之不去。无论是什么人把炸弹扔进了多布西公园的企鹅围场，他们遵循的定然是科曾亲眼所见的步骤指示，而在那个方案之下，一盘大棋正在悄然进行。这一切的目的，都是为了揭开幕布，将幕后的庞大机器展现在世人面前。他们意图揭示，他们的袭击计划，恰恰出自这个国家——或者说其秘密分享者——之手。而一个国家的秘密分享者，也守护着这个国家的灵魂。

想到此，他离开商店门廊，沿着街道往前走，拐进了正在施工的大楼与旁边建筑之间的一条小巷。小巷尽头挤着几只大号移动垃圾桶，此外再无通路。他刚要掉头折返，发现脚手架上装着梯子。好吧，他心想。他可以在上面俯视街道的情况。卡特怀特定然会打来电话问他在干什么——他只要回答“保持监视”就能让他闭嘴。而且居高临下，他可以安全无虞。他连爬两段梯子，来到了距离地面九米高的一段走道。脚下的木板微微塌陷，不过还没到让人感到危险的程度。只是略微有些摇晃。兰姆说他恐慌发作，是没错，可让他恐慌的是人。他并不怕高。实际上，大多数东西他都不害怕，只要别牵扯上具体的人。

第二段梯子的顶端放着一只盖了盖子的油漆桶，或许它根本就不应该放在那个位置。科绕过油漆桶，靠在一根横杆上，朝下面的街道望去。

水源。要是在总部，他得拿出确凿的证据或者统计上的概率支持自己的假说。可在斯劳屋，他只消说服杰克逊·兰姆。不过，兰姆毕竟曾深入敌后，依然能读得懂大祸临头时的不祥之兆。人人都在谈论间谍街——地下世界的生活——但兰姆真真切切地一直在那里战斗到惨淡的终局，经历过一步错判就将万劫不复的考验，他能分得清自己听到的东西孰真孰假。当然，这并不是说他不是个死胖子，只是他这个死胖子，任何人都不能小觑。

不过这一切都并不意味着此时此地将证明科的正确，或者远在伯明翰的盖伊和丹德尔能撞上大运。扎法尔·贾弗里和丹尼斯·金博尔不过是模板建议刺杀的一类人中的区区两例：最终遇刺的也可能是别人，而那人的死必将导致举国震动，引发程度各异的哀伤、不安或者欣喜。暴民宣怒于街，权贵密谋于室。经过持续多日的吵吵嚷嚷和媒体头条的煽风点火之后，那群小丑将择机披露他们执行的究竟是何人制定的策略，而到了那时，这座纸牌搭起来的房子也将轰然崩塌。

这些人是谁根本无关紧要，他心想。俄罗斯人或康沃尔民族分离主义者，随便什么都没关系。与他们的身份相比，更重要的是他们要表达的观点：这个永远要占据道德高地的国家如今遭袭，完全是自食其果。

这时，他看到了下面的丹尼斯·金博尔，他绕过脚手架，正匆匆地走向堆放着移动垃圾桶的地方。他好奇丹尼斯·金博尔在做什么。

到场人数不算少：一共五十二个，比她预想得要多。不过她从未参加过这种关于地方问题的公开论坛。贾弗里正在讲话，陈述着哪些可能是挑战、哪些可能是机遇——他反复强调一切归根结底都是态度问题。而她也不得不承认他的身上确实有着某种独特之处。就像人们常说的那样：可以称之为魅力。不管那是什么，他竟然愿意在没有媒体报道的情况下，在一座地方图书馆里展示自己的魅力，这已足够惊人；他似乎真心实意地在乎他所说的东西，而面对现场观众提出的从居民停车到图书馆的命运——可能要关门大吉——等各种问题，他没有丝毫躲闪之意。对于这座图书馆的关停，路易莎本不该感到欣慰，不过现实是，她已经在脑海里的表格上将它划掉：至少她不用研究这座图书馆恐怖主义图书区的借阅数据了。

她认为从现场观众里突然窜出一个刺客的可能性微乎其微。有一名警官藏身观众中：身着便衣，大概没带枪——这个国家自从阿伯茨菲尔德事件以来便处于高度紧张状态，但那毕竟是一场无差别的杀戮，并且没有迹象表明政治人物此时面临着更大的危险。但贾弗里毕竟是一位国家级名人，并且还是一位穆斯林：这两个身份总有一个能让某些人眼红。警队一只眼睛关注维护自身声誉，另一只眼睛自然要放在当地的名人才俊身上，所以观众里肯定会有一位警官，路易莎猜测要么是前排那个亚裔女性——不算强壮却精明干练，如果你知道应该观察哪些迹象的话——要么就是她左手边隔几个座位的那个竭尽全力不表现出无聊的大块头男子。观众席里可能还有两个贾弗里团队的成员：年轻，一男一女，高度警觉，非常专注。最初见到时，路易莎把他们俩视为最可能的刺客，她的心跳也随之加速。后来那个男的欠身帮助一位老太太放包，路易莎这才放松下来。恐怖分子相貌各异，不过帮助老人一般不是他们会干的事。

她希望外面的雪莉这会儿没有睡着，不过更可能的是，她早就溜出去找吃的了。她想出去看一眼，但转念一想似乎不值得费那个劲：雪莉定然我行我素，并且她大概不会喜欢批评。于是路易莎只能一个人坐在观众席，想了一下才记起自己为什么会出现在这里。之前在斯劳屋的时候，这似乎是个值得放手一搏的计划；而到了此时此地，她所做的这一切似乎又只是为了离开斯劳屋。麻烦的是，她现在身在伯明翰，回家还要开两个小时车，身边还坐着一个铁定一身薯条味的雪莉。

这一行光鲜体面，谁说不是这样你都别信，她想。

贾弗里越说越带劲，大都是关于英国脱欧及其对当地制造业的影响之类的内容。路易莎靠在椅背上，不时留意着门口。不久可能就有人端着枪冲进来，试图杀掉这个男人：可能性不大。并且万一真有人冲进来，她也不确定自己能做点什么。

不过，兵来将挡，水来土掩，她心想。

溜出去偷偷抽一支烟，让人格外神清气爽，金博尔心想。这让他回想起学生时代的一些熄灯之后的越轨行为：有些友谊就是在这样的冒险中建立的。

与满是灰尘的会场相比，外面的空气十分清新。天色渐暗，入口处开始排队——这样的场面总是让人感到心满意足——准备入场的观众只能看见模糊不清的灰色轮廓，不过他还是决定再转过一个街角。那些灰色的人影都带着智能手机，而智能手机标配的应用程序总带有一种装腔作势的新闻责任感：他只要在这儿点着一根烟，抽不了两口就能上推特热搜，相当于被校长薅着领子示众一样难堪。他只有十分钟时间，不能再多了。他要平复心情，整理想法。哦，是整理思绪[①]。在头脑中把对支持者的讲话演练一遍。

是的，支持者，他现在也有支持者了。他没有几个真正的朋友，盟友倒是有一些，但毕竟不是一回事。就连多迪也不例外。尽管没有她他就走不到今天这一步——他足够成熟大度地承认这一点，并有意地不时提起——但她能算作他最好的朋友，也只是因为几乎无人与她竞争。“唯一的朋友”或许同样贴切。在这种情况下，他即将采取的行动：在摄像机镜头前展现真实自我就变得更加危险。因为尽管多迪最终会支持他，但她一定会因为他事先没跟她商量而大为恼火。她有自己的事业，而支持丈夫自我表达的权利或许需要她改变自己之前的主张，尽管作为一个拥有鲜明观点、六位数薪资合同和两名年轻写手的专栏作家，出尔反尔算不上什么新鲜事，不过她依然需要一些时间提前做好准备。所以没错，他将迎来一场他并不愿意面对的暴风骤雨。但他别无选择。

因为若非如此，他将永远成为安全局的傀儡。他只要对克劳德·惠兰的施压妥协一次，就可以跟政治独立的念头彻底吻别了。所以，这样看来：

· 这是他需要做的，所以

· 他要这么做，并且

· 去他妈的鱼雷[②]。

---

①原文中金博尔先想到的是“compose his thought”，但这个词一般多用复数形式，即“compose one' s thoughts”，因此金博尔此处做了自我修正。

②“去他妈的鱼雷”表示不顾显而易见的风险或者危机，继续推进既定的任务或者行动。这句话据称源自美国内战时期美国海军上将戴维·法拉格特（David Farragut，1801—1870）的名言“去他妈的鱼雷。给我全速前进！”

情况已经梳理清晰。金博尔感觉好些了：不过他还是得抽根烟。

他快步走进一条小巷，没等走到尽头的空地便抽出一根烟塞进嘴里。有本事就在这儿抓到我，他心想。假如真有人撞见他像夜猫一样围着几个移动垃圾箱鬼鬼祟祟，他们又会做何感想？他长长地呼出一口气，烟气升腾，直入脚手架，学生时代遗忘已久的记忆也随之浮现，如洞穴笔迹一般映入他的脑海。当时他们三个人藏在体育馆后面，你一口我一口分享一根烟。那个画面转瞬即逝，但他心里不禁升起疑问：那些老兄怎么样了，他们姓甚名谁，现在过得怎样？无论境遇如何，他们都能在明天的报纸上读到他的消息，或者在今晚的电视节目上看到他的风采。脱欧英雄承认怪癖倾向。无论他如何尝试，这个头条标题依然挥之不去。异装癖者改旗易帜。他摇摇头，然而为时已晚：他计划的恐怖之处已经完全显现，他再也不能对此视而不见。大庭广众之下公然宣布自己最私密的小毛病——他真的要这样做吗？为了不受克劳德·惠兰的要挟，而纵身一跃跳入火坑？这肯定是疯了。因为他要畏惧的并非惠兰，甚至不是媒体，毕竟媒体一贯是那副德行，无论什么料全都来者不拒。不，如果他胆敢揭露自己的真面目，必将对他群起而攻之的，恰恰是他的支持者们。他刚才都在想些什么？

他感到脖子上冷汗直冒，因将将逃过一劫而倍感放松。刚才的计划不过是愤怒之下的虚张声势。还有宏伟的未来等待着他，不容他一怒之下自毁前程。所以是的，好吧，他会照惠兰说的做。反正长期来看，两者也没什么差别。他今晚不能宣布扎法尔·贾弗里与一个地下掮客的交易：固然无法通过曝光首相顺从的穆斯林来达到动摇首相地位的目的，但谁也不能阻止历史前进的脚步——这件事迟早会大白于天下，如果丹尼斯·金博尔不能做那个揭穿真相之人，他至少还可以站脚助威、煽风点火。事到终局之时，你在现场：归根结底那才是重要的。但政治中，最重要的便是时机：该死，你甚至能把老二塞进死猪嘴里然后全身而退，只要时机把握得好加上不知廉耻，不过这对于伊顿的学生来说是与生俱来的本事。他差点儿就忘记了这一点，好在他最后时刻悬崖勒马，多亏了抽烟这个神圣的习惯：假如不是他溜出来，利用尼古丁的冲击让自己的大脑重归清醒，他或许依然执迷不悟地认为众目睽睽之下自我暴露是正确的选择。天哪，到时候多迪还会抓住这件事唠叨地骂个没完。

算了，他心想，既然他隐瞒了这么多事，偶尔抽根烟有什么大不了的？为了证明这个令人欣慰的想法是真的，他用手中还没熄灭的烟头又点着了一根烟，深吸了一口，抬头透过脚手架的不规则四边形望着天空。等他收回视线，才注意到小巷口似乎有一个不怀好意的身影，正朝他走来。

雪莉站在车边，将外卖包装挪到车顶，若有所思地吃着，小心翼翼地不透露出正在执行任务的迹象。那辆面包车车尾对着她，里面没人出来，但雪莉觉得她观察到车晃动了一下，仿佛有几个人在车里移动。不过很难说清。一位迟到的听众匆忙从她身边经过，冲进了图书馆鞋跟踩在人行道上咚咚作响。会场大门打开的一刻，里面传出一阵笑声。那是本地的政治人物，正在取悦他的民众。

那辆面包车车身是灰色的，但一些部位颜色稍浅，可能是最近刚刚喷涂过，有些地方喷得不到位，车牌则完全处于雪莉的视线之内。她想着要不要拍张照片，但转念一想，那样还不如举着一面红旗、挥舞着胳膊上蹿下跳。她提醒自己：表面上漠不关心地看着就够了。可以环视周围环境，但是不要一直盯着面包车。你现在是在一个初夏的夜晚吃着炸鱼薯条，这样的事情很自然：任何时候都可能发生。

其他事情也会发生。昨天晚上她还趴在何的房子外面，躲避某人朝他开枪：可能是车里的那伙人中的一个。今天早上她还在头发里发现了砖块的碎屑，那就是前一天发生的事情的证明。然而除了瘀青的脸颊之外，一切都感觉像是从别人的回忆录里摘出来的章节。马库斯曾经跟她聊起过这种现象：记忆中的惊险场面会让人有一种疏离之感，仿佛自己的亲身经历是从电视屏幕里看来的一样。正因如此，你才会想要不断重温。他说，与其他快感一样，肾上腺素飙升的感觉是没法假冒的。

这种事情马库斯懂得特别多，如果站在这儿的是他而不是雪莉，他一定能想出一个方案。

而这个方案，首先就是要做好最坏的准备。假设那辆面包车毫无威胁没有任何意义，因为万一弄错就是灾难。所以首要的问题就是：他们能认出她吗？他们是不是正透过窥视孔看着她，准备在冲进图书馆之前先把她干掉？还是说昨天晚上天太黑了，雪莉只是兵荒马乱中的一个移动的目标？他们的子弹全都打高了：那是因为他们故意没瞄准，还是因为他们本来就射术不精？当然，她重心确实低——说白了就是“矮”，可能是因为这个原因，他们才打偏了。体型与众不同还是有好处的。

可万一他们提着枪从面包车里冲出来，这些都没什么用。

她吃了一根薯条，仿佛很享受地点了点头——她现在的每个动作都有观众——然后一边点头，一边绕到车后，打开后备厢。

无论那帮人是否在窥视她，他们定然是看不穿铁皮的，也自然看不到她在路易莎的破烂里翻找一床旧毛毯、一只镇酒冰壶和登山靴：她终于找到了藏在毛毯下面的扳手，顺势塞进右边的袖口。然后她僵直着胳膊，合上了后备厢盖，回到车边继续吃东西，她的右手插在牛仔裤口袋里，用左手拿起薯条和鱼块往嘴里放。看我的吧，马库斯，她心想，并在脑海中想象他对她说："上吧，姑娘。"

她已经做好了准备。

只待合适的时机。

他不知道科去哪儿了，电话也没打通。这大概是因为那个蠢货不接电话，而不是因为——比方说——那个蠢货围住了刺杀小队，正忙着大显拳脚、没工夫接，所以瑞弗也不会过于激动，只是科是个蠢货这一点说多少遍也不会觉得厌烦。此时已经座无虚席的会堂里，有一种等待果实落地的期待氛围。瑞弗猜测，看这阵势，丹尼斯·金博尔是要发表什么重大声明：宣告他即将重返阔别多时的政党；而在很多人看来，这次破釜沉舟的浪子回头意味着金博尔将对党派领导大位发起冲击。尽管瑞弗承认自己在政治问题上并非专家，但在他看来，此事的意义跟考拉接替袋熊掌舵国家之船也没什么区别。假如他是政治问题专家的话，他会找一份诚实踏实的工作，实际上二〇一六年[①] 以来，每个政治问题专家都应该如此。

总而言之，他还是到处都找不到科的影子，不过倒也没什么

①二〇一六年六月，英国公投决定脱欧。

东西值得他紧张，除了这种集会本身：到处都是侧目而视的狂热支持者和头戴国旗礼帽的小队。一个男人穿着瑞弗在动物园外见过的条纹最宽的西服；一个女人则抱着一盆盆栽植物。唯一缺席的便是金博尔本人。舞台旁交头接耳、不停看表的那群人大概是地方名流；而那个面露凶光、一身蓝衣的女人应该就是金博尔太太，唯独丝毫不见她丈夫的踪影。也许他像摇滚明星那样，故意要等到在场的所有人都急得冒汗才会出场，不过从今天在场观众的情形来看，那样或许过于冒险。

他走出会场。依然有人排队等待入场，那辆电视台的面包车也发出轻微的嗡嗡声：一切就绪，准备拍摄。好在是“摄”而不是“射”，瑞弗心想。他试图回想起科对于今晚此地出事概率的判断，可无论如何也想不起来。他唯一记得的，便是科坚称他是对的：这台机器已经开动，吞噬了阿伯茨菲尔德和十四只无辜的企鹅。丹尼斯·金博尔固然未必就是他们清单上的下一个目标，但这份清单的存在已经是不争的事实。反正那个蠢货是这么认为的——而蠢货的逻辑同样强大而有力。

所以金博尔到底去哪儿了呢？也许他为即将开始的活动感到紧张不安，正弯着腰抱着马桶呕吐。

再说，科又去哪儿了呢？

瑞弗决定再在这片街区转一圈，他转过街角，朝那栋被脚手架包围的建筑走去。此时那栋大楼洋溢着一种墓地般的诡异，一根根金属柱更赋予其一种恶灵出没的杂乱氛围。他刚想掏手机再次打给科，碰巧走到小巷口处，看到巷子尽头站着两个人：一个是肩宽背厚、凶神恶煞的大块头，另一个正是丹尼斯·金博尔。

* * *

“她在吃薯条。”申说。

“所以呢？”

“所以她要是在执行监控任务的话，还会吃薯条吗？”

丹尼耸耸肩。那完全可能是绝佳掩护：别人看到你吃薯条，都会觉得你是饿了，不会多想。可如果他们看见你在一处建筑外转来转去，便很可能觉得你正在执行监控任务。所以他觉得，最好还是不要这么快就下结论。

但申却急于盖棺定论。“等到路灯亮了我们再行动。估计到那时她已经走了。”

丹尼与安四目相对，但两人都没有说话。

过去二十四小时，申嘴里发出的每一道命令听起来都像是建议。

安在面包车后门上钻了一个窥视孔。丹尼挪到窥视孔旁边，而申——还是那个意志薄弱的傻瓜——闪开空间让丹尼得以向外窥视。

那个女人五短身材，微胖，或许她更应该吃沙拉，并且显然孤身一人。谁会让一个女人单枪匹马执行任务啊？她的一举一动也很奇怪：胳膊是僵住的。完全不像个士兵的样子。

不过昨天晚上，俊像被一只鹳鸟扔下来一样从天而降时，标靶家的门外就出现了一个女人。丹尼朝她开枪，她立刻趴在了地上，那也许是她训练有素，也可能是本能反应：子弹乱飞的时候，任何人都会下意识地伏地躲避。他记不起那女人的任何特征：他在阿伯茨菲尔德的时候就发现，你手里有枪时，周围所有人全都失去了面孔。他们都变成了活死人，任何个性全都随之荡然无存、无关紧要。如果你希望保持自己作为一个人的特性，那就远离战场。无论你是手拿枪柄，还是面对枪口，都是如此。

再说，他们离开现场时太过匆忙——俊像一只垃圾袋一样被一把扔进车里——他根本没法确定那女人是否中了枪：她或许是中弹倒地的。所以也许伦敦有一个女人丧命，而眼前的这个是另外一个女人，并且真的在吃薯条。

对于丹尼来说，无论怎样都无所谓。

他说："如果行动开始时她还在那儿，就把她交给我吧。"

"我已经下过指令了。"申嘴上虽然这么说，但眼神还是看向了其他人——安，以及坐在前面驾驶席上的克里斯——仿佛希望得到他们的支持。

二人终于向申表达了支持，丹尼凝视着申的眼睛久久不放开，仿佛那目光是什么肮脏的东西，只要放开就会立即玷污周围的表面。

他意识到，自己的机会来了。

他说："我怀疑你是否百分之百地投入。"

"……百分之百？"

"在阿伯茨菲尔德，你完全就是瞎打。"

"你什么意思？你在说些什么？"

"我的意思是，你的子弹到处乱飞，却基本没打中什么东西。就打中了鸡笼。你只杀了一只鸡笼。"

"我都是瞄准了才开枪的。"

"你都打到天上去了。"

"我杀了两三个人。"

"我可不这么认为。"

"我都是瞄准了才开枪的。"

"那你怎么才杀了这么几个人呢。"

“这个小队由我领导，”申说，“你觉得这段对话不会出现在我的每日报告里吗？”

“我也每天向上面报告。”丹尼说了一句谎。

申顿时沉默了。

正靠着侧边蹲着的安，两眼盯着自己的双脚，然后抬头望着对面的镶板，反正没看丹尼，也没看申。

丹尼说：“我先杀了她。然后我们再进去。”

“我说了算！”申说，“没有我的命令，你不能擅自行动！”

“那你就加一条命令，”丹尼说，“我先杀了她。然后我们再进去。”

他仰头靠在镶板上，合上了眼睛。

J.K.科居高临下看着丹尼斯·金博尔匆忙抽完一根烟，接着又哆哆嗦嗦地用剩下的烟头点燃了第二根烟。这个政客的心里定然七上八下：就算你不是约翰·汉弗莱斯①，也能一眼看出。这倒也没什么关系。以科对一般政客以及金博尔这个人的观感，他非常愿意看着这个男人的脑袋炸开。

尽管如此，当另一个身影出现在小巷时，他依然紧张起来——那人脚步沉重地向金博尔缓缓走来，明显不怀好意。科起初以为那人的脸哪里不对，后来才意识到自己错了。是脚手架投下的影子让那人的面孔变得狰狞。

来人走到金博尔面前，挺起胸膛，显得块头更大了。

那人本就身材魁梧：即便俯视会让下面的东西显得比实际矮

①约翰·汉弗莱斯（John Humphrys，1943—），英国广播公司著名记者、节目主持人，以坦率、充满火药味的采访风格著称。

小，科也能看出这一点。他是个黑人，身穿一件宽松的大衣，额头和耳后的寸头线条修剪得笔直。他的脸上依然可见一道狂乱的阴影，仔细一看才真相大白：原来那是他的刺青。墨痕在他的双颊上飞舞。

来人低声说着什么，但科一个字也听不清。

金博尔向后退去。他仿佛在用烟雾作画一般挥舞着手中的烟，一遍又一遍地重复着同一个词："你看，你看，你看……"

科移步到梯子旁边，现在他就站在那两人的正上方。就是这样吗？刚来的这个人似乎没带武器，不过他可能也不需要武器：看他那副样子，只要他愿意，随时可以把金博尔撕成两半。当然这并不意味着他真的会动手，也不意味着他是恐怖分子：他或许是一位忧心国事的片区选民、一位热心的民意调查员，或者身为那近半数国民[①] 的一员——那群少数派里依然有人没有死心——正在向金博尔阐明某个合理的政治观点。而既然上述任何一种可能性最终都有望以金博尔被扔进垃圾桶收尾，现在出手干预将阻挠民主过程。

于是科心想：我还是先看一会儿吧。

但这时，瑞弗也闯进了小巷：事情开始变得复杂起来。

路易莎站起身，跟她同一排的那个满脸无聊的男人转身投来犀利的目光：你就是那个警察，她想。她装作没看见，一边往入口方向走，一边从口袋里掏出手机，假装接听电话。她透过窗户看到雪莉站在车边，吃着放在车顶的薯条。果然，除此之外似乎

①指二〇一六年英国脱欧公投中支持英国留在欧盟中的那部分选民。

无事发生，只是那辆面包车肯定是她进来之后停在那儿的。侧面没有标识，驾驶席上却坐着司机。司机正往身后看，好像在跟后面的人讲话。这说可疑也可疑，说正常倒也算正常。如果她今天执行的是正经任务，而非更近似外出实习的斯劳屋任务的话，这会儿肯定已经打开面包车的门，让车里的人唱国歌了。但她们现在是走一步算一步，顶多也只能密切监视。

当然，除非雪莉搞出什么幺蛾子。

“嘿！”瑞弗喝道。刺青男闻声转过身来。尽管场面紧张，但那人依然面无表情，仿佛他五官的活儿已经全都交给刺青干了。

“没你的事，”他说，“滚蛋。”

瑞弗来到距离二人约半米处站定。“你没事吧，金博尔先生？”

金博尔说：“我要参加一场重要的集会。我要讲话。闪开。”

很难说金博尔这话是冲着他们俩谁说的，不过瑞弗依然接下了话茬儿。“他的话你也听见了。让他过去。”

“我还有话要跟他说。”

“可他跟你没话说了。”

金博尔说：“已经拖得太久了。要不我报警？你是希望我报警吗？”

“不必了，”瑞弗说，“这位先生正要离开。”

但这位先生另有打算。瑞弗伸手抓他的胳膊肘，那人却推开了瑞弗的手，摆出迎战的架势。他比瑞弗更高、块头更大，并且看样子也不是第一次在小巷里对别人挥拳相向，但瑞弗毕竟受过专业的格斗训练，尽管他在班里不是顶尖水平，却也并非最差。瑞弗想到此正欲大展身手，不料刺青男飞起一脚，踹在他的肚子上。

这一切J.K.科都看在眼里。他很快得出结论，自己要么现在出手干预，要么马上钻进楼里藏好。

趁着瑞弗弯腰的工夫，刺青男一手按在瑞弗头上，把他推得倒退几步，躺倒在地。

金博尔说："够了。我要报警了。"他已经掏出手机，将其当作一种视觉上的威慑。他挥舞着手机。"我现在可要报警了。"

男子一把从金博尔手里夺过手机、扔在墙上。金博尔的手机应声碎裂。

"你看你看你看你看你看……"

"我看什么看。你现在听我说。"

"你看你看你看……"

男子一只手抓住了金博尔的衣领，把他拽到自己面前。

哦，天哪，J.K.科心想。

瑞弗挣扎着站起来。

"你看你看你看……"

"闭上你的臭嘴。"

瑞弗抓住那个男子的肩膀，男子放开金博尔，转身对着瑞弗的面颊挥出一记重拳，但瑞弗的一肘率先击中了男子的鼻梁。鲜血流出，但男子抬手用单手小臂挡住了瑞弗跟进的一击，然后向前猛扑过去。二人一同摔在一个移动垃圾箱上，然后滑倒在地——刺青男在上。他再次举起拳头，但瑞弗已经挣脱：他抓住男子的手腕，拦住了即将挥出的拳头，然后对着男子已经重伤的鼻子就是一记头槌，在旁观战的金博尔吓得目瞪口呆。

“让我过去！”

他此时仿佛斗狗现场的观众，站在原地不住地颤抖。他担心万一他试图夺路而逃，厮打中的两人可能转而将矛头指向他。

瑞弗此时已经站起身，一脚踢在男子肩头，不过科猜想瑞弗本来瞄准的是那人的头。男子“哼”了一声，似乎并未受到什么严重伤害，接着男子也直起身，摇晃着身体，嘴里嘟囔着：那就来吧，来啊。他接连躲过瑞弗两拳，然后对准瑞弗的咽喉便是一击：这一拳如果命中，瑞弗定然当场败北。然而瑞弗撤步闪身，男子的冲拳只打中了空气：从科的角度看去，这二人的你来我往仿佛事先排练好的一样。金博尔紧贴着一个垃圾桶，如果再没有增援赶到，他可能马上就要钻进去了——瑞弗和他的对手似乎都忘了金博尔的存在。现在两人的注意力已经完全放在了打斗上，定要一决胜负。科再次思考了一下，自己的选项还是那两个：或战，或逃。毕竟瑞弗甚至都不知道他在场。他完全可以破窗进楼，取道上街。稍后再回来给瑞弗收尸。只是……

只是如果他和瑞弗互换位置，瑞弗肯定会出手相助。

他思考片刻，正好看到了接下来两秒中二人的打斗，瑞弗吃尽苦头，耳旁被击中一拳，估计要耳鸣很久。科心想，看来帮助瑞弗就意味着要成为此类场面的一部分：给那个男子送上另一个挥拳的靶子，好让瑞弗喘口气。好吧，还是找个窗户吧，于是科转身想要原路返回，但无意中一脚踢到了散放的油漆桶，将它踢下了高台：油漆桶旋转着，大头朝下向着下方约九米处的小巷坠去。

该死，他心想。

* * *

五分钟后，数公里之外，雪莉吃完了薯条，世界的模样也在闪烁亮起的路灯下产生了微妙的不同。是时候了，她想。无论那辆面包车情况如何，她都得做点儿什么了。因为假如真的会发生什么，华灯初上便是信号。

老实讲，她应该叫上路易莎，可那又有什么好处呢？两个人，就一把扳手：假如面包车里真有坏人，叫上路易莎只会让他们多一个攻击的目标。她揉了揉装炸鱼薯条的纸，把它裹在已经空无一物的聚苯乙烯餐盒外面，将这个砖头一样的东西留在了车顶。她能感到自己右边袖口里的扳手，它的一端直戳她的手掌。只要她一松手，它就能丝滑地落入她的掌心——至少她是这样计划的。在一个理想世界中，她会有时间练习这个动作的。

*马库斯？*她心想。

*上吧，姑娘。*

于是她朝面包车走了过去。

申盯着他的手机屏幕。“出事了。”他开口道。

“她来了。”

“什么？”

“那个女的。”安说。他现在接过了监控工作，一只眼睛紧贴着面包车后门上的窥视孔。“她走过来了。”

“那我们行动吧。”丹尼说。

他抱着一把半自动武器，就像抱着自己刚出生的孩子。

“我们行动吧，”他又重复了一遍，“那个女的交给我，然后我们就冲进去。”

丹尼知道，这次跟阿伯茨菲尔德不同。那次他们统一着装，并且在室外：头顶蓝天，他们到来的脚步声在古老的石头建筑间回荡。附近水声潺潺，根深蒂固的大树在旁见证。仿佛他们跨越几个世纪，将战争带给这个自认为远离流血与伤亡的世界。然而在这里，没有群山悲鸣，没有惊鸟纷飞。这里有的，不过是墙壁与窗户，将死之人明知自己身处城市的中心，但终究难逃一死。人固有一死。那便是他们人生最后且最重要的教训。

而他们中的第一个死者就是那个僵直着胳膊走路的女人，她现在正朝他们走过来。

丹尼伸手去抓后门的把手。

“不行。等等。”

又是申。他手里依然把玩着手机，眼睛却盯着丹尼，语气中带出近来少见的威严。

丹尼怒目而对，紧抓门把手。枪背在他肩上，尼龙编织背带的触感就像他的衬衫或者腰上的腰带一样熟悉。

“我说了等等！”

门打开了一个小缝，外面的空气钻进车里，夏日傍晚的气息驱赶着男人们身上的臭气。

安伸出一只手放在丹尼的袖子上，另一只手拉上了车门。

“怎么了？”丹尼说。

申把手机放到一边，说：“已经完事了。我们必须离开。”

“你什么意思，什么叫已经完事了？怎么——”

“快走！开车！”

这话是对驾驶席上的克里斯说的。

“——可能完事了呢？”

克里斯点着了火，面包车猛地一窜。

“不能走！我们还有任务！”

申俯身上前，打了丹尼一耳光。“够了！”

丹尼大瞪着双眼看着安，但安没有与他对视。

“这件事我会写进报告。”申恶狠狠地说。接着又冲克里斯吼道：“怎么还没动？”

面包车缓缓驶离。

路易莎无视其他观众的白眼，再次来到窗边。扎法尔·贾弗里还在大谈一座现代城市、现代社群应当让所有成员都有立足之地：人人得包容，无人受排斥。嗯，这样是挺好的——直到有人举着枪闯进来，开始自行筛选。不过，对于自己膝跳反射般的反应，她也感到一丝惭愧：她想，这可能就是职业病。这并不意味着人们不应该拥有更高尚的追求。

外面，雪莉结束了车顶野餐正在路上走，似乎已经看准目标，而她僵直的右臂暗示着那把扳手的下落。她似乎盯上了那辆面包车，而那车的后车门这时突然打开了一个小缝。这里面有猫腻，路易莎心想，但同时意识到身后传来一阵骚动：是贾弗里的观众们，正因为其他地方的什么事交头接耳。只见雪莉胳膊肘一弯，那把扳手就落入了她的手中，接着面包车的后门再次关上，车缓缓启动。雪莉跑了起来。路易莎听到身后传来椅子挪动的声音，以及一声声诸如“哦，天哪”“该死”之类震惊的感叹。她的手机也震动起来。外面，面包车已经启动，雪莉正全速奔跑，嘴里还叫喊着什么路易莎听不到的东西。哦，天哪，她心想。这时，奔至道路中间的雪莉扔出了手里的扳手：那只扳手像燕子一样画出一道优雅的弧线，大的那头击中了正在驶离的面包车后门，然后“咣当”一声掉落在地。雪莉也停下脚步，双手扶着膝盖大口喘气，并且显然是边喘边骂，而她追击的目标已经消失不见。全过程大概只有四五秒钟。

路易莎摇摇头。她心想，假如那面包车里坐的是如假包换的平民，肯定得闹个没完。

是反面，她曾告诉瑞弗。科归你了。

早知如此，她当时就不说谎了。科可不爱捅娄子。

想到此她转过身，面对着身后的人群，想看看刚才那阵骚动的原因。

# 9

兰姆说："该死。还真让他说中了。"

BBC 网站放出一段视频：一群穿着白色连体衣的家伙正在一条搭着脚手架的小巷里忙活。要么是阿巴乐队[1] 在斯劳重新合体了，要么就是那里发现了尸体。

根据社交媒体上的消息，死者是丹尼斯·金博尔。

凯瑟琳说："截至目前还没有官方消息，不过……"

"不过最受人欢迎的欧盟反对派刚刚完成了硬脱欧。"兰姆不知从哪儿变出了一根烟点燃，"而我竟然还劳神费力地派弗洛普西、默普西、棉球尾[2] 还有那个谁去阻拦。"他厌倦地摇了摇头。"有时我甚至在想，我早上起床干什么呢？"

"也许只是为了播撒美好与光明。"凯瑟琳正在发短信，让瑞弗和路易莎快回家。她发出的信息显然没有使用"回家"这样的说法。等她发完信息，抬眼看见兰姆正盯着她的 iPad 屏幕：她刚才把 iPad 放在他桌子上，向他展示那条突发新闻。她意识到兰姆与高科技产品的交情不深，急忙把 iPad 拿出他触手可及的

①阿巴乐队（ABBA）是成立于一九七二年的瑞典流行音乐组合，其名称由组合四位成员名字的首字母组成。一身白衣是 ABBA 的经典形象之一。

②弗洛普西（Flopsy）、默普西（Mopsy）、棉球尾（Cottontail）都是英国森林探险童话动画片《彼得兔》（*Peter Rabbit*）中的人物。其中弗洛普西和默普西是双胞胎姐妹，一对八岁的小兔子；棉球尾则是一只十八个月大的小兔宝宝。

范围。“所以，金博尔死了，坏人们赢了。是我们不走运。”

兰姆抽了一下鼻子。“但另一方面，这也证明了我们的理论是对的。所以你知道的，有得有失嘛。”

“这对死者来说定然是极大的安慰。”

“蠹虫将陪他一同长眠，”兰姆说，“已经足够让他欣慰了。”

凯瑟琳走出兰姆的办公室，去烧水。等她端着两杯茶回来的时候，兰姆已经脱了鞋，把两只脚搭在了桌子上。一只袜子五趾全露，另一只袜子则露出三根脚趾。这是最接近明明穿了袜子却等于没穿的境界了，她心想。她把一杯茶放在他面前，重新落座。兰姆若有所思地放了个屁，然后说：“所以这对于我们来说意味着什么呢？”

“这么说吧，”凯瑟琳说，“你明知丹尼斯·金博尔可能面临刺杀，却坐视事情发生，只派出几个没有武装的文职人员装装样子。而且你没向总部报告，因为你担心他们会启动某个玉石俱焚的协议，来掩盖潜在的刺客使用的是总部的颠覆性剧本这一事实。我落下什么了吗？”

兰姆凝视她良久，然后才开口说：“这话真伤人啊。那照你们这些醉鬼看来，一切的机智老练都用来掩盖真相了，是吧？”

“我确实落了点儿东西，”凯瑟琳泰然自若地接着说，“期间你还把艾玛·弗莱特铐在一把椅子上。”她呷了一口茶：“这件事如果写进报告里一定好看极了。”

“才不是，那样对我们有利。如果我们刚放了她，她就叫人过来，我们早就摊上大麻烦了。可现在并没有，或者说我们现在的麻烦也并不比平时多。这就意味着她没有张扬，也就是说她接受了我的意见。任何知道内情的人都得装作不知。这件事有毒。”

“总部的事全都有毒，杰克逊。”

他目光锐利地盯着她，而她则盯着自己杯里的茶，仿佛要在里面找到几片茶叶，并盼着它们能给出解答。

这时，她的手机震了一下，她打开了刚刚收到的信息。路易莎和雪莉正往回赶。

“一个满心感激的国家欣慰地长出一口气。”

“克劳德·惠兰是个通情达理的人，你知道的。绕过戴女士，直接向他汇报。他不会仅仅因为我们知道了不该知道的东西，就把我们都扔进不知什么地方的黑牢里的。”她抿了一口茶，“他们已经不对惹麻烦的特工下手了——否则你也撑不了这么久。”

“这取决于你惹的是多大的麻烦。不过我们还是先听听神奇四侠的报告再做决定吧。我是说，谁也不会先擦屁股再拉屎，对吧？”

“我宁可不去猜测。”

兰姆坏笑了一下。似乎是刚才那番话让他想起了自己的屁股，于是开始卖力地挠起屁股来。“我想，情况也可能更糟，”他说，“我的意思是，应该不会是我们的人杀了那个混蛋吧？”他突然停下了正在挠屁股的手。“那是什么声音？”

有人刚刚走进了斯劳屋。

罗德里克·何梦见金姆——他的女朋友——对他解释说，她托他安排的各种信用卡退款其实都是她耍的小花招，为的是凑够给他买礼物的钱。她接着又解释说自己网购运气衰爆，总遇到扣了她信用卡、货却送不到的情况。匡扶正义自然是绅士所为，尤其这位绅士（罗德里克）可以无拘无束地在这个世界的数字背后肆意游走，随心所欲地改动任何数字。即便如此，他听闻此讯依然满心欢喜。诚然，假如金姆送给他的那块手表不是一只小八爪鱼的话，他或许还能在梦中再停留片刻。小八爪鱼用没有骨头的小小触手缠绕着他的手腕，发出一种奇怪的“咣当”声，何闻声睁开眼睛，发现房门正好打开了。

刚进来的这位也是个美女。

何用手背擦干净了嘴唇上的口水，又用T恤擦干净了手背，然后轻轻挑起眉毛，脸上现出了自己第二棒的笑容——没必要从初见的一刻便展示全部魅力——那是对方要靠自己努力赢得的。而那女人看似要玩欲擒故纵的把戏，因为她双手抱胸靠墙而立，脸上没有一丝表情。她一头金发，身高比罗迪高，不过也就才高半头。此时他已经认出她了，因为当年早些时候的那出闹剧她也曾卷入其中，当时罗迪英勇地爬出窗户才避免中枪。原来是艾玛·弗莱特，看门狗的头子。准确地说，是热辣的看门狗头子才对。他曾不抱期待地在谷歌上搜过她的照片，但只找到了她在警队期间的几张报纸照片。她大概是删除了网上有关她生平经历的资料。这很酷：他喜欢这种有神秘感的女生。

她说：“那个金姆——你的女朋友。”

罗迪抱着歉意点点头。一上来就让她明白自己名草有主也不错。

“从她讲起吧。”弗莱特说。

瑞弗·卡特怀特全身紧绷，就像一把网球拍。

“真是基督骑自行车。”[①] 他说。

“这句话我一直不太明白，”J.K.科说，“基督骑的是什么

①基督骑自行车（Christ on a bike），英语中一句幽默的俚语感叹词，用来表达惊讶、震惊或愤怒。

车？”他补充说。

“你疯了吗？”

科看向窗外。他们正在返回伦敦的路上，开车的瑞弗小心翼翼地控制车速、遵守交通法规，仿佛何的车是玻璃做的一样。现在可不是飙车的时候，毕竟这个国家一半的执法人员和大多数媒体都在盯着这一带。

上车前，科给一个新闻网站打了一个电话——是用他的预付费电话匿名打的。斯劳的一条小巷里死了一个男人。接着他拆掉了电话，扔掉了电池，车起步后又在路旁隔离墩上把SIM卡彻底损毁。

“我说真的呢，”瑞弗说，“你是疯了吗？”

“他们用的词是‘受到困扰的’和‘遇到烦恼的’——谁也没说过我‘疯了’。”科想起往事，抿起了嘴。“那些人可都是专家。”他说。

“因为你不仅办事像个精神病人，还开始连续作案了。我们现在怎么办？”

“我认为我们应该在机动车道上继续行驶。”

“……你觉得这很有意思吗？”

“并没有。”科说，尽管他的语气似乎在说：嗯，好像确实有点儿意思。

对侧，一辆警车飞驰而过；接着又驶过了第二辆、第三辆。瑞弗感到自己似乎正驶入一场风暴中心，而那些警车却被高速抛出。他一想到前方等待着自己的东西，便恨不得一脚刹车停在原地；但另一方面，身后的烂摊子也需要尽快远离。

他心想，眼下先专注开车，或许才是明智之举。

“能让我看看你的手机吗？”科说。

“看什么？”

“新闻。”

瑞弗从口袋里掏出手机，扔给科，同时暗暗希望自己的手机能把科的眼珠子抠出来。

“解锁密码？”

瑞弗把密码告诉了他。

科上网刷起了推特。“有了。”

已经有七条推特大胆猜测、宣告或是揣度斯劳发生的事。第八条这时也出现了。接着便越来越多。这似乎是一个自我加速的过程，仿佛单纯的数字堆叠便足以建立起事实。

“有什么用吗？”

“我认为局面越混乱越好，你不觉得吗？”

一般情况下未必，瑞弗心想。不过眼下后续的确如此。

此时的科似乎比瑞弗印象中任何时候都容光焕发——他罩衫的帽子搭在肩上，耳机线挂在脖子上。之前他也杀过一个人：那次他是不是也是这样？瑞弗有些后怕，或许是的。

他说：“我们之前已经说好了，对吧？你说过你不会杀人的。”

“我说的是：我不会朝别人开枪。”

“现在不是咬文嚼字的时候。”

科说：“我不是故意的。”

“你把一桶油漆，砸到——”

“碰到。”

“——那桶油漆得有多重啊——”

“它本来就不应该放在脚手架上的。”

“——从十二米的高度——”

“我说了，是九米。”

“——砸到一个人的头上。”

“说句自我辩解的话，”科说，“假如我真的瞄准他扔，肯定是砸不中的。”

“可这算是哪门子辩解？倒不如说是认罪。”

“反正他死不足惜。”科说。

“全是废话。”瑞弗意识到车开始加速，于是强迫自己松开油门，“你回想一下。这次任务的唯一目的是阻止坏人，不是替他们把事办了。”

“呃，任务蠕变[①] 嘛——”

“别，”瑞弗说，“别说了。”

如果不是在开车，他肯定已经躺在座椅上，闭上双眼。可只要一闭上眼，那个场面就定然会在他眼前再次浮现：不知从什么地方飞出来的一桶油漆，几乎快把金博尔的脑袋整个砸下来了。前一秒他还在结结巴巴地重复着“你看你看你看”，转眼间他就撞在垃圾箱上飞了出去，就像一只被丢弃的木偶。油漆桶落地弹起，击中了正与瑞弗肉搏的黑人男子——那人尖叫一声，声音十分尖厉。对于这个在瑞弗看来完全就是一坨弹性水泥的男人来说，他的叫声显得莫名其妙地女性化。男子看到金博尔的死尸后，撒腿就跑。尽管如此，油漆桶的盖子依然盖得严严实实：瑞弗不合时宜地想到，他们能用这一点做广告了——油漆生产厂商。虽然这未必会给商家带来什么好处，毕竟有些时候你会希望油漆桶的盖子能不费力气地打开。比方说，粉刷墙壁时——不是刺杀政客的时候。所以如果以此为卖点做广告，大概不会吸引到

①任务蠕变（mission creep），指项目或者任务逐步扩展，超出原本的范围、重点或者目标。

什么客户。不管了，反正也不是什么关键问题。

关键问题是，他们离开了现场。

当时瑞弗起身，攻击他的那名男子已经消失不见；只剩瑞弗一个人又惊又吓地看着眼前的景象发呆，这时J.K.科突然出现。我们还是走吧，他说，接着他就催促着瑞弗走出小巷，留下身后寂然无声的毁灭场面：断了气的金博尔，还有一桶油漆。那些大号的移动垃圾桶看起来像来悼亡的人挤成一团。

“我们不应该离开的。”正在开车的瑞弗说。

“不，我们应该离开。”科说。

“你说那是一起意外。所以——”

“就是意外。”

“所以为什么我们要离开呢？好像我们——”

“我们必须离开。”

“——好像我们做错了什么似的，那是一起蓄意谋杀。”

“我们必须离开。”科重复了一遍。他瞟了一眼瑞弗，又看了一眼前方的道路，星星点点的闪光、转瞬即逝的反射，此时都变得无比显眼。“你好好想想。我们是私自去到现场的——”

“是兰姆派我们去的。”

“因为我们隶属于斯劳屋，不是总部，而斯劳屋的人不会执行外勤任务，兰姆说什么都不重要。”

“我们逃离了犯罪现场。”

“那是一起意外。安全局最激烈、最知名的批评者在那场意外中永远地闭上了嘴。我感到很遗憾。”

“呃，看在上帝的分儿上——”

“因此任何关于他的死亡与安全局有关的迹象，包括我们当时在场这一点，都会被掩盖。你明白吗？总部会把这件事压下去。无论付出什么代价。而咱们俩——我们很便宜，如果你明白我是什么意思的话。”

“这他妈就是一场噩梦。”

“事实就是事实，”科说，“好在我们有一只现成的替罪羊。”

“你要栽赃给那个黑人？”

“咱们还是不要打种族牌。我不在乎他是什么肤色，但他出现在那里，就是为了刺杀金博尔的。金博尔不是他杀的——”

“是你杀的。”

“——对，但那是意外，金博尔不是他杀的，这虽然是事实，却无关紧要……盖子竟然没掉，你注意到了吗？”

“油漆？”

“是啊。要是盖子掉下来了，就真的一团糟了。”

“反正已经一团糟了，”瑞弗指出，“他跟那帮人是一伙的吗？”

“阿伯茨菲尔德那帮人？我怎么知道？”

“因为他没拿枪，对吧？”

“我猜如果他带了枪，肯定会用的。你准备一直开这么慢吗？”

“考虑到现在的情况，我觉得最好还是不要引起别人的注意。”瑞弗咬牙切齿地说。

“我并不认为比最高时速低八公里，是避免引起注意的最佳方式。”

这话虽然有理，却并未让瑞弗的心情好起来。不过他还是踩下油门，达到了时速上限。与此同时，科终于闭上了双眼，恢复了近来的默认状态，只不过没戴上耳机。他还有最后一句话要说。

“大概是三轮车。”他说。

瑞弗没问他是什么意思。

她想了解他的工作，何说。

“为什么呢？”

……因为她感兴趣。

“你告诉她你在情报部门工作？”

没有。她以为他在银行工作，但她很快意识到他并非普通办公室职员。

“你能想象我整天折腾公文吗？”他摇摇头，“不可能的，她看得出我跳的数字之舞，你明白吗？”说着他用手指在桌面上比画着，假装演奏了一个重复段落。“键盘独奏。”

“那她是怎么看出来的呢？”

“……是我告诉她的。”

“她知道你是个电脑高手后，罗迪，她向你提出了什么样的要求？”

就是偶尔帮她一个忙，没别的了。他也都照做了。毕竟她是金姆——他的女朋友。

艾玛·弗莱特强忍着想要摇头，或是长叹一声，或是失声痛哭的冲动。“帮她什么忙？”

小忙。

比方说，帮她解决信用卡问题：她的信用卡经常出问题。要么就是在餐厅里被骗。所以他偶尔会干点出格的事——就是帮她搞定一些事。

弗莱特不知道应该怎样形容何说这话时脸上的表情。何似乎想要露出一个心照不宣的微笑，但怎么看都像是刚被黄蜂蜇了却依然扬扬自得。

“你对此就没有任何意见吗？”

“你懂的，”他解释道，“小姑娘嘛。对吧？”

“所以从什么时候开始就不只是钱的事了？”

嗯，其实本来也不是主要为了钱，更多是原则问题——

“从什么时候开始就不只是钱的事了？”

于是，艾玛·弗莱特得知，几个月前，何某天早上醒来——呃，肯定是龙舌兰酒闹的，因为他完全不记得前一天晚上发生了什么——他的女朋友金姆突然表现得多愁善感，告诉他前一天夜里他多么让她心动，还说他对她讲了他的各种秘密。不过这也没什么大不了的，因为她差不多已经可以算是家人了嘛，对吧？她是他女朋友啊。

可怜。弗莱特心想。

“你把她当女朋友，可除了她的名字、一个假地址，以及她是中国人之外，你肯定对她了如指掌吧？”

何第一次露出了困惑的神色。“中国人？”

“她不是吗？”

“不是，”何说，“她是韩国人。”

“我不明白，”丹尼说，“金博尔怎么死了呢？”

申说：“有人杀了他。”

“可是是谁呢？而且为什么我们要放过贾弗里？”

安说：“因为计划只要求杀一个民粹领导人但已经死了一个民粹领导人了。”

“可不是我们杀的啊！”

“无所谓。”

他们快速驶离了现场，那个疯婆子抛出的扳手砸出的声响依然在面包车里回荡。

安说：“现在金博尔死了，没有人相信这是巧合。他们都会相信，这背后有一整套计划，而这样一来，计划就起到作用了。你还没明白吗？”

丹尼和申都目不转睛地盯着安，不过申似乎极力装出一副被安抢了话的样子。

“所以现在，我们要暂时潜伏起来。”

潜伏起来就是把车停在大学附近，那里拥有最佳的天然掩护。丹尼依然为这个夜晚的突然变动感到错愕，依然为自己落后于人感到愤怒——他不由自主地想起了那个叫“金姆”的女孩，那个被安排做标靶工作的劣等诈骗犯。她在朝鲜还有亲人：尽管只是远房亲戚，却也没疏远到即便他们被官方羁押她也无动于衷的程度。或许只是因为她足够通情达理，明白有些要求是不能拒绝的。无论那些亲戚与她有多疏远，她自己的面庞、眼睛、牙齿都尽在掌控之中，以此要挟她就范简直易如反掌。

把她的名字交给他们的，是朝鲜国安部门，而丹尼和伙伴们正是还是孩童时就被国安部门招募，并且他们所需的一切资源也由国安部门提供。他们的任务是迫使她服从国安部门的意志，而国安部门的意志即是最高领导人的意志，毕竟所向披靡、战无不胜、敌人望之无不仓皇鼠窜是最高领导人的天命。与他的四位——现在剩三位了——同伴一样，丹尼也是那份天命的工具。与他们一样，他顶着假冒的国际身份，作为留学生来到这个国家，将学业作为多年筹划的掩护。他们现在用作居所的面包车，那辆已经被他们烧毁的吉普车，还有从普雷斯顿郊外一座租用仓库里取来的武器，都是国安部门提供的。在世界的另一端，最高领导人在他的宫殿里大排筵宴，申每晚报告并接到新的指示。最高领导人通过手下向他们发话，对他们的任务做出指示。而在全球各地，像他们一样的其他小组也被一一激活，在最高领导人敌人的家里大肆破坏。疯狂的美国人唤醒了沉睡的猛虎，它和它的盟友都将为此付出代价。世界将认识到，克敌制胜有各种不同的方式。

最高领导人的荣光已是人尽皆知的不争事实。金姆应该明白，拒绝他的意志将是无可救药的愚蠢行为。于是她接受了他们给她下达的命令，接过了她后来偷偷放进标靶的酒杯、让他彻夜失去意识的药片。转天早上，她让标靶相信，他们前一天夜里分享了各自的秘密。如果标靶认定自己已经暴露了真实的工作性质，那么他接下来便会更加无所顾忌地流露出更多表面上无关紧要的细节。

一周之后，那份文件便落入了他们手中。一切就此开始。

后来，行动开始之后，他们受命掩盖踪迹，在对方意识到那份被盗文件的重要性之前解决掉那个女孩还有何。就像变魔术一样，如果使出最后的花样之前就被揭晓了谜底，那么魔术就失去了意义。所以申去女孩的家里做掉了她——但对于何，他们两次试图了结他，却都被他逃脱了。丹尼不由自主地对对手生起一股尊敬之情。何显然是个手段高超的特工，擅长避险。在这个竟无一人是男儿的国家里，他是一位值得尊敬的对手。

然而他也感到忧虑。他们被告知计划不可更改，但他们现在实际上已经更改了计划。眼下他依然会随大溜。但如果事态进一步失控、计划继续更改，他将不得不采取行动。

为了不辜负最高领导人对他的期待。

“我不明白，”雪莉说，“金博尔怎么死了呢？”

路易莎正驾车紧跟一个八十公里时速磨蹭的白痴。“被坏人杀了呗。”

“是，可坏人在伯明翰，在那辆面包车里。他们要杀贾弗里。”

“然后你把他们吓跑了。”路易莎说。

“没错。”

雪莉认真地点点头。

“你看见他们了？”

“他们在面包车后面。”

“所以你看见他们了。”

“那是面包车，不是商店橱窗。”

“所以你没看见他们。”

雪莉耸耸肩。“他们正要开门。我就是那个时候冲上去的。”

挥舞着一把铁扳手一路狂奔：冲这一点你就该明白为什么面包车里的那帮人决定开车离开了。

特别是，假如他们只是一群当地人，而非全副武装、准备大开杀戒的疯狂团伙。

雪莉说：“你看见我扔出去那一下了吗？扳手都嵌在门上了。好几秒没掉下来。”

“注意到了。”

“怪不得他们要逃走。”

“雪莉，你真的觉得那辆面包车里都是恐怖分子吗？”

“是的。”

“真的吗？武装恐怖分子？”

“那也不是超女的对手。”雪莉比画着投出扳手的动作，只是车里没有足够的空间让她充分伸展。实际效果更像是她在为一只根本不存在的狗，扔一个只存在于想象中的球。

“你不觉得他们可能是——比方说——普通市民？他们只是被你吓着了？”

“不可能。”雪莉说。

“那斯劳又发生了什么？如果那群恐怖分子真在那辆面包车里，他们的目标是贾弗里——”

“后来我把他们吓跑了。”

“——后来你举着一根铁棍把他们赶走了，斯劳发生了什么呢？难道说有两伙恐怖分子？”

“也许是一伙分成两组了。”

路易莎承认确实可能如此。在没有可靠信息或者准确消息的情况下，不好乱下结论。除非你在网上。“他们说金博尔是怎么死的了吗？”

“没有。”雪莉又刷起推特来，毕竟那上面有掌握现场情况的见证者发出的准确消息。“但我估计他是被枪杀的——或者被刀捅死的。”

“也可能是被毒死或者闷死的。”路易莎表示同意，“你也许是对的。”

她思考着刚才在伯明翰时事情发生的先后顺序；金博尔的死讯像吹过高草的风在公众意识中扩散开来的那一刻。她缓缓地说：“消息爆出，那辆面包车就开走了。我站在窗边观察的时候，图书馆里就有人从推特上得知了这件事。”

“所以呢？”

“所以或许那帮人就是因为这个才走的。他们听说另一组已经得手，因此没必要再动手了。他们只需要杀掉一个政客，任务已经完成了。”

“所以你真的相信我咯。”雪莉说。

“我说不好。我也不知道究竟发生了什么。”

“我觉得我知道。”雪莉说。

“哦，还请不吝赐教。”

“肯定是出岔子了。”雪莉说。接着，她的脸上突然现出光彩。“黄色小汽车。”

那辆车不算黄色，倒是更接近金色，不过路易莎并未深究。

若干年之前，不知哪位大臣似乎认定安全局真正需要的是更多的档案。尽管安全局内部怀疑那恰恰是一个秘密组织最不需要的，但在当时，透明与开放之风在威斯敏斯特盛行一时，而那主要是因为决策者们普遍希望：如果存在证明此种美德存在的切实事例，或许便可以培养起对政府全盘运作透明度和开放性的信心，更深入的调查也将由此变得没有必要。安全局档案就此应运而生。作为“在当前事件与历史先例之间建立关联的工具”，这一项目若能正常运转，定能带来不可估量的战略价值。不过眼下，它的状态与政府部门的其他无数项目并无二致：其存在已是既定，推动其创生的流程已经启动，它将如此持续孕育，直到被官方正式叫停，只不过所有曾参与项目构想的人士都已把这件事忘得一干二净。具体而言，本已鲜有人知的安全局档案项目，由于被接手的安全局同样视为烫手山芋，而变得愈加寂寂无闻；后者将“档案维护和补充”的任务转交给了斯劳屋。换言之，交到了罗德里克 · 何的手上。

应当说明的是，这是弗莱特对于整起事件的解读，而非罗迪叙述的原话。

“于是你就把访问你正在进行中的工作成果的权限，交给了这个……金姆？”

“我的女朋友。”何补充说。

“所以你就向你的女朋友泄露了国家秘密？”

听闻此话，他仰靠在椅背上。“你说我干什么了？”

一个黑人男子出现在楼梯口，身材健壮，穿着按照斯劳屋的标准已属入时，不过凯瑟琳也承认，有时候来斯劳屋的男人只要没露出裤子上的拉链，便已经算是衣着得体了。她仔细看了几眼才认出那是看门狗威尔斯，他的头发比上次见面时更短了。他的名字有些奇怪：叫德文。

兰姆说：“烟囱已经扫过了，谢谢。明年再说吧。”

“你就是兰姆，”德文 · 威尔斯说，“我听说过你。”

兰姆面带不悦地看向凯瑟琳。“你又上脸书了？”

威尔斯走进兰姆的办公室，快速地环视房间，然后把目光重新放回兰姆身上。“我听说出了点小麻烦。”

“你的女老板掉链子了，”兰姆说，“我猜你就是来找那个的。”

“主要是为了确认你没把它扔到窗外去，”威尔斯说，“你就是凯瑟琳 · 斯坦迪什。”他告诉凯瑟琳。这不是问句。

“隔壁还有椅子，”她说，“茶水管够。”

她这话听上去像是一句充满哲理的箴言，不过究竟是处于安慰还是厌恶，却很难说清。

威尔斯说："我只见过楼梯和这间屋子。这个地方煮的东西我还是不喝了，不过还是谢了。"

兰姆扬起一边的眉毛。"我可是激进的反种族主义者，这一点你是知道的。"他提醒凯瑟琳，"不过有些时候，这种行为只能用'傲慢'才能形容。"

"他一直这样吗？"

"我想大概是的，"凯瑟琳说，"我周末不上班。"

威尔斯找到一把椅子，上面搭的东西或许是一件陈旧的大衣，也可能是这间办公室的上一个主人褪下来的皮。他把椅子拉到兰姆的办公桌附近，接过了凯瑟琳不发一言递过来的纸巾，上上下下擦了一遍才坐下。"言归正传，"他说，"斯劳屋。我必须得说，真是名副其实。"

"如果你希望当选最不受欢迎的客人，"兰姆说，"我得提醒你，这个奖项的竞争非常激烈。不过你还是接着说吧。"

威尔斯看了看兰姆那双依然搭在桌面上的脚，不过并未流露出任何情绪，接着对那双脚的主人说道："弗莱特女士对我解释了这里发生的事和一些细节情况。"

"然后你就自己来了。所以你是什么？她的特别好友吗？"兰姆眉飞色舞道，"想不想跟我们分享点儿什么？"

刚到不久的客人对此视而不见，说道："你们本来应该被关禁闭的。"

"是有人提过。"

"而你有一把枪。枪现在在什么地方？"

"我想应该在失物箱里，"兰姆说，"但箱子我好像不知道放在什么地方了。你猜猜会在哪儿呢？”

威尔斯目不转睛地盯着兰姆，说道：“斯坦迪什女士？”

“应该就在他桌子抽屉里。”

“你是想吃敬酒还是想吃罚酒呢，兰姆先生？”

“上一个这么问我的人后来花了八十块。”

“我们不会撕破脸吧？”

“这得你告诉我啊。”兰姆不知从哪儿掏出一根烟，还是一根已经点燃的烟。“你的老板走远了，而你又是孤身前来。如果你想糊弄我说这次来访是在总部登记了的，我会笑得咱俩的裤子都得湿。”他吸了一口烟，“你这次过来不过是为了给你老板擦屁股。所以，你懂得，马屁拍得好啊。没有别的意思。”他吐出一口烟。“可我不明白这跟我有什么关系。”

“你用枪指着内部安全处负责人的头，竟然还不觉得有什么问题。”威尔斯一字一顿地说。

“呵呵，即便我真的那样做了，跟其他事情比起来也不算什么。”兰姆说，“因为几个小时之前，我让内部安全处的负责人获知了一项针对女王陛下议会的一位议员真实确凿的威胁，而那位议员现在已经成为斯劳某处小巷里的点缀。我觉得这样的事情配得上一个‘完败’的标题，你说呢？”

楼下传来了一阵声音。

“赶巧了。”兰姆补充道。

片刻，瑞弗和科便走了进来。

“啊，凯旋的英雄，”兰姆说，“嗯，干得漂亮。是‘阻止刺杀’的哪个环节把你们难住了？”

“我们就两个人，”瑞弗告诉他，“并且没有武器。”

“对方呢？”

瑞弗和科交换了一个眼神。

“不许串供。”兰姆说。

科说：“我们只看到了一个。”

凯瑟琳眯起眼睛。

兰姆说，“好吧，所以你们是以寡敌众。”他看着威尔斯，“我们这边我一般都四舍，对方我一般都会五入。这样有助于更准确地预测最终的结果。哦，我忘了介绍你了。”他转向他手下的两匹下等马，用拇指指着威尔斯的方向。“这是总部来的那个谁。而这两个蠢货是这里的——名字我记不住了。”

“瑞弗 · 卡特怀特，”威尔斯说，“还有杰森 · 凯文 · 科。”

“还是叫我 J.K. 吧。”

“我完全理解。”他转向兰姆，“丹尼斯 · 金博尔死了？”

“你也说不清是该笑还是该笑，对吧？”

“那个，啊，去哪儿了？”瑞弗开口问道。

“我们感觉扣押时间已经足够长了。”凯瑟琳说。

“所以我们就松开了手铐。”兰姆补充道，然后对威尔斯说：“天哪，你可真厉害。你看我都对你透露了什么？”

威尔斯问凯瑟琳：“另外两个人什么时候回来？”

“她们路程更远，”她告诉他，“不过路易莎开得快。”

“之前各自的经历，”威尔斯说，“我们需要拼在一起。这样一来，或许这一天我们都可以安然度过。”

兰姆惊讶地眼珠一转。“你的意思是要掩盖真相吗，让我们假装不知道？”

“我的意思是，如果公众质疑安全部门保护公民安全的能力，对安全局百害而无一利。尤其是考虑到……近来的一系列事件。”

“反正安全局最大的批评者也说不出二话，对吧？毕竟他已经一命呜呼了。当然，这件事本身也会让人质疑安全局这样或者那样的能力。”他看了一眼瑞弗，“那只仓鼠成天闷闷不乐地一言不发我已经习惯了，可你这么半天不吱声，让人觉得很可疑。”

瑞弗耸了耸肩。“死人了啊。”

“我也没指望你能唱出来。可是你不是在现场吗？说点什么都行。你们看见的那家伙是谁？”

J.K. 科说：“黑人。脸上有刺青。”

“他杀了金博尔？”

“看样子是的。”

“我希望你不是基于他的肤色作此假设。”兰姆转向威尔斯，悲哀地摇摇头。“实在不好意思。”

威尔斯说：“你们看见他跟金博尔在一起？”

“他跟踪金博尔走进一条小巷，”瑞弗说，“然后金博尔就没出来。”

“所以嫌犯去哪儿了？藏你靴子里了？”

“我们觉得最好还是离开现场。众所周知，金博尔是五处的眼中钉。我们出现在现场或许会……把水搞浑。”

“所以你们就让他逃之夭夭了？”

“脸上有刺青？”凯瑟琳说。

“这段我们早就聊完了。”兰姆说，为了帮助威尔斯理解，他还贴心地比画了一个举杯饮酒的动作。

“想到什么了吗？”威尔斯问。

凯瑟琳说：“我之前做了一些调查。关于两个潜在的标靶。”

“另外一个是扎法尔·贾弗里。”兰姆说。

“贾弗里有一个助手，一个私人助理还是什么。好几张照片里都有他。”

“他的脸上就有刺青，”威尔斯说，“好吧，这就有点意思了。”

兰姆说：“你也是个警察吧？”

“有什么问题吗？”

“没问题，我非常喜欢警察。跟他们相处起来十分简单。”他对着凯瑟琳比画了一下，“有五块钱吗？可以买通他。”

“我看似有无穷无尽的耐心，”威尔斯说，“可那只是表象。明白了吗？”

“我来假设一下，”兰姆说，“所以你可听好了。你之前是跟弗莱特一起在警队服役的吧？或者至少你是依靠她的提拔进入安全局的。她是惠兰眼前的红人——或者至少直到今天下午还是。毕竟有一说一，假如她工作到位，那我手下这帮废物就得呆坐一天，而五处则会对丹尼斯·金博尔进行严密保护。但事实是，议员被杀，而总部这张牛剑高才生撑起的脸面已经丢得分毫不剩了，于是艾玛·弗莱特本来前程似锦的事业似乎岌岌可危。而那意味着你也要滚蛋。这就是为什么你希望我们隐瞒今天下午这里发生的事情。你是在自保。”

威尔斯挨个扫视了一遍在场的其他人，然后重新将目光放在兰姆身上。“所以现在轮到你来给我上道德行为课了，是吧？”

“没那个意思，”兰姆说着，把烟灰弹到了自己的大腿上，“道德行为就像是修女去做金包银[①]。画面是不错，可是有什么用呢？”

“不说兰姆先生绘声绘色的想象力，”凯瑟琳说，“隐瞒真相从来不是个好主意。看看水门事件。”

---

①指女性剔除私处毛发后贴上水钻或者亮片进行装饰的行为。

“人们总是这么说，”兰姆告诉她，“但他们从来都不会去问水门事件中隐瞒了什么。那些烂事一旦传出去，后果不堪设想。”

“最安全的方式就是假设他在开玩笑，”凯瑟琳告诉威尔斯，“然后不管他，接着往下说。”

“正合我意。”威尔斯转向兰姆，“从弗莱特告诉我的内容来看，今天下午你做过各种各样的猜测，却没有一丝证据。即便她回总部之后没有上报，那也算不上规程错误。毕竟跟上级报告你说的那些，跟报告菜市场里的流言蜚语也没什么区别。”

“遗憾的是，”兰姆说，“弗莱特可能没把全部情况都告诉你。我的意思是，那些情况我们是如何知道的。你还在吗？”

最后那句话是冲 J.K. 科说的，后者点点头。

“那就好。把那篇雄文的事告诉这位善良的先生。”

不过没等科张嘴，威尔斯先开口了：“我知道那份文件的事。正如我告诉你的，弗莱特把全部细节都告诉我了。”

兰姆眯起了眼睛。“看来她真的信任你啊？”

“先别说这个了。即便那份文件真的存在，也不能证明任何事。我都可以写一个目标清单——”

又是一阵乱糟糟的声音。是路易莎和雪莉回来了：后者先进的屋。

“软糖你们都吃完了？”

兰姆扔给她什么东西，她满怀感激地接过来，却发现是外卖包装。他朝路易莎点点头。“恭喜。你们那位还活着。”

“谢谢。”

“当然，也不能排除是他让人杀了金博尔，”兰姆接着说，“而可想而知，这样一来事情就更复杂了。”

“甭管怎么说，还是雪莉和我赢了。”她说，“这位是？”

“德文·威尔斯。你就是路易莎·盖伊吧？”

路易莎捋了捋头发。“正是。”

瑞弗看了看她，又看了看威尔斯，然后翻了一下白眼。

“那你就是雪莉·丹德尔了，”威尔斯继续说道，“这样人就到齐了。”

“除了罗迪。”凯瑟琳说。

“每当这种时候我们都会合唱一曲，”兰姆说，“不过考虑到现在的形势，要不我们还是接着说吧？你说你可以写一个目标清单。那个村子，水源，等等等等。”

“然后声称这份清单来自安全局的文件，没错。所以那又怎样呢？不过是假消息。”

“除非他们还有后手。”瑞弗说。

路易莎说：“你刚才说金博尔可能是他派人杀的，是什么意思？”

“嗯，”兰姆说，“那取决于我们可以多信任这对咯咯笑兄弟。你可以看到，科的小眼睛烁烁放光，而那绝不是什么好兆头。所以要么就是他和卡特怀特在从这儿到斯劳的路上找地方站着来了一发，要么就是有别的什么东西让他兴奋。不过，”——说着他再次转向威尔斯——“我跑题了。我几乎可以确定你还没说完。”

威尔斯说：“所以我们只需要统一口径，说你们一下午都在禁闭。这样一来就都清净了。”

“是啊，不过也未必吧，”兰姆说，“因为如果只是为了这个的话，你完全不用亲自来一趟，对吧？弗莱特完全可以自己跟我们说好。可她现在在别的地方，我猜她是在追查那篇伪造起来轻而易举的文件吧。”

“水源文件。”科说。

“谢谢你，神童。而如果她确实在追查文件，那么大概是因为她也有着与我同样的疑问。”

“他们是怎么知道这份文件的？”路易莎问道。

“我们知道他们是怎么知道这份文件的，”瑞弗说，“他们不是对何用了美人计嘛。记得吗？”

“我是记得，”路易莎说，“可我想说的不是那个。”

“不过还是谢谢你的‘男释’，卡特怀特。”兰姆说。他又看着路易莎：“男释就是一个男人自认高人一等、居高临下向一个女人解释她已经知道的东西。”他缓慢而清晰地说着。

“谢了。”

“你需要我再重复一遍吗？”

“不用了，我听懂了。”

“好极了。”接着他又对威尔斯说：“我们怎么装自己一无所知都没关系，可一旦特工们审完了何，我们怎么装都不管用了。另外，重要的问题在于，这帮浑蛋一开始是怎么知道有这份水源文件的？”

“哦，这样啊，确实。”瑞弗低声说。

“所以我们可以像你提议的那样自欺欺人，假装这一切都没有发生，”兰姆接着说，“或者也可以刨根问底，看看我们面对的究竟是什么问题。理想状况下，我们可以赶在他们进入下一个阶段计划之前找到答案。”

威尔斯环顾在场的所有人。所有人此时都看着他，只有科和雪莉·丹德尔例外，前者眼睛死盯着自己的鞋子，后者正努力窥探房间的各个阴暗角落，似乎是想找到那包失踪的软糖。

他叹了一口气，说道：“所以他们下一个阶段的计划是什么？”

所有人都转向了J.K.科。

科的眼睛依然低垂，说道："控制媒体。"

雪莉冷笑一声："是啊，那可太简单了。"

"到目前为止他们一直按部就班。"路易莎说。

"所以怎么，他们要劫持BBC吗？"

"呃，格雷厄姆·诺顿就是这么干的。"

"如果你们已经自娱自乐够了的话，"威尔斯说，"有什么实际的建议吗？"

兰姆把重心从一边屁股挪到另一边屁股，见此情景，房间里除了威尔斯之外的每个人都开始退避。不过当他再次开口时，预期中那由肠道而来的声音并未随之响起。"是啊，我建议你动动脑子。你得编个故事。"

"为什么？"

"为了把我带进总部，"兰姆说，"不知怎么，他们好像不太欢迎我过去。"

# 10

丹尼斯·金博尔的死讯传来时，摄政公园的夜幕早已落下：黑暗终将远去，但已经爆出的新闻却再也无法补救。克劳德·惠兰正要出门——换一件衬衫，然后与克莱尔共进晚餐——这两件事应该都不是什么非分要求。然而他最终得到的，仅有台阶上的片刻闲暇，以及饱含对面公园里夏日树叶气味的几口呼吸。受到寻呼机的召唤，他重又折返，路上不可避免地撞见了同样正赶往中心工区的戴安娜·泰维纳。尽管夜色已深，且过去几天令人筋疲力尽，但她看上去依然精力充沛。有传言说，她在高楼层的一个房间里输血，甚至是享用处女的牺牲——假设那些东西能通过大楼的安检的话。她天然卷的栗色头发近来也剪短了。惠兰好奇，那发色是否经过了修饰。在戴女士看来，灰白的头发是虚弱无力的象征。

“是金博尔。”她开门见山。

惠兰叹息一声。“别告诉我他要发表他那篇演说。”

“不是，不过如果是那样的话，真能上新闻头条了，”戴女士坦承道，“考虑到他目前的状态。他死了，克劳德。”

“他怎么了？”

“死了。在斯劳的一条小巷里。脑袋都快掉下来了。”

“脑袋都快——哦，天哪！作案工具是什么，大砍刀吗？”

“一桶油漆。别用那种眼神看着我，各个渠道的报告现在也十分混乱。但确定死者是他，目前没有现场目击到嫌疑人的报告。这就……有点蹊跷。”

“有人用一桶油漆谋杀了丹尼斯·金博尔，”惠兰有气无力地说，“你觉得这里面有蹊跷之处？”

“这并不符合通常的模式。恐怖机器人不会得手后立即潜逃，他们会造成尽可能多的伤亡，以求扬名立万。目前我们得到的，仅有一个匿名人士目击到一个脸上有刺青的黑人男子的报告，而考虑到大多数目击证人证词的可信度，这个所谓的刺青男最终可能就是一个长了胎记的少女。何况这可能根本就是障眼法。”

“我们还是别在大厅里说这个了。”他们朝楼梯走去，走到第一段台阶下的平台，惠兰突然叫住她说，“我今天下午跟他聊过。”

“跟金博尔？”

“在他出发去斯劳之前。”

“我明白了。我猜是为了警告他不要当众攻击扎法尔·贾弗里吧。”

他说：“他那样做会扰乱很多人的计划。”

“是扰乱首相的计划吧。”戴女士说。

“在这件事上，是的，首相也是其中之一。金博尔今晚要宣布重新入党是已经公开的秘密，他很有可能还会爆出她老婆暗藏的猛料。我是去……建议他不要这么做。”

“你是在替首相干脏活儿。”

“为了国家利益。”

“真的吗？”

“你阴阳怪气也没关系，现在不是评价策略优劣的时候。生米煮成熟饭了。现在我们要确保尽快找出犯下这一暴行的元凶。”

“你的意思是，抢在人们猜测是我们干的之前。”

“那简直是无稽之谈。”

“当然，不过不能排除有人会这么想，”泰维纳说，“毕竟金博尔是你——我是说我们——最激进的批评者。如果在他死亡当天下午你威胁过他——呃——总归不太好看。”她伸手弹掉正装翻领上的一片碎屑，“恕我直言，克劳德，那样会显得我们与他的死有所牵连。”

一种可怕的可能性如聚拢成团的乌云般在惠兰的脑海中升起。“我们有吗？”

“我不太明白你的意思。”

“你是负责任务的，戴。我们与此事有牵连吗？”

她说：“小字读起来的确费劲，可如果你认真读过条款说明，就会发现我并没有谋杀现任议员的权力。无论你是否知情都不行。”

“那就好。”

“不过这样的问题你竟然感觉有必要开口问，这一点我不会忘记的。人与人之间还是有些信任为好。”她先一步走下了下一段台阶，来到了电梯间，等电梯的时候说道：“假如有联系呢？”

惠兰仍在考虑这突如其来的消息。“跟谁有联系？”

“跟其他几起事件：阿伯茨菲尔德。动物园的爆炸。”

“会有什么联系？那几起是随机攻击，这一次是目标明确的暗杀。”

“或许确实如此。但现在有一伙游击小队正在英国作案，现任政客一死，他们的嫌疑自然最大。无论那位政客死前几个小时你是否见过他。看在上帝的分儿上，你可是安全局的负责人。所有人可能都认为你是去向他预警风险的。”

“呃，是，不过……”

“啊。”这时电梯到了。戴安娜·泰维纳走了进去，接着说：“所以当时还有别人在场。”

“他的妻子，多迪。”

“那个记者。”她语气平淡地说。

“对。就是那个记者。”

“把简单的问题变得复杂，你可真是有一手啊，克劳德。就不能电话说吗？”

“呃，我不认为政府通讯总部需要知道这件事。”

他们走出电梯，进入情报中心，直奔戴女士的办公室。关上房门，她说道：“弗莱特没有掌握金博尔手里贾弗里猛料的具体细节。你找到了吗？”

“她写污蔑他的文章已经好几个月了。细节之类已不重要，问题在于时机。”

“也许还是搞清楚比较好，”泰维纳说，“假如是真的，我们正好能以此牵扯公众的注意力，安心追查阿伯茨菲尔德的案犯。”

“我并不认为首相希望看到不利于贾弗里的报道。那正是我们极力避免的。”

“没错，可是首相不喜欢也没办法。如果非要选择是把我们的头喂给媒体，还是牺牲扎法尔·贾弗里，反正我一定会不假思索地做出决定，你说呢？何况金博尔的老婆就能帮我们把事办了。我们只需要把她引导向正确的方向。无论她怎么看你、怎么看我们，都必须让她更恨贾弗里。”

惠兰望着外面的情报中心。所有姑娘小伙子们——他们永远是姑娘小伙子，即便他们中已经有人为人父母——都在专心工作，而追查阿伯茨菲尔德屠杀中使用的武器是他们的主要工作内容。扔进企鹅围场的土炸弹是自制的；火车上的爆炸器材则根据一份网上的制作方法制成。这两件东西只要有网、手指齐全，任何能力足够的心理变态都能做得出来。不过阿伯茨菲尔德屠杀里使用的自动武器，则说明这伙人背后有强有力的支持。

泰维纳说："克劳德？"

"我在听。"

"你必须决定自己站在哪一边。安全部门的存在不是为了服务执政党的利益。事实上，甚至可以说执政党就是我们的天敌——毕竟它抓着钱袋子。"

"我们服务的是这个国家，戴安娜，"惠兰表示，"而执政党是经由民主程序选出领导这个国家的。"他说着又看向玻璃幕墙，望着情报中心里的工蚁们接着说："我之前想找弗莱特，但是没找到。我听说你有差事给她。"

"她在斯劳屋。斯劳屋现在正在关禁闭。并且直到我们确定杰克逊·兰姆的宝贝电脑迷与阿伯茨菲尔德有什么关系之前，禁闭恐怕都不会解除。他招了吗？"

惠兰说："我让他们先晾着他。派人去他家取回了他的 IT 设备——显然数量不少。我们派人去斯劳了吗？"

"我们要等警方的报告。毕竟我们的法医也不比他们的强多少。半数情况下我们用的是同样的外包商。"

"有情况再告诉我吧。我会找多迪·金博尔谈谈。"

"别了，还是让我来吧。"泰维纳说。

"戴安娜——"

"如果她觉得是你派人杀了她丈夫，她会希望见到你吗？"

他无言以对。"也许你说得对。那好吧。"他转身要走，然后突然又转了回来。“我们真的现在就要用‘恐怖机器人’来称呼他们吗？”

“他们出现时总是毫无人性。在我看来这个称呼挺合适的。”

“如果最终要牺牲贾弗里，”他说，“我需要确定他没被冤枉。”

泰维纳等到惠兰已经出门才接茬儿。“他不是我们的人啊，克劳德。这已经足够了。”她说。然后她转动了桌子上的旋钮，透明的幕墙变成了磨砂玻璃，将她隐于其后。

如果不考虑那件事，节目怎么样呢，林肯夫人？①

老段子了，他得小心不要在不合适的时机顺嘴说出来。而对于一个崭露头角的政治人物而言，意味着永远不能说。

那么除此之外，您对今天的车队还满意吗，肯尼迪夫人？②

扎法尔·贾弗里一手拢着他优雅的蓬乱头发，摇了摇头，尽管他此时孤身一人。

除了丹尼斯·金博尔被杀、活动进行到一半消息在推特上爆出之外，当晚图书馆的活动总体来说还不错。针对英国脱欧对当地旅游产业影响的问题，他的回答如果放在平时定然会引起观众的交头接耳；但今天他的讲话却被人抢了风头，所有注意力都如铁屑一般被推特的磁力吸走了。所有人都是一脸困惑。一如社交媒体的常态，流言蜚语总是跑得最快，等到官方确认的消息传来——金博尔死亡，死因不明——远在美国得州的观察人士都已经斩钉截铁地宣称，金博尔是被身披罩袍的自杀式炸弹袭击者

① 一八六五年四月十四日，美国总统亚伯拉罕·林肯与夫人在华盛顿特区的福特剧院观看歌剧《我们的美国表兄弟》（*Our American Cousin*）时遇刺身亡。

②一九六三年十一月二十二日，美国总统约翰·F.肯尼迪在妻子的陪同下乘坐敞篷车，在得州达拉斯的大街上被人射杀身亡。

攻击致死。不过人们其实并不急于知道事情真相。新闻突发后的震惊，政治阴谋黑暗之心再次大白于天下的感觉，都令观者回味无穷。

贾弗里需要知道的是：泰森在哪儿。他的马仔做了些什么。

活动结束后他便尽快脱身——他尽可说自己另有安排——不过一直等到回家才拨通了电话。

“你在场吗？”

“我在车里，老大。”

“我很高兴你在车里，泰森。”他能听到背景中的各种寻常声响：发动机的轰鸣和车辆驶过的声音。“我问的不是这个。你在场吗？”

“……你说的是哪儿啊，老大？”

他早就注意到，那些游走在犯罪边缘，沾染——甚至是完全投入——一种以无视文明常规为荣的生活方式的年轻人，都有一个共同的特点：他们幼稚得令人难以置信。他们竟然相信，睁大眼睛就能证明自己无辜。

“来我家，泰森。等你回来之后。”

“要不明天早上怎么样，老大？”

“不，泰森。今天晚上。”

于是他在黑暗中静待，只是一杯接一杯地喝着越来越烈的金汤力鸡尾酒。杜松子酒和奎宁水哪个更多？果然还是杜松子酒更多，他心想。杜松子酒已经不知道喝了多少，奎宁却还是那半瓶。他知道，自己不是个合格的穆斯林，可一个人再强大、再优秀，也有其限度。

此前，他跟母亲通了电话。她关心的还是那些老问题：有多少观众，问了什么问题，有没有人提起卡里姆。最后那个问题她每次都会问，不过扎法尔依然不知道究竟是为什么。她是否担心，他的弟弟、那个叙利亚的“殉道者”，已经成为他政治生涯中永远的绊脚石？抑或她只是想知道，他并未被人遗忘？有时候扎法尔甚至想要告诉她，他作为公众人物的生涯不仅并未受弟弟的影响，甚至全拜弟弟所赐：正是卡里姆的死讯让他觉醒。诚然，他兄弟的这层关系让他永远无法得到某些人的信任，更有媒体一有机会便会煽风点火。但更深层次的真相在于，若非卡里姆浪费了自己的生命，扎法尔永远不可能登上公众舞台。事实上，他感到自己有必要洗刷弟弟不明智的选择所带来的污点——同时证明，穆斯林并非这个国家的敌人。这种事情竟然需要证明，本身令人遗憾，但这就是世界运行的方式。

可他不知道，一枚地狱火导弹引起的震颤可以持续多长时间，他脚下的土地将如何因千万里之外的引爆而不断震颤翻腾。

等了许久，泰森终于到了，足见他路上故意拖延。扎法尔给他倒了一杯可乐，让他在沙发上落座。这种面试般的安排与他初见泰森 · 鲍曼时的场景别无二致，当时他便看出这个年轻人还有救。然而，很多人仍然只能看到他脸上的刺青。

“你跟金博尔先生说上话了吗？”

“……算是吧。”

“算是说上了，还是算是没说？”

泰森惊魂未定。关于年轻人，还有一件重要的事不能忘记：他们时常害怕，因为他们随时都有可能堕入此前完全没有意识到的深渊。他们总是试图隐藏这份恐惧，却无法让它消失。

“没关系的，泰森，”他说，“无论出了什么事，我们都能解决。”这是谎言。“不过我需要知道，我要解决的是什么问题。”

他已经成了这些年轻人生命中的亮光：只有他对他们表达信

任、给予支持，并且不要求他们奉上灵魂。但这也意味着，在很多年轻人眼中，他无所不能，即便是覆水亦能收回。

“我让你去现场观察情况，”他提醒泰森道。内心里，他讨厌自己如此行事，讨厌自己急于跟泰森的所作所为撇清干系。可话已出口，只能讲完。“有机会的话可以跟他谈谈，但是不要强迫他。”

“我没强迫他，老大。”

“我只是想知道，他想说什么。”

因为如果埃德·蒂姆斯说的是对的——金博尔真的想要抹黑他——扎法尔需要提早了解情况。他得把跟舞者布莱恩的事情收个尾，然后隐藏自己的痕迹。

“所以当时发生了什么？”

“我正要向他解释，”泰森说，“让他别再黑你了什么的。让他闭嘴。”

扎法尔彻底泄气了，他的心像是一块干瘪卷曲的橡胶，蜷在胸膛里毫无用处。现场的一幕幕如投在他客厅墙上的幻灯一般浮现在他的眼前：泰森在金博尔独自一人时突然出现：一方过度自信、大摇大摆，另一方慌里慌张、手足无措。一个人的手抓住了另一个人的上衣前襟。双方撕扯，然后是一记重拳。

“那你——？”

他怎么了？扎法尔甚至不知道自己应该问什么。似乎没有一个问题能得出令人宽慰的答复。

“我们只是嚷嚷了两句。我没碰他。”

“你真没碰他？”

“算不上碰。”泰森活动了一下肩膀，“只是拉扯了几下。他非要走。”

仿佛正跟他说话的，是一个刚刚用石头砸了猫的孩子。我不是故意要伤害它的。是那只猫不对。

他心想，泰森必须消失。他惹的麻烦只能我来善后。与其他决策一样，他刚刚下定决心，策略便已胸有成竹：他会取消明天的会议，假装感冒还是什么的。完全可行。他擅长处理细节问题。

不过他依然能感到脚下大地的颤抖：冲击波正在地下激荡。

凯瑟琳说："现在可以解释一下发生什么事了吧？"

兰姆已走，威尔斯跟在他身后，仿佛刚刚被人重击后脑又被拴上了狗链：她有时不禁心想，真应该在兰姆的办公室门上挂一张警示牌。如果不是路上要经过各种各样的酒馆、酒吧和卖酒的商店，她早就回家了。看来，童子军女训导的角色终归还是再次落在了她的身上。

雪莉找到了剩下的软糖，没等凯瑟琳来得及警告她兰姆处理无用之物的一贯方式，便大口吃了起来。路易莎靠着暖气片——他们此时身在瑞弗的办公室——眉头紧锁，不知是看不惯房间里的什么东西：抑或是所有东西。J. K. 科坐在自己的办公桌前，戴着兜帽。瑞弗也坐在自己的位子上，显然他意识到凯瑟琳刚才那句话主要是冲着自己，没办法一言不发地蒙混过关。

"我们说过了，"他终于开口，"一个男人跟着金博尔走进了小巷，然后金博尔就再没有出来。"

凯瑟琳双唇紧抿。沉默片刻，瑞弗看向科："是这么回事吧？"

依然戴着兜帽的科说："是这么回事。"

雪莉说："坏人可都在伯明翰呢。"

"可是贾弗里没被攻击啊，"瑞弗说，"没有吧？"

"他们藏在一辆面包车里。是我把他们赶走的。"

"就算真是你们说的那样，"凯瑟琳说着，把目光转向房间里的两个男人。"'我们只看到一个，'"她说，"我引用的是原话。"

"谁的原话？"瑞弗问。

"科先生的。你们回来的时候他就是这么说的。"

"呃，他说得没错啊。"

"让我介意的不是他的数学，而是他竟然如此主动地提供信息。平常他可是苦劝一番才能开口。是这样吧，科先生？"

科耸耸肩。

"而且就像兰姆说的，他今天看着比平常精神多了。我想我们都记得上一次发生这种情况是什么时候。"

"你不会真的觉得——"瑞弗开口说道，却戛然而止。

"我们不会真的觉得什么？"凯瑟琳问道。

一瞬间，房间里只剩下一只苍蝇猛撞玻璃窗的声音；又是一场逃离斯劳屋的徒劳尝试。

突然，有人茅塞顿开。

"哦，天哪，"路易莎说，"你不会是……"

"那是一场意外。"

路易莎张大嘴看着凯瑟琳，后者眼神呆滞，仿佛凝视着脑海中张开巨口的深渊。雪莉嚼到一半僵住了，脸上现出一副表情切换到一半时不伦不类的模样。两个男人交换了一个眼神，然后重新摆出了防御的架势。而那只苍蝇则继续一头往玻璃窗上冲去，撞到玻璃的一瞬间就吐了出来——只不过没人看见。

还是凯瑟琳率先开口："是你杀了他？"

她这话是对着科讲的，科却一言未发。

“科先生？摘掉你的帽子，回答问题。”

出乎众人意料，科竟然照做了。“……也算不上。”

“但是差不多，对吧？你心不在焉，不知怎的就用一种甚至可以说是梦游般的方式杀死了他？请告诉我你没有。”

“击中他的是一桶油漆。”

“怎么击中的？”

“……从脚手架上掉下去了。”

“谁弄掉的？”

“应该是‘被谁弄掉的’。”

“你就别——”

“那是一场意外。”科说。

“好吧，我想这一点我们已经清楚了，”路易莎插话说，“但是谁造成的意外呢？”

“是他。”瑞弗说。

房间里的每个人都转脸看向瑞弗。

“真的是他！我当时跟那个刺青男搏斗呢！”

“就是说那个人不是你们编造的？”

“天哪，当然不是，”瑞弗说，“他攻击了金博尔。”

凯瑟琳说：“我感觉有点儿晕。明白吗？我真的要晕倒了。”

“我告诉你们了，那帮人在面包车里。”雪莉说。

“什么？”

“真正的那帮坏人，”雪莉说，“无论斯劳发生了什么，都是宇宙级的灾难。真正的坏人在伯明翰。而我把他们赶走了。”

“是，太棒了，真是谢谢你。”路易莎说，“放下远的说近的吧，意外杀死了下一届首相的热门人选，我们应该怎么办？我虽然说的是‘我们’，但我指的是科。我跟这件事完全没有关系。”

“我也没有。”雪莉说。

“是，”凯瑟琳说，“你们当时正忙着在别的地方攻击其他人呢。”

“金博尔死了，由于那个刺青男的攻击，”瑞弗说，“而我们已经确认了他是扎法尔·贾弗里的人。整件事就是这样。再说，你们也知道，这个国家正在遭受攻击。”

“所以你和我们这位常驻的疯子——”

“路易莎……”

“——把他杀掉了，这只不过是细枝末节，是吗？”

有什么东西砸中了她的胸口，她下意识地接住。

是一部手机。

科说：“你要不要报警？”

路易莎看了看手机，然后又看了看科。

科又说了一遍：“那就是你想做的吗？动手吧。你又不在场。就像你说的，与你没有任何干系。你们都说得很明白了。”

过了片刻，凯瑟琳说：“按规定我们要向总部报告，而不是报警。”

“很显然我们不会那样做，不是吗？除非你觉得兰姆也会那样做。”

“兰姆还不知道呢。”

“是啊，因为他脑子是有名的慢，对吧？”

凯瑟琳正要开口，不过似乎又改变了主意。

路易莎说：“如果我们不报告的话，所有人都会有大麻烦。”

“那是一次任务，”科说，“得到了我们小队领导的授权。我们向且仅向他报告任务情况，否则就违反了《保密法》，那样同样是大麻烦。”

雪莉对着所有人说：“他上一次就躲过了惩罚。”

所有人都看着她。

“随便说说。”

“我们还是等兰姆回来再决定下一步如何行动吧，好吗？”凯瑟琳最后说道，“或许还应该关注一下新闻。”

“或许还是假装这场对话没发生过比较好。”路易莎说着，把手机扔回给科。

威尔斯从停车场进入总部。他向当值的守卫出示了他的门禁卡，并用访客专用的标准假名“林赛·罗韩”为兰姆做了登记——这个假名还是几年前遗留下来的梗：当时林赛·罗韩无论去哪儿都是不打招呼突然出现。守卫眼睛都没眨一下。尽管杰克逊·兰姆的名字即便在没见过什么世面的年轻同事中间也能引起轰动，然而他在公开场合现身的罕见以及受欢迎程度就与在公共假日的海滩上看到一只鱼鳍相当，因此他的出现并未引起守卫的注意。守卫大概以为他不过是一名一线特工，假装成排队领救济粮的穷人。

总部这一侧进进出出的都是员工与访客，因此几乎不可能撞见戴安娜·泰维纳或者克劳德·惠兰。等待前往大楼深处的电梯时，威尔斯对兰姆说：“你再跟我说一遍我为什么要帮你。”

“如果我们想要知道这个杀手小队下一步的计划，就需要知道是谁在操控他们。这帮人怀着明确的目的对何使用美人计。这就意味着他们有内部情报，甚至内部有人。”

“你觉得有卧底？”

“这种事之前发生过。不过老实讲，我认为是有人搞砸了。一般归根结底都是这样。”

“我们应该上报，”威尔斯说，“我们绝对应该上报。”

“是，不过我们千物[①] 之前还是先试试能不能少背点锅。”

“是‘切腹’。”

“不客气。”

电梯门打开，他们来到了茉莉·多兰的楼层。

她已经摇着轮椅出来迎接他们了，因为正如她后来向兰姆解释的那样，她的第六感能预感到即将发生的不快之事。“你一靠近，好像一切都变暗了。”他则只是眨眨眼睛，仿佛一件明摆着的事情已经被人们说了太多次，让他烦了。不过回到眼下，茉莉身材矮小，而且如果她站着的话会更矮，毕竟她膝盖以下空无一物。她给人留下的圆滚滚的印象，既来自这种身体上的残缺，也在某种程度上来自她那过于厚重的妆容——那副浓妆若换作旁人，定会惹来非议，但抹在茉莉·多兰的脸上，似乎谁也不敢说三道四。她脸颊惨白，嘴唇殷红，坐着樱桃红色的轮椅，搭配厚厚的天鹅绒扶手。

她看到兰姆和威尔斯，面不改色，然而眼神却迅速变化，从烦躁变成了怨怒。关于茉莉·多兰的故事一大把——她如何像母狮护着猎物那样守卫自己这一亩三分地——而她本人对这些故事一直报以鼓励的态度，因为间谍街最喜欢的莫过于传奇，除非那传奇最终被证明不过是虚构的神话。传奇与神话，只隔着一层窗户纸，悬于一息之间。威尔斯与茉莉只有一面之缘：某个深夜，

①此处原文兰姆说的是“Hare Krishna”，其中Krishna是印度教重要的神祇“克利须那”，而Hare Krishna字面意思为“时间存在的万事万物”。Hare Krishna与兰姆想说的“切腹”（Hara-Kiri）读音相近。

他曾问她是否需要帮她进电梯。对方听到此话后的表情，则足以在新招募特工的徒手格斗训练上派上用场。

“杰克逊 · 兰姆，”她说，“不用我问了吧？你是来找什么东西的。”

“否则我来这儿干什么？”

“留下买路钱。”

兰姆俯身，在茉莉那扑粉过多的脸颊上亲了一口。在威尔斯看来，这个瞬间似乎值得以某种方式流传千古，只不过不是用相机，也不是用手机。它需要的是拿着炭笔的戈雅[①]。

茉莉对威尔斯说：“他是无事不登三宝殿。只要他把大屁股从椅子上挪开，肯定是有什么事能缓解他的无聊。”

“我也想常来，”兰姆说，“可是你这样的瘸子让我们正常人感觉不舒服。”

“天哪，你在说些什么啊……”威尔斯说。

不过茉莉 · 多兰笑了。“他喜欢让人觉得他从来都是有一说一，不说废话。”她告诉威尔斯，“可事实上，他说的不过是另一种废话。一向可好啊，杰克逊？”

“最近一直膝盖疼，”他说，“不过我可不是想博取你的同情。”

“是这样的，”她对威尔斯说，“我这里不允许看门狗进来。”

“我不认为在这件事上你有的选。”他回答道。

“那是因为你从未以身试法。”她说着，甜美一笑。

一块粉从她脸上掉了下来，仿佛它没想到那块肌肉会收缩。

没等威尔斯回答，兰姆就靠了过来。“最好还是照她说的做。

---

①弗朗西斯科 · 何塞 · 德 · 戈雅 – 卢西恩特斯（Francisco José de Goya y Lucientes，1746—1828），西班牙浪漫主义画派画家。

她摇着那玩意儿可撞翻过比你块头大的。”

“而且留下的轮胎印记永远弄不干净。”

“你可有些得寸进尺了。”威尔斯告诉兰姆，边说边拿开了兰姆搭在他胳膊肘上的手。

“我知道你是个好孩子，”茉莉·多兰说，“不过在这里，我说了算。虽然到了这个年纪生活中也没什么乐子了，可保护地盘总能让我兴奋不已。”

“相信我，”兰姆说，“你可不想看到她兴奋得流水的样子。”

威尔斯看了看两人。“我给你十分钟时间，”他说，“没法再多了。十分钟一过，我就进去。”他说着用下巴指了指走廊。

茉莉想了想，然后咧嘴一笑。“这小伙子我还挺喜欢的，”她告诉兰姆，“他比你那帮人正常多了。”

“别着急，走着瞧。”

“你这次可以站在这儿，下不为例，”茉莉对威尔斯说，“不过不能吹口哨。我受不了口哨声。”

她原地掉头，进了房间。

“我们完事之前，门把手上会挂一只袜子，”兰姆邪魅一笑，“当然，是我的袜子。”他补充道，然后跟着茉莉进了她的地盘。

这是一间长条的房间，一排排直立的文件柜架在滑轨上，不用时可以推在一起，不仅看上去像极了图书馆的书架，而且同样地让人感到，知识、信息和言词从未真正消亡，而是韬光养晦，静待好奇之人让它们重见天日。摄政公园陈年的隐秘都在这里。近期的秘密则以更易获取的形式储存，当然其中很多也因此在社交媒体上流传一时。

茉莉退进一个刚好足够容纳她轮椅的空间，拉起了刹车。杰克逊·兰姆厌恶地扫了附近一只板凳一眼，不过还是勉强坐上半边屁股。如果这样的场面发生在斯劳屋，那其他人都要开始向上天祈祷了。

“我听说大卫 · 卡特怀特已经行将就木了。”茉莉说。

“那个地方最适合他。”

“小瑞弗一定很难过。”

“小瑞弗不会自己穿衣服，当然很难过，”兰姆说，“我不想妄加揣测他此时的感受。”

“哦，他挺聪明的。唯一对他不利的，是有你这么个领导。换作任何人都会质疑自己的能力。”

“我不鼓励他们把我当领导，”兰姆说，“我还是喜欢当‘异教神’。”说着，他看向她头顶上方的墙壁。“那儿之前挂了幅画啊，你怎么给摘下来了？”

“大概因为我想求新求变？”

“变化对于你，就像牛奶对于我。”他环视房间，寻找着更多迹象，然后重新将目光放在茉莉身上。“你要搬走了？”

她说：“我被辞了。”

兰姆点点头，冲着她的轮椅比画了一下。“只要他们不是在坡道上放手就行。”①

“我不指望你同情我，杰克逊。不过你也别玩什么幽默了。我在这儿几十年了。这个地方就是围绕我建的。我对这里熟悉，在这里感到舒服。但是显然，我已经……并非必需了。”

他再次点头。房间内大部分区域漆黑一片，只有这个角落亮着灯，而这恰恰满足了他内心对于黑暗和无人知晓角落的偏爱。一排排文件柜里存放着的是隐秘的历史，而其中一些正是他本人

①前一句茉莉说“I' m being let go”，其中“let go”有“放手”“解雇”等意。茉莉用 let go 表示“解雇”，而此处兰姆则用的是“放手”之意。

过往的沉淀：有他写的报告，也有写他的报告；有幸存者的名单，也有关于死亡者的记述。围绕茉莉·多兰的，是他本人以及冷战岁月中与他相识的特工们都已经抛弃的过往。她属于此地，一如那些被系上黑色丝带的文件夹。她会毫不犹豫地摇着轮椅钻进那个空隙，就像其他人进门一样轻松随意、不假思索。

“你怎么办呢？”他问道，假如其他任何一个下等马在场——凯瑟琳不在此列——都会纳闷这话从何说起、这口气又从何而来。

“哎，反正我不认为自己能适应平民的生活，你觉得呢？即便我能另谋出路，也只能做点最简单的案头工作。年龄、残疾、性别，你能想到的让人看不上的点，我都占全了。”

“我不明白为什么你总是指望着我来讲笑话，”他说，“毕竟你站在台上也能说个单口啊[1]——如果不是因为众所周知的原因的话。”

温柔褪尽，兰姆尖锐的棱角再次显露无遗。

“我这一生也算是没有虚度，”她说，“我做了有意义的事。如今他们想找个实习生换掉我，苍天啊，我又该怎么办呢？你觉得我应该怎么做呢，杰克逊？”

他抽了一下鼻子。“这是戴女士的主意？”

“她同意了。”

“果然，”兰姆说，“泰维纳在这里金口玉言。我的意思是，别看惠兰吆五喝六，但真正说了算的还是泰维纳。”他不知从哪儿掏出一根烟，没等茉莉开口就翻了个白眼。“我不抽。拿着烟可以帮助我思考。那件事你准备怎么做呢？”

①此处兰姆说的是“You'd be quite the stand-up yourself, if not for the obvious”。其中“stand-up”指脱口秀表演或者脱口秀演员，而 stand up 则有站起身之意。

“那件事？”

他伸出一根手指，比画了一个抹脖子的姿势。“吹灯拔蜡。等你被开了之后。我猜你想说的就是那个吧。”

“哦，应该是药片吧。大多数人都喜欢这个吧？”

他耸耸肩。“可能你在这方面的选择比大多数人都多。风景如画的海边小路。一跃而下。没准儿还能创造无动力推进飞行的新纪录。”他啧了一声，“至少也是个人最佳成绩。”

“你还是这么会安慰人啊。不过你来这里，不是来听我抱怨的吧。”

“天哪，你说得可太对了，”他说，“我他妈看着像社工吗？”

“十分钟正在分秒流逝，我不认为那位朋友会通融。”

“有一天晚上，有人来找罗德里克·何，”兰姆说，他把香烟别在了耳朵后面，“他是我的网管。而我说‘来找’，意思是，他们是带枪来的。”

“我猜他们没有得手。”

“他运气很好，得到了异教神的守护。”

“算他走运，”茉莉说，“不过就我听说的关于你们那位何先生的风评，嫌疑人的名单估计得有选民登记册那么长。”

“确实如此，”兰姆说，“实际上，我们知道是谁干的。就是在德比郡的村子里到处开枪的那帮浑蛋。”

“哦，天哪，”茉莉说，“看来他是踩上狗屎了？”

“并且穿着那双鞋到处转悠。当然，他是最后一个发现的。”

“他现在在哪儿？”

兰姆指了指楼上。

“但是你不想等到他们把他榨干。”

“他把某件东西给了某人。我们就知道这么多。科管那东西叫水源文件。”

“科先生？我记得他——非常好的年轻人。”

“嗯，他后来肯定是做人格移植手术了。总之，那是一份战后的规划文件，说些什么如何颠覆第三世界国家——还是叫发展中国家——的屁话。他们现在怎么称呼这种国家？鸟不拉屎的鬼地方？”

“我不确定那是政治正确的说法，不过你的意思我明白了。这份文件从哪儿来的？”

“这就要说到何了。他从网上搞来的。”

“呵呵，我说什么来着。如果那份文件已经电子化了，那就不在这儿了。把档案喂给野兽，目的就在于不让它们占地方。原件肯定早就粉碎了。”

茉莉用“野兽”来指代安全部门使用的各种数据库。她显然希望有朝一日，这一整套系统都会坍塌成一片叠床架屋的垃圾填埋场，让她的王国成为安全部门唯一可靠记忆的储存之地。

“我想也是，”兰姆说，“只不过。”说着，他挠了挠耳朵，发现后面别着一根烟，盯着那根烟看了一眼，又把它放回去了。“只不过我觉得这份文件不止一个版本。就像我刚才说的那样，最早的版本已经很老了。不过在某个时间点上，有人又把这份文件翻找出来，清理一番，这就是为什么这份文件最终上了数据库。文件中提出的计划或许并未付诸实施，但显然近几十年中曾经被提上过议事日程。”

“也就是说你认为原件或许依然存在，因为你的手下从野兽嘴里偷出来的是更新的版本。”她做了个鬼脸，鼻子抽动了一下。“确实有可能，”她最后说道，“尤其是更新文件的人不希望别人知道他们抄了别人的作业。”

“对极了，”兰姆说，“能帮我找到吧？”

“呃，当然。反正我也没什么事。”

“在阿伯茨菲尔德作案的那伙人，他们拿这份文件作为蓝本。”

“哦，天哪。”茉莉说。

“所以，你懂吧。麻烦你跑腿了。”

听到此话，她倒吸一口气，似乎正要发作的时候又长出一口气，缓缓地眨眨眼，摇了摇头。“你就是控制不住自己是吧，杰克逊？”

“呵呵，公平地讲，”他说，“你简直是个完美的靶子，想跑都跑不了。”

这时，门口出现了一个身影。二人都以为是威尔斯，转头望去。

可来人却是艾玛·弗莱特。

“你真的让我有些生气了。”她对兰姆说。

所有人原地待命，但那并不意味着所有人都原地不动。路易莎、雪莉和凯瑟琳回到各自的办公室，等着兰姆回来，每个人心里都考虑着斯劳屋或将——定将迎来的反弹。雪莉掏出了口袋里那一小包可卡因，想象着它带来的快乐，试图找到一个说服自己现在不要动手的有力理由。她唯一能想到的一个，便是假如她现在就用了，之后更需要的时候就没得用了。路易莎则是在上网：她先是潜行于各种可疑的论坛，寻找可能与阿伯茨菲尔德惨案有关的发言，但最终放弃了寻找线索的想法，干脆看起了靴子。她找到一双看着不错的，只是觉得鞋头可能有点儿太尖了——她听说靴子头不能太尖，可她完全信任的人却从未说过这样的话——她的鼠标停留在“现在下单”按钮上太久，以至于她感到自己莫不是患上了“选择困难症”——她一直觉得这是一种性别限定的现象。天哪，大不了就是损失点儿钱嘛。她按下了下单按钮，感到了片刻的内啡肽分泌。楼上，凯瑟琳正在清扫本就整洁之处。她的办公室仿佛她头脑中的一间密室：每件东西都摆放得整整齐齐，但维护这种状态需要她时刻保持警醒。隔着一片楼梯平台，对面便是兰姆的办公室，房门懒散地敞开着——兰姆的办公桌抽屉里有一瓶威士忌，凯瑟琳不用想就知道里面还有多少酒，就好像上面用铅笔标画了刻度线一样。仿佛她永远做好了逃离的准备，永远清楚最近的出口在哪里。紧急情况下请拿起玻璃杯①。哦，不对，拿什么玻璃杯，不如直接对瓶吹。

留在自己办公室里的瑞弗和科还在为晚上发生的事拌嘴。

“我还以为你把手机扔出车窗了。”

科说：“你就一部手机吗？真的吗？”

“你准备两部手机，就是为了关键时刻故作姿态，对吧？”

瑞弗想起科把手机扔给路易莎：你要不要报警？动手吧。也许，他只是宁愿反复回想他当时的姿势，也不愿意去想假如路易莎真的照科说的做了，结果又会怎样。

他说：“整个国家都在关注斯劳的一条小巷。你真的觉得他们弄不明白事情的真相吗？肯定有人看到了我们。就算那里没有监控摄像头，也会有人见过我们。何况监控摄像头肯定拍到了何的车进出的画面。”

“同一时段进出的车辆成百上千，”科说，“再说，现场还有

---

①原文为“In case of emergency，grab glass”，此处为对公共交通工具上的安全提示语“紧急情况下请打破玻璃”（In case of emergency，break glass）的戏仿。

一个真正的坏蛋啊，记得吗？我们是要保护金博尔。”

“保护得真不错。”

“别阴阳怪气了。监控肯定也拍到他了，可他就没有安全局工作人员的优势了。我们去是要保护金博尔。他去那儿是要伤害他。”

“他没准儿也有自己的一番说辞呢？”

“是，呵呵，”科说，“那就看他有没有机会说了。”

“……你是认真的吗？”

“他看着就不像个好惹的。实话实说，他可是让你吃了不少苦头。所以当特警小队破门而入时，你猜他会不会奋起反击呢？”科的眉毛动了动，仿佛用脸耸了耸肩。瑞弗好像只见过他这一个表情，而这一次，这个表情的意思是：游戏结束。

“会有调查的，”他说，“即便他们逮捕的只是刺青男的尸体，他们也不会就此不管了。他们早晚会想明白的。”

“你干这行多久了？官方会给出一个说法。而只有这个版本才是算数的。现场真正发生的事，只要是难以启齿的，都会被掩埋。”

“是，可我们没什么难以启齿的，”瑞弗说，“我们是斯劳屋。如果他们要找什么人来顶罪的话，我们就是现成的材料。更不用说，”他补充道，“他就是你杀的。你明白吗？那样甚至都不算是冒名顶替。”

“无论是不是斯劳屋，”科说，“我们都是安全局特工。这件事一旦公之于众，转瞬之间就人尽皆知。到时候这个世界上会有一半的人猜测我们是奉命行事，另一半的人则会坚信金博尔是在高层授意下被杀的。”

“你一直在说‘我们’。”瑞弗说。

“这是有原因的。”

瑞弗又一次想起跟希多·贝克同处一间办公室的时光，这已经是近几天的第二次了：自那以后，这个房间里今天还是第一次有了这么多对话。呃，或许说“争执”才对。他说，“再这样下去，我就要开始往窗外扔东西了。”从你开始，这话他没说出口。“如果你这么喜欢构造一个更有利的叙事，那你的计划是什么？”

“构造一个更有利的叙事？”

“我可是《卫报》的读者，”瑞弗说，“呃，有时候会读。嗯，漫画版吧。”

科说：“今天发生的事是阿伯茨菲尔德惨案的后续，这就是这件事的叙事。那个刺青男，扎法尔·贾弗里的手下——他背后还有更大的阴谋。我们就是要挫败他的阴谋。”

瑞弗这时意识到雪莉站在门口，左手握拳——好像抓着什么东西——右手搭在门框上。

“有计划了吗？”她问道。

“我在考虑，可能是祷告吧。”他说。

“你也别无选择了，”她表示同意，“但反正都是死。”

“是啊。谢谢你的鼓励。”

“来块软糖吗？”

“这就是你认知里的建设性帮助吗？我得告诉你——”

“你得找到金姆。”她说。

“何的女朋友？”

雪莉说：“何的水源文件是交到她手上的。跟阿伯茨菲尔德小队联系的也是她。你找到她，或许就能找到那伙人了。”

科说：“何已经在总部待了一下午了。关于金姆，他能说的肯定早就跟他们说过了。换言之，要么他们已经抓到她了，要么他们也找不到她。也许是因为她已经死了。”

雪莉说：“看来是真的？”

“什么是真的？”

“你杀了人就会变得精神抖擞。”她把手里拿着的东西塞回牛仔裤口袋，“兰姆也许会把这一点写入办公室规程。”

科没理会她。他对瑞弗说：“他们想杀了何。如此看来，其他相关人员应该也已经被他们灭口了。”

“换成你的话就会那样做，对吧？”雪莉说。

“换成谁的话就要哪样做？”路易莎从雪莉身边挤进办公室。

瑞弗说：“哦，我们在讨论办公室执勤轮班的事——你懂的，轮到谁做扫除了，科下次该杀谁了，那一类的事。”

“那天晚上我们都看见金姆了。她可精了。”雪莉说。

“你说的什么我听不懂。”

“我是说，他们想杀何都没成功。而何可是自己系鞋带都费劲。所以我觉得他们想杀金姆没那么容易，她看着就特别……机灵。”

科在找什么东西：伦敦一女子被发现死于家中。他读出了新闻标题。然后说：“黑人？”

“那就不是金姆。”雪莉说。

路易莎说：“你觉得如果我们能找到她，就能找到阿伯茨菲尔德的歹徒。”

“或者至少能了解到他们接下来要干什么。”瑞弗说。

“控制媒体的话，”雪莉说，“可能性就太多了。这年头儿你买份报纸都能算是控制媒体了。”

这时凯瑟琳也来了。“你们试过检查他的手机吗？”

“我猜应该在总部，”瑞弗说，“跟何在一起。”

“我想他有两部手机。”

科给了瑞弗一个“我说什么来着”的眼神。

雪莉说：“是的，不过其中一部或许有些破损。”

“只要还有电话卡就能用。”路易莎说。

可是何那部坏掉的手机——就是雪莉前一天撞飞的那一部，她提醒他们她当时是要“救他的命”——即便被翻了个底朝天，也没有带来任何线索：拨通金姆的电话号码——命名为“金姆”（女朋友）——只能听见一片空荡荡的寂静，表明这个号码的主人走得义无反顾。

“跟你们说了她精明得很。”雪莉说。

“要么就是死了。”科补充说。

“不管怎样，”路易莎说，“我们能找到她的概率，就像一个只有一条腿的人参加踢屁股比赛。”

“我就想知道，谁会组织这种活动，”雪莉抱怨道，“还有他们准备什么时候收紧参赛标准？”

凯瑟琳说：“还有谁有什么奇思妙想吗？”她说这话的语气仿佛一位小学老师，虽然已经做好了敷衍了事的打算，但脸上还是强装坚强。

“他们慌慌张张的，”瑞弗最后说，“事情发展得非常快。”

“因为他们没有后备方案。”路易莎说。

他们都看向她，但科点了点头。

她继续说：“他们争分夺秒，就是想在被抓之前做完全套动作。因为如果他们不能完全实施计划，没有人可以帮他们完成。”

凯瑟琳说：“这就解释了为什么他们要抄捷径。火车上的炸弹虎头蛇尾，打卡比按部就班地完成每一步更重要。”

“所以无论他们计划攻击什么媒体，必然是一有机会就会动手。”

“这意味着他们已经排好日程表了。”J.K. 科说。

“依然是大海捞针。”瑞弗说。

不过雪莉脸上突然又现出了神采。“我们找到过他们一次，”她说，“就能找到第二次。”

“抱歉，我们第一次是在哪儿找到他们的？”

“他们在面包车里，”她坚持说，“在伯明翰。”

“你确定你当时在伯明翰吗？你回来得也太快了。”

“开车的是路易莎。”

路易莎谦虚地耸耸肩。

凯瑟琳说：“所以我们假设金姆还活着。她发现自己要被灭口，就躲了起来。可是正如雪莉所说，她非常聪明。所以她会藏在哪儿呢？”

“灯下黑的地方。”路易莎说。

“什么地方？”

瑞弗说：“何的住处。”

# 11

阴沟里还残留着玻璃碎片，角度合适的时候能看到它们反射出的点点闪光，房子里却是一片漆黑。窗帘没拉，但破损的大窗户挡上了木板，由此而生的黑色大眼睛让房子显得更加空荡。门上贴着罪案现场的封条。这栋房子似乎眼看就要荒废：再过一周，瑞弗心想，这里就会到处是涂鸦，被流浪汉、野狗和老鼠占据。

他们开的还是同样的车，路易莎的车还有何的车。组合也还是一样的组合。"为什么要拆散获胜的搭档？"路易莎曾问道。瑞弗一路上都在琢磨如何反败为胜——现在已经抵达了目的地，困扰他的却只有何贴在桌子下面的备用钥匙里没有家门钥匙这一件事。不过雪莉已经迈步上前。瑞弗以为她会踹门而入，或者一头撞开正门。没想到雪莉一把撕开了封条，掏出了一串钥匙，一把一把地试了起来。试到第三把就成功了。

"……你有何家里的钥匙？"

"是马库斯的。"

"……马库斯有何家里的钥匙？"

"咄。"雪莉晃了晃钥匙环，"没听说过万能钥匙？"

马库斯也并非总是破门而入。有时他也会选择安静的方式。

他们大摇大摆走进房中，但旋即开始轻声细语。

“看门狗来过了。”瑞弗说。这是显而易见的：到处都是官方搜查留下的痕迹——大敞四开的抽屉和被搬走的电器留下的空白。总部坚信，任何插电的东西都能传输数据：就连面包机也难逃嫌疑。罗德里克·何曾经有很多设备，如今留给他的只有一大堆空无一物的架子。

路易莎说：“嗯，希望如此。那是他们的工作。”

“所以如果金姆藏在这儿的话，他们已经抓到她了。”

“除非她等到他们走后才进来。”

她是个孩子——瑞弗想说——一个夜总会里的骗子，也就骗骗何这样的白痴：她对谍报技巧能有多熟悉？可他突然感到胸口一紧。他的五脏六腑仿佛拧在了一处。不过他还是勉强说出：“我检查楼上。”

路易莎说：“行，还有我。雪莉，你扫一遍一楼。科——把住门。”

瑞弗有心开口问为什么是路易莎发号施令，但他头脑中理智的一面让他闭上了嘴。新近发生的事情强有力地表明，无论是瑞弗还是科，就算是拿着一把罐头刀，都必须在有旁人监督的前提下使用，而雪莉嘛……嗨，更别提了。他头脑中理智的一面没有说完那句话，因为还有更重要的事情要做。

路易莎在前，二人在二楼的楼梯平台上分头行动；路易莎打开了何卧室的房门——而她脸上那惊恐的表情便是因此而生——瑞弗则转向了那间有一面如今已经破了洞的大玻璃窗的书房。

有人进来了，于是她努力地让自己一动不动。她是衣架上的一件外套，一件折叠起来的运动衫；你会认为她出现在衣柜里是自然而然的：你扫一眼便会转身关上柜门。然后她就将再次独自一人置身黑暗，过不久便可以再次呼吸。

诀窍在于占据比自己的体型稍小的空间，然后保持这种状态，一遍又一遍地重复。最终你将做到人间蒸发，任何人都再也找不到你。

地板“嘎吱”响了一声。有什么东西打开又关上了。藏身之人只有此处可以藏，寻找之人也只有此处可以找。留给她的时间要以秒计算，而她可以感到时间正一分一秒流逝，从门下的缝隙渗了出去。这段时间虽短却震耳欲聋，不断发出“砰砰”的声响——这样下去她会暴露的。

藏在罗迪·何家里看来并非明智的选择。假如她冒险选择流浪街头，也许运气会更好。

金姆攥紧缠着钢丝衣架的拳头，等待着。

在何的餐厅里转悠的雪莉心想：这个地方好像并不常用。

后门处堆着一摞比萨盒，旁边是一袋已经满得要溢出来的塑料瓶：能量饮料、可乐，还有几个雪莉不认识的牌子。冰箱容量巨大，却没装多少东西，只有冷冻区放着更多的比萨和两包速冻薯条，让雪莉想起周日傍晚的街角商店。顺便说一句，雪莉的冰箱也没什么值得炫耀的，瓶装啤酒是里面唯一的绿色。但何的冰箱还不及她的预期，让她感到欣慰。假如她发现何其实是个不露真容的美食家，冰箱里堆着白松露油和各种她不认识的蔬菜，她定然会难以接受。

像橱柜里面、桌子下面这种能容得下人的藏身地点，她都已经检查过了。没有金姆的踪迹——反正这次也是撞大运。迟早会有人在垃圾袋里找到金姆，到那时她的身体就会像那只装满塑料瓶的袋子一样扭曲，而且更加柔软易坏，甚至开始散发恶臭。

雪莉不希望这种事情发生，可愿望是一回事，残酷的现实是另一回事。即便不是下等马，也能明白这一点。

她打开一个橱柜，以为会看到杯盘、香料或者面粉。结果里面却摆着许多罐豆子。

她口袋里的马库斯的那串钥匙沉甸甸的。那串万能钥匙是雪莉从马库斯抽屉里抢来的纪念品，今天是她第一次用。她本希望能拿到他的手枪，然而在扫荡死人家当这件事上，兰姆从来毫不犹豫。她起初以为兰姆落下了这串钥匙，是因为他没有意识到这是闯空门的工具，以为那不过是马库斯的备用钥匙，不过没过多久雪莉就得出了一个更加可信的结论：兰姆没拿马库斯的钥匙，是因为他已经有一套了。无所谓。不过她还是希望是自己抢到了马库斯的枪。

正如马库斯本人也会指出的那样：有些时候，枪能派上用场。

尽管情况已经很糟了——她心脏狂跳，大概衣柜也跟着哆嗦——但更糟糕的或许还在后面。这个衣柜没准儿就是一口棺材。即便是那天她站在自家窗边发现已经来不及爬出去时，也未曾有过这样的感觉，这种时间流逝的感觉；相反，周围的一切似乎都停滞静止了。申走进门，手里拿着一把枪。金姆膀胱一松，不过随即恢复镇定，那一刻她才明白，单单一个应急包是不够的。她需要的是第二次人生，一次没有这些烂事的人生……她不是个好人，不过她将此归结于环境：身边人都成了受害者，而那又是谁的错呢？她很早之前就知道，这个世界上有两种男人：一种你可用作提款机，他们吃了亏也只会打掉牙往肚里咽，自认倒霉；另一种发现上当，则会吐一口嘴里的血，然后前来寻仇。曾有一两个人找到过她。这样的对峙，她可能熬不过太多次。

但申和他的小队与众不同。他们对她的身份、她的所作所为了如指掌，并且显然他们的信息来自某个更高的层级。年轻女人被情报机关招募的传闻一直存在：美人计是这一行流行的招数，而金姆这样的女人就是使用这一招所必需的美人。不过她一直将此斥为都市传说，那些女人如此造谣无非只是为了增加自己的神秘感：她们想让别人知道，她们不是床垫上的装饰，而是某种高端博弈里的玩家。她完全没想到自己能跟一名真特工产生交集。更令人震惊的是，这名特工竟然是她不费吹灰之力已经敲诈了几个月的罗迪·何。如果申那伙人没有挑明拒绝他们的要求会面临怎样的后果的话，整件事说来或许还有些滑稽。她在朝鲜还有亲戚：一些她从未见过的叔舅姨姑。她的一位表亲还有两个刚出生不久的孩子——他们给她看了照片。这些所谓的亲戚或许只是他们随便找来的什么人，即便他们真的是她的血亲：呵呵，任何她已知的血亲关系都没有让她的生活变得更开心。她觉得，陌生人受点儿苦，她也无所谓。

然后他们拿出一面镜子给她看，镜中是她自己的脸，各种完美无瑕的细节清晰可见。

如果说服何从信用卡公司偷钱毫无难度的话，让他盗取机密更是易如反掌。等到她把所需文件的编号交给他时，他已经坚信，盗取文件是他自己的主意。

她当然知道，把文件交给申并不意味着故事的结束——美人计一旦奏效，美人就将面临灭口之灾。于是她在跳窗前一刻被抓住；她本应早点消失，找个地方躲起来。不过她毕竟是伦敦本地人。假若换作其他城市，她将不再是猎手，而是猎物。何况，这个世界上只有两种男人，而金姆只要有机会两头通吃，就不会只选一头。

她站在窗边，应急包趴在楼下的草坪上。她摆好口型，迎接举枪进门的申。

“是你啊，真是谢天谢地！”她说着，上前拥抱他。

一辆车以正常速度在街上驶过，尽管科插在罩衫口袋里握着小刀的手攥得更紧了，但他表面上没有流露出任何痕迹。司机借着附近路灯的光线打量了他几眼。周围的住户定然清楚何的房子出了什么事。昨天夜里有人从二楼的窗户跳出，还有人开枪；今天则来了几辆黑色面包车拉走了房主的东西。不过，即便有好事者忍不住凑上去，肯定也被看门狗咬了手。这种传言传播得最快。

而即便那位开车的司机没听说最近的事，科心想，反正我也不是什么好人了。不怕死你就过来。

“该死。”这是他看到油漆桶击中金博尔的时候的反应。那个场面真是惨不忍睹。不过他现在想来，更多回想到的是他如何迅速冷静下来——即便跟那个逃跑速度比猫眨眼还快的刺青男相比，他的素养也不遑多让。科下了两段梯子，依然没有落后刺青男太远；他拽着像动画人物一般呆若木鸡的卡特怀特，一路狂奔回到车上。他非常确定，没有任何人看到他们从小巷里出来。这并不意味着他们彻底摆脱了嫌疑，但至少为他赢得了一些喘息的时间。

卡特怀特觉得他们离死期不远了——但科深知，安全部门最喜欢把失败包裹得严严实实。按照伦敦规则，你要修筑高高的围墙，你手下人谁最没用就先把谁扔出去。只要他的用处比卡特怀特更大，他就不会是第一个被抛弃的。科也不喜欢这个想法，不过他确实感到自己充满了活力，而那才是最重要的。同事本为同林鸟，大难临头各自飞：这也是伦敦规则。

另外一点令他不解的，是自己的精神焕发：难道自己今晚表现神勇，全因为这个？他加入安全局的时候，最初在心理评估部门工作，工作内容包括评估行动策略对目标以及特工的心理影响，但也意味着要开展个体心理评估：谁感到焦虑，谁从常规习惯的改变中获益，谁有精神疾病。每个组织都有几个精神病患者，且多见于管理层；对组织里精神病患者的身份做到心中有数会大有帮助，尤其是发生意外或者要开办公室聚会的时候。J.K.科最擅长的就是识别精神病的迹象，不过或许他本应好好评估一下自己，尤其是那次创伤之后。或许正是那次事件打开了通向他内心黑暗处的大门，并且这扇大门一经打开便再也无法关闭。正因如此，他每次受到惊吓都会伸手拿刀；也正因如此，他随身带刀会感觉安心。假如让他起草自己的心理评估档案，肯定一半的文字都是用绿色墨水写的[1]。

但J.K.科觉得，那或许也没什么大不了。每个人都得有些个性——而这就是他的个性。

那辆车开走了，街上再次黑暗无声。他的小刀依然安放如常。

他身后，何的房子里传出一阵叮叮咣咣的响声，接着就是某人的尖叫。

①英国文化中将绿色墨水视作精神疯癫的象征，英语中也有“绿墨旅”(green ink brigade) 的说法，指代报刊收到的各种离谱的读者来信。

地板再次“嘎吱”了一声，金姆做好了夺路而逃的准备。

她第一次来的时候，何的房子乱糟糟的：门口停着一辆黑色面包车，几个满脸严肃的男子把罗迪的电脑设备塞到后备厢。人行道上残留着碎玻璃，还有从砖墙里挖出来的几块。她昨晚还坐在出租车后排给申打电话说“他到家了，一个人”“给他个痛快好吗？他没有任何威胁”。她真的以为罗迪会死得毫无痛苦吗？重要的是，这些事不要发生在她的身上。这就是这个游戏的规则：首要大事永远是第一位的。

为了留个后手，她从一开始就对申关照有加。

是你说了算，对吧？

别人都得听你的话。

你跟他们不一样……

谁跟谁都不一样。可是男人们就爱听这个：他们喜欢听到自己在诸多方面与众不同。

金姆经过黑色面包车，继续往前走；她找了一家咖啡厅待了一下午，等她回来时，房子已经一片漆黑。她用罗迪给她的钥匙进了屋，躺在床上，思量着下一步的行动。

他大概是死了。他们大概已经把他杀了。要不是她拿捏住了申，她此时也早已丧命。是你说了算，你跟他们不一样。这番恭维必不可少，不仅是因为她害怕那个透着杀气的丹尼。何况她的功夫没有白费，因为申放了她：他眼睁睁看着她从卧室的窗户跳下，肉眼可见地为她刚刚做出的承诺感到得意扬扬。眼下的事一了结，他们就将在一起。她会等着他。从此享受“性福”人生。

然而无论何等神算，终有失手之时。眼下，她藏在衣柜里，外面有人——可能还不止一个。如果外面是申和他的同伙，那么同样的手段不可能生效两次。如果是申一个人，他还能听任她的摆布；但有其他人在场，就是另外一回事了。

不过她并不认为，来到何的房子里的，是申一伙。

她等待着，准备着，抓紧了手里的铁丝衣架；她把衣架缠在拳头上，把挂钩拉直成一根尖刺。

如果她的自由要以某人的眼珠为代价，她并不介意。

一阵穿堂风吹过，堵在窗户破洞上的硬纸板毕竟不是严丝合缝。瑞弗掀开硬纸板的一角，让夜晚的凉风拂过他的脸颊。如果他明智地投胎到何这样的家庭，或许他也能住上这种有独立大门、白天偶尔还能看见邻居的正经房子了。可一想到他母亲送给他一笔能在一条普通街道上买一栋普通房子的存款，他就差点儿笑出声——不会的，家庭中能给予他支持的，只有老家伙而已，而这份支持也正在腐坏，甚至已经腐坏，任何时候都可能彻底崩溃，然后只留下大树一般的记忆：坚强挺拔、屹立不倒，但终有一天也将消逝。哎，他至少可以不用知道瑞弗今天捅的这个大娄子。有时候与糟糕透顶的现实相比，外公的老糊涂已经算是不幸中的万幸了。

他离开窗边。罗迪的玩具被拉走之后，这座房子里已经没什么东西了。看门狗们干得干净利落——得知这一点瑞弗感到宽慰，因为过不了多久同样的待遇可能就会降临在他的身上。呵呵，祝你们好运。他的大部分家当，就算是直接扔到垃圾堆里也不会有人觉得可惜。不，真正可惜的，是他高开低走的职业生涯。如今看来，他当初那些一走了之的想法似乎都是白日做梦。一旦总部查清今天发生的事，他要么被牺牲，要么被雪藏。那种寒彻骨髓的慌张再次紧紧抓住他的心脏。他不敢看手机上的新闻；但与此同时，他又渴望听到某个人的声音，某个站在他这一边的人。他的母亲？应该不是。他的外公？手机通话这样的信号对于他来说或许已经不够强烈。那还有谁呢——他的父亲吗？可弗兰克是个双手沾满鲜血的叛徒，一旦找到机会，瑞弗可能就会亲自了结他的性命。

于是只剩此时此地，唯有当下一刻。只要事情没有暴露、看门狗没来把他带走，他就要接着做手里的事，接着寻找一个也许已经不在人世的人——这似乎就是他人生的故事。他单膝跪地，检查沙发底下，那里太过狭窄根本无法藏人，却能让他感到自己没有闲着。对面房间里传出的倒地声让他猛地站起，接着又传来了一声惊叫：是路易莎。

何的房间里弥散着一股不明的刺鼻气味，这股味道如果灌在瓶子里的话，大概能杀死啮齿动物——甚至是老年人。路易莎小心地呼吸着。在她这辈子大概永远不会进入的房间排行榜上，这个房间紧随本尼迪克特·康伯巴奇的卧室之后，只是两者上榜的原因截然相反。所幸至少何此时不在。房间里有的，只是他生活于此的证据：墙上的动漫海报，以及地上一堆杯口沾满巧克力残迹的脏杯子。

杯子之间还散放着几团用过的抽纸，那绽放的姿态宛如失败的折纸作品。对此，她不愿多想。

床很宽大：深蓝色床单，棕色被套。简直了，路易莎心想。她趴伏在地，检查床下。更多被弃置不顾的舒洁玫瑰——而床下的灰尘团多到能让沃特希普荒原脱水[1]。床头灯不见了——这会让你感到特工们大概在偷偷倒卖何家里的东西——不过曾经放置床头灯的桌子有不少抽屉，路易莎一一查看。好吧，金姆应该不会藏在抽屉里，不过这样的机会不可多得。并非因为何的抽屉里会藏着什么有趣的东西：他的人生就是分散在一台台笔记本电脑和驱动器中的一块块小小的数据块，而那些设备如今都已被搬走，只留下灰尘勾勒出的轮廓。所有设备眼下都在总部：跟何一样，它们都将被大卸八块。这些硬件大概率是无法复原了。何是否也将如此，路易莎没有多想，但她依然感觉到对这位面目可憎却偶尔有用的同事少见的同情。但她又有什么资格说话呢？她从未使出浑身解数地让斯劳屋的气氛变得更好。她的确试图宽慰瑞弗，可是苍天哪——今天过后，曾经最有前途的希望之星彻底再无翻身之日。他们这场寻找或已身亡证人的徒劳行动，基本上就是坐以待毙：瑞弗和科肯定完蛋了，其他人想要活过秋后算账恐怕需要奇迹。

她一边想着，一边打开了衣柜的柜门，一个恶魔从中窜出，它右手上的金属尖刺直刺路易莎的面门。

她左眼最后看到的画面，便是一个长着尖利拳头、疯狂嘶吼的女巫：这个差点儿成真的可能性，让路易莎做了好几周的噩梦。好在她及时扭头撤步，左脚却踩到了何扔在地上的杯子；杯子顿时碎裂，她也随着扑倒在地。她大叫一声，从某个离奇的角

[1]《沃特希普荒原》（*Watership Down*），一九七八年十二月在英国上映的动画电影，讲述了几只小兔子与人类及其他天敌几经周旋，克服重重困难，在沃特希普荒原建立新领地的故事。此句也是一语双关，前半句中提到的“灰尘团”在英文中称作“dust bunny”，直译为“尘兔”。

度看到瑞弗出现在卧室门口，仿佛一片拼图。

没时间考虑战略了，只能尽快行动。打开柜门的那个女人已经出局；可转瞬之间，又来了一个男的。金姆使出全力向他撞去：她的头撞上了他的肚子。那个男人身材精干——那触感与枕头截然不同——可她的头毕竟更硬，而且满是不好的念头。他后退几步，金姆从他伸开的胳膊下钻出，直奔楼梯，一步四阶地向下狂奔；她这与其说是姿势怪异的下楼，莫不如说是尚能控制的坠落，可即便如此，没等她下到一楼，便又有一人突然现身，一把抓住她的衣领。金姆双脚离地，带着那人双双跌倒，她发疯似地向身后挥舞着手中的简易兵器，抓住她的那头敦实的怪物被刺中了血肉，发出一声愠怒的尖叫。那人松手，金姆随即站起，打开正门。头上传来响声，大约是一号、二号起身追来，可她已经冲到街上，迎面撞见一个一身杀气、身穿帽衫的男子。那人伸手掏兜，金姆见势不妙，抢先出手，铁丝衣架在夜空中劈出一道斜线。男人虽然忙向后闪身，但仍然下巴中招，几滴鲜血溅到她的脸上。但她没时间为此分心，因为那人旋即转守为攻，一把抓住了她的胳膊，情势瞬间危在旦夕。屋内的三人已经重整旗鼓，眼前这人将她牢牢抓住，但金姆并未多想，飞起一膝便顶在了男人的裆部：这招虽不新鲜却颇为奏效，男人顿时弯腰倒地。她挣脱束缚，沿着街道全速向前冲去。

躲起来。找个角落，眯起来。扔掉手里的衣架，否则看着好像刚做了什么坏事。

她没有减速，甩掉了手上的衣架，那只衣架如同被丢弃的复活节花冠一般落在了人行道上。她穿过马路，顺着一排停泊的汽车跑到路口，正要左转，面前一辆车却突然打开了车门。金姆不偏不倚地撞了上去，身子被车门向后弹飞，重重地摔倒在地，仿佛浑身的骨头都如小彩灯一般闪起亮光。

一个笨重的身形出现在她眼前，低头看着她——这头可恶的畜生大概是要给它的猎物致命一击。

“你知道的，我可是坚决反对大男子主义，”它说，“可我就是喜欢给女士开门。”

后面的话，金姆一句也没听见。

# 12

惠兰打了几个电话，嘴上说着、耳朵听着，眼睛看着情报中心的姑娘小伙子们。其中一位年轻的姑娘尤其吸引他的目光——那单纯是慈父般的目光——她形似年轻时的克莱尔，但每当她撑着桌子与同事说话，或者俯身从抽屉里取东西，他都愈发聚精会神。克劳德·惠兰的记忆中有一片空白——这是他有意为之。他拼命地想要遗忘那件事，以至于如果有人要他回忆那个许久以前的夜晚的细节，他与街角那个女孩的对话、便衣警察的相貌、事情了结之前拘留室里度过的数个小时，他都真的会迷惑地沉吟片刻，想不起那究竟是他的亲身经历还是他曾经读到过的故事。假若对方继续追问，他会说那不过是一段小插曲。一时失察固然令人遗憾，不过早已经过去了。他对克莱尔和他们完美的婚姻十分满足，即便她对婚姻中肉体方面的兴趣从冷淡衰减为拒斥，与她一直以来的支持相比，那也是微不足道的代价。

当然，杰克逊·兰姆不知从哪儿摸到了细节，他把他掌握的情况吊在克劳德面前，就像一只叼着猎物的狗，满嘴的羽毛，可他唯一的诉求，似乎只是让克劳德对他和他的手下听之任之。

目前也只能这样了。

惠兰与多迪·金博尔所在报社的编辑通过话，又打给那家报社的律师，再打给安全局的律师，然后再次打给那位报社编辑。

这第二次的通话非常简短。他拿到了所需的所有细节，便打给了编辑好不容易才吐口的那个电话号码，对面接听电话的是一个名叫巴雷特的男人，他的声线厚重悦耳。曾是警察的巴雷特为那家报社做调查工作，在大多数记者只围着推特和最近的胶囊咖啡机转的今天，这是新闻采写工作中一个需要有人来填补的空白。巴雷特交代了为多迪·金博尔调查到的细节：一心一意、一字一句、一五一十。他说完，惠兰道了谢，挂断了电话，然后继续盯着玻璃幕墙外发呆。

首相不会开心的。

白日里，黑夜也从未离去，只是蛰伏待机。有的人提早对它敞开大门，让它悄悄潜入，在角落里安睡。茉莉·多兰便是其中之一。她已经成为黑暗中的生物，黑夜以外只有在黄昏日暮之时才感到舒服。不知何时，她便早早来到了这个位于克劳德·惠兰办公室下方数层的无窗王国。她的家在一栋新建住宅一楼的一间公寓，距离摄政公园二十分钟车程，可那不过是她为了符合习俗常理暂避一时的盒子。她在这里才感到鲜活的生命力，尤其是像现在这样上夜班的时候：黑夜已经跳出篮子，跟在她的背后，悄悄地在走廊上踱步。

她的档案室里放着一排排文件夹，每个文件夹都牵扯到无数人的生命；有些档案事无巨细地记述了任务细节，却永远不能公之于众——好在她对此不以为意。这个地方被称作“安全局”是有原因的。压力集团尽可拿透明度和公开性大做文章，但茉莉·多兰知道，保障我们安全的东西，大多不宜公开。维护民主的欲望有时会显得不够体面。此地潜藏的某些故事，能让自由主义者原地自燃。尽管茉莉有时感到，她并不排斥由此产生的温暖，但这样的篝火却很容易失去控制。

有时候，她会与档案夹说话。

“那么，亲爱的们，”她大声说道，“我们今晚要找什么呢？”

它们当然没有回答——她没疯。不过她对着周围的世界说话，就像卧病在床的人对着墙壁说话一样。这是另一种形式的自言自语，以另一种形式确认自己的存在。

“水源，”她说，“真是古老的措辞。”

这里的“古老”意味着陈旧：虽然是二战之后，但已经过时。

她的轮椅发出轻微声响。她常常好奇，如果她用双手和没什么用处的膝盖趴在地上，能否在地上看到她多年来不停奔忙留下的轮沟。无所谓了。过不了多久他们就要把她扫地出门——她在这里的日子顶多还有六个星期，不用写辞职信了，为什么不休个短假呢？去他妈的。难道他们以为她会去冲浪吗？她曾想过要赖着不走，把自己反锁在档案室里，但那样太不体面了；那样的话她会成为反面的典型。还是自己离开吧。

“我们从这里开始吧，好吗？”

“这里”指的是五十年代末的档案，以及一些帝国时代末期遗留下来、从未真正付诸实施的计划、战略和冒险。

更不用说她现在找东西的动作是冒着被开除的风险。一来，总部无论何时都不欢迎杰克逊·兰姆这个不速之客；再者，即便兰姆并非如此不受待见，现行的工作规程也不允许某人突然现身求援。所以什么六周离职期、要不要去冲浪，最终可能都不再是问题：在这个节骨眼儿上犯错，没有一句好话被扔到大街上已经算是好的了，关进监狱也并非没有可能。茉莉·多兰可不想进监狱。

可是她也不想对戴安娜·泰维纳俯首帖耳。赶走她这件事，虽然戴女士没有亲自出面，但她的痕迹随处可见：泰维纳不信任异类，而在她的定义中，任何想法观念与她不一致的人都是异类。假如能在档案室里待上片刻她就会明白，安全局的大旗之所以高扬不倒，靠的正是那些异类、梦想家以及格格不入的怪胎。

还有：杰克逊·兰姆。任何人都难以抗拒对他有求必应的诱惑。尽管兰姆迟早会栽在这上面——任何人像杰克逊·兰姆这样作妖，都不可能不付出代价——可一旦兰姆如意，戴女士定会烦躁不已，对于茉莉·多兰来说这已经足够了。这时，兰姆的尸身吊在绞刑架上的画面在她的脑海中一闪而过。那尸身发出的臭气足以让整栋大楼里的人都夺门而逃。在与压迫的势力对抗半生之后，他将后半生的时间用于报复这个终究还是不可救药的世界。如果事情可以有不一样的发展，他或许可以成为人们仰慕的对象。不过，他反正已经成了一景，只不过恐怕很难赢得别人欣赏的目光。

她总是容易这样胡思乱想。她在这里度过的一天天、一周周、一年年，大多在天马行空的幻想中流逝，只有她的轮椅一直脚踏实地。仿佛此处收藏的档案正在缓缓泄露，将隐秘的历史和不为人知的见闻四处散播。

“这里是摄政公园，”她提醒自己，“不是他妈的霍格沃茨。”

说着，她伸出手，从架子上拿起了今晚的第一份宝藏。

她独自一人坐在车上，而这就是哀伤的意味。哀伤，就意味着独自一人坐在车上。

她能记住这句话吗，还是说她应该记下来，留作将来备查？

多迪·金博尔知道，技术上讲她算不上独自一人，毕竟车里还有司机，但艺术从不会在乎这种细枝末节。她的丈夫身故，而她独自一人坐在车上，今生今世皆将如是。她人生的伴侣已经魂飞魄散——前一秒还活蹦乱跳，后一秒就已与世长辞。她又当如何自处？

车前车后皆有灯光；护送的警车没有响警笛，但两辆车都闪着蓝色的警灯，她乘坐的这辆宝马的车内也随之不停变色。多迪眼中的泪水不时让眼前的一切变得模糊，但热泪终究没有夺眶而出。就好像有一道闸门被拧死，滴水不漏。

丹尼斯已经不在了。他们杀了他。他们将付出代价。

没有人能告诉她究竟发生了什么。事件“正在进行调查”，目前“尚无定论”。事发现场被警戒线隔离，她的车队离开斯劳时，路上还设置了路障，然而这一切都不是让她听、让她看的。换作平常，她一定会大闹一番，把听力范围之内所有人的职业生涯都搞得千疮百孔，可今晚，她感到无能为力。这就是哀伤：哀伤就是独自一人坐在车上。但其中又蕴含着别的什么东西，一种她尚未理解的东西。

丹尼斯生前，她对他说的最后一句话是“你要是被人抓住了，我就再也不借你马诺洛了”。那竟然已是诀别。

这句话或许也应该改写一下。我拥抱他时，心中涌起一股奇异的预感，同样的感觉我之前只有过一次，那是我深爱的祖母——不是，祖父——祖母——算了，这种细节交给实习生好了。“我爱你，亲爱的。”我非常欣慰，那是我对他说的最后——

前面的蓝灯越来越慢，最后停了下来。

她坐的这辆车也随之停下。

他们此时正在西大街上。前方，灯光映出正在改造的胡佛大楼的轮廓。路上，红色的星火之光流入伦敦的中心区域。前后的蓝灯旋转闪烁，她的车停在路边车位一动不动。司机说了什么：其中包含“长官”一词。

“……怎么了？”

“我奉命停车。”

“……什么？”

“你有一位访客。”

说完这话，司机就离开了。这下，她真的是独自一人坐在车里了。

“你怎么知道我们在哪儿？”

兰姆叹了口气。“你们可得夸夸我。你们显然要去找那个姑娘，除了何的住处之外，她还有什么地方可以藏吗？”

“另外就是我告诉他了。”凯瑟琳说。

“嗯，如果你想知道技术细节的话。”

金姆——罗迪·何的女朋友——仰面朝天躺在办公室的地上，众人将她围在当中。光谱的两端，一端是面露关切的凯瑟琳·斯坦迪什，另一端是视若无睹的杰克逊·兰姆——他的位置甚至已经远远超过了光谱的端点，几乎看不见了。“时机，”他曾不止一次地说，“而这就是时机的把握。”

“想要搭讪她，或许还有更温柔的方式。”

“是啊，确实。”他环视屋中的众人：J.K.科下巴划伤；雪莉·丹德尔耳垂撕裂；路易莎和瑞弗举手投足都要轻拿轻放。“谁让你们几个干得他妈的太漂亮了呢。”

兰姆是在离开摄政公园之后，在威尔斯的车里跟凯瑟琳通话的——弗莱特和威尔斯坐在前排，兰姆瘫在后面。

“我们得找到那个姑娘。”弗莱特说。

“我知道。”

“如果她没被他们灭口的话。”

车流稀疏。伦敦已经穿上了晚礼服：流光溢彩，纸醉金迷。有些晚上，这座城市就像是破衣烂衫的女王。可今晚，她是一身名牌的女流浪汉。

兰姆说：“要是我的话她早没命了。不过这伙人杀了何两次，甚至都没吓到他。考虑到一个五岁小孩拿一块坚果奶油甜点都能把他砸躺下，我对这帮人的能力没什么信心。”没等她接话，他扭了扭身子，惹得座椅愤怒地尖叫一声。“我情不自禁地注意到你也在车里。”

“你也一样。”弗莱特说着，捏了一下鼻尖。

“嗯，我也不能走回家吧，对吧？可你有什么理由呢？”

“那你认为我应该跑步回家？”

“我认为你应该待在办公室，写你的报告。可你却在这儿。”他挠了挠耳朵，挠完手里多了一根烟，“因为你现在已经忙得不可开交了，还有这位康沃尔也是。”

“德文。”

“随便什么都无所谓。你搞砸了，他在错误的时间过来给你擦屁股。”说着，兰姆瞥了一眼威尔斯，“我敢打赌，你现在恨不得自己没接那个电话。”

威尔斯没接话。

弗莱特说：“金博尔死了。”

“呜呜呜。我们要不要买一只泰迪熊挂在路灯上啊？”

“你说过他有危险。如果我没有忽略你的警告，最终的结局可能会不同。”

兰姆态度稍缓。“等他们把你调过来，我让你跟卡特怀特搭档，”他说，“我好像记得，你们俩撞过头。”

“那我先开枪把我自己崩了。”

“我有一把枪可以借你用。”

这时，他的手机震了起来：凯瑟琳·斯坦迪什带来了来自斯劳屋的最新消息。

兰姆打电话时，弗莱特对威尔斯说：“我请你帮我善后的时候，没想到事情会发展到这个地步。我对不起你。你今天不当值，现在就可以走了。”

威尔斯说：“我把这位林赛·罗韩带进了总部。肯定会有人问起的。”

弗莱特思索片刻，最后给出了一个各种场合通用的回答。“该死。”

“我那边倒是没有那么糟，”这时兰姆打完了电话，说道，“我们刚买了一只新的烧水壶。”

“你倒是看热闹不嫌事大。”

“这叫积极的人生态度，”兰姆说，“学着点儿吧。哦，那个汉普希尔？计划有变。我手下认为那个姑娘在何的住处。”

“还活着？”

“现在还不能确定。他们上一次搜救行动结局不是太好。不过还是值得一试。”

威尔斯靠边停车。“我们应该回总部，”他说，“对惠兰或者别的什么管事的人和盘托出。”

“呵呵，那可不行，”兰姆说，“还记得吗？”

弗莱特翻了个白眼。“又怎么了？”

可接话的却是威尔斯。“他们动手盗取计划的时候，就已经知道自己要找什么。他们有内部消息。”

“该死。”她又说了一次。

“也就是说有人变节了，”兰姆说，“最好还是先弄清楚是谁，而不是像小红鞭[①] 一样溜达进去。”

“小红帽。”

“咱俩说的不是一部片子。”他看了一眼威尔斯，“你准备在那儿坐一晚上？”

“取决于我的领导怎么说。”

“你是用棒子训练他的吗，还是把他送去学校了？”

弗莱特说：“如果他们有内部消息，那干吗还用何呢？”

“在这儿干坐着也弄不明白啊。”

“这次我搞砸了，”她说，“这种事对于你们来说是家常便饭吧？就像对抗不了地心引力一样。可最后还得我来背锅。不过我没打算把今天晚上的时间浪费在罗迪 · 何身上——尤其是如果有机会找到这帮浑蛋的下落的话。”

于是他们没去总部，而是驱车赶到罗迪 · 何的住处，而正如兰姆不厌其烦反复强调的那样，他们抵达的时机无可挑剔。

回到现在。斯劳屋里，凯瑟琳跪在金姆的身边，又递给她一张纸巾，后者一把抢过纸巾，捂在了鼻子上。她那张前一天晚上被雪莉、路易莎和瑞弗公认九分的姣好面容，在被车门撞过之后顶多只剩三点五分；不过在雪莉看来，如果你偏好那种东西的话——比如瘀青啊，肿胀啊——也许能有四分。千万不能脸着

① 《小红鞭》（*Little Red Riding Crop*），一部 SM 题材小说。

地，雪莉暗想。无论什么高度都不行。高度大概是雪莉和金姆在外形上的唯一共同点。

“她交代了吗？”兰姆问。

“你一直站在这儿呢。”凯瑟琳提醒道。

“是啊，我可能有点儿走神，”他说，“我能看见她的裙底。”

凯瑟琳帮金姆整理了一下衣服。

艾玛·弗莱特说：“别误会，单纯只是学术探讨。不过你是不是准备也用枪指着她，然后把她也绑在椅子上？”

“一天两次？没有医生监督可不行哦。”

趴在地上的金姆开口怒骂。自打她在回斯劳屋的路上恢复意识之后，每隔一段时间便要骂两声。

“我们应该送她去医院。”瑞弗说道，他的语气说明他并不指望自己的话能有人听。

“是，也不是不行，”兰姆说，“不过你还是闭上臭嘴吧。”

路易莎说：“已经过了十二点了。”

“如果我需要语音报时的话，会给你打电话的。”

“我只是想说，新的一天已经开始了。而看现在这样子，新的一天注定比前一天还要糟糕。”

“你是金博尔的粉丝吗？”

“我只是希望不用担心我们都被关进监狱。”

“我嗅到了良心不安的味道，”兰姆看了一眼瑞弗，然后又盯着科打量了片刻，“可又是谁的良心呢？”

威尔斯说：“如果她跟制造阿伯茨菲尔德惨案的小队有联系，我们应该讯问她。而不是看着她失血而死。”

“我之前可能是看错你了，”兰姆告诉他，“不过以观赏性运动的标准来判断，你这主意倒也不是最烂的。”他俯身蹲下。“听清楚了，”他对金姆说。虽然他语气缓和轻柔，但他说的话却字字入耳。“我们知道你干了什么，也知道你的行为造成了什么后果。把你知道的情况一五一十地交代清楚，否则你作为一个自由人的生活今晚就结束了。明白了吗？”

“干死你。”她咬牙切齿地对兰姆说。

“那是你的第二个选择。”

“杰克逊……”凯瑟琳警告道。

“好啦，好啦。天哪！什么时候开玩笑也成了刑事犯罪了？”他站起身，转向艾玛·弗莱特。“交给你了。我已经给你暖好场了。”

“你让我来审她？”

“你不是专业的吗？”

她本想嘲讽兰姆违反常识，转念一想还是放弃了这个打算。“这样的话，”她说，“你们都出去吧。”

众人得到了兰姆的眼神确认后，鱼贯而出。

戴·泰维纳靠近金博尔夫人车子的时候，她的手机响了，她站在路边车位边上，接通了电话。路上车辆不多，不过开得很快，于是她不得不顶着引擎轰鸣的背景噪声通话。

“确认斯劳现场有一个已知人员。”

“说。”

“市中心的监控摄像头拍到的，就在死亡消息爆出数分钟后。”

“挺快的嘛。”

“他的身上花里胡哨的，人脸识别软件一下子就识别了出来。”

一时间，泰维纳的脑海里浮现出勋章的画面。“是士兵？”

“前科犯。脸上有刺青。”

一个愣头青驾车飞驰而过，不仅超速，也许还顺带打破了本地纪录。

泰维纳等到那辆车的轰鸣声远去才接着说道：“形象问题先放在一边，说事实好吗？”

摄政公园的通讯和监控部门被称为“数据库的女王”，那里的人说什么事都喜欢添点儿作料——他们声称，那是对缺少出差机会的一种补偿。

“抱歉，长官。”

“他是谁？”

“叫泰森·鲍曼。他是扎法尔·贾弗里的助手，贾弗里是——”

“我知道贾弗里是谁。知道他今天晚上为什么去斯劳吗？”

“还不清楚。警方还没收网。我们更早得知这条消息是因为贾弗里属于我们的重点关注人员之列，任何相关人员都会触发警报。”

监控摄像头拍摄到的画面被提供给了摄政公园，理论上，安全局一旦查到任何有用的信息便会立即共享。所有人都知道现实并非如此，尽管背后的原因并非政策因素，而更多的是因为繁文缛节像挂在职权边界上的捕蝇纸那样阻隔了信息。

她说：“好吧。贾弗里也在斯劳吗？”

“不在。他当时在伯明翰讲演。”

“好吧，”她说道，“看看能不能在不惹怒当地人的情况下提他过来。也许只是巧合。不过还是稳妥起见。”

“我看看我们有没有人在附近。可惜没早点儿发现他，当时现场正好有两名特工。”

泰维纳正要挂断，却停住了即将按下的拇指。“……你说什么？”

“当时斯劳有两名特工也被识别出来了。”

“我明白了，”她缓缓说道，“是，太可惜了。那两名特工是谁来着？”

近看，那个姑娘并没有他想的那样酷似年轻时的克莱尔：她的身材比克莱尔更瘦削，脸上残留着青春期留下的残酷的坑痕。可即便你抛开其他所有参考特征，她的青春年少和女性身份依然是不可否认的事实，而那已经足以唤起某些记忆。还有：他一召唤，她便赶来。有时候，这才是最重要的。

“长官？”

“乔茜。”

她犹豫了片刻。“……您有什么指示吗？”

惠兰眨了眨眼，回过神来。“有一个男人名叫布莱恩，绰号‘舞者’。他在圣保罗附近某处经营着一家文具店，可那就是个幌子，我听说他暗中从事各种……活动。他在我们的档案里吗？”

“我去找一下。”

“好姑娘——我是说，谢谢。”

他透过玻璃幕墙，看着她一路小跑回到自己的工位，开始搜集信息：她仿佛操起了数字的镰刀和耙犁，辛勤工作着。他看到她伸展胳膊时上衣的挣扎，看到她全神贯注时紧咬嘴唇的样子，于是喉头一紧。

门口有人。

“……什么事？”

“这是给您的，长官。”

“这”是一份罗德里克·何的审问实录。

惠兰看到最上方问讯者的名字，便皱起了眉：艾玛·弗莱特。她不是应该在斯劳屋吗？他刚要发问，却发现房间里只剩他一人，他甚至不知道刚才那个送来实录的人姓甚名谁。

他快速翻阅着文件。何是一匹下等马——安全部门所有的分支机构都有非官方代号——惠兰本人就曾是一只黄鼠狼；但下等马与众不同，这个代号本身就透着蔑视。而与其他下等马相似，他的简历也是典型的出道即巅峰。从摄政公园到斯劳屋的路三十分钟便可轻松走完，可回程需要多久没人能说得清，因为去了斯劳屋的人都没回来过。不过奇怪的是，他的履历上似乎并无明显污点。下等马们被放逐之前大多出现了灾难性的失职：何却是单纯地被派到了斯劳屋，仿佛他最初是被错分到了总部，而岗位调整只是修正了先前的错误。

不过这不是重点。不管何是因为什么到的斯劳屋，他显然找到了自己的归属，因为他中的美人计简直再普通不过。如果总部能抽出时间编写一份漫画形式的训练手册的话，那何的经历就是鲜活的案例：一个酒吧女搭上了一位性生活全靠无线网的键盘战士。拿到自己想要的东西之后，酒吧女的幕后操控者决定除掉他，而何似乎完全依靠运气才幸免于难。可他们所图究竟是什么呢？

乔茜回来了，微微有些喘，不过这一点惠兰几乎没有注意到。他的眼睛盯着面前这份实录上的两点信息，第一点是关于那个姑娘的：英国公民，不过是朝鲜裔。

第二点则是关于何交给她的那份文件。

“……长官？”

过了片刻，他才终于回过神来。

“您刚才问起舞者布莱恩的信息。”乔茜说。

“……是吗？”

“您还好吗，长官？”

“你知道吗，”惠兰说，“我也不能确定。”

“你的名字叫金姆·朴。你是罗德里克·何的女朋友——或者你假装是。他给你的文件，你转头就交给了一伙坏蛋。你涉嫌参与恐怖主义活动，金姆。你知道那将面临什么样的刑罚吗？”

“去你妈的。”

虽然她鼻子鲜血淋漓、眼睛肿胀青紫，那这姑娘的嘴巴仍然完好无缺、工作正常。不过在表面的敌意背后，艾玛·弗莱特可以听出她的恐惧。无论眼前的案情如何棘手，她还年轻，人生支离破碎，何况弗莱特不喜欢乘人之危；但另一方面，之前让整个国家震惊的一系列事件，都有这姑娘在为虎作伥。被车门杵脸大概算是很轻柔的报应了。

“你没有多少时间了，因为如果我五分钟之内得不到答案的话，就干脆不费这个劲了。下一个来讯问你的小队——下边来的就是一个小队了——肯定比我粗暴。他们看到像你这样的小姑娘知情不报，肯定会像看见烤肉的足球运动员那样面露喜色：我想你明白我在说什么。他们有各种各样不同的方式，不过无论采取怎样的方式，最终你都得全部交代。看你怎么选。”

“这里是英格兰，”姑娘说，“他们不能那样做。去你妈的。”

“这里确实是英格兰，可几天前一个村子被屠，而你却跟那帮犯下罪行的浑蛋打得火热。也许你也有你的理由。也许他们威胁了你，威胁了你的家人。可不管怎么样，接下来这番话你不妨一听，反正后面还会有人再跟你说。你承受了怎样的压力，对于我们来说，全都无所谓。对于我们任何人来说都是如此。在我们这些人看来，你跟当天在凶案现场没有任何区别，金姆：跟你亲自扣动扳机没有任何区别。”

“我离得远着呢。”

“无所谓。法律上从来不承认，考虑到当前的环境，这种细枝末节更是无关痛痒。你唯一的选择就是合作，这样你后面还能稍微舒服一些。告诉我你明白了。你别说——”

“去你妈的。”

“还有四分钟。时光飞逝啊，金姆。”

“去你妈的。”

可那份恐惧已经愈发强烈。

她独自一人坐在车里，不过这份孤独也只有片刻的工夫。车门打开，一个女人钻了进来，和她一起坐在了后排。她与多迪年纪大抵相当，看不出明显的医美痕迹。她留着栗色的齐肩短发，身穿深蓝或是黑色的香奈儿套装和深红色衬衫。她向多迪点点头，说了句什么。多迪请她再说一遍。

她说：“请节哀。”

“你是谁？你在我的车里干什么？”

“我的名字叫戴安娜·泰维纳。”她停了一下，似乎觉得自报家门之后对方就应该认出自己了。“很抱歉打扰你的行程，不过我有要事要谈。”

“你是警方的人吗？”可这话刚一出口，多迪心中便已有了答案：她摇摇头，愤怒地否定了自己刚才的猜测。“不对。不，你不是警察，对吧？你是军情五处的。”

“我无法确认我的具体职务，不过没错，我来自安全部门。”她掏出一张卡片在她眼前一晃，多迪觉得，即便那是一张约翰·路易斯[1]的礼品卡她也看不出来。“我们需要了解刚刚发生了什么。”

“我的丈夫被谋杀了。”

“你的丈夫过世了，是的，我对此表示遗憾。不过他死亡的原因尚未明确。在这种情况下，流言蜚语对任何人——尤其是你——都没有好处。”

“流言蜚语已经满天飞了！”

多迪·金博尔没想大喊大叫，可她似乎控制不住自己的嗓门，就像她控制不了自己的泪腺。

“你看！”

她把手机展示给面前这个女人，这个名叫泰维纳的女人。一条推特信息流，一条热门关键词；一片义愤填膺的惋惜哀悼，声讨这场可怕的谋杀。

“看见了吗？”

“我知道。”戴安娜·泰维纳靠在座椅靠背上，但眼睛依然盯着多迪。她说：“相比之下，我宁可到马蜂窝里去寻找有价值的信息。那可能只是一场意外，也许是自然死亡。目前没有人能确定。我们现在唯一能确定的，就是公众对于你丈夫的生平和政治

①约翰·路易斯（John Lewis），英国大型百货商店，成立于一八六四年。

生涯的评头论足已经开始，如果你想让他受人尊重，如果你想让事业更进一步，你追究责任的时候就要小心谨慎。”

“我的丹尼斯是一位伟人！他的一生将受人颂扬——”

“再配上或许让人难堪的照片，多迪。你知道我说的是哪一种。”

外面，通往伦敦的道路上，车流愠怒地呼啸而过。

“又来了，”多迪说，“我丈夫刚过世几个小时，你们就又来威胁我了。你知道有多少人有着跟丹尼斯一样的……品位吗？你们真的认为这是一件大事吗？”

“实际上，我还真不觉得这是什么大事，完全不是。可读你专栏文章的人并不这么想，多迪。同样的话，你肯定已经听克劳德·惠兰说过了。无论这种品位多么无辜、多么人畜无害、多么不关其他人的事，都无所谓。像你们报社这样的媒体只会有一种口径，那就是把它当成一桩无耻的秘密勾当大肆宣扬。你知道一个死变态和一个活着的变态之间有什么区别吗？死了的那个没法起诉。”

“我丈夫并不是——”

“接下来你照我说的做。按照原计划发布关于扎法尔·贾弗里的报道。你可以在文章中披露，丹尼斯原计划在今晚的演说中揭露这件事。但你决不能提到安全部门与此事有牵扯。你听明白了吗？”

她没听明白。

车前车后的蓝色警灯依然旋转不止，面前这位客人脸上的颜色随之不停变换：由靛青变紫，而后又突然变得惨白。多迪心想，十分钟前她还以为警车是来保护她的。可现在看来，它们的任务自始至终都是将她带到这个女人面前再受一番折磨，而这个女人的任务似乎便是把她搞得云里雾里。她已经开始怀念那单纯的哀伤，怀念独自一人坐在车里的时光。

她说："可惠兰找上门来，是让我们不要攻击扎法尔·贾弗里。"即便在她自己听来，她的声音也了无生气。

"世事无常，"泰维纳告诉她，"结盟关系也随时会发生变化。我建议你记住这一点，多迪。不知为什么，你似乎认为我们是你的敌人。这种看法简直荒唐至极。当然，我们并不完美。有时候，事情也并非全在我们的掌握下。但其余时候——其余的所有时候——我们都在最需要我们的地方履行责任。"

她扭过头，望着车窗外驶过的车流，似乎是意识到眼前的这一切也都在她的保护之下。片刻之后，她转回头，面对着多迪。

"没人能让你的丈夫复生，金博尔太太。但如果你希望他能以一个英雄的身份被人铭记，我们可以在适当的时候为你提供帮助；而且他那些令人尴尬的小事并不需要搞得满城风雨。"

她打开了车门。

"我先走一步。还是那句话，请节哀。可如果你希望你的丈夫留下的，是一份足以让他感到骄傲的遗产，那么请一定记住我说的话，不要提及安全部门与此事的牵连。我想我们都明白对方是什么意思。"

说完她便扬长而去。又一次独自一人的多迪，又一次盯着前方路上驶向伦敦的车流那一串红色的尾灯。司机回到车上她也几乎没有注意到，这支小型车队随后再次启程。

# 13

晨光又至，趁人不备溜了进来。斯劳屋里迎接它的，却是一幅陌生的景象：一群醒着的活人，虽然其中大多数乍一看确实不似人类。瑞弗·卡特怀特和J.K.科都双眼紧闭，只不过科是在努力回忆：他试图找回他把三发子弹射入一个戴着镣铐的男人胸膛时的感受，努力回想着那一刻精确的形状。而瑞弗的脑海里则上演着恐怖的画面：一个致命油漆桶无休无止地跌落，滚来滚去，然后砸在一个人的头上。两人都坐在地上：事实上，在场的所有人当中，只有路易莎·盖伊是站着的，她背靠着墙站得笔直，右腿抬平。她保持这个姿势三十秒钟，然后放下那条腿，抬起另一条。杰克逊·兰姆瞪着一对鳄鱼眼看着她，脑子里却想着别的事。

雪莉·丹德尔蜷成一团躺在地上，不过她也没睡着；她默默地给自己的时长记录加上一天，想着这条数列什么时候才能到头。一个小时之前，凯瑟琳·斯坦迪什过来给她披上一件大衣，这让她身体一颤。被人掖被角这种事在她的生活中几乎是不存在的。操完了心的凯瑟琳找了一把椅子坐下来，对面便是四仰八叉、腿搭在桌子上的兰姆——这个场面复制了兰姆自己办公室里的设定，仿佛他们之间的互动无论地点，永远都是如此。她看起来依然清醒沉着，长发如常束在头后，衣裙也平整得好像一个小时前刚刚换上。兰姆从楼上拿来了他的酒瓶，此时瓶中酒已经几乎喝光，酒瓶如哨兵一般立在面前的桌上。不过酒瓶旁边只有一只酒杯——兰姆的酒杯——而凯瑟琳的视线从不在酒杯或者酒瓶上停留。

他们此时聚在罗德里克·何的办公室，唯独何本人身在别处。在场的人里，只有两人想到了何，而凯瑟琳便是其中之一。

她能听到走廊对面的低语，起初只有艾玛·弗莱特的独白，中间偶尔穿插着一两个感叹词。此刻响起低沉的复调，先是犹豫踌躇，就像关不严的龙头里滴出的水滴，随后越发稳定，成了能灌满任何容器的涓涓细流。你一旦开了口，便不可能再停下来。这也是凯瑟琳对戒酒协会的会议保持警惕的原因之一。

她想起那个可怜姑娘的面孔，她鲜血淋漓的鼻子，青紫肿胀的眼睛；又想起阿伯茨菲尔德现场的电视画面，德比郡那被枪支攻破的堡垒，而那些在一定程度上正源自那个姑娘的所作所为。奇怪的是，她对一方感到同情，却对另一方无动于衷。同样令她不解的是，她现在依然会为罗迪·何捏一把汗。实际上，他们多年以前就应该齐心协力把他吊到窗户外面，让他明白在他自我的泡泡之外，这个世界上还存在着硬邦邦的事实：离他最近的人行道便是其中之一。

兰姆挪了挪身子。“现在这样还挺舒服的。”

“换成我的话早让她招了。”雪莉说，她的胳膊挡着嘴导致声音有些模糊。

“换成你的话她早尖叫失声了。还是不一样的。”

路易莎说：“如果她什么都不知道呢？”

“嗯，如果她他妈的真有那么白痴的话，就能来这儿上班了。”兰姆说。

凯瑟琳打开 iPad 浏览着新闻。所有新闻频道的头条都围绕着同一件事：斯劳小巷中丹尼斯 · 金博尔之死。各方对于死因的猜测多种多样，从留欧派的刺杀——这种说法虽然不着边际，却在所难免——到唐宁街的阴谋。当然，后者在主流网站上均无报道，却在不过脑子的社交媒体用户中流传甚广。毕竟不过脑子的社交媒体用户主宰了近来的世界大事，可谓攻无不克战无不胜。

除此之外还有阿伯茨菲尔德血案的追踪报道：一位内政部发言人表示调查仍在继续，可能会对嫌疑人实施逮捕。那位发言人称，官方不能给出确凿的细节，是为了避免妨碍正在进行的调查；而大多数读者一眼就能看出，如果官方掌握了确凿的细节，就不用担心会妨碍调查了。另外，定于当天下午在威斯敏斯特教堂举行的追思战争中伤亡平民的仪式，将改为悼念阿伯茨菲尔德受害者——年轻的王子、首相以及希望为后代记录下自己在现场悲伤流泪一幕的人士均将出席。相比之下，另一场将在阿伯茨菲尔德举行的悼念活动就显得星光暗淡、无人关注。凯瑟琳找到了一段在阿伯茨菲尔德拍摄的视角摇摇晃晃的视频：她看到小镇的教堂、饱经风雨的公墓、从不合适的角度看去会显得沉闷无聊的玻璃花窗。墓地大门上挂着花环、生者奉献给死者的小贡品、玩具和丝带、鲜花以及照片。凯瑟琳说不清自己是什么感觉。不过这份哀伤终究与她无关。

“控制媒体。”兰姆说。他似乎闷闷不乐，下巴向前探着。这一表情背后的意义并不明确，可能是他正在沉思，也可能是他肠胃里的胀气即将释放。

雪莉坐了起来。她运动衫的左肩上沾染了耳朵受伤时溅出的鲜血，她冲洗伤口时没脱掉上衣，导致运动衫上的血迹更加明显。那只受伤的耳朵也是一样惨不忍睹。斯劳屋的急救箱里没有大小合适的创可贴，而等到凯瑟琳好不容易剪出一块大小合适的创可贴时，雪莉已经自己动手，用一块透明胶带贴上了伤口。透明胶带的确止住了流血，却让雪莉看上去像一只被人修修补补的玩偶。

她说："电视。他们接下来的目标就是电视。大概是牧羊人丛林[①] 或者别的什么地方。天空在哪儿[②] ？"

凯瑟琳困惑片刻，以为雪莉刚刚问大家天在哪儿？更值得担忧的是，她并不觉得这个问题有什么不妥。

"他们不可能试图控制电视台，"路易莎说，"怎么可能呢？"

"为什么不可能？"瑞弗问。

"因为他们就连在火车上安炸弹都干不成。说实在的，那跟在火车上落下一把伞也没什么区别。"

"可有人混进多布西公园，炸死了好多企鹅啊。"瑞弗提醒她道。

"是，可那是企鹅啊。这种目标很难吗？"

"是不难，可他们成功地混进去，又全身而退，没被抓到。"

"那是动物园，不是最高戒备的监狱。买票就能进。电视台要安检，有保安，需要出入证。你得熟悉内部情况。可这帮人已经被自己的老二绊倒两回了。"

"三回。"雪莉说。

"不管几回，反正他们大概率不是什么王牌部队。屠杀一个全是老人的村庄说明不了什么问题。不过他们跳窗户确实挺在行的。"

---

①牧羊人丛林，BBC 总部电视中心所在地。

②指英国天空电视台。

“呃，好吧，也许不是电视。”瑞弗说。

“报纸？一样的道理，”路易莎说，“你不可能大摇大摆地走进报社，还没人上来管你。你根本不可能大摇大摆地走进——”

“电台？”瑞弗说。

“他们可以勒死几个电台节目主持人。”雪莉提议。

“——报社。”

德文·威尔斯说：“你们是在头脑风暴吗？我一直好奇头脑风暴是什么。”

“控。制。媒。体。”听到兰姆此话，在场众人都看向他。“这里面哪儿提什么建筑了？”

J.K.科说：“最初的计划——”

“水源文件。”瑞弗解释说。

“——是针对发展中国家的。”他慢条斯理地说道，好像在读稿子。“没有卫星和互联网，只有一个电视频道和一个广播电台。在这种情况下，控制媒体是简单明了的。”

“有几把机关枪就能搞定。”雪莉说。

“差不多是这个意思。”

“可是在大伦敦就没有这么简单了，对吧？规则就不同了。”

科揉了揉下巴，不小心翻开了金姆给他留下的伤口。

威尔斯不由自主地来了兴趣。“他们是怎么摧毁交通基础设施的来着？”

“用了一枚哑弹。”雪莉说。

“在火车上，”威尔斯说，“重点就在这儿。他们在火车上放了一枚炸弹。”

路易莎说：“好——吧。”

“哑弹，”雪莉重复道，“我们已经论证了这是一帮废物。这些细枝末节有什么用呢？”

“是不是哑弹无所谓，”路易莎说，“重要的是火车。”

“因为即便用能响的炸弹，炸了一列火车就只是炸了一列火车而已。”威尔斯说，“那不是摧毁基础设施。明白了吗？”

“他们在打卡，”路易莎说，“这是个好点子。”

“哦，天哪，她春心荡漾了。”兰姆说。

“就是说他们要炸电视机？”雪莉说，“要么就是点火烧报纸？”

瑞弗说：“目标不是媒体。是媒体事件。”

这时，门开了，艾玛·弗莱特走了进来。

“她招了吗？”威尔斯问。

“招了。”艾玛说。

克劳德·惠兰拽了一下衬衫领子上的线头，然后就后悔了。有时候，出手干预只能把事情变得更糟。

哦，天哪，他心想。现在就开始使用象征手法，未免为时尚早。

在另外一个平行世界，他昨晚或许能如愿以偿地做自己想做的事：下班，回家，与克莱尔共进晚餐。夜里睡觉时他们偶尔也同床共枕，但每一次都只是单纯的同床共枕而已。会不会有人觉得奇怪——算了，说下去也没有任何意义。他爱他的妻子。午夜时他还给她打过电话，告诉她他今晚不回去。他说形势发展很快，不过一切尽在他的掌握[①]。他说这话时，脑海中浮现出乔茜

①原文为“he was on top of them”，而“on top of”字面意思为“在……上面”。

那青春洋溢的形象：他在上面，乔茜在下面动着。这是他的错吗？他想，这个问题的答案恐怕取决于你问的是谁。

乔茜带着舞者布莱恩的情况回来报告：

“一个小掮客。主业是伪造身份证，有时帮人安排安全屋，偶尔也能搞到二手枪。不过主要还是身份证。”

“他有什么情况会向我们报告吗？”

“也不是事事报告，否则我们就得从河里打捞他的尸体了。不过他确实帮过忙。”

她拿着一沓打印的文件：大致算来，布莱恩至少帮助安全局抓获了十几个坏蛋——虽然都不是什么大牌——并因此得以勉强维持圣保罗旁的小本经营。一条小鱼而已，惠兰一边翻阅文件一边想。我们扔回水里的一条小鱼。这样看来，把它扔进厨余粉碎机里也没关系吧？反正大鱼依然逍遥自在。即便放过小鱼也不会改变什么。

但夜已深沉，心情郁闷，游戏已经开始，来不及改变规则了。他非常确定这是戴女士曾经说过的话。

“长官？”

一定是他盯着文件发呆的时间太长了。

“您还需要我做什么吗？”

天哪，不要这样，她没说过那句话。那样的话她从没说过。

她返回情报中心。所有人都还在加班：情况有变，他们知道不需要再追查潜在的伊斯兰极端分子了。他们布下天罗地网，可惜网眼太大。伊斯兰国的确声称对事件负责，却给罪魁祸首赢得了喘息的时间：这群崇拜死亡的中世纪法西斯主义者放着人质不砍，改成杀猪不褪毛——吹起来看。不过这话他决不能说出来，否则就有大麻烦了：“猪”是绝对不能提的……难怪他这么累呢。

眼睁睁看着世界发疯，真让人筋疲力尽。

这时，戴·泰维纳走进了他的办公室，眼睛瞪得溜圆。“你还好吗？”

“不好意思。”他单手拢了一下头发，心知这并非为了整理仪表，只不过是为了故作姿态。“发生了一些事。”

“总有事情发生。”

这倒是不假。他是不是昨天刚刚受命要确保扎法尔·贾弗里一清二白？结果却适得其反，这样的话首相是不会开心的。但另一方面，现任首相的任期已经时日无多，贾弗里的不清不白或将成为首相那口过分华丽的棺材上最后的一枚钉子。

“官方消息：你昨天没去金博尔家。”戴女士告诉他。她脱掉外套，搭在惠兰办公室访客位的椅背上。她并未落座，也没有踱步，而是单手轻扶椅背，站得笔直，仿佛有杂志摄影记者要给她拍摄写真。

“谢谢你。”他说。

“我站在你这边。”她说，他觉得这句话的前提是对她有利。现在她还不能坐视自己的直属上司葬身波浪之中，毕竟他们俩现在坐在同一条船上。除非看到救生艇，否则她都需要把他留在身边。“说说吧。出什么事了？”

他站起身，关上办公室的门，回到座位上。接着他把办公室的玻璃幕墙设置为磨砂模式，乔茜和其他姑娘小伙随之变成了聚在显示器前的模糊身影。“这些攻击不是伊斯兰国干的，是三八线以北地区。”

泰维纳点点头。她那份永恒不破的镇静是她最令人恼火的特征之一。“好吧。我想这也是我们一直期待的结论。首相官邸知道了吗？”

“还不知道。还有别的。”

当然还有别的——她的沉默似乎在说。

他对她说了何泄露的那份文件的事。

办公室外，那些模糊的轮廓继续不明所以地移动着。办公室内，泰维纳消化着这件事的影响，房间内只剩下流逝的时间还在运动。

“他们用的是我们的剧本。”她最后开口说道。

“呃，倒也算不上是——”

“他们用的是我们的剧本。”

他点点头。

“这一旦传出去，”她说，“可不好收场。”

“我欢迎你的意见。不过你说的这一点我自然明白。”

“北韩的隐蔽行动。在这里。他妈的！天哪！”她终于忍不住说了脏话，不过表情依然从容不迫。他怀疑她是不是打过肉毒杆菌——也想过调查一番。此时此刻，他将这个算不上重要的想法暂时搁置。她说：“所以是什么样的先后顺序？”

“什么？”

“他们是照着一个清单行动的。接下来是什么？”

“我没查。”

“你不觉得查一下会有帮助吗？”她停顿了一下，问道。

“我不想留下白纸黑字的痕迹，”他说，“如果我们不想认账的话。”

泰维纳点点头。“就像我之前说过的，你上道了。姑娘小伙子们干什么呢？”

“追查北韩公民和族裔相近人士的行踪。这个时候也顾不上政治正确了。”

“当然。不过这也没什么不好。我们距离抓住他们更近一步了。至少我们排除了其他可能性。”

“而且我们知道了他们并非只是在乡下大开杀戒。他们把我们的帝国过往当作煤油。这是一场旨在摧毁我们的历史的宣传战。”

“那也只有他们完成任务才行，”戴女士说，“企鹅那件事也是他们干的？”

“我想还有火车上的炸弹。另外，金博尔的死虽然一塌糊涂，但也符合他们的模式。”

“没错，现实生活的乱七八糟就是这样。欢迎进入二〇一七年。”说着，她走到磨砂玻璃幕墙边。靠近时，那种体验就像是隔着一层纱布观察这个世界。仿佛纱布另一面都是鬼魂——或者说纱布另一面才是现实，这一侧全是鬼魂。“整件事就像是一个想入非非的幻想家在他妈妈家的储藏室里捣鼓出来的计划。所以，只要我们能赶在他们公开自己行为的本质之前找到他们，就能戳穿他们幻想的泡泡。”她这番话是对着玻璃幕墙说的，抑或是对她自己说的。“他们的最高领导人尽可大谈特谈他们如何依照英国制定的蓝图行事，我们也可以说可不是嘛，你们还遵照诺查丹玛斯预言往日本海发射导弹呢。”

“他们可能会拿出那份文件。”

“那我们就否认文件的真实性。拜托，克劳德。我们现在打的是宣传战。谁的脸最扑克，谁才能赢。”

“最扑克？”

“现在已经凌晨两点了。你还指望什么，威尔·赛尔夫[①]

①威尔·赛尔夫（Will Self，1961—），英国小说家、专栏作家。

吗？”

“假如杀人小队公然现身，炫耀成绩呢？”

“是，嗯，决不能让那样的事发生。”她终于转身面对着他，“他们必须死，克劳德。我以为这是不言自明的。”

“总不能让人觉得是我们在处刑吧？”

“看着像什么都无所谓。你认为他们死了会给我们招来批评吗？也许一年后某份周日出版的报纸发表深度报道时，会有一些批评。可现在阿伯茨菲尔德惨案刚过去三天，人们会在摩尔大道上开街头派对，排着队参观他们的死尸。叫嚣这是司法谋杀的左派最好戴上安全帽。”

“如果没有内政部的意见，我们还是不宜单独做这种决策。”

“去他妈的，”戴女士说，“是他们先动的手。他们想用伦敦规则那一套整我们，就应该先写好遗嘱。”她摇摇头。“我们来了结这件事吧。然后我们就可以凝视着他妈的北韩国安部门。先把他们的蛋蛋剁下来。”

泰维纳走后，惠兰想休息一会儿，但小憩却变成了一场长达十分钟的激烈摔跤赛：他醒来时，高昂的下体即将喷香槟欢庆胜利。平复后，他的小腹依然留有阵痛的余韵，他往脸上洒水，又到情报中心转悠了一圈，在乔茜的工位附近踱步，试图找回慈父的感觉。他问她是否从来不回家；她笑着说，自己也可以问他同样的问题。空气中似乎有某种东西，仿佛突发情况时的臭氧那样噼啪作响。

大约清晨五点，两个名字几乎同时浮出水面。两人都是学生，都持中国护照，都是前一周便消失不见。

“把他们找出来吧。”他说，仿佛这句话本身能发挥什么重要的作用。他周围的姑娘小伙子们已经着手工作了。

他心想，让我们把这些线头一根一根拽出来吧。

“舞者布莱恩。”他对乔茜说。

“长官？”

“给他打电话，”惠兰告诉他，“我该跟他聊聊了。”

“他们都还是孩子。”

“孩子？”

“学生。也就是十九、二十岁。多年前潜伏在此——可以给我一杯茶吗？”

凯瑟琳正要起身，但德文·威尔斯更快一步：没等她站起来，他便已经出门，朝着烧水壶走去。

艾玛·弗莱特坐在椅子上。此时的她尽管已经筋疲力尽，却依然光彩动人。头顶上的灯泡发出的强烈灯光照得在场其他所有人——除了威尔斯和雪莉——面色惨白。同样的灯光照到弗莱特的脸上，却更凸显出她面容的棱角分明。

瑞弗说：“中东来的？”

“北韩。”

路易莎轻轻吹了一声口哨。“事大了。”

“不过也不新鲜，”兰姆说。他把瓶子里剩下的酒一股脑倒进杯里。“那个小胖子资助了不少恐怖主义活动，到现在他还没印T恤宣传自己的政绩也真是一件怪事。你把她绑好了吗？”

“相信我，”弗莱特说，“她走不了。”

威尔斯拿着一杯茶回来了，她满怀谢意地接了过来。“谢谢。他们是几个月前雇用她的。在夜店里找到她。她说她有亲戚在国内。他们还给她看了照片。”

“那些亲戚恐怕已经死了。”科说。看到众人朝他看来，他耸耸肩。“他们就是这样行事的——国家安全部门。”

“简称国安部。”瑞弗说。

“多谢。如果还有其他简称我说不出来，你尽管补充。”

“她当时已经在跟何打交道，”弗莱特继续说，“不过单纯是敲诈他。”

“我就说吧。”雪莉说。

“于是他们就按照国安部的指示将她收入麾下。他们想要那份行动计划。那个叫什么来着——”

“水源文件。”

“他们找到这个姑娘的时候就已经知道这份文件了，”兰姆几乎是自言自语地说道。“有意思。”

“真高兴我说的话你竟然听进去了。”弗莱特说。

“他们怎么没把她灭口呢？”路易莎问。

“她略施手腕，用一根小指就把其中一个牢牢吸住。”

“我怀疑她用的不是小指。”

“对，我说的这是家长控制的版本。那个男人叫申。她就这样逃过一劫。其他人都以为他们去刺杀何之后，他已经把她杀了。”

“打扫房间。”威尔斯说。现在没有了座位的他靠着墙站在路易莎旁边，后者早已结束了刚才的运动。

“啊哈。因为他们已经接近大功告成了。”

“那个申在她身边当舔狗时，”兰姆说，“有没有提到过他们的最后一次行动是什么？”

所有人都下意识地探身盯着弗莱特揭晓答案。

“没说他们要干什么，”她说，“他只说，整个世界都会看到。

然后他说了一嘴什么蛇咬自己的尾巴。”

房间里一片寂静。

突然间，“啊，该死。”路易莎说。

“抱歉，她就是这么说的。”

“这句话是从哪儿来的？《孙子》？”

“更像是《功夫熊猫》。”瑞弗说。

兰姆却说：“我总是记不住你们是一群白痴。”

圣保罗大教堂沐浴在圣光之中，至少所有人都难免会有这样的感觉。扎法尔·贾弗里心里清楚，事实并非如此，即便眼前的是一座清真寺他也不会失去理智。话说回来，圣保罗大教堂看着还真有点像清真寺——这个念头他最好不要对任何人提起。

在通勤的火车上，身处商界人士和选民之中，他试图不引起任何人注意，在清晨车厢的愁云惨雾中隐迹藏形。他不想被任何人认出来；这不过是平常一日的朝圣之路：穿过熹微的晨光，到站下车，然后钻进地铁。不承想车还没出伯明翰，就有一个男人凑上来，手搭上他的胳膊肘。“一等座啊？”那人咻咻笑着，“终究跟普通老百姓不一样啊。”

“去你妈的。”扎法尔说。

丢了一票，但赢了这一刻。

前一天晚上，他把身上所有的现金都给了泰森，让他尽快动身，走得越远越好。这当然只是权宜之计，可眼下泰森能得到的建议都大同小异，毕竟这个年轻人的长远未来殊难预料。还有什么比当下更重要？如果真为泰森好，扎法尔应该给他请一位律师。可实际上，他除了花钱换来了一些喘息的空间之外，什么都没做。

地址他已经记下了。

“文具店？”

“办公用品什么的，嗯。”

不知为何，一个在经营文具店的犯罪团伙，让贾弗里不由自主地浮想联翩。走进店里拿几支圆珠笔、一个笔记本和一些即时贴。要不要再来本假护照？驾照要不要，或者手枪？

“他要求尾款必须付清，好吧？搞笑的老家伙。”

贾弗里想起那个脸上有刺青的男人如是说。

泰森走了，口袋里装满了现金。贾弗里很好奇，他究竟能走多远。不久之后——如果不是现在——人们就会到处追查泰森·鲍曼，而他恰恰不是那种不易引起别人注意的人；他竭尽全力地提高自己的回头率，简直是罔顾常识的鲜活范例：一个将全部青春献给违法犯罪事业的人，似乎生怕旁人不知道自己的英雄事迹，贴心地让大家一目了然。扎法尔·贾弗里不由得怀疑，自己当初看中泰森，是不是正因为这一点。他招募泰森并非为了给他带来救赎，而是以防万一地给自己提前找好一个作奸犯科的帮手。泰森能解决贾弗里的问题，向贾弗里引荐舞者布莱恩的正是他。世事如此。常在河边走，哪有不湿鞋，鞋子湿了还可以晾干。可一旦你在脸上刺了青，无论你说什么都没人相信了。

贾弗里轻松地找到了那家文具店，可还没到营业时间，于是他在附近的街上闲逛，为自己无须立即面对那一刻而庆幸。究竟应该怎么说呢？我叫——肯定不行。我相信你身上有我需要的东西？这是他面对即将沉沦的年轻人时惯用的话术之一，他通常会解释说罪犯的生涯是简单的选项，而他们必须相信自己有能力选择更艰难的道路，不过他如今也开始怀疑，这到底是不是真的。他从未想过，罪犯也有罪犯的难处。那将是一整套完全不同的规则。

伦敦正在恢复生机，逐渐热闹起来。街道上车水马龙，到处都是赶着通勤的人流。这会儿，不着急赶路的人们也纷纷走上大街小巷。那些有时间在商店橱窗前流连，或者在街角站下看手机的人们。

等他再次回到文具店门前时，店门已经打开，他走了进去。

店里只有一个年轻人，正在柜台后面看手机。他身旁的架子上，一只杯子正冒着热气，虽然不知道杯子里装的是什么，不过那东西的香气终究盖不住年轻人衣服上散发出的大麻的甜腻气味。他没注意到贾弗里的到来，甚至贾弗里说话时他都没抬头。

“我想找布莱恩先生。”

“没听说过这个人。”

好吧，贾弗里心想。现在怎么办呢？买一摞A4纸，然后溜达回尤斯顿站？他伸手从口袋里掏出因为害怕弄丢已经随身揣了好多天的信封。那是他的一大笔积蓄：欠布莱恩的尾款。他狠狠地把信封拍在柜台上——任何人都不会弄错钞票的哗啦声。

年轻人终于抬起头。

“现在听说过他了吗？”贾弗里说。

那具尸体已经开始散发味道了。

实际上，他们不能确定那是尸体腐败的味道——尸身用保鲜膜包裹，按说应该可以保鲜，何况那股味道还有其他可能的源头：比如申、安，还有克里斯。面包车的后备厢就像一个流动的烤炉，而他们几个都已经好几天没洗过澡了。所以俊可能恰恰是没有责任的，空气中的恶臭或许只跟他没有任何关系，不过现在车里只有他一个死人，因此他大概还是难逃背锅的命运。

除了尸臭外，车里的空气也因为冲突而变得愈发浑浊。

申说："现场会有武警的。"

"我们不知道。"安说。

"还有直升机。"

还是一样的回答："我们不知道。"

丹尼点点头，表示同意安的看法。申看到了丹尼点头，脸上现出怒容。

一夜之间，申越发式微，他现在说话的分量比俊强不了多少。他们已经不相信他了。申还没有发出要在他的宝贝每日报告里提起此事的威胁，可在丹尼看来，那不过是因为他也清楚，那将更加暴露他的软弱。每次申的脸因为沮丧或者愤怒而扭曲时，他都假装是为衣领太紧或是腰带太松而恼火，然后装模作样地撕扯衣领或是腰带。可实际上，让他恼火的是丹尼和安，是他们看穿了他的软弱和无能。

一个小时前，他们离开了伯明翰——又是克里斯开车。在他们所有人当中，只有克里斯似乎未受接二连三事情的影响；他似乎对于自己能开车、等待和遵令行事十分满足。

申说："他们知道我们的能力。"

安蹲坐着，在丹尼看来，以这个姿势坐在一辆行驶中的车上是无论如何也不可能舒服的。安的腿上放着一把突击步枪，他一手平放在扳机护环上，枪管则正对着车的后门。

"他们就等着我们动起来。"

安说："但他们不知道我们会在哪儿行动。"

他抚摸了一下腿上的枪。

申还没放弃。“他们会弄明白我们参照的那份文件。何肯定已经告诉他们了。我们已经不是暗中行动了。”

安说：“可何不知道我们具体的计划。他没什么可以告诉他们的。”

“可那个姑娘说不好。”申说到这里，突然停下了。

这时面包车驶过路上的一个坑：路上到处都坑洼不平。这个国家正在滑向深渊，一点点地崩塌。

丹尼说：“你刚才说什么？”

“没什么。我什么也没说。”

“你说那个姑娘。”

“那个姑娘也什么都不知道。我就是这个意思。”

丹尼说：“那个姑娘已经死了。”

“是啊。”申说。

“那你为什么还要强调她什么也不知道呢？”

申说：“因为即便她还活着，对他们也没有任何用处。我就是这个意思。”

“你说你亲手杀了她。”

“我是亲手杀了她。”

“你从她家出来时，你告诉我们她已经死了，你说是你亲手杀了她。”

“没错。”

“可除了你之外，没有人看到过她的尸体。”

“我看到了。”申说。

丹尼看了一眼安，等着他得出显而易见的结论：那就是，申在说谎。申背叛了他们。

可安一言未发。

申说："你问我这些干什么？你忘了谁说了算吗？"

谁也没忘记谁说了算。

太阳升起，面包车车厢内愈发闷热。他们已经在这里待了好几个小时、好几天，他们曾经的生活已经如蛇蜕般褪去。不过，他们确实已经不在暗处：对方此时正在某处敲门盘查，翻阅电脑档案，收集人名和身份信息。可他们现在只剩一件事要做，完成这件事就是他们此时此刻唯一的当务之急。

因为他们是战士。身为独在异乡的一名学生，他发现此地的人们竟认为能对自己的人生做主，却从未意识到他们的所欲所求皆来自更强大的外力，他们愚蠢的言行令他惊诧不已。在他看来，只有接受这些外力，才能获得真正的自由。举个例子：当他听说最高领导人用高射炮处决了自己的姑父时，丹尼认识到这样的举措对于惩治异见来说是十分必要的。而当他进一步获悉，这件事是西方媒体编造的谎言时，丹尼认识到，最高领导人是一位被敌人抹黑的仁德之主。无论事实真相如何，他对最高领导人的忠心都未曾动摇。

安仿佛能读懂丹尼的心思："无所谓，"他说，"无论他们是不是有所防备，都无所谓。天命必将达成。"

说完他伸手从一个挂钩上摘下了半导体收音机：那台小小的收音机虽然是便宜货，却显然十分结实耐用，每次车转弯或者颠簸都会撞到车内的镶板，却依然工作如常。他转动旋钮，车内响起了新闻广播的声音。广播节目的主题是定于当天下午在威斯敏斯特教堂举行的那场悼念仪式，届时王子和首相等政要都将亲临，全世界各大媒体也将现场报道。

申说："我不害怕。我只是说我们应当小心——仅此而已。"

丹尼没说话。申肯定把那个姑娘放了，这让他们所有人都陷入了危险境地。这个叛徒、懦夫，必须得到应有的惩罚。他试图将这一切传递给安，但是安双目紧闭，丹尼的目光扫视过他。

他们顶着越来越高的日头，马不停蹄向前驶去。

# 14

刚做完牙科手术，或者刚结束一场求职面试，感受着双脚再一次踏在人行道上的感觉，看着白日如同一条赛道般在面前延展开来：迈步走入清晨的空气才能真正感到自己是活着的，扎法尔·贾弗里心想。他钻出那片小巷密集的区域，瞥了一眼圣保罗大教堂，一瞬间仿佛从头到脚都得到了净化。他外套口袋中安放着刚刚得到的小包裹。或许这一切还是值得的。纵然泰森闯下大祸，金博尔魂飞魄散，但没有任何一条法律规定，努力得不到回报。

舞者布莱恩的长相就像泰森所说的那样搞笑，灰白的头发编成一根绳子，厚厚的圆形镜片后面是一双滴溜儿乱转的棕色眼睛。尽管他们一共没说过几句话，但他依然让贾弗里明白，他的花名可谓名副其实：他确如跳蚤般灵活敏捷。贾弗里礼貌地点点头。不知怎的，他的脑海中顺理成章地浮现出眼前这个家伙在舞池上方一两英寸处翻飞、轻而易举地做出芭蕾舞动作的画面。他想象不到的，是什么样的女人会选择做他的舞伴。除了那脏兮兮的发辫之外，他那坑坑洼洼的油腻皮肤散发着一股腐臭的味道。布莱恩的体味像极了贾弗里的脚趾甲——如果他太长时间放着它们没剪的话。

但这些都不重要。舞者布莱恩是个骗子，一个地下世界的捐客，而他圆满地完成了掮客的任务，解决了贾弗里的问题。所以尽管他嘴里的推销话术天花乱坠——或者说正是拜他宣传话术所赐——贾弗里现在一身轻松，重新开始相信人生的可能性。现在已经没有什么东西能阻止他一飞冲天，他依然脚踏实地不过是出于习惯。他突然感觉到强烈的饥饿和深深的欣慰。

虽然人行道十分狭窄，但这家咖啡厅竟有室外餐位。他坐了下来，点了一杯咖啡和两只羊角面包，然后舒展双腿。此时装在口袋里的，是他心脏的重量。他给母亲打了一个电话，没说什么，只是听着她滔滔不绝地讲话，直到咖啡上桌才告诉她自己有个会要开，需要挂断电话。他饿极了，腹内空无一物。第一个面包他几乎是一口吸进了嘴里，杯里的咖啡没喝完他就让侍者续杯。

他闭上双眼。舞者布莱恩说着，能与您做生意我非常高兴。他不知道该怎么回答。令他高兴的是，一切已经结束了。

眼前突然投下一道阴影。

扎法尔·贾弗里没有睁眼。无论发生什么，在他睁眼之前都可以忽略不计。肯定是侍者前来续杯，或是咖啡厅经理急切地想知道他是否满意。只要他闭着眼，一切就都令他满意，一切都光彩熠熠。

“贾弗里先生？”

这种事也难免。他被认出来了：毕竟是一张熟面孔。即便在这偌大的伦敦，在这个规则不同的地方。

“扎法尔·贾弗里先生？”

“我在休息。”他说。

“我叫克劳德·惠兰。”那个阴影说道。那一刻扎法尔便明白，他得假装自己刚刚醒来。

* * *

“艾玛 · 弗莱特。”

“长官。”

“你看起来好憔悴。昨晚不太顺利？”

“只能说不是我经历过的最好的。”

当然也不是她经历过的最糟糕的。

两人在电梯间相遇：弗莱特刚刚回到总部；戴安娜 · 泰维纳从情报中心出来想要休息片刻。弗莱特的确肉眼可见的疲惫；泰维纳本人也记不清自己到底连续多少小时没睡了，但若与弗莱特相比，她此时的反应机敏度依然遥遥领先。毕竟在内心深处，她为紧急事件感到兴奋，因紧急事件而由内到外地容光焕发。话虽如此，她还没糊涂到以为自己可以艳压弗莱特，因为蓬头垢面之于弗莱特就如总统气质之于特朗普：无论你怎样的一厢情愿，不可能的事就是不可能。但泰维纳是副局长，在这栋楼里一人之下万人之上：何况弗莱特不太可能因为这件事向人力部门投诉。

“你肯定忙坏了。”

“彼此彼此。”

“可是你怎么忙到了不听命令的程度？你应该在斯劳屋的。”

“是的。”

“而斯劳屋应当关禁闭却没有关，有什么特别的原因吗？”

“局面有些失控。”弗莱特说。

“有杰克逊 · 兰姆在，局面确实容易失控，”泰维纳承认，“而就是因为这一点，我才派你前去。你不是群体控制的专家吗？”

“他一个人算不上群体吧？更像是一场交通事故。”

“很好。不过这也不能解释，为什么你回到了这里，讯问罗德里克·何。”

“在我看来，弄清他掌握哪些情况十分重要。”

“他掌握的情况就是：他把一份机密文件泄露给了他的女朋友。他这下死定了。”

“真的吗？”

“你说什么？”

弗莱特说：“他声称那份文件并非机密。”

“他就是这样为自己辩护的？祝他在法庭上好运。他那份文件是从安全局的数据库里下载的啊，弗莱特。这不是顺一沓即时贴这么简单。你知道那份文件被拿来干什么了吗？”

“我知道。”

“你看，我就是为了这个才忧心忡忡。你掌握的情况已经远远超出了你的理解能力。而在没有授权的情况下讯问何，更是超出了你的权限。想告诉我你想干什么吗？”

“恕我直言，长官，视情况讯问安全局的职员在我的权限范围之内。”

泰维纳沉默片刻。她这话是真的：作为看门狗的首领，弗莱特有权讯问安全局的任何职员，包括泰维纳本人在内——只不过假如她真的要讯问泰维纳的话，最好有医护人员在场、救护车待命。“但你中途放弃了我下令开始的禁闭任务。谁给你的授权？”

“作为部门负责人，我可以视情况委派他人代我履行职责。我请德文替班。”

“德文？”

“德文·威尔斯，长官。你应该记得他的。他是看门狗部门为了保持种族多样性专门招募的。”

泰维纳说："你从兰姆身边逃离的速度大概还是不够快。你好像已经被他传染了。"她看出了弗莱特急不可耐、恨不得赶快脱身的神色，故意掏出手机翻看起来：她身负重大消息，再拖一会儿她就会和盘托出。

"长官——"

"稍等。"她核对了一遍当班日程表，拿起手机对着弗莱特一晃。"这上面写着威尔斯今天不当值。他的四十八小时假期刚休了一半。"

"确实如此。不过就像我说的，我请他替我的班。"

"他现在还在那儿呢？"

"是的。"

"所以你可以笃定地说，兰姆的小队过去二十四小时一直在禁闭状态？"

弗莱特深吸一口气。"中间可能有一小段中断。"

"那就是纪律——"

"没错。不过可以稍后再说这个吗？我要见惠兰先生。"

"他不在楼里。有什么事跟我说吧。"

"我要说的可能是你不想听到的事。"

"任何我可能不想听到的事我都一定要听。"泰维纳说。她双目圆睁凝视着弗莱特："去我的办公室。"

情报中心的姑娘小伙子们没有抬头看。他们忙得跟头趔趄、彼此相撞，就像机器里的弹珠一样：忙到了某种程度时，他们作为个体的身份就不再重要了，他们已经成为群体的一部分。弗莱特记得曾读到过，某天，一大群蝴蝶铺天盖地地飞来：她记得那好像是黑海边的一个小镇。在那个标志着夏天到来的日子，小镇里到处都是上下飞舞的蝴蝶。弗莱特看到情报中心里繁忙热闹的景象，脑海中便浮现出那样的画面。重要的不只是完成工作。他们深知，驱动自己行动的工作会产生切实的影响。这些姑娘小伙子们已经变成了纷飞的蝴蝶。

或许戴安娜·泰维纳并没有这样的感觉，因为她一进办公室就把玻璃幕墙调成了磨砂模式。

“你最好说的是有价值的东西。”她说。

“水源文件上的最后一项。”弗莱特说。

“什么文件？”

“他们就是这么命名的：水源文件。”

“我拉了一个清单，”泰维纳说，“并且越来越长。最后一项是什么？”

“控制媒体，”弗莱特说，“但并非字面意思。”

“你知道的真是不少啊。”

“其实是兰姆发现的。最后一项，媒体的那一项，他们要在镜头前发动某种攻击。在某个媒体云集的地方。某个公共场合，某个不久之后即将举行的活动上。”

“教堂。”泰维纳说。

“对，就是教堂，”弗莱特说，“今天。阿伯茨菲尔德惨案的悼念仪式。”

他们给他送来了比萨。他点的是肉食盛宴，这帮蠢货拿来的却是一张加了大份凤尾鱼的番茄芝士比萨：你们这些人。

啊，他心想，一边摇摇头，一边用手指把那些恼人的鱼肉扒拉到一边。你们这些人啊。

他们都走了，只留他一个人在房间里。

问讯通宵进行。与艾玛聊完，他本已把若干问题的情况说得清清楚楚，可这时这帮家伙又走了进来，让他从头到尾再说一遍。你们相互都不通气的吗？他很想问这群人。不过罗迪·何知道这是怎么回事，因为金姆——他的女朋友——也是一样：他们在一起只要超过十分钟，她就紧张得不得了，非要找个安静的地方自己待一会儿不可。在你看来，这可能是性别政治：小姑娘都需要自己独处的时间。他是说对了呢，还是说对了呢？

别的不论，但是他们仍然把他留在这儿这一举动，就说明高度威胁依然存在。对他进行严密保护是明智的选择——他们可不想让这些坏人拿着消灭罗德曼这样的辉煌战绩蛊惑民心——不过你或许以为事到如今，所有人都应该已经学聪明了：胜利属于罗迪·何，轮不到那帮小蟊贼。

因为如果用一个词来形容他的酷，那就是：像猫一样。猫这种动物，你一眼就知道它们的爪子从来不会放错位置，即便出现这种情况，也只是一时错乱。猫这种动物从高处一跃而下，还能轻盈地稳稳落地。而罗迪·何就是这么酷，虽然他偶尔也会兴奋——就像那天晚上那样的缠斗——但最终的胜者总是毋庸置疑。

而与此同时，他也能与最顶尖的特工过招，打得有来有回。他是典型的独来独往的侠客，文武全才的精英。

正如他告诉问讯他的家伙们的：“没错，他们派一个人来杀我。结果你们也看见了。下次，他们就知道应该派两个。”

听他此言，两个特工面面相觑。

他吃完比萨，剩下了凤尾鱼。他坐在那里舔着手指，突然想起好像还没人告诉他，他的女朋友金姆怎么样了。他已经解释清楚，自己给她看过的文件并非密件——拜托：伟大的罗迪，泄露机密？别扯了——你顶多只能怪她好奇心太强，可也算不上犯罪啊？可关于她的境况，他们还是只字不提。

或许……

但罗德里克·何的脑海中有一个他不愿触碰的角落，于是他没有多想。那个角落里藏着与现实截然不同的决定和迥异的结果；如果他在那个角落里徘徊流连，或许他便会距离下等马更近，距离罗迪大神更远。那将意味着当金姆走进他的生活时，他会提出更多问题，并在更多人那里寻求问题的答案……可事已至此，无法回头。现在的他就是这个样子，而金姆正是他的女朋友，对吧？金姆是他的女朋友。如果他现在还不清楚金姆的状况，那么只能说，呃，情报界大概就是这样吧。很多事都太过于……秘密了。

罗迪摇摇头。一切最终都会水落石出，他心想。他估计自己得一直待在这里，以免大家过于担心他的安全。想到此，他的脸上现出了微笑。他心想，那些家伙肯定在想，这哥们儿是什么人啊？邦德和Q博士的合体吗？白天在暗网上纵横驰骋，晚上带着一个超级妖艳的妹子在夜店纵情狂欢，顺手把一个恶棍扔出窗外。

这哥们儿是什么人啊？

他们肯定在纳闷儿。

隔壁房间里，那两个家伙分享着一张肉食盛宴比萨。两人话不多，不过最后终于有一个人憋不住了。“这哥们儿什么人啊？”

两人都摇摇头，继续吃起来。

* * *

克劳德·惠兰回到了唐宁街，此刻正待在一间小会议室里。首相迟迟不见现身——这可不是什么好兆头——不过等待的这段时间完全被戴·泰维纳的电话占据，她带来了情报中心的最新进展。他好不容易终于等来了首相，后者面红耳赤，看来刚才的会并不顺利。“我一上午都在跟内阁开会，后面没时间换衣服了。这也有点儿太修身了。会不会显胖？”

“其实我并不……”惠兰说了一半停下了，然后重新开始。除非换成别的话题，否则什么正事也说不了。“黑色显瘦。”

“按理说应该是，可如果从侧面看的话……‘矮胖’这个词是不是有点太残酷了？不过确实有人会小声嘀咕。”

“您看起来……颇具首相风度。”

他看起来像一块参加婚礼的火腿——不过这种实话没人爱听。

“我应该加强锻炼，”首相闷闷不乐地说道，“可陪我打网球的那群人……哎。”说到这里，他的脸上现出了莎士比亚悲剧般的神色。“事实证明，背后捅刀的都是那些鬼鬼祟祟在边线旁边打电话的。这很能说明问题，你觉得呢？”

“我觉得我们还有更重要的事要讨论。”

首相好似演话剧一般长叹一声。“你觉得我会不知道吗？”他解开了正装外套最下面的扣子，松了一口气。“扎法尔·贾弗里被拘押了。我听说的只是传言，不过这是真的，对吗？”

“恐怕是的。”

“我想确定他的清白，结果没想到他跟某个地下掮客有牵连。这是真的吗，克劳德？”听首相这话的意思，好像惠兰应当为此负责。“真像是一部迈克尔·凯恩主演的烂片。”

技术上讲，以首相的年纪，恐怕也记不住其他类型的片子——不过现在不是说这话的时候。

“也许吧。不过至少今天，金博尔的事将盖过其他一切新闻的风头。目前您已经领先一步了。如果您现在发表一份声明，就能起到先入为主的效果。”

“声明？我还不知道他干了什么呢。他怎么了？秘密的伊斯兰国支持者？我不相信啊，克劳德，那个人可是严守沃里克郡——”

“是他弟弟。”

“他弟弟确实死在叙利亚了，顺便说一句，那完全是他自找的，可那又怎么样呢，等同于扎法尔也皈依伊斯兰国了？”

“他弟弟没死。”

“哦。”

“他办假护照就是为了他弟弟。”

“哦。”首相倒吸一口气，重新系好了外套的扣子，“我们都以为他死了。”

“他的家人也都以为他已经死了。无人机发射的地狱火导弹，二〇一六年八月。年轻的卡里姆不是目标，但我们确知他就在导弹命中点附近，后来又找到了一具尸体。”惠兰说到此，摇了摇头，“这种导弹攻击的命中率高达95%——看来卡里姆赶上了那5%——这种事倒也不是完全没可能。”

“所以他怎么了，拍拍屁股走了？”

“相关细节我们并未掌握。可以确定的是，他四个月前与哥哥取得了联系。他当时在法国，生活潦倒，打的是浪子回头的牌。他只想回到原来的生活，毕竟眼见为实，他已经明白吉哈德不是什么玫瑰花床。”

“是，嗯，这样的话我完全可以告诉他。任何人都可以告诉他。”

“然后扎法尔就同意帮助他。”

“可能是我太较真了，可我印象中伊斯兰国不喜欢改变主意的人。好比凯尔特人球迷改成喜欢流浪者队。”

“确实如此。所以地下掮客的生意应运而生。”

“啊，当然。于是贾弗里要给弟弟买一个新的身份，让他神不知鬼不觉地回家，继续过安稳日子？唯一的区别就是他现在有了不同的身份，于是他就可以无须为自己的罪孽付出代价了？”

“差不多就是这样。”惠兰说。

“扎法尔为什么不来找我呢？”

“大概是因为您一定会确保卡里姆接受审判，然后锒铛入狱。他恐怕会死在监狱里。”

“嗯，确实如此。”

“他就是为了避免这样的结果吧。”

“家人真是碍事，是吧？我记不清了，你有兄弟姐妹吗？”首相没有给他回答的时间。“嗯，算了。我猜，还是公开撇清关系之前掌握所有情况比较好。当着议会的面撒谎毕竟不好看。等你撒第四或者第五回谎的时候，嫌弃的气氛就很明显了。”

“我还有其他事要向您汇报。”

“事情总是一件接着一件。”首相从裤子口袋里拿出一小盒薄荷糖。“来一颗……？”

“谢谢您。”惠兰把糖塞进一侧的腮帮子，继续说道：“今天下午教堂可能会遭遇袭击。”

“在仪式期间？”

“在仪式期间。这并非确凿的情报——更接近基于已经掌握的情况的推测。”

“这个推测从哪儿来的呢？”

“戴安娜·泰维纳。”

“啊。美丽正直的戴女士啊。”首相边说边摆弄着自己的领带结。“就是性子有点烈。不过看上去还是一头不错的小雌驹。我也不介意把她拉出来遛遛。不过假如让她知道这话是我说的，我就找人宰了你。”

“当然，呃，既然您也会跟她本人对话，如果我泄露消息无疑将弄巧成拙，”惠兰说，“回到刚才说的，她认为这次威胁可信度较高，不得不防。她听说罪犯团伙扬言，说什么蛇咬自己的尾巴。换言之，他们的计划要完成一个闭环，在悼念第一起攻击受害者的仪式上完成最后的一步。这样就形成了一个自我实现的受害者名单。他们知道谁会出席活动。王子们，您，还有反对党领袖——”

“哦，天哪，还有她。”

“——半数前排议员、市长，等等。显然现场将实行最高的安保等级，但造成重大伤亡的潜在风险依然较大。还是那个套路。他们只要走运一次，就是大功告成。”

首相的众多支持者津津乐道他在政治上的怯懦无能，但有时在不为人知的地方，他却能大放异彩。“嗯，我们不会取消活动，也不会顶着龟甲阵的掩护走进教堂。不过一定要让人群比平常再后退一些，好吗？以防，随便什么东西——飞溅的弹片什么的。”

“当然。”

“没时间提交内阁作战室讨论了，不过我会知会各相关部门负责人，责成他们增加现场军力。不过大概也没有太多空间了。街道上至少安排了三千人，射手——他们自称射手对吧？不是狙击手？”

“我想是的。”

“每个屋顶上都安排了狙击手。天哪！怎么都到了这个地步了？伦敦从前是让人感到安全的地方。这里是有规则的。”

“我们也难免受到世界上其他国家的问题的影响。恐怕今后也是如此。”惠兰把嘴里的薄荷糖从一边的腮帮子挪到另一边的腮帮子。“要提前通报白金汉宫吧。”

首相哼了一声：“我倒希望有人能替我完成这个任务。总之，活动按照原计划进行。如今所有公众活动都是袭击目标。可我们又能怎么办呢？在地下室里躲着不出来？”

“当然不行。”

“只要我们力所能及，我就不希望危及更多人的性命。不过，我希望你们能生擒这些浑蛋，克劳德。我要把他们送上被告席。我要让他们申请法律援助，辩称无罪，向最高法院上诉，充分享受我们赋予他们的一切权利。我要让世界看到这群人从他们鄙视的体制这里祈求宽恕。然后我要让他们可悲的余生都烂在监狱里。我不希望看到的就是烈士——这种所谓的烈士我们他妈已经见过太多了。”

惠兰嚼了一下薄荷糖，感觉它在自己的上下牙之间碎裂开来。有一瞬间，他心里一沉，还以为是他的牙裂了，只能用舌头把嘴里的碎块拢在一起，一点点感受、确认。他几乎可以肯定，那大概只是薄荷糖。首相仍在说着：

“这大概是我任上的最后一次大型活动了。那句话怎么说的来着——群狼已经来到门前。金博尔本可领头，可你猜怎么着？他这一死，其他人全都冒出来了。假如他锁定了选民投票，别人就不会再有动作。可现在成了群雄逐鹿。大家唯一确定的就是谁最不受选民待见：而那个人就是我。”

“尚难预料。”惠兰说，可他心里清楚，这件事已经确凿无疑。

“不对，我的任期已经时日无多了。不过你知道吗？如果你能在我下台之前抓到这帮王八蛋，也算是我最后的功业了。接下来，我想我会买一座小房子，写回忆录。”他又看了一遍自己的肚子，似乎终于接受了自己不可能在三十分钟内减重三磅的事实，点了点头。“有趣的时代啊，克劳德。聊得不错。”然后他便转身离去。

惠兰咽下嘴里的薄荷糖碎片，用舌头确认了一下自己的牙是否还在。过去几天过得真是不容易，他心想。贾弗里现在应该已经见到了律师，但他应该也明白，自己的政治生涯已经结束了，选举已经失败。而对于西米德兰兹的人民来说，这并非好结果。他本可以成为一位出色的市长，而妨碍他成功的并非贪婪、仇恨或是公职的其他各种诱惑，而是他对弟弟的爱——现在看来，他的弟弟如果当初在导弹轰炸中化为齑粉，或许对大家都是更好的结局。抑或那并非是爱，而是对家人的忠诚。对他人的忠诚无须以爱为前提。谁又知道，反之是否亦然？

至于丹尼斯·金博尔，无论他有怎样的缺点，惠兰的所作所为终归有违良心：他利用一项人畜无害的行为对这个男人施加压力。天知道，他心想：我又有什么资格对他评头论足呢。但毕竟事已至此。他不过是依令行事。总会有人牺牲，因为这种事在所难免，但在个体的生死之外尚有大义，而那便是他的追求。如果他指望得到被他误伤之人的宽恕，他压根就坚持不到现在。

当然，他还有其他的问题要面对。有时候，你需要确认，自己的背后是安全的——这就是戴安娜·泰维纳所谓的伦敦规则。

换言之，首相期待的公审绝无可能。

惠兰走出首相官邸，伸手掏手机。今天下午伦敦街上的驻军数量将创下二战以来的纪录，而他的职责便是确保全体将士都按同样的命令行事。不过在此之前，他要首先跟妻子简单聊两句。于他而言，她的声音仿佛是某种宽恕。而此时此刻，他有太多的罪孽祈求得到原谅。

他们在距离目的地还有几公里的地方停下车，开始进食剩下的食物：坨成一团的面条是从柜门坏了的冰柜里拿出来的。丹尼感觉到舌头上若隐若现的馊味，不过这并不妨碍他回味此时此刻：嘴巴还能吃饭，身体还能吸收营养。或许，吃过这一顿就没有下一顿了。

申的感受似乎并不相同。他吃了第一口，便吐到了手帕上——余下的他干脆没动。

丹尼深知一名战士在各种情境下应有的表现。可申对此完全迷茫。申是个懦夫，并且他自己也对此心知肚明。正因如此，他现在吃不下去。也正因如此，他放走了那个姑娘。

如果只是放走一个姑娘这么简单，丹尼可以原谅。那诚然是一个错误、一种背叛，但怜悯女人也是人之常情，如果申的错误仅在于此，丹尼也不会对他喊打喊杀。可是，申在放走了那个女人的同时，威胁到了整个任务，事后又谎言诡辩，表现出对丹尼、安和克里斯的轻视。所以等到申死的时候，丹尼一定会直视他的眼睛，让申明白他会在他的尸体上撒尿，然后把他的尸体扔到沟里焚烧。

假如他能从这最后的攻击中死里逃生的话，他一定要找到金姆的下落，亲手了结她的性命。因为了结她的性命是任务之一，而所有任务都必须完成。

安看了一眼手表。“还有四个小时。”他说。与丹尼一样，他也换上了在突袭阿伯茨菲尔德时穿的那件邋遢的制服：与丹尼一样，他腰间的枪套里也装上了一支左轮手枪。时辰一到，他们就要冲入人群。他们将带着狂怒，卷起战争的风暴。

“好安静啊。”申怀着希望地说。

“不管安不安静。我们四个小时后出发。”

“我们应该先派一个小队进去确保道路通畅。”

“多此一举，”丹尼告诉他，“你就像一条拴在窝边的狗，有事没事都得叫两声。”

“要圆满完成任务，一定要审慎推进，”申说，“而且所有人按我的命令行事，你说了不算。”他看着安，补充道。

丹尼说：“你害怕了。”

“你不怕我就不怕。”

“我不怕。”丹尼说。

这是实话。丹尼自己也说不出自己现在是什么心情——也许是精神抖擞、斗志昂扬，期待着即将降临的荣光——反正他并不害怕。接下来无论发生什么，即便他战死沙场，也是普通人可遇而不可求的壮举。他要将最高领导人的宏才大略变成现实，他的名字将如长明的珠光那般永远发光发亮。对于未来，他本就选择不多，他一定要抓住这一次宝贵的机会。

但对于申来说，任何危险性高过馊面条的未来都令他望而却步。

“你放走了那个姑娘。”丹尼说道。

“我杀了她。”

“你说谎。”

申对安说：“他是个白痴。”可他的声音在颤抖。

“你听到了吗？”丹尼问，“他知道我看穿了他的谎言。我们都知道是怎么回事。他放走了那个姑娘。”

“够了。”安说。

克里斯说：“你放她走了？你不应该那样啊。”

“他危及了整个行动。”丹尼说。

“我没有危及整个行动！”申大声嚷道。

他的声音在车内回荡，仿佛有人朝车身上扔了一块石头。

丹尼说：“你放走她之前——你违背命令之前——有没有告诉她我们接下来的计划？”

“我什么都没告诉她。”

“可你放了她。”

“我没有违背命令。我是负责人！”

“你不配。”

“你有什么资格说——”

“在阿伯茨菲尔德，你闭着眼瞎打。朝天上开枪。只打中了鸡笼。”

“在阿伯茨菲尔德，我尽职尽责。”申说，他的声音因愤怒而颤抖。

“那今天呢？今天我们能相信你吗？”

“我们能相信你吗？”申反问道，“这里我说了算。我说的话代表着最高领导人！”

克里斯说：“你放走那个姑娘让我担心。”

“够了。”安说。

丹尼说：“我们启程的时候，就是为了完成任务的。你这次又要干出什么事呢？你要藏在垃圾桶后面吗，还是要干脆举手投降？”

“我会把你这话写进我的报告里！”申说，“你才是叛徒！”

丹尼看着安。“你把我们所有人都陷入危险的境地。”

“我说了算！”

“谁知道他跟那个姑娘说了什么？他们可能已经在赶来抓我们了。”

“你是叛徒，”申告诉他，“你以下犯上。这是对最高领导人本人的大不敬。”

“够了。”安又说道。

“确实够了。”丹尼说。他看了看克里斯，然后又看了看安。“他不值得信任。有他在，我们的任务就不可能完成。他会让我们所有人都死无葬身之地。”

“说谎！”申声嘶力竭地叫道。

这时，安掏出枪套中的手枪，对着丹尼的面门就是一枪。

枪声平息之后，他对申说：“让你领导此次任务，是最高领导人的意思。质疑这一安排，就是质疑最高领导人。”

申默默点头。

“我们四个小时后出发。”安说着，放下了手里的枪，继续吃起面来。

# 15

正午伴随着钟声到来，因为这里是伦敦，而伦敦是一座钟声之城。从市中心到破破烂烂的荒郊野外，叮当作响的钟声分割了日夜：或振聋发聩，或清脆悦耳，或低沉哀伤。尖塔和钟楼，教堂和市政厅，相互交叠的钟声标志着时光流逝的日常。在热浪之中，在不远不近处微微闪光的薄雾之上，钟声的行迹似乎依稀可见。伴随钟声的还有其他设备的唱和：街角和珠宝店上方的时钟，摇摇晃晃地奏出正点的鸣响，尽管往往对时不准，或快或慢。不过总有一个时刻，所有报时声都一齐奏响。或者说，我们可以假装，每当午夜或正午到来，整个城市都会难得地异口同声。不过即便事实果真如此，短暂的整齐划一也稍纵即逝，此起彼伏的嘈杂转瞬间便重新站稳脚跟；争执、责骂、宽慰、谈笑；对冰激凌入口的渴望，对爱人回头的乞求；拿出零钱与寻求支持；各种声响彼此交错、碰撞，形成一段混杂着欣喜与埋怨，幸福与背叛，大悲小痛和意外之喜的永恒交响。每一日都一如今日，既循规蹈矩，又独一无二。而今日一如明日，永远不同，又一成不变。

而眼下，伦敦陷入备战状态。武警巡查街巷固然令人不快，但已经司空见惯的自由——行走街道，真面示人，或在公共场合牵手——终究并非没有代价。在此之前，安宁无事的太平日子已经过了数月。但近来形势太过严峻，无论在伦敦还是在全国各地，人群聚集之处无不笼罩着死难者的阴影，这才有了今日武警走上街头的场面。威斯敏斯特教堂周边，金属路障阻塞了人行道，伦敦市民和游客们聚集在路障外，共同悼念阿伯茨菲尔德惨案死难者：因为阿伯茨菲尔德血案可能在任何地方发生，伦敦也不例外。这便是伦敦和其姐妹城市学到的教训：仇恨犯罪会腐蚀人的灵魂，但被腐蚀灵魂的也只有犯罪之人。只要悲悼同胞的人们能站在一起，哪怕他们各自的钟声只有片刻的协调统一，灵魂便可以免受仇恨的浸染。于是人们聚在一起等待着，武警警官审视地打量着刚刚挤入人群的人们，十二点的钟声响起又停止，下午开始了。

所有人已经连轴转了几个小时没有片刻休息。克劳德·惠兰回到摄政公园：他为重新坐回自己的位子感到欣慰，毕竟在这里他至少可以假装一切尽在掌握；戴·泰维纳同样坚守阵地，不过她此时正在情报中心巡视，站在姑娘小伙子们身后检查他们的工作。她在其中一个人身后停留得尤其久——那个名叫乔茜的小姑娘身穿一件凸显上围的黑条纹T恤，答话时总是害羞地眨眼。不明就里的旁观者根本猜不透泰维纳的心思，而经验丰富的戴女士观察家立即就能明白，此时的她正将什么东西暗中记下、储存起来。

“报告情况。”她说。

乔茜眨了一下眼，然后开始读电脑屏幕上面的内容：“皇室成员大约十五分钟后抵达教堂。首相四十分钟后抵达。史密斯大街附近区域刚刚发生骚动，不过已经平息。是几个醉鬼闹事。”

泰维纳说："我们不称呼'皇室成员'，也不说'首相'。还是按照规程使用代号，好吗？"

"抱歉，长官。"

"街面部署情况如何？"

"红隼一号在威斯敏斯特桥，二号在米尔班克塔。两者均未报告任何可疑情形。三号到五号沿怀特霍尔分布。他们报告说，人群总体克制，只发生过为数不多几次群情激奋的情况。高呼有关丹尼斯·金博尔的口号。大概是某个右翼组织煽动策划的。"

阿伯茨菲尔德惨案与丹尼斯·金博尔之死产生了联系，这并不出乎泰维纳的意料。阴谋论正以每秒一百四十个字符的速度疯狂传播[①]。

她说："有人被逮捕吗？"

"根据已掌握的情况，有几个，长官。"

泰维纳手扶着乔茜的椅背，感觉暖暖的。"你向惠兰先生汇报最新情况了吧？"

"是的，长官。"

"邮件，还是……？"

"他喜欢我去他的办公室当面汇报。"

泰维纳仿佛心不在焉般地点点头。"小心行事。"她说，然后返回了自己的房间。

罗德里克·何的女朋友金姆·朴现在在楼下，是弗莱特和威尔斯送来的。第一次讯问时就发现，她知道的基本都已经告诉了弗莱特，没有什么新鲜东西了；尽管如此，对她的讯问依然要持续一段时间。金姆很清楚自己拥有的权利，也知道自己在未被起

①一百四十个字符曾是推特一条推文的长度上限。

诉的情况下可以被关押多长时间。她现在才开始意识到的是，这个拘押时长期限是从她被逮捕开始计算的，而她现在并未被逮捕。如果从法律的角度来看，毋宁说她是被绑架了。区区小事，就算她有意见也只能祝她好运了，泰维纳心想。好在她至少帮忙拼出了恐怖嫌犯的画像，尽管就像泰维纳见过的所有此类画像一样，拼出来的人像都像是机器人：还是没装电池的那种。她怀疑，真人的长相会与画像略有不同。她此前称呼这些人为“恐怖机器人”。他们时刻准备着为了自己的信念而杀人，难免缺乏同理心，他们眼中也全无人性的光亮。有时候，她也会觉得，自己对他人的命运未免过于冷漠。可毕竟，她从未对孩子们发动过战争。

不过乔茜看上去似乎是个容易得手的猎物。假如她真的是坐在克劳德的大腿上向他汇报工作的话，她即将对“附带伤害”这个词的意思有更深刻的认识。

片刻间，泰维纳的目光暗淡了下来。突发事件考验着各个系统，她的身体也不例外。等一切结束之后，她要一觉睡上四十八小时。不过现在还不能松懈。

她打开电视，调到新闻频道。屏幕上显示的是伦敦的航拍画面。十年前的航拍画面定然大不相同：没有赫伦大厦，没有针塔；再倒退二十年，小黄瓜、伦敦眼以及这座城市半数的天际线都将不复存在。而从现在起二十年之后会是什么样子，又有谁能预料呢？也许百层高楼之间都能通单轨电车了吧。不过即便真的是那样，伦敦依然是伦敦，因为规则即是如此。在夺目的光彩与盛装华服之下，跳动的还是那颗心脏。

此时，在地面上，伦敦警察局局长才是街道上的主宰。不过戴·泰维纳也安排了特工红隼一号到红隼五号观察，把握着这个城市的脉搏。一旦袭击发生，恐怕很难生擒恐怖分子。现场布置的特工则能进一步降低嫌犯逃生的可能。

无论怎样，事情即将结束，后面还有其他事要去处理。得收拾一下艾玛·弗莱特，还有她那个小弟德文·威尔斯。在事情结束之前，他们两个都不会再出外勤。百分之七十五的情况下，泰维纳都怀疑有人在酝酿什么针对她的阴谋；而无论弗莱特究竟想干什么，她大概率都搞砸了，不过这已经值得严办了。斯劳屋同样在她下一步要整治的对象之列。杰克逊·兰姆早就应该明白：今日的钟声之中，便有丧钟为他而鸣。

维护安全局的利益是她的首要任务，现在如此，将来也将永远如此。精心的栽培，就是要剪除死枝，保证主干的健康。

电视屏幕上，两个频道播放的都是人群聚集的画面。伦敦市民走上街道，表达对远方死难者的支持和怀念。这样的反应合情合理、令人敬佩，却也正中凶犯的下怀。戴·泰维纳希望，明天将不再有更多的死难者需要他们去悼念。不过任何人群都是如此：只要将它分割成一个个部分，就总有一些人会付出惨痛的代价。

瑞弗·卡特怀特在人群中穿行。人们三两成群聚在一起，大多冷静而严肃，深知今日气氛的沉重，有意要借参加此次活动表达自己的态度。我们不害怕。人们谈论着阿伯茨菲尔德，丹尼斯·金博尔的死也是热议的话题，并且不少人已经在两件事之间建立起了联系。每次瑞弗打开BBC的网站，都以为会在屏幕上看到自己和科的脸。警方正在寻找这两名男子。不过到目前为止，依然风平浪静。

他两次不得不出示自己的安全部门工作人员证件，以通过路障：在他的印象中，伦敦从未这样如临大敌。不过这绝非小题大做。对阿伯茨菲尔德的悼念活动发动袭击，已经不是宣传战那么简单——那将是直插英国现行体制心脏的一把匕首，纵然枪手们无法靠近教堂。眼下，任何出现在伦敦市中心的持枪敌对人员最多只能撑过几秒钟时间。但那并不意味着他们不会带走几十个路人作垫背，并以此制造轰动全球的头条新闻。

蛇咬自己的尾巴……

他筋疲力尽，却想象不到睡眠是什么感觉。他身体内的每一根神经，都像座机电话一样丁零零作响。

他给路易莎打电话。“你现在在哪儿？”

“斯托里门。”

“离这儿不远。在那儿等我？”

“这是问句还是祈使句？”

“问句。”

“哦，可以啊。”

他挂断电话，沿街向路易莎的方向走去；这段平常只要两分钟的路程，现在得用大约十分钟才能走完。

几个小时前，他们都还在斯劳屋。弗莱特和威尔斯已经带着金姆离开。下等马们聚在何的办公室里，这间主人缺席的办公室如今已经成了大家的公共休息室。他们应该把这间屋里的家具都扔掉，瑞弗心想——在这儿放一台弹子机和一台自动点唱机。不过话说回来，即便真有这样的福利，他大概也享受不了多久了。他耳中那远处的隆隆作响，并非涌向伦敦城墙的滚滚人流：那是步步逼近的命运。

一直埋头看 iPad 的凯瑟琳此时说道：“他们预计会有上千人

参加——甚至上万人。每次发生悲剧都是这样。人们总想展示他们团结一心。”

“是啊，哎，老老实实在家坐着对他们更好，”兰姆说，“反正无论他们怎么折腾，死人也听不见。”

“这种活动还是有意义的，”她厉声说道，“当无辜之人遭遇厄运的时候，余下的人应当齐心协力。否则我们还不如躲在掩体背后。”

“你知道为什么无辜之人会遭遇厄运吗？”兰姆问道，“就是因为那些蠢货。”

“呃，你一句话就总结了神学的宏大问题。多谢。”她环顾了一圈在场的下等马，“大家都精疲力竭了。我们也做不了什么。要不大家都回家吧？”

“我们应该一起去，”雪莉说，“去教堂。”

“然后干什么呢？”兰姆问道，“朝那些坏人扔订书器？”

“订书器也能伤人。”她小声嘟囔着。

瑞弗说：“弗莱特已经向总部报告了，总部也会告知警局。到时候现场会有警察，有军队：军情五处也会在现场安插眼线。我觉得没有我们他们也能应付得了。”

“我认为他们已经想到了今天的仪式会有风险，”凯瑟琳说，“这种王子出席的场合，他们不可能不安排严密的安保措施。”

“怀疑一旦得到确证，就变成了可以付诸实践的理论。”科说道。

“谢谢你，孔夫子。”兰姆说。他转向瑞弗：“一朝被蛇咬，转天被吃掉，是吧？”

“我完全不明白你在说什么。”瑞弗说。

“昨晚那次小小的冒险让你变得谨慎了不少啊。怎么了，你不想去现场看看吗，万一又发生什么……意外呢？”

“我现在只想补觉。”他说。

“我们都想，”凯瑟琳说，“我们都应该回家了。”她重复道：“无论今天发生什么，都跟我们没有关系。”

兰姆无视了凯瑟琳的话，说道：“我不知道斯劳发生了什么，但你们两个显然是在上游尿了一泡。过不了多久我们所有人都要喝下游的水，怎么办呢？”

路易莎戏剧化地伸展了一下四肢。“嗯，凯瑟琳说得有道理。如果明天就要喝尿，我们不如先睡会儿。”

“我不确定我刚才说的是这个意思。”

科看着窗外。

兰姆说：“你看，我一提到斯劳，所有人就都想回家了。这让人难免感到好奇。”

“是他们去的斯劳，”路易莎指出，“我开车去的伯明翰。又一路开回来。而且一直没睡。”

“就是说你不准备去教堂捣蛋了？”

“你知道我现在什么状态吗？我这个状态去了现场，肯定跟小唐纳德·特朗普一样能干。”

“还有个小唐纳德·特朗普？天哪。我刚才还觉得这个世界已经没法更糟了呢。”

不知道谁的手机响了，可没人掏口袋。

“哪位的电话，能不能让那玩意儿安静下来啊？”兰姆说。

“是你的。”凯瑟琳指出。

“这样的话，你们现在可以滚出去了吗？”

他们从何的办公室里鱼贯而出，在雪莉屋里聚齐。

“这会儿正是好机会，”凯瑟琳说，“走吧。你们都走吧。”

“他已经知道了，对吧？”瑞弗说。

“如果他知道了，对你们可能还好点儿，”她告诉他，“如果事情的真相传出去，那斯劳屋就有麻烦了。那样的话，他就会站在你们这一边，他会不择手段地解决问题。”

瑞弗觉得，除非兰姆能起死回生，否则这个问题恐怕没那么容易解决。

雪莉已经不见了。科又开始往耳朵里塞耳机，虽然谁也不知道他听的究竟是新闻还是他那没完没了的爵士乐。

瑞弗说：“好吧，那我下班了。”然后走出了斯劳屋的楼。

他在艾德门大街上等着路易莎赶上来。“你要回家吗？”

“我们刚刚接到的命令好像就是让我们回家啊。”

“那你要回家吗？”

“才不要。”

“我也不。”

“我就知道。什么叫‘我觉得没有我们他们也能应付得过去’？”

“我现在最不希望看到的，”瑞弗告诉她，“就是再跟科搭档——或者雪莉。”

“你觉得他们也会去那边？”

“我没法预测科会做什么。我只是希望，无论他做什么，最好都离我远远的。不过雪莉嘛，应该是的。”

“你很可能是对的。我们坐地铁？”

瑞弗把何的车钥匙落在办公桌上了——另外，伦敦市中心的交通大概会堵到根本开不动。“行吧。”

他们抵达后分头行动，在街上巡视而行。人群起初三三两两，没过多久却已成千上万。如此漫无目的地转悠虽然毫无意义，却是深入骨髓的反应。在职业记录被玷污之前，这曾是他们为之训练多年的工作。这道尚未熄灭的希望之光，假若能善加呵护，或许能指引他们重上坦途。两个小时过后他们重新会合，喝了点儿可乐，然后重新进入人海。如今，时间又过了九十分钟，纪念仪式已经准备就绪，一点钟准备好奏响刺耳的对唱。瑞弗远远望见前方站在路灯旁的路易莎；她一只手拿着手机看着，另一只手端着两杯咖啡。

“有情况吗？”他问道，顺手接过一杯咖啡。

“没有。你那边呢？”

“一样。”

稍远处，一辆辆汽车驶过。现在路上行驶的，只剩下载着要人们前往教堂的车辆。那大概是王子们到了——他心想——或者首相。仪式要开始了。

“看见雪莉了吗？”

“没。也没看见科。”

“我估计他们已经上床了。”

路易莎把嘴里的咖啡吐了出来。

“天哪，不是那个上床。我是说——”

“我知道你是什么意思。我只是——”

“行了。”

“我是说，你能想象得到吗？”她把手机放回口袋里，“你觉得能行吗？”

“你说的是仪式？”

“所有的事。”她扫了周围一眼，确认没有人在旁听，不过依然压低了声音。“科。就是金博尔那件事。该死，瑞弗，事真不小啊。”

“我也不知道接下来会如何。”他用平常的声音说。他们走了起来，走过一行停在路边的车。

“你考虑过上报吗？”

“考虑过啊。”

“然后呢？”

“我不知道那样有什么好处。我也在现场，跟科一样。关于处分决定，你我都知道那会意味着什么。总部或许的确有理由想要掩盖真相，可他们不想掩盖真相的理由或许更多。最起码有一个：我们不受待见。”他的咖啡太热了。大热天喝着热咖啡。不过终究聊胜于无。“你想听一件有意思的事吗？”

“请说。”

“我本来打算辞职的。就在这堆事发生之前。我本来都想好了，我已经受够了，打算要走了。开启新的生活。”他笑了笑：不是真笑。“也算我赶上好时候了。”

路易莎把手放在他的肩上。“可你现在一塌糊涂。还有你外公的事。”

“是啊。尽管如此。”

“所以如果是我的话，我不会在这个时候做重大的决定。除非——黄色小汽车。”

“什么？”

“没什么。除非局面有所好转。我们抓住这帮人，成为英雄。这样形势就大不相同了。除此之外——你懂的。还有兰姆：他总有办法。”

瑞弗说：“那也是有限度的。何况，要抓住这帮人，根本是不可能的吧？说老实话。即便他们真的出现在这里。坦诚地讲，如果真那样的话我们也不太可能成为英雄，中枪的概率倒是更大。”

路易莎把她的杯子扔进垃圾箱里。“你这话也太悲观了。”说着，她又掏出了手机。“到现在还是没看见雪莉，不应该啊。”

“这么多人。她那么娇小。”

“可她总能让人感觉到她的存在。我给她打个电话吧。”

“你可能会吵醒她的。”

路易莎说：“是，不过那样也会很有趣。”说完她便拨通了电话。

墙上固定着两台电视机，眼下都调成静音，播放着来自威斯敏斯特教堂的视频画面。首相刚刚走进教堂，他的身形湮没在阴影当中，一如他那如今随时会湮灭于历史的首相生涯。不过这件事也传了好一阵了。另一台电视的屏幕上显示的是分列道旁的人群。乍看还以为是什么欢庆活动，可现场飘扬的旗帜屈指可数。特写镜头可以看出人们面色严峻，还有些人流下了眼泪。

艾玛·弗莱特说：“你在街上看到过这么多“牛剑”毕业生吗？”

“皇室婚礼？”

“即便是皇室婚礼，也没这么多吧。还有军队。现场足够两个团。伦敦中心现在都能打仗了。”

威尔斯说：“你是担心会出事，还是担心出不了事？”

他们此时身在看门狗的工区，泰维纳告诉他们在可预见的未来都原地待命，不过弗莱特感觉这似乎不会太久。昨天，她被迫呆坐斯劳屋，双手被铐在椅子上，不得不听着那帮白痴讨论金博尔和贾弗里到底谁会死。假如她当时将那件事直接报告总部，或许金博尔就能活过昨晚了。事到如今，她这份工作大概也保不住多久了。

可毕竟事已至此，何况她还拽上了德文垫背。到现在为止，她还没听过他的一句怨言。

她说："阿伯茨菲尔德的小队，有几个人，五六个？之前有人跳窗了，现在大概死了一个。"

"四个字，"威尔斯说，"自杀小队。"

"好吧。可即便如此，他们能靠教堂多近？教堂四百米之内连车都不让进。他们靠步行根本走不了那么近。毕竟所有人都睁着大眼睛寻找可疑分子。"

"他们不需要靠近，"威尔斯说，"这又不是作战规则的要求，记得吗？你只要出现在现场，就能成为靶子。就这帮人，在斑马线上干倒一群人，就敢说是达成目标了。不管面对什么人、不管在哪儿，他们只要开火就行。"

"没错，"她说，"可那样算不上控制媒体吧？"

"现场的新闻摄制组一大把。"

"我不喜欢这样的局面。"

"谁都不喜欢。"威尔斯站起身。房间角落里的一张桌子上，一台老旧的咖啡机正在自言自语。"来点儿吗？"

"我已经喝得太多了，"弗莱特回答说，"再喝就得麻烦你从天花板上把我揭下来了。"

"也不是第一次了。"他拿起罐子倒满了一纸杯。"我根本不应该出现在那个地方，"他提醒她道，"我不当值。"

"是啊，呜呜呜。"

"我感觉有人好像要发起歧视诉讼了。"

"你总拿种族问题说事，"她说，"你当个金发女人试试。到时候你就知道什么叫骚扰了。"

他笑了。

这时，一块屏幕上的画面发生了变化，弗莱特随之紧张起来。原来是现场发生了骚动，人群把路障挤倒了。

“德夫？”

他那杯咖啡已经脱手，落在桌上，然后滚到了地面上。

接着，大量警察出现在屏幕上；他们扶起倒地的人们，移开了路障，避免有人再次绊倒。

威尔斯长出一口气。

弗莱特半是自言自语地说道：“这么多人。就像是加冕礼。”

“我们毫无畏惧，”威尔斯背诵出了某个名人的名言，“他们想来，我们就要让那些浑蛋知道，他们是赢不了的。他们永远赢不了。”

“可我们中间总有些人会输。”屏幕上现出某个在刚才的骚乱中承受严重冲击的人的身影：是一位年轻女子，她的脸因痛苦而扭曲。是腿折了吗？肯定是有什么部位骨折了。两位警官蹲在她的身旁，其中一人一只手搭在她的额头上。

威尔斯说：“你是不是觉得还是街上空无一人更好？他们办了一场悼念仪式，却没有一个人来参加？”

她说：“到目前为止，他们都一直在捏软柿子。这下他们要大吃一惊了。”

“大概没有几个人会为他们感到难过吧。”

“确实如此。我只是好奇为什么他们突然变得这么野心勃勃——他们根本无法靠近教堂。”

“蛇衔尾。假如他们当初没有犯下阿伯茨菲尔德凶案，也就不会出这样的事了。即便出了什么事也是他们自作自受。这有什么问题吗？”

艾玛的脸色突然变得惨白。

兰姆站在距离摄政公园不远的地方，在一个路口处树荫掩映的便道上等人。此地行人寥寥——除了威斯敏斯特教堂周边地区之外，伦敦一片安静，仿佛苍穹化为一只倒扣的大碗，笼罩了一切。他已经故意迟到，可依然还是不够迟。茉莉 · 多兰整整过了一分钟才姗姗来迟，她那只樱桃红色的轮椅嗡嗡响着，就好像有一群蚊子在后面紧追。他点上一根烟，伸手捋了捋领子，得到了一种潮湿的触感。

“你坐着那玩意儿能走多快啊？”他等她走近了问道。

“比你想象得快。”

兰姆嘟囔了一声：“也许我也应该搞一辆。这种天气里走路简直是活受罪。我脚都肿了。”

“你身上哪怕任何一个小小的部位，都没有厌倦这一切吗？”

他坏笑了一下：“我身上哪个部位都不小。还记得吗？”

“在你手下做事一定很有趣，杰克逊。”她说着把轮椅开进树荫，“给我讲讲凯瑟琳 · 斯坦迪什吧。”

一瞬间，几乎不可能的事发生了：杰克逊 · 兰姆的脸上现出了困惑不解的神色。不过他高居茉莉 · 多兰的视平线之外，或许没有注意到。“她是个酒鬼，给我泡茶、打字。怎么了？”

“现在没人打字了。”

“是啊，我一贯抓大放小。打字还是别的什么我都不问的。这跟你有关系吗？”

“我也要从你这里得到一些信息才公平吧。”

“公平什么？你什么还没告诉我呢。”

“你真的觉得，我不先看看你的东西，就给你看我的？拜托，杰克逊。即便我还有腿的时候，也不会轻易张开。她是查尔斯·帕特纳的女秘书吧？”

“你没见过她？”

“她在管理层办公。我不经常上楼。”

“你这句话应该留给我的，”他说，“我有一个妙语的点子。”

“她不时地在档案里出现——帕特纳的档案里——又是一个没完没了的故事。”

“她是一匹下等马，”兰姆说，“就跟其他人一样。”

“只不过她是第一匹下等马，对吧？你就是带着她从总部去斯劳屋的。你为什么选她呢？这就是我的开价。”

他说：“我需要有人给我泡茶，还有打字。”

“别扯淡了，杰克逊。”

他拿起叼在嘴里的烟，打量着发光的前端。一层薄薄的烟灰下面，隐约现出亮橘色的纹路。他吹了一口，烟灰飞散。不消片刻，就变成了黑色。

“她是一名特工。”他最后说道。

听到这话，茉莉·多兰笑了：半是讥讽的讪笑，半是咯咯的傻笑。离开摄政公园的她似乎并不属于这个阳光下的白日世界。“她一直是文职人员。除了坐在桌子边上，就是忙着跟周围一半的男人风流快活。这些从字里行间都能读出来的。”

“帕特纳是用她作替罪羊。”

她终于深深吸了一口气，那一脸的心满意足仿佛让她的妆容又厚了一层。“所以那些关于帕特纳的传言是真的。”

“是，不过如果是我的话，我不会到处宣扬。这件事依然非常敏感。”

“所以他的自杀——”

“够了。”他斩钉截铁地说。

她停了一下，接着说道：“可他利用了她。于是在你眼里，她成了特工。”

“在斯劳屋，只有我的看法算数。你玩够了吗？”

“我会想念这一切的。”

“你就当我在乎吧——可以说正事了吗？”

“杰克逊啊，杰克逊啊，杰克逊。”她摇摇头，仿佛要把脑海中不好的想法甩出来一样。接着，她说道：“你们那个姓何的小伙子盗取的文件。”

“你找到原件了。”

“嗯。”

“前因后果都有底档吧？”

“那还用问。”茉莉·多兰说。

弗莱特说：“我们完全搞错了。所有人都搞错了。”

“什么意思？”

“纪念仪式不假。那确实是他们要袭击的目标。但不是威斯敏斯特。他们是要回阿伯茨菲尔德。”

“你认为——”

可弗莱特已经冲出门，直奔情报中心。

安说：“你该下令了。”

他们把丹尼的尸体摞在俊的尸体上，两人像原木一样堆着：

下面的那一具尸体表面的保鲜膜闪着幽光，上面的那一具尸体蜡质感越来越强。丹尼生前最后的想法洒满了面包车的侧板，正一点点干涸凝固，或许永远不会有人知道他究竟想了些什么。

申想要说些什么，却什么也没说出来，只是伸手拿过了水壶。猛灌一顿之后，他再次尝试。“现在出发。”他说。

“大点儿声！”

“现在出发！”

克里斯随即发动了面包车。车子驶离了肮脏凌乱的小路路边，只剩刚才被压在车下的野草尽力地再次伸直弯下的腰。

山下，阿伯茨菲尔德即将迎来他们的二度光临。

铃响到第三声，雪莉接通了电话。“啊，怎么了？”

“你在哪儿？”

“问这干吗？你在哪儿？”

“我在教堂，雪儿。瑞弗也在。你不在这附近吗？我们一直找不到你。”

“哦，对啊，我不在那儿啊，”她说，“这不是明摆着的嘛。”

路易莎强忍住恼火的叹息。“那你在哪儿呢？”

“我在阿伯茨菲尔德。”雪莉说。

# 16

兰姆离开斯劳屋之后，雪莉爬进了他的办公室——说“爬”或许是用词不当，同样地，也不能说兰姆走前她一直在躲藏。但她真的不想被抓到翻他的办公桌，而正因如此，J.K.科站在门口跟她打招呼的时候，她几乎跳起来撞到屋顶。

“在找兰姆的枪？”

“是马库斯的枪。”她过了半天才平静下来。

科耸耸肩。

之前她听到后门开合了几次，以为所有人都已经下班离开了。如果要打赌的话，她肯定会赌科是第一个走的。

“反正跟你没关系。”

“确实。”

左手边最下面的抽屉是锁着的。雪莉在口袋里摸了一阵，掏出了马库斯的万能钥匙。

科说：“反正你或许早晚都会告诉我。只要我在这儿站的时间足够长。”

“他们朝我开过枪，”雪莉说，“就在何的房子外面。如果他们再朝我开枪，我一定要还击。”

“在教堂？”

“对啊。”

“今天任何人胆敢在教堂附近掏枪，二十秒之后就变成猫粮了。”

雪莉没接话。

最小的那把钥匙合适。她打开了抽屉，看到一个鞋盒。

科说：“问题是，我觉得他们不会去教堂。”

“你说的是其他同事？”

“我说的是阿伯茨菲尔德小队。”

“为什么？”

“因为他们之前都是小打小闹，今天的威斯敏斯特教堂可是正经的大阵仗。”

她打开鞋盒的盖子。里面枪口抵枪托放着两把手枪。她猜那把黑克勒·科赫是兰姆的，另外一把格洛克曾属于马库斯。

“并且我不认为这帮孩子能跟伦敦最精英的防御力量对抗。我猜他们还是喜欢捏软柿子。”

“那你为什么不早说呢？”

“现在没人听我的了。”

“那肯定是因为你杀了丹尼斯·金博尔。”

格洛克上了膛，这很好——另一把枪她没动。她觉得，偷兰姆的枪后果肯定比偷午餐还要严重，而从没有人偷过兰姆的午餐。

她拿出了那把格洛克，把鞋盒的盖子盖好，放回原位，然后锁上抽屉。

“他们或许应该给你立一座碑，”她说，“如果这样能让你感觉好些的话。”

“谢谢。”

“不过他们永远不会。他们会把你关进监狱——抱歉。”

“拿到你想要的东西了？”

“对啊。”

“所以你现在要动身去教堂了吧。”

那是路易莎和瑞弗要去的地方，而这两个王八蛋都没等她。而且科刚才说的今天在教堂附近掏枪的后果可能是对的，可她不会举着枪乱晃对吧？只是以防万一。下次再有人朝她开枪，她就不用躲在汽车后面了。

“我以为你已经回家了。”她边起身边说。

“你真觉得我是个精神病人吗？”

“没想过，”她撒了一句谎，“嗯，也许吧。怎么了？”

“只是好奇。”

“你也知道，我也不是专业的。这只是我个人的看法。”

“我知道。”

“我想起来了，你在心理评估部门干过。你觉得呢？”

“说不好。有可能。”

“你最近真的话多了不少。”

“这也说明不了什么问题吧。”

“也许吧。”她突然感觉拿着一把枪聊天有点儿尴尬。这或许会让他感到，她觉得有必要自卫。

那把枪塞在口袋里有点别扭。她需要一个包，或者别的什么东西。

“你还没问我，我觉得他们会去哪儿呢。”

“你觉得他们会去哪儿？”

“阿伯茨菲尔德。”科回答。

“……真的吗？”

“今天那里也有悼念仪式。跟威斯敏斯特教堂的悼念仪式同时进行。我估计现场会有安保，但跟伦敦的没法比——还会有媒体。”

“同一个地方袭击两次？”

他说：“我不确定有人这样干过。”

“基督骑自行车！”

“也可能是三轮——”

“你得把这件事告诉什么人啊。”

“谁也不会当真的——”他揉了揉鼻子说道，“考虑到斯劳发生的事。”

“是啊，可是——”

“何况我也许是错的。”

“是啊，可是——”

“所以我觉得我现在要做的，就是自己赶过去。”

“……真的吗？”

“开车三小时多一点儿。”

他把一串钥匙抛在半空又接住。雪莉猜，那肯定是何的钥匙。

“万一你要是说对了呢？万一他们真的去那儿了呢？”

“你现在不是有枪了吗？”

她心想，还是应该坚持 A 计划。其他所有人都在 A 计划上。她不想为了 B 计划错过了乐子。

“要么你也可以直奔教堂。随大溜。”他又抛起钥匙，“随你选。”

“为什么你想让我跟着你？”

“大概是我需要个副手？”

他才不需要副手——她心想——他需要的是炮友。

如果换作马库斯的话，会怎么做呢？他会去威斯敏斯特教堂，还是阿伯茨菲尔德？所有人都在教堂。这意味着，万一天上掉馅饼，她也分不到多少，根本无人在意。

“所以你跟我来吗？”

她心想，马库斯一定会确保所有出口都有人把守。

“……嗯，好吧。”

此时，他们已经抵达目的地。

他们花了三个半小时驾车赶路。两人都话不多，两小时换了一次班，由雪莉开完后半程。只有卫星导航偶尔叽叽喳喳地说几句话。放着手枪的口袋依然鼓鼓囊囊的；另一边的口袋里放着那包可卡因。她突然想到，万一他们被警察拦下搜查，这两样东西的组合大概会让人对她的品行产生负面印象。于是她心想，最好还是别被拦下搜查。有些问题比其他问题更好解决。

科下巴上的血已经干了，不过他并未把干涸的血迹擦掉。雪莉的耳朵感到温暖却不适，不过透明胶带至少能让血不要滴下来。

每小时整点，他们都会看一眼新闻：没什么新鲜事。头条依然被丹尼斯·金博尔占据，这或许算是他为了博取关注而做出的最后挣扎。而最新的报道不时透过挤满哀悼者的街道，从威斯敏斯特教堂传来。

“这次最好不是白跑一趟，你这个白痴。”雪莉心里说。她之所以没说出来，并非因为她担心科可能是个神经病，而是因为她害怕科万一不是。如果他真的拥有正常的情感，他的未来已然一片阴暗，不需要雪莉再来伤害他了。

来到了德比郡，他们仿佛进入了一个完全不同的世界。周围山丘连绵，绿荫蔽路。灌木树篱连着沟渠，到处是牛羊。

她上一次去乡下时，曾看到一只孔雀。那是俄罗斯间谍之外，她在当地见过的少数活物之一。

下坡处路旁立着一块告示牌，上面写着阿伯茨菲尔德。“您已经抵达目的地。”卫星导航快活地说了一句。大家终于能就一件事达成一致了，真好。

“嘿。”她说。她不知道应该如何称呼他：科？J.K？按说这件事一年前早就已经不是问题了。不管他喜欢别人如何称呼自己，他现在已经睡着了，或者跟睡着了一样。雪莉锤了一下他的肩膀：她下手不重，不过也没轻到他能继续装睡。他睁开了眼睛。“我们到了。”

科摘掉了耳机，环顾了一下四周。

有警察，人数还不少；没带枪，至少看不出带了枪，都忙着挥手拦停往来车辆。科晃了晃他的证件，对方意外地瞪大双眼。汽车都停在主街的一边，街道另一侧则有两个新闻摄制组的记者正对着摄像机镜头进行现场拍摄。更多车辆则停在三条小路上，每条小路的长度都不过一百码左右。主街环绕着教堂，勉强从雪莉眼中教堂的后花园——尽管里面立满了墓碑——与一座深宅大院的高墙之间穿过。乡下有乡下的规则：她可能也不懂。不过不管是什么样的规则，定然都来自那堵高墙背后，或者某个类似的地方。

教堂外停着一辆警用面包车，车附近立着一个门廊形状的装置，上面装饰着鲜花和玩具，以及剪成桃心和小花等各种形状的七彩纸片。另一个新闻摄制组开来的面包车占据了通向教堂的小路，雪莉觉得这样很讨厌。不过话又说回来，她是口袋里揣着一把枪来的。这似乎也有些过分。

不过既然来了，她希望能不虚此行。

她沿路绕着教堂转了一圈，找到一块足够放下何的车的地方，将车停了进去。她熄灭了引擎，下意识地拍了拍口袋——那把枪还在：不然还能去哪儿呢？——然后打量了一番周边环境。教堂后面是一排小屋，缤纷的色彩从窗台上的花盆里流溢出来；别处，路灯柱上绑着一束束鲜花，路上用粉笔画着什么，看似一个孩子的涂鸦：同样的五颜六色。紧接着，雪莉看出那地上画的也是花朵，而她马上又意识到，那就是某个死者倒地的地方。大多数村子都有一座战争纪念碑，而如今，阿伯茨菲尔德处处都是纪念碑。

“你做这些究竟是为了什么？”她问科。

科双眼直视前方，沉思良久才开口：“假如他们为了金博尔的事过来抓我？”

“肯定会的。”

“手里有一些东西或许会好一些。”

*所以尽管我杀了一位议员——她心想——可我为了赌能抓到坏人的小概率事件，大老远一路开到了德比郡啊。*

她并不认为这两者可以功过相抵。

“现在怎么办？”

他说：“教堂前的街道保护得很好。”

“全是赤手空拳的警察。”

“至少三个人有枪。”他边说边用手指着，“那边街角那两个。还有一个在前面路边。我们最先经过的就是他，就在刚过村名路牌那个地方。”

她还以为他刚才一直睡着。“步枪？”

“有一把步枪和两把机关枪。”

“你还挺擅长啊。”

他说：“有点儿被害妄想。有用。”

她不知道对方是否在开玩笑，转念一想这些都不重要。

“那接下来的行动你有什么建议吗？”

他耸耸肩：“来到这儿就已经用光了我的所有点子。”

“我可以进到教堂里面。”

“你那玩意儿或许不应该端在口袋里。”

她可以把枪塞进牛仔裤后腰里。这样一来外面的部分就能用上衣挡住。

她一下车就掖好了枪。科点点头，似乎他也认为她的武装已经没那么显眼了，然后他朝着路远方比画了一下。

“我去那边看看。”

雪莉心想，他那边看完了之后，还可以到另一边再看一眼，然后他们俩差不多就完成任务了。

她一个人穿过街道。他们刚开进村子时还有钟声，这会儿钟声已经停了。那个占路的电视摄制组正把设备从教堂前的路上往人行道上搬。摄制组的人上下打量了她一番，不过显然他们最终认为她没什么新闻价值。

“满了吧？”她问道——当然是指教堂。

其中一个三十多岁、身穿唠唠叨叨字样T恤的工作人员看了她一眼，说：“是啊。”

“今天来了好多电视台的人吧？”

他想了一下说：“四个组？”

就这还控制媒体呢，雪莉心想。

“还有几个电台的正在商店旁边做街头采访。”有人插嘴道。那人说到“电台”一词的口气，就好像她说的是“麻疹”，仿佛在常人看来电台这东西早应该从这个世界上消失了。

那伙人离开了，只留她一个人站在穿过墓地、通向教堂前廊的碎石路上。这里堆放着更多鲜花。雪莉忍不住质疑，这一大堆无人看管的花束究竟有何意义：花十五镑或者二十镑，做出一个无人理睬的姿态，除了用来投身一场无差别的滥情大狂欢之外似乎毫无用处。到了最后，只有花店老板感觉好些了。但就在她从花束旁走过时，一股花香像旋转门一样直扑面门。就在这时，她的电话响了。

她好像失了智，第一反应竟然是伸手摸枪。

好在没有旁人注意到。教堂内传出仪式化应答的集体呢喃，接着便是乍听起来不知为何物、实际上却是数量众多的会众拿取赞美诗集的闷声。铃响到第三声，雪莉接通了电话："啊，怎么了？"

"你在哪儿？"

"问这干什么？你在哪儿？"

"我在教堂，雪儿。瑞弗也在。你不在这附近吗？我们一直找不到你。"

"哦，对啊，我不在那儿啊，"她说，"这不是明摆着的嘛。"

路易莎强忍住自己恼火的叹息。"那你在哪儿呢？"

"我在阿伯茨菲尔德。"雪莉说。

"你说什么？"

"我跟科都在。"

"你们去那儿干什么？"

跟路易莎和瑞弗在威斯敏斯特教堂干的事一样，雪莉心想。在错误的时间出现在错误的地点。

唱诗开始了。神圣的歌声中蕴含着悲痛的沉重。雪莉知道这首赞美诗的旋律，却想不起是哪首。

"没什么，"她说，"你们那边怎么样了？"

她等了半天也没听到路易莎的答复，这才意识到已经没有信号了。这种乡下地方也难怪，神奇的是刚才电话居然能响。

她把手机揣好，打开教堂的门，溜了进去。教堂里满满当当，人们全都站着、唱着。空气憋闷而温暖，光线透过花玻璃照进来。她进门时有几个人转头看过来，不过并不多，她尽可能轻柔地关上了教堂的大门。后排的长椅上还有空位，不过她并不想待在这里，可既然来了，她也不想立即转身离开。那样会显得不够尊重。于是，她站在门口，环视教堂内部。她多久没进教堂了？她现在有话要对上帝说吗？她猜测，自己可能会想要问问上帝，为何要允许那些残害生命的暴徒侵入这个安宁之地。然而，自太古时代开始，一场场乡村中的屠戮就在上帝的眼皮子底下发生。事到如今，他老人家要么已经有了无懈可击的答案，要么就是根本不在乎。

赞美诗的歌声越来越响亮，逐渐成了回荡整个教堂的合唱。

过了好几分钟，人们才注意到外面的枪声。

标牌上写着阿伯茨菲尔德，并提醒访客小心驾驶。克里斯看到标牌，把车速提到了五十公里，然后五十五公里。

“正常开！”申在背后呵斥道。

可安说：“不用。这样挺好。”

申的衬衣上有血，不过不是他的血，而是丹尼死时喷在他身上的血。他身上还溅了别的东西，看上去有点儿像炒鸡蛋。等他下车来到光天化日之下，那副模样一定狼狈极了。

不过，再次出现在阿伯茨菲尔德街头的他，反正注定狼狈。

“现场会有很多摄像机，”安说，“全世界都将见证我们的胜利。”

然后又怎样呢，申暗想。最高领导人将看到他们的胜利，这倒是不假。可然后呢？

“我们直取教堂。”安说，仿佛是在回答申的问题。“他们现在就聚在那里，一定都在祈祷，但他们所祈求之事注定无法实现。”

五十五公里，六十五公里。

“所有人的注意力都会集中在我们身上。”

面包车在坑坑洼洼的路上上下颠簸，左摇右摆。

前方，一位警官迎面走来，挥手示意他们停下。

J.K.科看到面包车驶来的时候心想：这可不妙。

汽车现在也是武器。任何东西都能用来伤人。

他先是走到了村子尽头上次袭击的现场，然后又折返教堂。当他走到村里唯一一家商店外、立着一排塑料材质读报栏的空地上时，两名记者凑了上来，其中一名举着话筒，不过他张开手回绝了。又走了几步，一位警官拦住了他，他再一次掏出证件给对方看，不过没有解释自己为何出现在此地。我之所以来这个地方，是因为如果我回家的话，只能坐等警察敲门。那位警官仔细看了看他的证件，仿佛是第一次看见这种东西——或许事实确实如此——然后继续慢条斯理地向前巡查。科又花了半分钟绕过了两个电视摄制组，这时有什么东西吸引得他回头看去。一辆面包车正朝这边驶来，并且开得飞快。

这可不妙。

刚才那位警官迈步走到路中间，示意面包车停下。

她没带武器。即便她带了武器，或许也没什么区别：她被直冲过来的面包车结结实实地撞飞出去，直飞到最近小屋的墙上，在上面挂了片刻，便栽到了地上。面包车撞人后急转方向，蹭到一辆停在附近的车，发出刺耳的尖声，紧接着调转车头，继续沿路向科的方向开来。

此时科也趴倒在地，躲在了一辆车的后面。

现场发出一阵喊叫声和奔跑声——不知什么人对着步话机吼了一阵。记者们也纷纷跑向被撞倒地的警官，不过就在面包车从他们身边驶过的一刻，车的后门“哗啦”一下打开了，接着科便听到了“砰砰砰”的枪声。一位记者被撞飞，撞上旁边一辆车的引擎盖，又弹了出去。

有人失声尖叫。

就在面包车飞驰而过的工夫，小路上跑来一位警官，瞄准面包车开了三枪。面包车的后门回弹关闭，正好接住了警官的三枪；而后随着面包车一颠，后门再次敞开。蹲在一旁的科短暂瞥见里面站着一个全身卡其色制服的持枪身影。他闻到空气中的恐惧、金属的味道以及欢乐的气息，他看到刚才那位开枪的警官像芭蕾舞演员那样做出一个单脚脚尖旋转的动作，不过做到一半便栽倒在地，他的步枪也紧接着落在地上。前面的面包车则是车头急转，猛地停住。

科的身后，不知道是谁喊了一声：“你拍到了吗？”

面包车驾驶员吃力地爬出车，刚举起枪，便被同时开枪的两位警官射杀。

科趁乱起身。他的身体似乎不听脑袋使唤，就这样动了起来，他也好奇地想要看看它接下来会做些什么。身体的动作缓慢却有效。面包车后面至少跳出来两个人，有一位持枪警官穿过停枢门冲进了教堂的院子，正在院墙后向外射击。另一位警官则以那辆被歹徒丢弃的面包车为掩护，摆好了射击的架势，却迟迟没有开枪。那位警官似乎在朝什么人喊着什么指令——是对他吗？

科穿过主路，蹲在倒地的警官身边。他本该先检查对方是否还有脉搏，不过此时此刻这一举动似乎已经没有意义，因为这位警官的喉咙几乎完全被炸没了。科好奇警官本人对此是什么感觉，不过转念一想，他应该已经没有任何感觉了。或许警官唯一的感觉，就是希望自己今天没有来过这个地方。这时，他意识到，自己的手正在捡起扔在地上的那把步枪。

“放下！把枪放下！”

这一次，指令很明显是对他发出的，于是他遵令放下了那把步枪，直到接连传来的枪声打断了远处那位警官的发令，把枪放——

他已经分不清枪手们在哪儿。即便假设现场有两个枪手——只有两个枪手——他却一个也找不到，不过，他能看到刚刚还朝他喊话的那个警官：此时他已经倒毙在地。由此可见，枪手在科的视野之外：肯定是教堂侧面，在环绕教堂的那条路上，在丹德尔停车的地方。他们的驾驶员还趴在面包车旁边，身上同样满是弹孔。雌雄大盗啊[①]，科心想。

一个电视摄制组正在拍摄枪战的场面。

应该做点什么，科心想，不过并没有自告奋勇的打算。可他还是再次捡起了那把步枪，掂了掂分量，仿佛他知道自己在干什

---

①《雌雄大盗》(*Bonnie and Clyde*)，是一九六七年上映的美国影片，故事基于美国著名的鸳鸯大盗邦妮·帕克和克莱德·巴罗的故事改编。影片的结尾，男女主角邦妮和克莱德中了警方的埋伏，被打成了筛子，一人死在驾驶席，另一人倒毙车前。

么。他身后一百多码的地方，有人在哀号：那个声音只能用这个词来形容。即便如此，他依然注意到天气仍旧晴好，天空依然蔚蓝。他双手端枪，走向面包车。

这样不对，他心想。他应该趴伏在地，找个掩体藏起来。可枪手定然藏在拐角处。科明白，子弹可没法拐弯抹角。只要他一直待在大路上，就是安全的。

他走到街角，停了下来。这样的行为是不是精神变态？反正肯定不是明智之举。他想知道雪莉·丹德尔去了哪里，她是否会突然出现、一通爆射——还是说她已经死了。过去这几年，他时常祈祷着太平无事，或者即便出了什么事，也离自己远远的。所以他现在是在干什么？这不是他应该干的。他上一次杀人的时候——公平地讲，他上一次故意杀人的时候——那人手无寸铁，还被绑在暖气片上。杀掉那人并不需要冒多大的风险。可即便如此，手枪的后坐力还是扭伤了他的拇指。

距离最近的电视摄制组正对着他拍摄。他们手里没枪——要不把他们杀了？

虽然心里这么想，可他还是迈步转过了街角。

马路对面，隐蔽在教堂矮墙后的警官起身，猛射了两阵，在停着的车身上留下一排整齐的弹孔。中弹的车辆中有一辆属于罗德里克·何，而那辆车后也正是枪手的藏身之地：他蹲在人行道上，双腿伸开，后背靠着驾驶员一侧的车门。他在科的注视下换上新的弹夹，然后转身跪地，把枪架在车前盖上，朝着那位警官大概的方向一通乱射。教堂侧面的玻璃花窗应声破碎。科暗自纳闷，为什么那个枪手不往他这边看呢。科看他看得清清楚楚，但那个男人好像根本没看到他。两人相距大约仅有五十米，但对方却仿佛画廊里的铁皮鸭。不过，安全终究好过后悔。

枪手的武器是半自动的，短时间内能发出的子弹远远超过科手里的这把枪。如果科现在出手却没有命中，后果就不止扭伤拇指那么简单了。

于是他放稳脚步，缓缓靠近，边走边瞄准。

在碎玻璃从天而降之前，歌声就开始渐弱。

在雪莉看来，那是一连串爆炸：先是教堂侧面的窗玻璃碎成了七彩的雹块，横飞到教堂的穹顶中央，然后撒在了教众的头上。那声音像风铃，像冰块。接着，和声也开始变得散乱，赞美诗让位于歇斯底里的号叫。管风琴演奏停止，尖叫开始。人们东躲西藏，和亲友一起躲避着倾泻而下的七彩碎玻璃；坐在长椅两端的人们则更是不管不顾地起身离席，朝着雪莉站的门口冲来。

不能让他们出去，她心想。枪手就在外面。

大门锁眼里插着一把老式大钥匙；她抓起钥匙一转，将钥匙拔了出来，然后伸开双臂面对着人群。不可以！她喊道——或者她以为自己喊了。局面转瞬间便失去控制，她无法确定自己的喊声是否管用。碎玻璃已经掉完了，但突然照进来的强光犹如当头一棒。转瞬间，教堂里的会众变成了暴民，尖叫吞噬了空气。一个年轻人在翻过长椅时被绊倒，紧接着就被他身后急于逃命的男人踩在脚下。雪莉再次高喊“不可以！”但此时人群已经逼近她的面前：她被挤靠在教堂大门上，呼吸越来越困难。祈祷成为惊惶，后者虽然也能让人万众一心，却是一种转瞬即逝的无脑狂热。有人踩到了她的脚，她急忙把脚抽回，却感觉仿佛在独力对抗一群野兽。冲在前面的人很快便跟雪莉一样挤成了一团，后面的人仍一心逃命，毫无意义地继续推搡。雪莉似乎听到外面又传来一阵枪声。不过那已经不是燃眉之急，因为在教堂大门的这一侧，在密集拥挤的人群当中，她的视线已经开始模糊，恐惧正在战胜理智。这样下去，一定会有人丧命。她也注定将是其中一个。又有人踩到了她的脚，有人的胳膊肘杵到了她的脸。有人的头撞到了她的鼻子，接着血就流下来了。

人群后方有一个男人拼命撕扯着前面的人。他一胳膊搂住身前一个女人的脖子，把她撂倒在地。

雪莉闭上了眼睛。她感到教堂的大门正在呻吟。如果这道门现在被挤开，她将被迎面冲来的僵尸大军踩成肉泥。

她应该让这帮人冲到枪手面前碰运气的。

尖叫声越来越响；人们的惶恐越来越强。有什么东西杵进了她的肚子，那是某人的某个身体部位，她说不出来是哪个部位，可那大概将是她生前最后的知觉。她慢慢忘记了如何呼吸。活埋应该就是这种感觉吧。活活被埋在人堆里。她咽下一口血：最后的一餐。假如她能摸得到枪，肯定会自行了断。下定决心的这一刻，感觉像是许了个愿，或者说是她成年以后的人生中最接近许愿的东西。让我摸到我的枪吧。我保证不会伤到别人。

就在这时，突然响起了铃声。

人们还在尖叫着、推搡着；雪莉还在拼命地呼吸，可这一切嘈杂的背后，突然响起一声铃声：那最初掩藏在嘈杂背后的铃声越升越高，终于盖过了一切吵嚷。铃声清晰而悦耳，尖叫声随着铃声的回荡越来越弱。顶在雪莉脸上的胳膊肘拿走了，杵在她肚子上的东西松开了，她终于得以重新呼吸到了空气：那固然是充满汗味、恐惧和将死未死之人腐臭气味的污浊空气，但毕竟是空气。她意识到自己手里抓着什么东西：某人的一条胳膊，然后又放开了它。拥挤的人群向后退却，有些人依然躺在地上，人们依然在哭泣、呜咽，发出恐惧的声响，但尖叫声已经停止，铃声仍在继续。

雪莉终于看清了，在圣坛上，牧师正站在那里，手里摇着一只摇铃。她看过去时，牧师逐渐放缓了动作，停了下来。他身后的玫瑰花窗完好无损。可右侧墙上高高的窄窗已经全部粉碎，它们讲述的故事也都变成了撒在地上、长椅上或者藏在人们头发中的碎片。教堂外，另一个故事也已经收尾。交火已经停止，只剩下对讲机中的噪声和交谈、大声咒骂，以及远处的警笛。

这时，在走道的另一端，出现一个端着短管机枪的年轻人。

刚才挤在门前的人群从雪莉身边散开，雪莉则迈过地上躺着的人们，向前走去。人们逐渐意识到了枪手的存在，却并未重归慌乱，而是绝望地平静以对。那些仍坐在长椅上的人们低下了头，仿佛不看枪手便可以将其行动的后果化于无形，而刚才涌向门口的人们则急于寻找藏身之处。

不过有些人依旧站在原地，直视着枪手。

他是怎么进来的？雪莉心中升起了疑问。

她随即想到了答案：后门。总有后门。

她几乎下意识地抽出了武器，双手紧握着马库斯的枪端在面前。

走了不到十步，她便站上了过道。

“把枪放下！”她冲对方叫道。

那人盯着她。瞥了一眼自己的枪，然后视线又放回了她的身上。

她应该二话不说便朝他开枪。他手里有枪，是个危险人物。他之前来过这里。在场的几十上百人都是无辜的靶子，他几秒之内就能置他们于死地。即便是将死之际，他动动手指也能杀掉他们。她应该现在就朝他开枪，一击爆头。她枪法精湛，这个距离足以将其毙命。

那个枪手看样子不过十七八岁——说不好。

“把枪放下，”她说，“否则我会杀了你。”

他并没有放下枪。

她继续向前逼近。对于本就是神枪手的她来说，他这个靶子越来越简单。

有人从外面捶打教堂的大门。

“放下枪。”她重复道。

她左边的一个小孩害怕地打了一个嗝。

大门上的敲击声再次响起，只不过这一次声音变得更闷、更重，似乎外面的人已经用上了攻城槌。

枪手身后，圣坛上的牧师已经闭上眼睛，低声祈祷。

枪手的嘴唇开始颤抖。

“立刻放下武器！”她说。

只要一枪。如果他继续顽抗，她完全有把握把子弹射入他的眼睛。或者他可以选择放下武器，不过必须是现在。

如果她再向前一步，她的枪口就将抵上他的额头。

他又瞥了一眼自己手里的枪，摇了摇头，似乎在否认现实、否认当下，抑或是否认自己此时此刻出现在此地的事实。

她应该立刻杀了他。趁他记起自己之前。趁他再次给阿伯茨菲尔德带来死亡之前。

她的枪口已经接触到了他的皮肤。

“我一直朝天射击。”他告诉她。

雪莉伸手抓住他的枪，他则乖乖地松开了手。

这时，她身后的大门被撞开，教堂里再次人声鼎沸。

* * *

可能是转天，也可能又过了一天。

被午后占据的斯劳屋里，蒸腾着令人窒息的热气。路易莎·盖伊为了打开办公室的窗户，让凉风吹进来，甚至已经磨掉了窗框上的漆皮。瑞弗·卡特怀特正在翻找他那正在响铃的手机；J.K.科则盯着楼下的车流。一股湿气在楼梯上飘荡、在楼梯平台上徘徊，把墙上的墙纸掀开。雪莉·丹德尔仰面朝天，听着钟表飞快的嘀嗒声，好奇究竟是时间变快了还是她自己变慢了。凯瑟琳·斯坦迪什则关着房门梳头发，她梳了九遍、十遍、十一遍，准备梳满三十遍就停下。罗德里克·何不知人在何处。而戴·泰维纳女士则正在爬斯劳屋的楼梯，她尽量不让自己碰到任何东西，如果能连楼梯都不碰就更好了。

“滚蛋！”泰维纳刚要抬手敲兰姆办公室的门，里面就传出了兰姆的吼声。

“我不会装没听见的。”她边说边推门进屋，反手关上房门，然后直奔这房间里唯一的窗户。

兰姆的双脚搭在桌面上，一根烟在临时用作烟灰缸的空烟盒里阴燃，另一根烟叼在他的嘴里。他的衬衣上少了一颗扣子的地方漏出灰色的胸毛，他一边心不在焉地抓挠着，一边看着显然执意要打开窗户的泰维纳跟挡住她的百叶窗较劲。“我必须得说，你这纯粹是浪费时间，”他说，“不过我看得确实很开心。”

她最终放弃了。“这屋里都没空气了。你能不能把那玩意儿掐了？”

“没问题。”他捻灭了嘴里的烟，然后又点了一根。“没别的事了吧？”

“美死你。”她一脸嫌恶地看了一眼访客的座位，然后把它拉得离兰姆的桌子远远的。她双手扶着椅子靠背。“我们得讨论一下关于你小弟的事[①]。”

兰姆听了坏笑起来。

“我可不是什么实习生，”她说，“你那些黄段子在我这儿不顶用。”

“人人都是批评家。”

“J.K.科。这个人你怎么看？”

“如果看近来的新闻报道，他就是个英雄。”兰姆打了个哈欠，“可认识他的人都觉得他是个浑蛋。我觉得，真相应该介于两者之间。跟平常一样。”

“感谢你的高见。现场的警官说，科直接走到正拿着半自动步枪射击的枪手身边，近距离对着他的脑袋开了一枪。他用的是一把步枪。”

“是，我看到照片了。就像是杰克逊·波洛克[②]吐在比萨上了。”

“他们问科，为什么枪手没看到他过来。你知道他怎么回答的吗？他说是因为他靠近时脚步特别特别轻。”

“看来我得开始锁门了，”兰姆说，“他坐那儿盯着手指，本来就已经够瘆人的了。”

“另一方面，雪莉·丹德尔举着一把非法枪支，威胁到了一座教堂里平民的性命。她的目标也举着半自动武器。潜在伤亡人数简直不堪设想。她应该第一时间就将对方击毙。”

“明显是她上的愤怒管理课程起了副作用。不过往好的一面

①原文为“We need to discuss your staff”，其中staff既有“员工、工作人员”的意思，也有“长杆、长柄”之意。

②杰克逊·波洛克（Jackson Pollock，1912—1956），美国抽象表现主义绘画大师。

看，这样不是也给你留了一个活口嘛。你那些夹棍什么的不是正好派上用场了吗？只不过，哦，不对——我好像听说了一些谣言？”

“他进入教堂之前在交火中受伤，”戴女士说，“被送到最近的医院后即宣告死亡。”

“有意思，丹德尔可没提他有伤。”他等了片刻，可泰维纳依然面无表情。“嗯，那我只能希望，是某人的非法枪支让他受伤了。完事了吗？”

“差得远呢。你派了两个手下去阿伯茨菲尔德——你是疯了吗？”

“关于这件事，仁者见仁，智者见智。”

“相信我，总部的人一致认为你疯了。还有斯劳。科——又是他。金博尔被杀当晚，卡特怀特和科在斯劳。”

“卡特怀特和科，”兰姆说，“听上去像是一家律所的名字，你觉得呢？”

“你们当时应该都在关禁闭的。除非他们俩都有长相一模一样的双胞胎兄弟，否则我们的监控录像拍到的，在案发现场转悠的就是他们俩。”

“你感觉他们俩是不是发现了什么线索？”

“关于这一点，警局会通报我们的。我们已经将这个案子移交给他们。我猜这哥俩——哦——大概二十秒之后，就要被请去问话。”

兰姆拿出嘴里的烟，打量了片刻，面无表情。“你要把那两名特工移交给警方？”

“他们不是特工，兰姆。斯劳屋没有特工。总部勉强同意你管这个地方，是因为你为安全局做的——”

“行了，我记得住。”

“——可凡事都有度，你做得太过了。”

“也没人给我行动方案啊。他们就给我一串钥匙。我现在还留着呢。”

“是，呵呵，过不了多久就会有人找你收回钥匙。这个烂摊子已经没救了。你手下这帮残次品就应该老老实实被拴在办公桌边，谁也没让他们到处逞能。说了这么多，我们甚至还没说到罗德里克·何——一个叛徒？竟然出现在这个地方？你的预算连换个挂衣钩都不够，没想到你竟然培养出了一个正儿八经的叛徒？”

兰姆把烟卷放回嘴里吸了一口，嘴唇弯曲起来。如果不是因为吸烟，那么嘴唇的弯曲就是因为他在微笑。很难分辨。

戴·泰维纳说：“所以他——你也要不回来了。绝对没戏。看样子，你的好日子已经到头了，杰克逊。”

“除非——”兰姆说。

“除非什么？”

“除非我能让你的美梦成真。”

她刚要开口说话，不过停住了。

不知道什么地方有一只钟表在嘀嗒作响，可她没看见。

她说：“不会又是关于你‘小弟’的俏皮话吧？”

“看你运气怎么样了。不过首先，来说说我们那位所谓的叛徒。事实是，那份惹来这么多麻烦的机密文件，那份你不想暴露在光天化日之下的文件，”他吐出一口烟，“根本就不是密件。”

泰维纳笑了。“又来这一套？那份文件在数据库里：所有数据库里的东西都是机密。”

“可这份不一样。”兰姆打开抽屉，拿出一张纸递了过去。

“那份是副本。你先看一下编码。”

她照做了，眯缝着眼睛。“这是开玩笑吗？”

“哦，你想让我告诉你点儿有意思的事吗？不是，这不是玩笑。”他从开着的抽屉里拿出一瓶酒和两只杯子。他把酒瓶和杯子放在桌上，顿了一下，又收起了一只杯子。他在剩下的那只杯子里倒上满满一大杯苏格兰威士忌。“想听个故事吗？”

“反正你总会讲的。”

“倒是不假，不过你还是先坐下。”她纹丝不动，“我说真的。我会讲给你听。不过你得坐下听。”

“在你地盘上就得听你的规矩，是吧？”不过她最终还是在椅子上落座，手里依然拿着那张纸。

兰姆朝那张纸的方向点点头。“正如编码所示，那份文件十九年前已经解密。签署人是查尔斯·帕特纳，因为他是当时的局长。而除了局长之外，其他人无权对文件解密。”

“说点儿我不知道的。”

“可解密并不是他的主意，而是一个名为‘购物清单’的行动的一环。因为当时局里有一个叛徒。哦，不是帕特纳那种大鱼——他的事我们都知道了。那人只是个小喽啰，叫什么不重要，他背负巨额债务，想通过出卖秘密还债。”

他把酒杯举到嘴边，吞了一口。

“可惜这位无名氏先生刚挂出招牌就被抓了个现行——钱是拿不到了。可某个大聪明觉得可以用这件事做点文章。于是，购物清单行动应运而生。无名氏先生之前已经试过了水，有几家有意的机构知道他待价而沽。他们想知道的是，他手里到底有什么好货？”

“于是我们就给了他一份购物清单。”戴女士说。

“哦，对的。他拿到一大堆被捯饬得锃亮如新的陈年秘密。任何事都比不过把一碗装饰成鱼子酱的狗屎喂给对方更令人痛快。可是用这碗狗屎当诱饵之前，必须先解密，否则购物清单行动本身就成了叛国行为。任何人都不能出卖机密文件，即便是为了诱敌深入，即便材料本身已经没有战略价值。”

“比如水源文件。”泰维纳说。

“没错。那是某个前殖民地官员脑洞大开想出来的屁用没有的策略，提出这个计划的时候还流行遮阳帽呢。不过写成摘要确实听着像那么回事。如何颠覆一个国家。只要你不提它是五十年前提出的，肯定有一大堆邪恶博士趋之若鹜。”

“所以后来呢？”

“后来就是：无名氏先生自杀了。他或许是愧悔难当，也没准儿是周五晚上打飞机时绳子系得太紧了。于是购物清单计划仅完成了最初阶段。那就是向有意向的各方散发待售好物的清单。”

“国安部门就是这样得知了水源文件的存在。”

“嗯，对。水源文件就在清单上。只不过商店还没开门，它就下架了。不过你看，二十年后，国安部门认为应该搞到这份文件，因为如果他们能在这片绿色怡人之地将计划付诸实施，一定能让我们大出洋相。看似漫无目的的连环袭击突然满是安全局的痕迹，剧本文件改过日期后看着像是不到二十年前写的——于是就成这样了。”

“于是就成这样了，”她表示同意，“可我还没听到，这怎么能让我的梦想成真。”

“呵呵，”他说，“关键问题就是当初推动这一切的那个大聪明，究竟是谁。”

戴·泰维纳短暂地闭上了双眼。当她的眼睛重新睁开，里面散发着令人捉摸不透的光芒。“克劳德·惠兰。”她说。

“舍他其谁。”

她冲着他手里的酒杯点点头。“给我也来一杯？”

“我可是个宽宏大量的好心人，这点你是知道的。”他说，“不过你自己的酒，你他妈的还是自己买吧。”

“……这件事还有谁知道？”

“到目前为止吗？你知，我知，再有就是茉莉·多兰。我猜，你想亲自把这件事告诉惠兰。”

“跟他说他二十年前抖的机灵刚刚咬了我们所有人的屁股？没错，我想我会享受这段对话的。”

“哦，很好。那我们就都开心了。”

“然后就该开价了。你想要什么呢，杰克逊？”

“就是我一直希望的那样。别来烦我。”

“正合我意。”

“也正合我和我手下人的意。所以对于何，愿打愿罚悉听尊便，完事了给我送回来就行。我还有事让他办。至于另外两个——”

“他们可能与金博尔的死有牵连。”

“是啊，呜呜。不对，我认为最终查明的事实是：金博尔靠在脚手架上抽烟，碰巧有个浑蛋把一桶油漆落在了脚手架上。”他用闲着的那只手比画了一个螺旋下降的动作。“然后地心引力再次出手。”

“……你是认真的吗？”

兰姆耸耸肩。“所有人都告诉我吸烟有害健康。他们总不能全都说错了吧。就算他们都说错了，呃，现场不是还有扎法尔·贾弗里的马仔嘛。把金博尔的死算在一个黑人前科犯身上，这么点小事要是连你都做不到，这个国家得成什么样啊？”说完他摆出一副虔诚的表情。“想必这也是死者本人希望看到的。”

“或许还是意外事故的结论更好一些，”泰维纳说，“这件事就这样过去了？你的手下就都平安无事了？”

“还有茉莉·多兰。她说你要赶她走。”他摇摇头，“这种事不会发生的。”

泰维纳换了一边跷起二郎腿。“我很好奇，为什么你要这样死死拴住茉莉。你是不想让别人在她的小王国里私下打探，是吧？谁知道他们会在那儿找到什么呢。毕竟你可不是什么缺少秘密的人。”

“有了我刚才给你的东西，局长的宝座就是你的了。克劳德作为阿伯茨菲尔德惨案的始作俑者，不可能坐得住。更别提还死了那么多企鹅。而且这件事跟近来其他烂摊子不一样，不是什么系统性的失败，可以完全扣在他一个人头上，这样一来你前进的路上就一片坦途。”他捻灭了手里的烟，把烟灰捻得到处都是。“你就照我说的做，同时保持微笑。就跟其他任何一行的专业人士一样。”

“那弗莱特呢？”

“弗莱特怎么了？她又不是我的人。”

“你这儿自有一套规矩是吧，杰克逊？”她站起身，“那好吧。就如你所愿。我甚至会照你说的，此时此地就面带微笑。可我不喜欢被人指手画脚。从来都不。你或许需要记住这一点。”

“只要涉及你，我所有事都记得清清楚楚。”

见她转身要走，兰姆伸手要再拿一根烟，可这个动作触发了他身体里的什么东西，他的脸一下子变得青紫。他仰靠在椅背上，剧烈咳嗽起来，一只手捂着胸口，另一只手紧抓着桌子，把酒杯打翻在地。他的眼睛不知是因为痛苦还是惊恐而变得湿润，他为了把空气吸进肺里花的气力大概都能砍倒一棵大树。戴安娜·泰维纳暗想，他看上去像一头为了分娩而痛苦挣扎的半水生哺乳动物——声音听着也像。她看着他，脸上浮现出微笑，也算是说话算数。然后她便离开了他的办公室，顺手关上了门。

她穿过楼梯平台，再一次敲响了凯瑟琳·斯坦迪什的房门，没等对方回应便推门进屋。凯瑟琳坐在桌前，头发梳得整整齐齐，手里拿着一沓文件，正用桌面给文件的边缘找齐。她看到泰维纳，立即停下了手里的动作。

“他没事吧？”

“别提了。”泰维纳倚着办公室的门，“告诉我，凯瑟琳，”她说，“我一直好奇。兰姆有没有跟你说过，查尔斯·帕特纳究竟是怎么死的？”

黄昏终于到来。它钻出蛰伏了一整天的犄角旮旯，先是探出触须，接着化作弥散的乌云，如墨水渗入水中那般蔓延开来，如愿以偿地占据了斯劳屋的每个角落。它的兄长黑夜走起路来无所顾忌，嗓门也更大；可黄昏是家里鬼鬼祟祟的那一个，是秘密的收集者。在每一间办公室里，它都贴着墙潜行，舔舔踢脚线，碰碰管道；在楼梯平台上，它轻抚着球形的门拉手，钻过门缝，然后心满意足。它使劲顶着斯劳屋那扇从不打开也从不关闭的正门，轻轻推着它那无论晴天雨天都艰涩难开的后门；它悄无声息地同时踩上每一级阶梯，从里外两侧同时窥视每一扇窗户。它在紧锁的抽屉里寻找自己年幼的弟弟妹妹，每找到一个就变得愈发漆黑。黄昏也是匆匆过客，并且一直如此。它吃得越快，就越早让位于黑夜。

此时，它来到斯劳屋。它一边走动着，一边膨胀着，一边拾起白日留下的痕迹，用灰暗的手指捧起，榨取其中隐藏的奥秘。它听取白日里这片方寸之地内发生过的对话，贪婪地享用着眼下已轻到人耳难闻的低声细语。它从雪莉·丹德尔办公室的暖气背后，拾起她打开一个小纸包、用一张五英镑纸钞吸取包内之物的记忆。“归零。”雪莉吸完大声说道。黄昏尽管不明白人类的话语——它甚至没有词汇——还是捕捉到了她口吻中不甘的懊悔，将其收入囊中。在罗德里克·何空荡荡的房间里，黄昏一无所获，好在楼上的房间不乏有趣的瞬间和值得玩味之物。路易莎·盖伊留下了一丝香水的气味：黄昏没有嗅觉，可这痕迹中有它熟悉的意图，它认出了其中的目的。黄昏见过太多的你来我往，也欣赏人们为了这样的场合而付出的努力。

它在隔壁的房间流连许久，回味着白日的遗痕。它依然能听见瑞弗·卡特怀特的上一通电话。那通对方仅说了一个“瑞弗？”便挂断的电话，让瑞弗捉摸不定。“希多？”他或许本要如此回答；可一个单词毕竟只是一个孤立的声响，容易夹杂在其他知觉中消失无踪：比如在瑞弗看来，一旦他失去了下等马的身份，兰姆所能提供的任何保护都将荡然无存。因为虽然兰姆会不惜一切代价保护他手下的特工，但也会饶有兴味地看着其他人自寻死路。这也许并非事实——兰姆的人生中还有瑞弗全然无知的角落——但至少眼下，辞职走人已经不再是选项。这个结论在瑞弗走后依然在房间里回荡。J.K.科同样早已下班，不过他走前在房间里站了好久，似乎还对着从地毯的破洞向外窥视的黄昏露出了微笑。黄昏并不习惯这样的问候，它觉得科是否将它误认成了它的兄长黑夜。或许是时候认识一下了，只是没等黄昏自我介绍，科便已离开。也好，毕竟与黑夜平起平坐会面之人，哪个不是遍体鳞伤。

黄昏顺着楼梯继续上楼。在凯瑟琳·斯坦迪什的房间里，它想起它曾躲在文件柜下，听着戴安娜·泰维纳描述凯瑟琳前任老板生前的最后时刻，讲述杰克逊·兰姆如何谋杀了浴缸中的查尔斯·帕特纳。那固然是一次被获准的谋杀，可终究还是谋杀，而正是这次谋杀造成了兰姆的放逐，让斯劳屋成了他的王国。凯瑟琳如今的生活，全拜杰克逊·兰姆的罪行所赐。戴安娜·泰维纳觉得，这一点应当让她知道。黄昏以为，泰维纳走后凯瑟琳会痛哭失声、大喊大叫，或者大发雷霆，可它什么都没有听见。而等到时辰到了、它爬出藏身之地时，房间里已经空无一人，凯瑟琳·斯坦迪什已经消失不见。

于是黄昏终于来到了杰克逊·兰姆的房间，而后者当然也已久候多时。黄昏发现此地一无所获，因为杰克逊·兰姆随身带着黑暗，并且小心翼翼地不把一丝一毫落在无人在意的角落里。他留下的痕迹，除了洒出的威士忌和烟灰，便是搭在纸篓边缘上的一块已经弄脏的破手绢。黄昏上下打量了那块手绢一番，将其纳入对白日的知识当中——这些知识它过不了多久即将舍弃，因为无论在伦敦还是别处，这都是规则：一切白日发生之事——无论好坏——黄昏都会将其一一找出、吸取，然后统统忘记。毕竟，假如黄昏将一切牢记于心，那分量将压得它动弹不得，让它无法再追寻它的双胞胎兄弟黎明。黄昏永远追赶着黎明，却从未得见曙光。它不是慢了半拍，就是快了半拍。究竟是快是慢，谁也说不清。

这时，黄昏的兄长、过去一小时里一直在头顶上徘徊的黑夜，开始失去平衡，从空中跌落。很快，一切都将改变，而这一点又从未改变。黄昏最后一次环顾四周，可它的视线开始模糊、听觉变得朦胧。它已到过各处、见过一切。是时候离开了。它已然远去。在它身后，在黑暗之中，斯劳屋响起了鼾声，进入了沉睡。

但更重要的是：斯劳屋静待天明。

# 致谢

我要一如既往地衷心感谢伦敦约翰·默里出版公司和纽约苏荷出版公司的朋友，尤其是来自前者的马克·理查兹、亚辛·贝勒卡西米、艾玛·佩特菲尔德和贝姬·沃尔什，以及来自后者的布朗温·鲁斯卡、朱丽叶·格雷姆斯和保罗·奥利弗。当然还有朱丽叶·波顿，感谢她让一切有序推进。

我曾有幸在旁聆听海伦·吉尔特罗和史蒂夫·布罗德里布谈论汤姆·希德勒斯顿先生。我希望我在本书中没有歪曲他们的观点。感谢马克·比林厄姆、莎拉·希拉里和威尔·史密斯[①]的问题为本书和本系列的下一部作品提供了思路。感谢各位。

我要感谢各位读者的热情支持和善意的指正。阿卡什·查克拉巴蒂和大卫·克拉格斯的意见对我的帮助尤其巨大，不过各位读者发来的邮件——无论多么简短——都令我开心。此外，我想感谢牛津萨默敦图书馆工作人员的宽容：我几乎每天都泡在他们的馆里，在书架之间游荡，在光盘中间翻找，读他们的报纸，用他们的电脑。如果他们得知，我有时的确也能做出点儿成果，或许会感到惊讶吧。

书中路易莎使用的“黄色小汽车”游戏的规则，来自约

①英国剧作家、制片人、演员，剧版《流人》编剧。

翰·芬尼莫尔先生在英国广播公司广播四台轻松愉快的《座舱压力》节目中扮演的角色。感谢他。我从二〇一四年开始玩“黄色小汽车”，以后也会一直玩下去。

米克·赫伦

二〇一七年九月于牛津

*London Rules*

著作版权合同登记号：01-2025-1440

**图书在版编目（CIP）数据**

伦敦规则 / ( 英 ) 米克 · 赫伦著 ; 李杨译 . -- 北京 : 新星出版社 , 2025. 7. -- ( “流人” 系列 ). -- ISBN 978-7-5133-5908-5

Ⅰ . I561.45

中国国家版本馆 CIP 数据核字第 2025AM6744 号

午夜文库

谢刚 主持

“流人” 系列 05

**伦敦规则**

[ 英 ] 米克 · 赫伦 著; 李杨 译

**责任编辑** 曹晓雅
**责任校对** 刘 义
**责任印制** 李珊珊
**装帧设计** @broussaille 私制

**出 版 人** 马汝军
**出版发行** 新星出版社
（北京市西城区车公庄大街丙 3 号楼 8001 100044）
**网 址** www.newstarpress.com
**法律顾问** 北京市岳成律师事务所
**印 刷** 河北尚唐印刷包装有限公司
**开 本** 910mm × 1230mm 1/32
**印 张** 12.25
**字 数** 263 千字
**版 次** 2025 年 7 月第一版 2025 年 7 月第一次印刷
**书 号** ISBN 978-7-5133-5908-5
**定 价** 69.00 元



总机：010-88310888 传真：010-65270449 销售中心：010-88310811